KB071050

낯선 나를 만난 그곳,

유럽에서

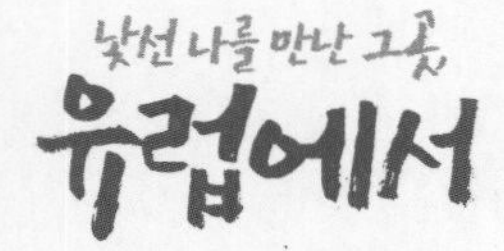

초판 1쇄 2017년 07월 27일

지은이 강미지
발행인 김재홍
디자인 이슬기
교정 · 교열 김진섭
마케팅 이연실

발행처 도서출판 지식공감
브랜드 문학공감
등록번호 제396-2012-000018호
주소 경기도 고양시 일산동구 견달산로225번길 112
전화 02-3141-2700
팩스 02-322-3089
홈페이지 www.bookdaum.com

가격 15,000원
ISBN 979-11-5622-300-9 03810

CIP제어번호 CIP2017016306
이 도서의 국립중앙도서관 출판예정도서목록(CIP)은 서지정보유통지원시스템 홈페이지(http://seoji.nl.go.kr)와 국가자료공동목록시스템(http://www.nl.go.kr/kolisnet)에서 이용하실 수 있습니다.

문학공감은 도서출판 지식공감의 인문교양 단행본 브랜드입니다.

낯선 나를 만난 그곳

유럽에서

글•사진 강미지

문학공감

p r o l o g u e

떠나고 싶었다.

그래서 워킹홀리데이를 선택했다. 목적은 하나였다. 유럽 여행 자금. 영어도 관심 없고, 일확천금을 만들어보자는 욕심도 없었다. 그저 내가 가고 싶은 곳을 다닐 수 있을 정도의 돈을 위해서.

정말 딱 그 생각 하나로 시작된 낯선 땅에서의 생활.

백만 원이라는 딱 떨어지는 돈을 가지고 처음 호주 땅에 도착했을 땐, 해가 이미 뉘엿뉘엿 지고 있었다. 트레인 와이파이에 의지하며 숙소로 향하던 그 날의 기분은 굉장히 묘했다.

하루하루 적응해가며 하루 종일 눈이 빠지게 스시를 말고, 부은 다리를 끌고 졸린 눈을 비비며 한낮에 퇴근을 해 생전 자지 않았던 낮잠도 자 봤다. 따뜻한 햇살 아래 낮잠을 즐길 수 있다는 것. 그땐 미처 알지 못했다. 한국에 돌아오면 다시 경험하기 어려울 순간이라는 것을.

살짝 추운 닭고기 공장에서 마치 좀비 같은 걸음걸이를 한 채로 생닭과 반나절을 꼬박 마주하고 받은 주급은 반은 내 생활비로, 반은 내 통장으로 들어가 조금씩 내 작은 꿈을 밀어주고 있었다.

그렇게 일 년. 큰돈을 모으진 못했지만, 한국과 유럽을 갈 수 있는 비행기 티켓과 여행비, 발리에서 한 달 정도 모든 걸 내려놓고 살 수 있을 정도의 돈을 모았다.

어쩌면 내 인생에서 가장 사람답게 살았던 시간이 아니었을까 싶은 발리에서의 한 달, 어쩌면 내 인생에서 가장 나답게 살았던 시간이 아니었을까 싶은 유럽에서의 백일은 그렇게 얻어졌다.

누군가는, 아니 대부분의 사람들이 여행을 떠나려는 나에게 매번 하는 말들이 있었다.

금수저네? 부럽다, 좋겠다, 팔자 좋네, 돈 많나 봐, 넌 복 받았네 등의 말…. 그런 말을 더 이상 듣고 싶지 않아 이번엔 조용히 여행을 떠나기로 했고 그 흔한 SNS에도 아주 가끔 내 안부 정도만을 알렸다.

나는 내가 결심한 이 길에 있어서 분명히 포기한 것들이 있었다. 결코 쉽지 않았다.

멀쩡히 다니고 있던 회사를 그만뒀고, 조금만 더 있으면 올랐을 월급과 경력도 포기했다. 이미 대학을 졸업했으니 번듯한 직장 정도는 갖고 있어야 했지만, 그 또한 포기한 셈이다.

친구들과 집 앞 동네 술집에 앉아 웃고 떠드는 걸 무척이나 좋아하지만, 그것도 잠시 안녕했고, 부모님께 굳이 하지 않아도 될 걱정까지 한아름 안겨드렸다. 졸업과 동시에 끊긴 내 용돈 대신 뭐라도 해가며 적은 돈이라도 꼭 쥐고 있었다.

누군가에겐 포기가 가능했겠지만 나에겐 이것들을 포기하는 게 쉽지 않았다. 가장 포기가 어려웠던 건 자식으로서의 자존심. 큰딸이라는 불필요한 압박감은 항상 내 결정에서 가장 큰 부분을 차지했었기에 눈물도 많이 흘렸다. 조금만 더 있으면 좋은 자리 안겨주겠다는 선배의 달콤한 제안도 뿌리쳐야 했다. 그나마 모았던 돈도 비행기 표 사는데 전부 다 써버렸고, 영어도 못하면서 무작정 호주 땅을 밟았지만 어쩌다 보니 살아남아 여행을 시작하게 된 셈이다.

지금부터 시작될 이 이야기들은 그렇게 조금씩 이뤄진 나의 지극히 개인적인 느낌들로 가득한 100일간의 유럽 여행기이자 조금은 허술한 에세이다. 어쩌면 조금은 지루할 수도, 조금은 의아할지도 모르겠지만, 이 글을 읽는 누군가가 내가 써내려갔던 그 공간에서의 느낌이 눈감고 그려진다면 정말 행복할 것 같아 조심스레 공개해보려 한다.

딱히 계획도 없고, 대부분 혼자만의 시간이었고, 요즘 유행하는 맛있는 음식을 찾아다니지도 않았다. 그저 내가 일어나고 싶은 시간에 일어나 가고 싶은 골목을 걸었고, 가고 싶은 미술관을 구경했다. 우연을 반겼고, 낯섦을 즐겼다. 딱 그 정도다.

부족하지만 한 글자 한 글자에 나의 순간순간을 담으려 애썼던 이 글들이 부디 좋은 에너지로만 전해지길.

“

IF YOU LOVER, IF YOU HATER,
IF YOU TROUBLEMAKER,
WE LOVE YOU ANYWAY.

”

2016/02/29

4년 만에 돌아온 2월의 마지막 날에 쓰다.

내가 눈 뜨기 좋아하는 시간은 아마 오전 열 시 반쯤. 오늘은 그 시간에 딱 눈을 떴다.

자정이 넘을 때쯤 갑자기 집어 들었던 지중해 여행 에세이를 읽다 잠이 들었는데 그 영향인지 불현듯 곧 갈 나의 유럽여행 날수를 세어본다. 92일. 100일에서 8일이 모자라네. 항공사에 곧바로 8일을 늦춰 100일짜리 유럽여행을 확정 짓는다. 별거 아니지만 뭔가를 바꾸고 나니 잠시 가라앉아있던 마음이 설렜다. 내친김에 좌석도 골라본다. 이미 가져갈 건 다 가져간 좌석이지만 그중에서도 그나마 나은 자리는 존재하기 마련.

출발까진 한 달 정도 남았지만 몇 년 동안 벼르고 벼르던 작은 카메라 한 대를 산 것 말고는 딱히 움직인 일이 없다. 아, 내가 고등학교를 다니던 3년 동안 생기는 돈마다 꼬박꼬박 모아 샀던 카메라를 중고시장에 올리긴 했다. 샀던 가격의 5분의 1 정도밖에 안 되는 가격이 내 카메라의 시세란다. 슬프지만 모셔두기엔 너무 아까운 아이. 가만히 있는 것보다 제 역할을 하는 게 훨씬 가치 있으리라는 위안을 삼아본다.

어느덧 오후. 호주에서 지내는 동안 제대로 가보지도 못했던 치과였는데 한국에 돌아온 지 몇 주가 지나서야 검진을 받는다.

얼마나 심각하려나. 지난 일 년 동안 과자, 초콜릿, 탄산음료 같은 것들만 먹고 살았던지라 최악의 상황을 미리 상상해둔다. 행복하게 섭취했었으니 후회하지 않으리라는 각오와 함께. 오랜만에 누운 치과 의자. 5살 때나 25살 때나 치과 의자는 불편하고, 사방에서 들려오는(마치 공사장 한가운데 덩그러니 있는 기분을 느끼게 하는) 드릴 소리 같은 음향효과들. 유일하게 5살 때와 25살 때가 다른 게 있다면, 지금은 아파도 눈물 흘리지 않아야 하고(창피한 건 아니까) 무서워 죽겠는데 태연한 척 앉아있는 차이 정도. 여전히 속마음은 치과만 오면 서러운 기분이 드는데도 말이다.

어쨌든 그런 기분 속에서 받은 검진결과는 생각보다 심각하진 않았다. 치료할 게 아예 없는 건 아니었지만, 최악의 상황을 상상했었기에 그보단 훨씬 나은 상황인 셈이다.

별생각 없이 지금의 내 자리로 돌아오게 된 나는, 별생각이 없어서였는지 내가 밟고 있는 동네가 여전히 어색했다.

어젯밤, 엄마가 지나가는 말로 나에게 하숙하는 딸 같다는 말을 하신다. 머리로 딸의 역할을 하려는 것 같다는 부연설명과 함께. 작년 한 해뿐만 아니라 틈만 나면 자리를 비웠던 딸의 자리를 채워 보고자 했던 나의 애씀이 민망하게 느껴졌다.

한국에 와서 몇몇 사람들을 만났다. 내가 느낀 그 친구들은, 어쨌든 나보단 확실히 어른 같았다. 분명히 체육복 걷어 올리고 슬리퍼 끌면서 아이스크림에 목숨 걸던 애들이었음에도. 떡볶이 한 컵을 들고 온 동네를 휘젓고 다니던 우리가, 지금은 커피 한 잔에 테이블 딱 한 곳을 차지하고 앉아 그 자리만을 맴돈다. 어디 멀리 갔다 온 것도 아닌데 이 아이들은 그동안 취직을 하거나, 취직을 위한 공부라는 것을 열심히 하고 있었고 나는 또 다른 것을 열심히 하고 있었나 보다.

그럼에도 같이 있는 그 느낌만은 여전히 좋아서 해맑은 웃음만 새어 나온다. 변해버린 우리가 어딘가 조금은 아쉽지만.

머릿속 어딘가엔 '유럽여행을 갔다 와선 어떻게 행동해야 할까'라는 게 살짝 떠다니지만, 우선은 이 순간만을 즐기고 싶다.

여행 초반

영국 | 런던, 라이, 헤이스팅스

스페인 | 마드리드, 톨레도, 세고비아

포르투갈 | 포르투, 리스본

스페인 | 세비야, 론다, 그라나다, 바르셀로나, 몬세라트

안도라 공화국

프랑스 | 툴루즈, 보르도, 리옹, 셍떼띠엔 샤또크루, 리옹, 아를, 아비뇽, 마르세유, 액상 프로방스, 니스

모나코

프랑스 | 깐느, 파리

여행 중반

벨기에 | 브뤼셀

네덜란드 | 암스테르담

독일 | 프랑크푸르트, 뮌헨, 베를린, 드레스덴

체코 | 프라하

오스트리아 | 빈

헝가리 | 부다페스트

크로아티아 | 자그레브, 플리트비체, 자다르, 스플리트, 두브로브니크

여행 후반

이탈리아 | 나폴리, 폼페이, 소렌토, 로마, 친 퀘테레, 피사, 피렌체, 시에나, 베네치아

그리스 | 파트라스, 아테네, 델피, 메테오라, 산토리니

표시된 국가는 내가 여행한 곳이다.

#00

설렘

04/04

어느덧 출국 전날. 지겹기만 했던 생활에 다시 변화가 생길 때다.

호주에서 돌아와 한 달 반을 생각보다 아무것도 하지 않으며 지냈다. 하도 가만히 지내서 이번만큼은 한 2주 전부터 짐을 싸볼까 싶었지만 역시나 짐은 여행 전날 급하게 싸야 제맛이다(빠트리는 물건이 계속해서 생기는 건 매력인 걸로). 욕심을 버리고 버렸건만 짐은 언제나 터질 기세. 눈앞의 가방은 마치 내가 샌드위치 속 치즈가 될 거란 걸 알려주듯 꽤 큰 압박감을 줌에도 만족스러울 만큼 싸고야 말았다.

#01

집에서 인천공항까지

04/05

너무 오랜 시간을 잉여로 지내서일까. 긴장보다는 덤덤함이 더 큰 내 모습이 의외였다. 마음 가는 대로 다닐 여행이라 내 손엔 비행기 티켓과 첫 숙소 바우처 두 장이 전부. 부모님이 사소한 걱정부터 커다란 걱정까지 모조리 하고 있다는 걸 잘 알기에 나는 그 걱정에 오히려 극도의 느긋함으로 대항했다.

엄마야 늘 쿨했고(나중에서야 내가 가고 나서 무진장 쓸쓸했음을 알고야 말았지만), 애써 모든 걸 이해하려는 딸 바보 아빠의 얼굴은 언제 봐도 떠나는 나보다 더 긴장되고 걱정스럽다. 그래도 다행인 건 내가 이미 여러 번 이런 행동을 반복해서인지 떠나는 길을 서로 아쉬워하지 않으려 노력하는 변화 또한 얻어졌다.

100일간의 유럽.

계획도, 생각도 없이 일단 첫 목적지인 런던으로 갈 생각이다. 평소 한식을 전혀 찾지 않는 편인데 오늘 아침에 먹고 나온 엄마의 김치찌개와 멸치볶음은 왜 이리 맛있는 건지. 여행 중 언젠가 새삼스레 생각날 듯하다.

국내선을 타고 부산에서 김포로 왔을 뿐인데 벌써 배낭 커버가 찢어졌다. 따져봤자 커버가 새로 생길 것 같지도 않아서 일단 맘 편히 인천으로 향하련다. '가방 안 찢어진 게 어디야'라는 생각으로.

어느덧 코앞으로 다가온 출국 시간. 심장이 간질거리고 손발에 설렘 가득한 기운이 차오르기 시작한다.

드디어 런던으로 향하는 비행기가 날개를 펴고 날아오른다.

P.S. 호주에서의 닭 공장 노동이 국적기 직항을 타는 오늘의 나를 만들었음을 자랑스러워하며.

#02

런던 도착

04/05

점심밥, 저녁밥, 그리고 간식과 음료수를 끊임없이 먹고 잠들기를 반복하며 사육당하는 기분으로 런던 도착.

이른 아침에 집에서 출발하느라 잠이 부족했던 건지 비행 중엔 영화 몇 편 보면서 열 시간 정도는 거뜬히 보내던 내가 먹는 시간 외에는 거의 잠만 자면서 여기까지 왔다. 일단은 무사히 땅에 착지했고, '낯선 곳인 건가'라는 생각에 미소가 번진다. 낯섦을 즐기는 내 취향에 발동이 걸리기 시작한 거다. 어찌 됐든 공항을 빠져나와 무사히 영국의 지하철, '튜브'라는 것을 탄다.

지도에 코를 박고 휘적휘적 걷다 보니 출발 전 급하게 예약해둔 호스텔이 나타났다. 살짝 과한 분위기의 바(bar)가 1층에 있어서 당황했지만 어쨌든 내 방까지 무사히 안내를 받았다.

내 여행의 첫 숙소, 첫 침대, 첫 밤을 맞이하는 순간.

'외로움에 대하여'

방에는 시끄러운 여자 무리들과 혼자 온 듯한 조용한 한 여자가 있다(사실 조용한 줄 알았으나 난데없이 남자를 불러와 역시나 싫었지만). 그들은 영어권이 아닌 독일이나 프랑스 쪽인 듯했다.

어차피 영어가 안 되는 건 서로가 마찬가지였다.

그 큰 비행기에서도 한국인 한 명 안보이더니 숙소에도 한국인 한 명 없는 곳에 와버렸네. 의도한 건 아닌데 막상 이렇게 되어보니 좀 아쉽긴 하다. 이제야 새삼 '아, 내가 진짜 혼자 떠나 왔구나.'라는 것을 느끼기 시작했다.

살면서 외로움이나 고독을 잘 모르던 내가 이번 여행을 통해 그런 감정을 알게 될 수 있을까. 사실 그런 기대 아닌 기대로 혼자 떠나온 것도 있다.

예전부터 연애도 그다지 흥미롭지 않았고, 외로워서 연애하는 건 더더욱 있을 수 없는 일이었다. (인간적으로 반한 사람들은 정말 많다) 주위 사람들 대부분은 제대로 된 사람을 못 만나서라지만 아직까지 제대로 외로움을 느껴보지 못한 것도 이유가 될 듯했다.

대학교를 다닐 땐 내 전공보다 내가 하고 싶은 공부를 하고 싶다는 난데없는 욕심에 아는 사람도 하나 없는 타 과 수업에 잘만 들락날락했다. 혼자 청강을 하는 것도 차차 익숙해졌고, 혼자 먼 길을 왔다 갔다 하는 것도 익숙해졌다.

혼자 뭔가를 함에 있어서 외로움을 느끼지 않았던 건 늘 그 외로움을 뛰어넘을 정도의 뭔가에 빠져있어서였을 거다. 지금은 그만큼 빠져있는 것도 없다는 사실이 아쉬울 뿐. 그래서 점점 어딘가로 빠져들 것만 같은 이 여행을 시작했다는 것에 오랜만의 설렘을 느끼고 있다.

엄마의 성격을 나날이 닮아간다는 걸 요즘에서야 알게 됐는데 외로움 타지 않는 것 또한 그 한 부분이었음을 알게 됐다.

그래도 이번엔 홀로 시작한 여행이기에 분명 '외로움'이란 걸 여러 번 느낄 것 같다. 앞으로 느끼게 될 그 '외로움'이라는 감정을 제대로 한 번 맞이해보길.

#03

여행의 시작, 런던에서의 첫날

04/06

그렇게 중요시하던 조식뷔페는 식빵과 시리얼 그리고 주스와 우유가 전부였지만 '이게 어디야'라는 생각으로 배불리 먹고 호스텔을 나왔다. 어제는 날씨가 그렇게 좋더니 오늘은 비가 오네. 변덕스럽다는 영국날씨는 이미 익히 들어 알고 있던지라 다행히 기분에 방해가 되진 않았다. 오히려 걸어 다니는 내내 차라리 나의 극건성 피부엔 이렇게 비 맞고 촉촉하게 다니는 게 낫다는 생각이 들 정도의 비였다.

새삼 느낀 거지만 혼자 다닌다는 건 그만큼 정신을 차려야 한단 뜻이 되기도 했다. 길치로 유명한 나였지만 어쨌든 혼자 해결해야 하는 문제였기에 핸드폰 지도 하나에 의지한 채 걷고 또 걸었다. 그렇게 걷다 보니 혼자 다니는 것의 장점이 절로 깨우쳐진다.

내 눈에 보이고, 내 귀에 들리는 모든 것들을 진하게 느낄 수 있었다. 게다가 모든 것에 침착해지고 긍정적인 상태가 된다(그러지 않을 수가 없으니까). 걸음 속도를 마음대로 정할 수 있다는 가장 큰 장점까지.

사소한 것들을 느끼며 무사히 핸드폰 유심칩 장착까지 완료. 이제 제대로 유럽과 함께할 준비가 된 기분이다.

가끔 멍하고 정신없는 나에게 핸드폰은 단순히 연락수단이 아닌 지도이며, 생존 그 자체니까.

대영박물관에 가다

문화예술에 조예가 깊은 편은 아니지만, 어려서부터 별생각 없이 박물관과 미술관에 가는 것을 좋아했다.

보고 싶은 전시가 생기면 용돈을 털어 혼자 부산에서 서울을 갑자기 갔다 오기도 했으니까. 그래서 대영박물관 관람은 런던에 와서 가장 하고 싶은 일 중 하나였다. 사진으로만 봐오던 곳에 내가 발을 밟게 되다니! 처음엔 얼떨떨했지만 이내 그곳에 푹 빠져버렸다.

잊을 수 없는 추억도 하나 생겼다. 다름 아닌 고등학교 동창을 만난 것. 대학교도 같은 대학교를 갔던 걸로 기억하는데 절친한 사이까진 아니었지만 그래도 꽤 이야기를 주고받던 사이였다.

100일 동안 혼자 유럽여행을 하는 나, 그리고 석 달 동안 혼자 유럽여행을 한다던 친구. 이런 인연이 또 어디 있을까. 아쉽게도 친구는 내일 바로 벨기에로 넘어가는 일정이었지만 우리는 박물관을 나와 저녁 식사를 함께하며 오랜만의 반가움을 풀었다.

어느덧 다가온 런던의 밤. 어제도 느꼈지만, 이곳의 야경은 도무지 그냥 지나칠 수가 없다. 숙소로 돌아오다 자연스레 옆으로 샌 나는 멀리서도 잘 보이는 런던아이와 빅벤의 야경에 취하기 시작했다.

이른 아침엔 이슬비가 내리고 오전엔 비바람이 불더니, 대영박물관에 들어갔다 나왔을 땐 비는 멈추고 흐릿함만 남아있었다. 잠시 후엔 해가 쨍쨍. 그것도 잠시, 밤이 되어가자 언제 그랬냐는 듯 칼바람이 불어 닥친다. 정신없이 변하는 런던의 날씨와는 별개로 지금 이 순간, 이곳의 밤거리는 낭만 그 자체다.

'인연'에 대하여

이 넓은 지구에서, 이 많은 국가 중에서, 이 많은 사람 중에서 어느 날 갑자기 아는 사람을 만날 확률은 얼마나 될까.

한국도 아닌 영국 런던에서 만난 것도 신기한데 그 넓디넓다는 대영 박물관 어느 전시실에서 딱 마주칠 확률. 같은 고등학교 대학교를 다녔고 성이 같았던 친구를 그곳에서 마주친 건 인연이라 말하지 않을 수가 없다.

눈에 보이는 세상은 넓지만, 이런 인연을 만나는 순간엔 '와, 세상 좁구나.' 라는 말이 절로 나온다.

친구가 그랬다. 만약에 둘 중 하나가 서로를 괴롭혔던 사이라면 여기서 만났어도 모른 척했거나 악연이라 생각했을 거라고. 우린 그게 전혀 아니니니 얼마나 다행이냐고.

악연도 인연이지만 친구 말에 공감한다. 이왕 마주할 인연이라면 오늘처럼 좋은 인연들만 있길 바라는 마음이다.

'옷'에 대하여

아침에 외출준비를 하는데 한숨이 나왔다. 창밖을 보니 추운데 비까지 내려서 옷을 제대로 껴입고 나가야 할 것 같긴 한데 대체 뭘 가져 왔나 싶다. 살면서 옷에 관심을 크게 두지 않던 성격이라 나에겐 다른 짐들보다도 제대로 된 옷을 챙기는 게 제일 어려운 과제인데 그 과제를 피하려 아무거나, 가벼운 걸로 막 집어넣었더니 오늘처럼 추운 날에 입을 수 있는 거라고는 잠옷으로 가져온 후드뿐. 그걸 입고 아무리 다른 아이템을 갖다 붙여 봐도 답이 안 나온다. 짐을 줄이기 위해 옷 욕심부터 버렸던 건데 너무 포기했나 싶었다.

결국 마음을 접었다. 어차피 나를 찍으러 온 것도 아니고 이번 여행에선 사진 찍느라 내 눈으로 볼 수 있는 순간들을 놓치는 짓은 하지 말자고 다짐했다. 결과적으론 걸어가는 내내 비가 많이 와서 오히려 후드를 껴입고 나온 선택에 만족했으니 잘 된 셈이다.

여행할 때만큼은 옷에 신경을 쓰지 않고 싶어 하는 편이다.

(지극히 개인적인 생각인데) 한국이란 곳은 서로를 의식하는 시선이 강한 편이라 적어도 다른 곳을 여행하는 순간만큼은 내가 편한 대로 하고 싶다는 욕

구가 컸다. 그러다 보니 트레이닝복, 운동화, 티셔츠, 레깅스 등을 가장 자주 입게 되고.

사진에 예쁘게 나올 욕심을 애초에 부리지 않아야겠다는 생각이었다. (주로 뒷모습을 찍거나 셀카를 찍을 테니 옷도 어차피 잘 안 나온다) 그래도 오늘만큼은 여행 첫날임을 티 내고 싶었던 건지 칙칙한 내 옷차림에 답답함을 느끼지 않을 수 없었다. 그러나 그 답답함이 만들어준 보온력으로 매서운 바람이 존재하던 런던의 야경감상은 끄떡없이 즐길 수 있었다.

어찌 됐든 좋았으니 앞으로 펼쳐질 나의 소중한 하루하루에선 적어도 옷을 고르느라 스트레스받지는 않길 바라며.

#04

버킹엄 궁전에 가다

04/07

첫날엔 그저 식빵에 딸기잼을 발라 한 입 먹고 주스를 마시는 게 전부였다면 오늘은 식빵 위에 초코잼을 적당히 녹여 바르고 그 위에 바나나를 썰어 올렸다. 그리곤 따뜻한 홍차에 우유를 탄다. 별거 아닌 것들이 지금 이 순간의 나에게 있어선 완벽한 조합이었다.

과하게 여유를 부렸던 걸까. 버킹엄 궁전 근위병 교대식이 11시부터였는데 시계를 미처 보지 못해 급하게 뛰쳐나왔다. 사람이 간절하면 통한다더니. 처음 가는 역, 처음 가는 길인데도 마치 아는 길처럼 휘적휘적 가더니 시간 안에 도착했다. 누가 나보고 길치라고 했던가. 비도 오고 날도 흐려서 너무 추운데 11시라던 교대식은 20분이 지나도록 아무 일이 일어나지 않는다. 정확한 시간에 정확하게 교대하는 줄 알았던 내가 민망해질 정도로 수많은 사람이 버킹엄 궁전 주위를 둘러싸고 하염없이 뭔가를 기다리고 있었다. 기다리면 기다릴수록 '참 오랜만에 이렇게 군중

속에 갇혀있구나'라는 생각이 들었다. 이런 어마어마한 군중 속에 파묻혀 누군가를 목 빠지게 기다렸던 건 중학생 시절 한 아이돌의 팬 노릇을 과하게 하느라 교복 하나 입고 동에 번쩍 서에 번쩍했을 때였을 거다.

런던의 이 흐린 날씨에 새빨간 군복과 금색 악기를 들고 우렁차게 합을 넣는 모습은 참으로 잘 어울렸다. 교대식이 끝나도 여전히 추웠던 나는 넓디넓은 공원을 가로질러 '내셔널 갤러리'부터 가기로 했다. 입구부터 어마어마한 그곳. '트라팔가 광장'과 완벽한 조화를 이루며 위치한 곳. 런던에서 '대영 박물관' 다음으로 가고 싶었던 곳이기에 큰 맘 먹고 오디오 가이드를 대여하기로 했다. 뭐라도 체계적인 방법을 이용해 돌아보지 않으면 놓치는 게 너무 많을 것 같아서. 한참을 둘러보다 문을 닫는 여섯 시쯤 천천히 밖으로 나왔더니 다른 곳을 구경 가기엔 이미 모두 문을 닫은 시각.

런던 곳곳에선 이른 아침에 뮤지컬 당일 티켓을 싸게 판다는 소문을 들었던 게 생각나 혹시나 하는 마음을 안고 뮤지컬을 보러 가기로 했다. 하지만 나는 저녁에 갔으니 기대했던 할인 티켓은 결코 구할 수 없었다. 정가로 사기엔 꽤 큰돈이어서 살짝 고민스러웠지만, 런던에 도착한 순간부터 마음은 내내 뮤지컬을 보고 싶어 했다는 걸 내 자신이 제일 잘 알기에 카드를 긁어버렸다. 진짜 지금이 아니면 언제 다시 여기서 뮤지컬을 보게 될 진 아무도 모르니까.

수많은 작품 중에서도 내 관심을 끌었던 건 단 하나, 〈라이온 킹〉이었다. 만화를 좋아하는 편이 아님에도 어릴 때 일요일 아침마다 〈라이온 킹〉 만큼은 왜 그렇게 챙겨 봤던 건지. 그리고 지금까지도 왜 그렇게 좋은 건지. 대사 한마디, 한마디가 아직까지도 마음에 닿는 것들이 많아서일까. 장면마다 보이는 자유로운 배경도 빼놓을 수 없다. 뮤지컬을 볼까 말까를 결정하는 데에는 망설임이 있었지만, 어떤 작품을 볼 건지에는 망설임 없이 <라이온 킹>이었다. 결과적으로 제값 내고 산 티켓이 단 일 퍼센트도 아깝지 않았다. 진심으로 황홀했고 무대를 보고 갈 수 있었음에 감사했다. 오늘의 지름은 평생 후회하지 않을 지름이었음을.

'즉흥'에 대하여

내 성격은 지극히 즉흥적이다.

약속도 미리 잡는 것보단 갑자기 잡는 게 편하고, 갑자기 맛있는 것을 먹는다거나 갑자기 어딘가로 향하는 것도 좋아한다. 누군가는 도무지 종잡을 수가 없다며 혀를 내두르기도 했다.

이런 성격이 썩 좋지는 않다. 갑자기 잡는 약속의 상대는 부담을 느낄 수가 있고, 내가 갑자기 뭔가가 먹고 싶다고 해서 상대도 갑자기 그게 먹고 싶은 건 더더욱 아니다. 그 와중에 갑자기 어딘가를 혼자 간다는 건 상대에게 팔자 늘어진 모양새로 보이기도 한다는 것을 여러 번 느낀 후엔 아예 어디 간다는 것조차 굳이 알리지 않았다. 그래서 늘 혼자만의 타협의 연속이다. 나는 분명히 즉흥형 인간이지만, 현실에서는 타협형 인간이 될 수밖에 없었던 것이다.

여행을 막 시작한 지금 이 순간만큼은 충분히 즉흥형 인간이 될 수 있음에 아주 큰 행복을 느끼고 즐기고 있다.

오늘도 즉흥적으로 뮤지컬을 본 것에 대해 완벽한 만족감을 얻었고, 나에게 있어 '즉흥'은 오늘뿐만이 아니라 언제나 존재할 것이다. 그에 따르는 즐거움은 넘치고 후회는 존재하지 않는다.

이 여행에선 분명 즉흥적인 선택들을 마음껏 할 수 있을 것이다.

한편으론 위험요소가 늘 따라다니는 걸지도 모르겠지만 그걸 먼저 걱정하기보단 갑자기 마주하게 되는 뭔가에 대한 희열이 더 기대될 뿐.

#05

런던과 런던이 아닌 곳에서

04/08

요 며칠 계속 비가 내리더니 웬일로 오늘은 단 한 방울도 내리지 않는 날이다. 심지어 햇빛도 보인다. 반가워라. 근교 가기 딱 좋은 기분이다. 느긋하게 앉아 초코잼 듬뿍 바른 토스트를 먹으며 검색을 해보다 우연히 꽂힌 '라이'라는 마을. 영국인들이 은퇴하고 살고 싶은 마을로 손꼽히고 영국 내에서도 아름다운 마을로 유명한 곳이라고 했다. 일단 무작정 가보기로.

의외로 어렵지 않게 잘 찾아갔다.

그.러.나. 무탈할 리가 없지. 한참을 가는데 역무원 할아버지가 승차권을 체크하러 다가온다.

'?'

'난 없는데? 교통카드 찍고 들어왔는데? 나 빼고 다 있네?'

알고 보니 기차를 이용하는 거라 교통카드가 아닌 승차권을 사야 했던 거였다. 어쩐지 트레인이 갑자기 고급스러워지더라니. 표를 다시 사야 했다. 까짓거 다시 사야지 뭐.

한 시간 반 정도를 달려 '라이'역에 도착. 역에서부터 자그마한 분위기를 풍기는 곳이었다. 딱 마음에 든다. 골목 양옆을 빼곡히 채우고 있는 작은 상점들을 구경하면서 발 닿는 대로 가다 보니 저 멀리 보이는 작은 교회 하나. 런던 시내는 건물들이 죄다 높고 웅장하다면 이곳의 건물들은 마치 욕심부리지 않으려는 듯 작고 아담한 것들이 대부분이다. 런던 중심의 여느 교회들과는 비교할 수도 없을 만큼 작지만, 대신에 벽돌 하나하나, 돌길 하나하나에 따뜻함이 느껴지는 것 같았다.

은퇴 후 살고 싶은 마을로 유명해서 그런지 손잡고 천천히 걸어 다니는 노부부도 많고, 오래된 상점은 정감이 간다.

날이 좋긴 했지만, 영국은 어쩔 수 없는 건지 해가 지자 추워서 몸이 덜덜 떨리기 시작한다. 돌아갈까 싶어 역 근처로 향하는데 교회와 성당 다음으로 여행하면서 들르기 좋아하는 우체국이 내 눈에 보이고 말았다. 참새가 방앗간을 그냥 지나치지 못하듯 나는 우체국을 그냥 지나치지 못한다. 어느 작은 가게에서 사뒀던 엽서를 꺼내 들고 근처 카페로 발길을 돌렸다. 샌드위치를 먹으며 한 글자씩 써 내려가 본다. 지금 이 순간 나를 가장 걱정하고 계실 부모님을 첫 번째 수신인으로 정했다.

마침 기차가 들어오고 있었다. 숙소와 완전히 반대방향이자 바다를 볼 수 있다는 '헤이스팅스'라는 곳으로 향하는 기차. 순간 고민이 된다. 갈까 말까. 간다!

런던 시내에서 여기까지만 한 시간 넘게 걸렸는데 이왕 나온 거 바다까지 보고 가면 더 좋을 것 같아서! 검색하면서 스치듯 봤던 곳인데 마침 들어온 기차 덕에 가게 됐다. '라이'가 작은 마을이었다면 '헤이스팅스'는 그보다 좀 더 크고 발달한 곳.

마치 하늘을 거꾸로 덮을 것만 같았던 높은 마을의 전경과 주위로 펼쳐진 바다가 장관이다. 골목들은 어찌나 분위기가 좋던지. 젊은이와 노인들, 그리고 가족들 모두가 어우러져 시끌벅적한데 한편으론 차분한, 말이 안 되지만 그런 곳이 '헤이스팅스'였다. '라이'와는 또 다른 매력을 자랑하는 곳. 좀 더 머물고 싶었지만, 더 어두워지기 전에 발길을 돌린다. 기념엽서 사는 걸 마지막으로 이곳과도 안녕.

숙소로 돌아왔다. 숙소 일 층이 바(bar)라서 하루 정도는 내려가 맥주 한잔 할 생각이었는데 금요일이라서인지 사람이 꽉 차 자리가 없다. 아쉬운 대로 바로 옆 슈퍼로 들어가 '런던 프라이드'를 한 병 사 들고 올라왔다. (관광지 가라는 건 잘만 생략하면서 이런 건 꼭 챙긴다) 부엌에서 글 쓰면서 마시려고 자리를 잡는데 중국인과 미국인 두 친구가 들어오더니 자꾸 한 마디씩 말을 건다. 한 문단 쓰면 말 걸고 한 문단 쓰면 말 걸고, 결국 자판 두드리던 손을 놓고 그들과 눈을 맞추고 사소한 대화를 시작했다.

런던에서의 마지막 밤.

고등학교 동창을 만난 것 외에는 이렇다 할 한국인과의 만남도 없었고, 그렇다고 낯설지도 않았던 곳. (길거리를 걷고 있으면 한국인들이 십 분에 한 번꼴로 지나가서일지도) 수시로 변하는 날씨에 정신없이 다녔던 것 같다. 비바람과 추위를 거의 매일 느끼게 해줬고, 수준 높은 뮤지컬과 대단한 건물들을 흘러넘치도록 보게 해준 곳, 그리고 어느덧 이젠 진심으로 추적추적 내리는 비와 우중충한 하늘을 즐길 수 있게 해준 런던에게 감사를 표하며.

'노인과 편견'

우리나라는 동방예의지국으로서 늘 예의를 중시하고, 품위를 유지하는 것에 신경을 쓰는 편이다. 지금도 어르신 중에는 늘 옷차림을 단정하게 하시고, 정갈하게 다니시는 분들이 꽤 많다. (이 또한 좋은 모습이지만)

조금이라도 튀거나 남들과는 살짝 다른 모습을 하고 있는 사람들을 보며 '남사스럽다, 주책이다, 품위 떨어진다'와 같은 말들을 자주 쓰시기도 하고.

물론 요즘은 많이 변해서 자신 있게 개성을 표현하는 어르신도 계시고, 자식이나 손자들과 함께 젊은 마인드로 인생을 즐겁게 살고 계신 분들도 많지만.

'라이'라는 작은 마을에서는 60대 정도 되어 보이는 남자와 여자의 헤비메탈이 떠오르는 강렬한 차림새에 눈길이 갔고, '헤이스팅스'에서는 70대 정도 되어 보이는 백발의 노신사가 빨간색 오픈 스포츠카를 멋지게 운전하며 골목을 빠져나가는 것을 보았다.

그랬다.

사실 나 또한 그런 자유분방한 장년층, 노인을 보면 낯설다는 생각에 절로 눈이 먼저 간 것이다.

첫 번째로는 '우와!' 라는 감탄사.

두 번째로는 '저렇게 나이에 상관없이 살아야지'라는 결심,

세 번째는 이런 생각들을 하고 있다는 것 자체가 편견이었다는 깨달음.

'몇 살쯤엔 어떤 옷을 입고, 어떤 차를 몰아야 어울리는가'라는 생각 자체가 이미 박혀 있었나 보다. 그들을 본 후 오늘 나는 또다시 하나의 편견을 깼다.

#06

런던을 떠나다

04/09

짐을 맡길 수 있는 숙소라 체크아웃을 하고 (아직 적응이 안 될 정도로 무거운) 배낭을 놓아두고 가볍게 마지막 런던 구경을 나섰다.

목적지는 '세인트폴 대성당'. 트레인을 탈까 했지만, 미처 보지 못했던 것들을 보고 싶은 마음에 걸어가기로 했다. 가는 길에 대법원도 봤는데 그 규모가 하도 어마어마해서 순간 여기가 왕궁인가 싶었다. 법원마저 아름다운 웅장함을 자랑하는 런던이다.

끊임없이 감탄하며 걷다 보니 어느덧 '세인트폴 대성당' 앞. 직접 보니 그 무게감에 절로 입이 벌어진다. 성당을 한 바퀴 돌고 나오자 강바람이 불어오는 듯한 방향으로 눈길이 갔다. 저긴 어딜까, 지도를 켜본다. 음, 근처에 '런던 브릿지'가 있고 좀 더 걸어가면 '런던탑'과 '타워 브릿지'가 있네. 런던의 건물들은 죄다 웅장한데 정작 '런던 브릿지'는 단순한 구조와 디자인을 가진, 이름과는 달리 소박한 다리였다. 그곳을 지나 걷다 보면 '런던탑'이 나온다. 그 옆엔 바로 런던의 상징, '타워 브릿지'가 있다. 출국

전부터 이곳을 찍은 사진을 보내달라고 노랠 부르던 친구를 위해 겸사겸사 오게 된 곳. 사진 하나는 끝내주게 나오는 포인트였다.

빨간색 이층 버스 창가에 자리를 잡고 앉아 런던 시내를 다시 눈에 담아본다. 여유롭게 보내려던 런던의 마지막 날이 살짝 바빠져 촉박하게 공항에 도착하는 바람에 급하게 수속을 밟았지만, 슬슬 또 다른 기대감이 몰려온다.

스페인 '마드리드'행 비행기. 연착이다. 역시 저가항공사는 연착이 매력이니까. 게이트에 앉아있는데 갑자기 영어 사용자가 확 줄었다. 아마도 다들 스페인어를 쓰고 있는 듯했다. 다시 한 번 스페인에 간다는 걸 느낀다.

결국 비행기는 두 시간 뒤에 이륙했다. 연착은 상관없지만 이렇게 되면 도착시간이 자정을 넘길 것 같아 위험하진 않으려나 걱정하는 것도 잠시, 비행기를 타자마자 잠이 쏟아졌다. 빈자리가 많아 옆자리로 옮겨 편하게 자고 있는데 갑자기 작은 환호성이 들려온다. 이륙한다고 환호하는 중이었다. 런던 사람들을 보며 느낀 건 '신사의 나라'라는 말이 참으로 어울린다는 것, 대부분 차분하고 친절하다는 것이었다면 지금 내 주위에 잔뜩 있는 이 스페인 사람들은 성격 자체에서 빨간색이 느껴진다. 정열과 더불어 그 이상의 불같은 성향도 보였다. 이륙에 환호하다니.

비행 중에 정말 짜릿했던 순간이 있었는데, 대낮처럼 밝던 하늘이 불 꺼지듯 밤하늘로 바뀔 때였다. 런던과 마드리드의 시차는 크지 않지만, 아직 어두워지기 전이었던 런던에 비해 마드리드는 이미 어두운 밤이었던 것. 비몽사몽하는 사이에 번쩍하고 지나가 버려 많이 아쉬웠지만, 평생 잊지 못할 순간이었다. 특히 그땐 스페인 사람들의 환호성이 굉장했다. 덕분에 나도 잠에서 깰 수 있었으니 고마운 셈이다.

저가 항공기라 경사진 롤러코스터를 타는 듯한 기분도 틈틈이 느껴주며 무사히 마드리드 공항 입성.

공항을 나와 버스를 탔는데 기사 아저씨가 영어를 전혀 할 줄 모르셔서 당황스러웠다. 태연하게 버스 요금을 내려는데 아저씨가 화를 낸다. 하나도 못 알아들은 나는 10유로짜리 지폐를 일단 내민다. 또 화를 낸다. 돈이 부족한 건가 싶어 한 장 더 꺼냈다. (지금 생각해보면 나도 참 웃기다. 버스 한 번 타는데 20유로를 내밀다니) 그게 아니라며 동전 두 개를 보여준다. 1.5유로. 10유로짜리밖에 없던 나는 울상을 짓는다.

1.5유로를 내야 하는데 거의 열 배에 가까운 돈을 내니 거스름돈 내주는 게 상당히 성가셨던 거다. 그래도 없는 걸 어째.

여전히 성질이 난 그에게 받을 돈을 마저 받고 뒤쪽으로 들어왔고 버스는 얼마 지나지 않아 한 정류장에 멈췄다. 허허벌판이라 여기가 아닌 거 같긴 했지만, 가는 길을 검색했었을 땐 한 정류장이랬으니 내려야겠지 하고 내렸는데 기사 아저씨가 앞문을 열며 손짓한다. 여기 아니라고 고갤 저으면서. 마치 산책하듯 뒷문으로 내려 앞문으로 다시 탔다. 그래도 처음에 버스 탈 때 아저씨에게 정류장 이름을 보여주고 탄 덕분에 잘못 내렸어도 다시 탈 수 있어 다행이었다.

다시 지도를 보며 눈으로 위치를 찬찬히 따라가고 있는데 느낌이 딱 왔다. '아, 여기서 내려야겠구나.' 싶어 내릴 준비를 하고 있는데 맞은편에 서 있던 중년의 어떤 아저씨가 말을 거신다. 영어를 할 줄 알아 반가웠던 그는 (내 영어 실력은 늘 부족하지만, 전혀 모르는 스페인어보단 낫기에) 마드리드 사람이었고, 마침 내가 가는 방향으로 가는 분이셨다. 덕분에 길도 척척 찾고, 방향도 바로 잡을 수 있었다. 게다가 한사코 거절해도 선물이라며 지하철 요금을 찍어주셨다. 도착하자마자 성질이 어마어마했던 기사 아저씨 때문에 당황스러웠던 중에 이런 분을 만나니 다시 힘이 난다. 먼저 내리는 그와 함께 지하철 안에서 기념사진도 찍고 명함도 받았다. 마드리드에 지내는 동안 문제가 생기면 자신에게 연락하라며….

이렇게 감사하고 감동스러울 데가. 복 받으실 거 에요. 아저씨.

역을 올라가자마자 느껴지는 활기찬 분위기에 눈이 크게 떠진다. 자정이 다되어가는 시각. 길거리는 아주 활기차다. 술집도 많고 사람들도 많고 가로등도 많아 밝은 분위기를 더하고 있다.

'친절의 느낌'에 대하여

지금 생각해보면 마드리드에서 처음으로 탄 그 버스의 기사 아저씨도 충분히 친절했다.

거대한 짐을 안고 있는 내가 무사히 올라탈 때까지 기다려 주었고, 성질을 내긴 했지만, 스페인어를 전혀 알아듣지 못하는 나에게 결국엔 직접 동전을 보여주기까지 하며 설명을 해주었고(운전 중임에도 불구하고), 어리버리하게 난데없는 정류장에서 내렸을 때엔 거칠게 앞문을 열어주며 올라타라는 손짓을 했다. 내가 내릴 정류장을 기억하고 있었던 거다.

두 번째 마주하게 된 아저씨는 버스 기사 아저씨와는 정반대의 사람이었다. 말투부터 친절했고 행동도 부드러웠다.

내가 가야 할 정류장을 하나씩 설명해주기도 했고 나중에 돌아올 때 이용할 수 있는 교통편까지 알려주었다.

지하철도 함께 타고 명함까지 주며 상당한 친절을 베풀어 주신 거다.

결과적으로 두 분 모두 나에겐 친절을 베풀어준 사람인 건데, 사람이다 보니 거칠고 계속 화를 내는 듯했던 기사 아저씨에겐 감사하단 말을 할 생각조차 못 했지만, 버스 내리는 순간부터 헤어지는 순간까지 부드럽던 아저씨에겐 감사하단 말을 수없이 했다.

친절의 느낌이라는 게 보통은 두 번째 만난 그 아저씨의 느낌인 것 같은데 먼저 마주했던 그 거친 기사 아저씨를 생각해보니 그분도 친절은 친절이었네.

색다른 친절이었던 셈이다. (물론 아저씨의 성질을 굳이 미화하려고 하는 걸 수도 있겠지만)

#07

동네백수처럼

04/10

자정이 넘어 도착했던 나는 숙소에 짐을 대충 풀고 깊은 잠에 빠졌다. 배가 고프진 않았지만, 너무 잘 잤는지 정신이 너무 개운해져 결국 아침이나 먹으러 내려갔다. 그러고 보니 호스텔 시설이 꽤나 마음에 든다. 침대가 11개나 있는 방임에도 (어젠 너무 늦은 데에다 어두워서 8인실인 줄 알았는데 오늘 보니 11개의 침대가 놓여 있었다) 엄청나게 넓은 데다 조식을 먹는 레스토랑은 저녁땐 꽤나 손님이 들락날락하는 곳이라 분위기가 엄청 좋다. 런던 호스텔보다 훨씬 만족스러운 조식메뉴까지. 부드러운 도넛, 크로와상, 그리고 과일과 머핀. 절대 마시지 못할 커피 옆엔 다행히 핫초코도 있다. 벽을 하나 넘어섰더니 치즈와 슬라이스 햄, 우리 엄마표 계란찜 같은 비주얼의 어떤 메뉴까지! (엄마는 가끔 계란찜과 계란말이의 그 중간 어디쯤 같은 요리를 해주실 때가 있다. 그런 느낌이었달까) 흐뭇한 미소를 지으며 접시에 담아와 앉았는데 뭔가 허전하다. 포크가 어디에 있을까. 아무리 찾아봐도 없길래 직원에게 요청했더니 아까 벽을 넘어갔던 그곳에 있던 음식은 스페셜게스트를 위한 거라 포크도 따로 지급되는 거란다.

'엥?' 이라는 표정으로 바라봤더니 보통 투숙객들은 벽을 넘지 않는, 그러니까 도넛과 과일 그리고 커피랑 핫초코 정도라는 거. 어쩐지 굳이 벽을 사이에 뒀더라니. 모르고 가져온 치즈와 햄, 그리고 정체 모를 계란 요리는 본의 아니게 맛있게 잘 먹었다. 아 고급스러운 복숭아 주스는 덤.

배도 채웠고 오늘은 나가지 않고 여유롭게 쉬고 싶은 마음이니 일단 공용공간에 자리를 잡았다. 발코니에 서니 거리가 한눈에 들어오고 하늘도 잘 보인다. 아침이라 그런지 날은 좀 춥지만 그래도 상쾌한 공기 한 번 마셔주고 기분 좋게 자리에 앉아 노트북을 연다. 핸드폰 사진과 카메라 사진들을 백업시켜놓고, 지난 글을 올리고 나니 문득 이 시간쯤이면 부모님도 일어나셨을 시간이라 전화를 걸어봤다. 신호음이 몇 번 가고 잠시 뒤 아빠가 세상에서 제일 반가운 목소리로 전화를 받는다. 여전한 엄마와 함께. 여행을 시작한 지 일주일도 안 됐지만, 아빠는 늘 그렇듯 걱정투성이, 엄마도 늘 그렇듯 쿨한 반응. 25년 동안 이런 극과 극의 반응을 보며 자라온 나는 이제 아빠의 지나친 걱정도, 엄마의 무심한 믿음도 자연스레 받아들이고 있었다. 한참을 통화한 후, 내일부터 열심히 돌아다닐 마드리드를 살짝 검색해본다. 하지만 이내 노트북을 덮고, 음악을 틀고 의자에 기대 눈을 감는다. 어딜 가든 어차피 마음 가는 대로 가기로 했으니 자세한 설명은 읽지 않기로 했다.

저녁이 되자 갑자기 마켓에 가보고 싶어졌다. 별생각 없이 마켓을 한 바퀴 돌아보는 게 나에겐 굉장한 즐거움이다. 레스토랑에서 사 먹는 건 가끔이나 좋지 나처럼 돈을 나눠서 길게 여행을 하려는 사람에겐 매일같이 즐길 수는 없는 일이다. 겨우 2분 거리에 꽤 큰 마켓이 있길래 옳다구나 하고 숙소를 나왔다. 어디 멀리 갈 것도 아닌데 옷을 갈아입는 게 귀찮아서 슬리퍼에 후드 차림으로 나왔더니 이 구역에서 나만큼 편하게 입은 사람도 없겠다 싶은 느낌이다. 동네 마실 나온 젊은이처럼. 혹은 노숙자에 가까웠을 수도.

런던에서 미처 먹지 못했던 스시를 먹기 위해 큰 맘 먹고 스시 코너로 향했다. (마트표임에도 3-4개에 만 원이 훌쩍 넘는 건 내가 지금 유럽에 와있다는 증거일까) 스시를 품에 안고 스페인에서 제일 맛있다는 '이네딧 담'이라는 맥주를 고른다. (이번에도 맥주만큼은 열심히!) 내일 아침으로 해결할 간편 조리 식품 하나, 과자 하나까지. 모아놓고 보니 낯익다. 자취할 때 사던 것들 그대로다. 어딜 가나 한결같은 내 장보기 목록.

'휴식'에 대하여

나는 한 가지 병이 있다. '휴식'을 불안해하고 답답해한다.

아마 제대로 쉴 줄 몰라서일 거다. 일할 때도 오히려 일이 넘치는 게 마음이 편했고, 난데없는 휴식엔 뭐라도 해야 할 것만 같다.

여행을 떠나오기 전, 한국에서 머물던 한 달 동안을 남들은 휴식기라 말해주었지만 나는 그 기간만큼 답답한 적이 없었다. 그 정도로 '휴식'이라는 단어와 거리가 멀었다.

그런데 나도 모르는 사이에 내 여행 스타일은 휴식을 주는 쪽으로 조금씩 바뀌었다. 몇 년 전까지만 해도 기차 여행이든 해외여행이든 근교 여행이든 아무튼 어딜 가나 다리에 감각이 없어질 정도로 걸어 다니면서 끊임없이 구경했고 그렇게 할수록 즐거웠다. 돌아다니면 다닐수록 더 많은 걸 볼 수 있었고, 들을 수 있었고, 더 좋은 사람들을 많이 만날 수 있었기에.

그러다 어느 날 문득 '여행이란 게 어떤 걸까'라는 생각을 해봤다.

지극히 개인적인 결론이었지만 일단 '쉼표'라는 게 기본적으로 들어가 있었으면 좋겠다는 것. 평소에 사는 것만 해도 치열하고 바쁜 게 우리 모습인데. 여행에서만큼은 잠시 내려놓는 것도 좋을 텐데.

우리나라 사람들은 대부분 여행을 하면 더 치열하다.

한 군데라도 더 발 도장을 찍고 아침 일찍부터 바쁘게 돌아다니는 것. 몇 번의 여행을 하면서 느낀 건 확실히 유럽 젊은이들은 여유롭다. 느긋하게 여행을 한다.

'어딜 가야 한다. 여기는 꼭 먹어보랬다, 이곳이 사진이 잘 나오는 곳이다.' 등의 생각을 먼저 하는 것만은 아닌 듯하다. 오히려 어느 장소에 잠시 앉았다가는 김에 지나가며 눈이 마주치는 사람들과 웃음으로 인사를 대신하고 가벼운 대화를 할 뿐.

어느새 나 또한 그런 여행에 익숙해져 가고 있다. (은근히 낯을 가려서 무작정 대화를 나누는 건 여전히 부담스럽지만) 예전 같았으면 여행 기간 중 아무 데도 가지 않고 하루를 쉰다는 건 있을 수 없는 일이었고 무조건적으로 움직였을 거다. 하지만 이렇게 쉬는 시간을 준다는 건 그 시간 동안 미처 돌아보지 못했던 걸 돌아볼 수 있게도 만들어 주고, 잠시 숨도 고르고 다시 더 신나게 돌아다닐 원동력이 되기도 한다는 걸 알게 되었기에 아무 데도 가지 않았지만 여러 가지를 할 수 있었던 오늘 하루의 휴식에 대해 만족을 느낀다. 물론 이건 지극히 아주 개인적인 나의 여행 스타일인 거고, 나보다 부지런하고 열심히 여행하는 스타일의 사람들은 확실히 갔다 와서 할 말도 많고 생각나는 것들도 많을 것이다.

쓰다 보니 나는 여행이 아니라 유랑을 하고 있는 걸지도 모르겠다.

'여행'과 '유랑'이 공존하는 그런 순간들이 되길 바라며.

#08

나의 마드리드는 오늘부터

04/11

어제 충분히 에너지를 충전했으니 아침부터 힘차게 길을 나선다. 오늘의 첫 목적지는 '마드리드왕궁'과 '알무데나 대성당'. 걷다 보니 그 유명한 마드리드의 만남의 광장, '솔 광장'이 나온다.

곰 동상과 말을 탄 남자의 동상, 그리고 인형 탈을 쓰고 마구잡이로 사진을 같이 찍고는 돈을 달라 하는 그런 장사꾼들이 공존하는 곳. 만남의 광장답게 동상을 중심으로 수많은 골목들이 펼쳐졌다.

'마드리드 왕궁'은 일정 기간에 스페인의 귀족들이 머물다 가기도 하고, 몇천 개의 방 중 50여 개 정도의 방만 관람객들에게 공개하는 아주 거대하고 넓은 곳이다. 그 많은 인파를 뚫고 들어가도 저 넓은 데를 다 못 보겠다 싶어 미련없이 옆에 있던 '알무데나 대성당'으로 발길을 바꿨다. 그곳은 나에게 또다시 종교에 대한 고민을 하게 만들었다. 진심으로 성당을 다닐까 하는 생각. (성당 다니는 분에겐 철없어 보이겠지만) 모든 게 아름답고 성스러운 느낌. 성당을 한참을 돌고 있는데 우연히 연락하게 된 여행자에게 월요일인 오늘 '소피아 미술관'과 '티센 미술관'이 무료라는 정보를 듣는

다. 내일 갈 생각이었는데 무조건 오늘 가야겠다. 이런 정보를 얻다니.

네 시까지 개장하는 '티센 미술관'부터 갔다. 그림을 잘 모르는 나 같은 사람도 너무나 잘 알 수밖에 없는 작가들의 작품들이 꽤 많이 전시되어 있는 곳. 정말 볼 작품이 많다.

'소피아 미술관'으로 열심히 갔더니 일곱 시부터 무료개장이란다. 현재 시각 네 시 반. 곧 무료인 걸 알게 되니 입장료가 아깝다. (작가에 대한 예의는 아니지만 나는 아껴야 하는 여행자니까) 잠시 고민하다 근처에 있는 '레티로 공원'을 갔다 오기로 했다. 하늘이 수상하다. 비가 올 것만 같다. 오늘도 우산 안 챙겼는데.

아니나 다를까 공원이 저 멀리 보일 때쯤부터 빗방울이 떨어지기 시작한다. '괜찮아, 이 정도는 맞을만해!'라는 생각으로 오르막을 오르는데 점점 거세지는 빗줄기.

올라가는 길이 우리나라로 치면 부산의 보수동 같은 헌책방 골목이어서 그 처마 밑을 우산 삼아 올라갔다. 처마가 끝날 때쯤 쏟아지던 비도 약해지다 이내 거의 그친다. 이때다 싶어 공원 입구까지 달렸다. 나무와 잔디로만 가득 찼던 그 공원은 나에게 꽃밭보다 더 아름다웠다. 하지만 몇 걸음 못 가서 안타깝게도 더 이상 돌아볼 수 없게 됐다. 갑자기 다시 쏟아지던 비 때문에. 그 비를 맞고 걸었다간 그대로 바다에 빠진 생쥐가 될 것 같았다. 큰 나무 아래로 들어가 급한 대로 비를 피했다. 약해질 기미가 보이지 않던 비로 인해 나무에게 고맙다는 말을 전했다.

홀딱 젖은 내 꼴에 헛웃음이 나와 잠시 멍하니 있다가 두르고 있던 머플러로 온몸을 털었더니 물기가 좀 가신다. 그때쯤 약해지는 빗줄기. 이때다 싶어 부지런히 소피아 미술관으로 뛰어가 몸을 녹인 후, 기념품샵에 먼저 들러 스페인의 화가 피카소의 유명한 작품 「게르니카」가 인쇄된 엽서를 사둔다. 미술관에 들어가 그 작품을 직접 봤는데 느낌이 말로 설명이 안 된다. 성인이 가로로 15명은 나란히 설 수 있을 듯한 거대한 캔버스에 스페인 전쟁으로 황폐해진 상황을 처절하게 담았다. 그림을 잘 모름에도 이 작품 앞에서는 그 처절함이 절로 느껴졌다.

우연히 합류하게 된 사람들과 샹그리아를 마시고 야경을 보러 다니다 보니 새벽에 숙소로 돌아오게 됐다. 딱히 위험한 건 아니었지만, 거리에 있는 사람들이라고는 모두 술 한 잔씩 걸친 사람들뿐. 내일부턴 자정 전에 들어오기로 다시 한 번 다짐한다. (혼자 다니는 여행은 무조건 내가 조심해야 한다는 생각을 잊지 않으려 애쓴다)

'어울림'에 대하여

여행 일주일 만에 한국인들과 어울렸다. 사실 나는 빠에야와 샹그리아가 먹고 싶어 동의한 만남이었다. (혼자 하는 걸 거의 대부분 아무렇지 않아 한다고 생각했는데 아직 밥 먹는 건 혼자가 익숙하지 않다) 유별나게 굴고 싶진 않지만 아직은 딱히 한국인이 그리운 시점도, 사람들과 우르르 어울리고 싶은 시점도 오지 않았다. 충분히 지금 내 환경에 적응하고 만족하려 하는 중이니까.

처음엔 두세 명이었으나 결국엔 여덟 명이 되어버린 만남.

내 지인들은 늘 인정하지 않지만, 분명히 나는 낯을 가린다. 그런데 그 많은 사람과 급작스레 어울리게 되었으니. 함께 할 때는 웃고 떠들었지만, 숙소에 돌아오니 지친 기분이 가장 먼저 든다.

굳이 많은 사람과의 만남을 즐기지 않는 것은 어느 정도 인정해야 할 듯하다. ('이름이 뭐예요, 나이가 몇 살이세요, 어디서 오셨어요, 무슨 일 하세요.' 등의 반복이 흥미롭지 않다고 해야 할까) 하루 종일 돌아다닌 것보다 그 몇 시간 잠시 한국인들과 어울린 것에 먼저 지친다는 거에 조금은 씁쓸하다. 그래도 샹그리아를 한 잔씩 하며 앉아있던 그 레스토랑에서 새삼 느낀 건, 정열의 나라 스페인을 이기는 건 우리 한국인의 흥이구나 싶었다는 것. 나도 포함된 자리였으나 분명 우리의 그 특유의 시끌벅적함은 스페인 현지인들을 조용한 축에 끼도록 하고도 남았다. (아, 물론 개념 없이 소리를 질러대며 논 것은 절대 아니다. 다만 흥이 넘쳤을 뿐) 샹그리아를 혼자 먹기가 좀 그래서 가게 된 자리. 충분히 좋은 사람들이었고 다양한 사람들이어서 신선했고 아깝지 않던 시간이었다.

#09

프라도 미술관에 가다

04/12

반나절을 꼬박 머물렀던 '프라도 미술관'은 내가 마드리드에서 갔던 미술관 중 가장 많은 작품을 품고 있었다. 작품 앞에서 그림을 그리던 화가들의 스타일도 가지각색. 어떤 화가는 물감을 나무 팔레트 위에 색깔별로 나열해서 가슴 높이에 고정해두고 군인처럼 반듯하게 그림을 그리고 있고, 어떤 화가는 굳이 바닥에 팔레트를 놓고 허리를 접었다 폈다를 반복하며 그림을 그린다. (이건 내가 봐도 상당히 불편해 보이는데 어쨌든 그림은 잘 진행되고 있었다) 옷차림에서도 어떤 화가는 동네 건달 느낌, 다른 화가는 동네 아주머니 느낌, 진짜 예술 하는 게 티가 나는 디자이너 스타일도 있다. 각자의 개성대로 그곳에 몇 시간이고 서서 작품을 그리고 있는 그들 또한 대단하다 싶다.

미술관을 나와 누군가를 만났다. 휴가받은 은행원 오빠와 과감히 직장을 그만두고 여행을 떠나온 경상도 언니였다. 플라멩코는 진심으로 꼭 보고 싶던 공연이라 혼자라도 갈 생각이었는데 마침 인연이 닿아 함께 보러 가게 된 것이다. 미리 골라둔 공연장으로 가는데 6시 공연을 보려던 우리는 시간이 늦어질수록 재밌어진다는 소문을 듣고 8시 공연을 보기로! 예약을 해두고 남는 시간을 '산 미구엘 시장'에서 놀기로 했다. 스페인의 모든 먹거리가 모여 있다는 그곳은 상상했던 것보다 최신시설에 생각보다 작은 규모. 그래도 없는 게 없는 곳이다. 타파스는 기본이요, 하몽, 츄러스, 와인, 샹그리아, 온갖 견과류, 과일, 과자 등등. 가격도 식당에서 먹는 것보다 싸고 종류도 엄청 다양해서 구경하는 것만으로도 눈이 즐겁다. (물론 먹어줘야 확실히 즐겁다) 죄다 먹어보고 싶었지만, 플라멩코 공연을 앞줄에서 보기 위해 식사까지 함께 예약해둔 터라 최소한의 타파스와 최소한의 츄러스만 맛보고 나왔다. 또 가야지.

대망의 플라멩코 공연을 보다

마드리드를 돌아다니기 시작했던 첫날, 기억나지도 않는 골목 어귀 어디쯤에서 우연히 받았던 플라멩코 공연 팜플렛. 가고는 싶었지만 혼자

가서 즐기는 게 어색해서 미루고 있었는데 내 손에 들어온 것이다. 연락이 닿은 사람들과 팜플렛을 공유해서 이곳으로 가기로 결정했다. 결코, 싸지 않은 티켓값이었지만 '지금 아니면 언제 보겠어!'라는 생각으로 다들 적극적으로 공연을 보기로 했다. 한 시간짜리 공연이었는데 기대 이상의 시간이었다. 공연 전엔 설레서 입이 벌어지고, 공연 중엔 놀라서 입이 벌어지고, 공연 후엔 만족과 흥분이 섞여 입이 벌어져 있었다. 공연을 보며 함께 마신 샹그리아는 금상첨화. 바닥이 무너질 정도로 열정적으로 춤을 추는 아티스트들. 그리고 그들을 받쳐주는 라이브 가수들까지. 지금도 잊혀지지 않는 건 그들의 춤과 더불어 표정이다. '내가 스페인이다, 내가 정열이다, 내가 플라멩코다!!'를 온몸으로 외치던 그들. 운 좋게 우리 자리가 꽤 좋아서 아티스트들이 턴을 할 때마다 조명 빛을 받아 흩날리던 최고의 땀방울까지 제대로 볼 수 있었다.

신나게 즐기고 나왔더니 비가 추적추적 온다. 오늘은 드디어 비 오는 날 내 손에 우산이 있는 날. 공연의 여운에 빗소리까지 들으니 이건 뭐, 그 자체가 꿈같은 시간이다. 숙소로 돌아오는 길, 나도 모르게 콧노래가 절로 흥얼거려지는 밤이다.

숙소로 돌아와 잠시 씻는 사이, 누군가 훔쳐갈 뻔했던 내 가방을 다행히 잘 지켰다. 요 며칠 매너 좋은 사람들밖에 없었고 오히려 서로의 자리를 침범하지 않으려 조심하는 사람들만 만난 터라 마음 놓고 편하게 지내고 있는 와중에 그 매너 있는 사람들은 다 나가고 어디서 도둑 하나가 들어 왔던 거다.

나도 모르게 안일해졌고 조심하지 않았나 보다. 긴장하란 뜻으로 받아들이자.

‘기대와 만족’에 대하여

뭔가를 기대할 일이 있으면 그 기대치를 최대한 낮추려고 하는 편이다. 내가 진짜 소망해서 이루게 된 일이라면 더더욱.

기대치가 높았다가 실망하는 것보다는 낮은 기대치를 안고 가서 만족하는 편이 더 좋아서. 대부분의 경우가 맞아떨어진다.

별생각 없이 간 곳에서 인생사진을 건지는 경우가 있는 반면, 기대하고 기대하며 찾아간 유명한 맛집에서 실망만 하고 나오는 경우도 있다. 예를 들면, 산타할아버지에게 커다란 곰 인형을 기대했지만, 난데없이 연필세트가 손에 쥐어졌을 때, 연필세트조차도 기대하지 않았다면 아마 그건 꽤나 괜찮은 선물이 되었을지도 모른다.

하지만 오늘 본 플라멩코 공연은 예외였다.

너무 보고 싶던 거라 기대를 안 할 수가 없었고, 결국엔 큰 기대를 안고 공연장에 들어갔는데 공연을 다 보고 난 후엔 그 기대 이상의 만족감을 느낀 것이다. 적어도 나에겐 꽤나 대단한 일이었다. 기대 이상의 만족감을 느낀다는 건.

앞으로 내 인생에 있어서도 오늘처럼 기대 이상의 만족감을 느낄 일이 많길 바라며. 그런 일이 많아진다는 건 오늘 같은 짜릿함과 흥분을 제대로 느낄 수 있을 거라는 말이 되기도 하니까.

#10

스페인의 옛 수도, 톨레도에 가다

04/13

어제 공연을 함께 봤던 언니와 ‘톨레도’까지 동행하게 되었다.

마드리드 이전에 스페인의 수도였던 곳, 그만큼 마드리드 몇 배 이상의 역사를 가진 곳이기도 하다. 도시 전체가 옛날 건물을 모습을 그대로 보존하고 있어서인지 옅은 모랫빛으로 사방이 덮여있는 느낌이다. 골목은 미로처럼 복잡하지만 곳곳이 예쁘고 특유의 분위기가 넘친다.

금강산도 식후경. 톨레도에 도착하자마자 어느 레스토랑에 들어가 코스요리를 시켰는데 (아, 정말 오랜만에 나에게 주는 과분한 식사였다) 식전 빵은 최고의 쫄깃함을 자랑했고, 전채 요리는 푸짐한 샐러드와 사슴고기 파스타, 메인 요리는 연어구이와 돼지고기스테이크, 그리고 후식으로 진한 치즈 케이크까지. 완벽한 식사였다. 함께한 샹그리아는 말해 뭐할까. 당연히 완벽했다. 배가 터질 듯한 기분으로 톨레도를 한 바퀴 도는 미니버스를 탔다. 가파른 오르막으로 이루어진 도시라 기차를 타고 위로 올라갈수록 아주 멋진 전경을 볼 수 있었다. 이곳의 역사가 고스란히 담겨있는 듯한 성과 성당 건물, 일부만 남아있는 성벽, 그 모든 걸 감싸고 흐르는 강까지.

한 바퀴 돌고 내려온 우리는 본격적으로 걸어 다니며 톨레도를 구경하기 시작했다. 첫 목적지로 대성당을 갔는데 나는 그곳에 들어가는 대신 톨레도를 돌아다니기로 했다. 대성당 한곳을 보는 대신 작은 성당도 가고, 낯선 골목들을 돌아다녔다. 톨레도는 영화 '반지의 제왕'에 나왔던 칼들을 제작했던 장인들이 있는 도시기도 해서 칼과 방패를 파는 상점이 많다. 어디 쓸 데도 없으면서 나도 그 멋들어진 칼들에 꽂혀 결국 제일 작은 칼을 샀다. 적어도 편지 봉투 정도는 거뜬히 오픈할 수 있는 칼로.

골목 사진을 찍고 있는데 문득 렌즈를 치우고 눈으로 다시 골목을 쳐다보니 어떤 할머니가 나를 보며 웃고 계셨다. 카메라에 나도 모르게 그 할머니를 담고 있었던 거다. 기분 좋은 웃음을 보여주셔서 나도 기분 좋게 그 골목을 기억할 수 있게 되었다.

어느덧 저녁 시간. 아무래도 근교다 보니 돌아갈 시간을 생각하지 않을 수가 없어 성당을 보러 갔던 언니와 다시 만났다. 그냥 가기 아쉬웠는데 마침 '파라도르 호텔 전망대'가 떠올랐다. 톨레도의 전망을 한 번에 감상할 수 있다는 곳이다.

한 시간에 한 대 온다는 귀한 버스를 타고 20분 정도를 올라간 그곳은 호텔이라기엔 낡은 외관이었으나 안에 들어가는 순간 화려하면서도 아늑한 느낌을 풍기는 곳이었다. 옛날 건물을 건드리지 않고 내부만 손대다 보니 밖에선 호텔이라는 생각이 잘 들지 않을 정도였는데 이런 반전이. 로비를 가로질러 카페로 들어갔고 문을 여는 순간 환호성을 질렀다. 반나절 동안 톨레도에서 본 전경 중 최고를 자랑했다. 따뜻한 차를 마시러 올라간 거였지만 이럴 순 없다 싶어 톨레도에서 유명하다는 맥주를 한 병 시켰다. 술을 빠르게 마시는 편인 나도 여기에서만큼은 그 한 병을 비우는데 꽤 오래 걸렸다. 맥주잔을 드는 것보다 눈으로 앞에 펼쳐진 전경을 담는 게 더 중요했던 거다.

버스터미널에 도착했더니 얼마 지나지 않아 '마드리드'행 버스가 들어온다. 자리에 앉고 나서야 언니와 나는 살짝 피곤함을 느끼기 시작했다. 2만 보를 걸었다고 핸드폰이 알려준다.

게다가 점심엔 샹그리아 한 잔(은근히 취기가 오른다), 파라도르에서 맥주 한잔. 본의 아니게 섭취한 알코올에 노곤함까지 더해져 창밖을 보다 스르르 잠이 들었다.

마드리드에 도착해 숙소로 돌아오던 중, 굳이 길을 잃어버렸던 나는 중간에 사람 하나 없는 어두컴컴한 골목을 꽤 오래 걸었었는데 오랜만에 심장이 쫄깃했다. 그래도 무사히 돌아와 위치가 바뀐 내 침대에 자리를 잡고 누우니 천장의 창문이 눈앞에 있다. 창밖의 달은 덤이다. 달을 보면서 잠드는 거다.

오늘도 여지없이 어제의 사람이 나가고 새로운 누군가가 들어왔고, 여전히 남자들뿐이다. 이건 정말 남자 전용 방에 나 하나를 넣었다고 해도 과언이 아닐 정도다. 일주일을 묵었는데 여자를 본적은 딱 하루. 그러다 보니 옷도 걸치지 않고 돌아다니는 그들을 보는 게 이젠 자연스러운 일이 되어버렸다.

'날씨 운'에 대하여

함께 다녔던 언니의 날씨 운은 정말 끝내주는 것 같았다.

나보다 3일 정도 먼저 런던에 들어왔고 프랑스를 거쳐 이곳 마드리드에서 만난 그 언니는 유럽에 들어온 날부터 지금까지 비가 왔던 날이 딱 하루였다고 한다. 그 하루가 바로 우리가 플라멩코 공연을 보기 위해 만났던 날. 그에 비해 나는 런던에 발을 내딛은 날부터 언니를 만나기 전까지 비가 오지 않은 날이 딱 하루였다. 비를 몰고 다니는 건 둘째 치고 햇빛을 받은 날이 거의 없었던 것이다. 선글라스는 당연히 한 번도 꺼낼 일이 없었고.

그랬기에 언니와 함께한 건 오히려 언니의 그 좋은 날씨 운을 함께 나눌 수 있던 시간이 아니었나 싶다.

분명히 어제까지 오던 비가 함께하기로 한 오늘이 되자 언제 그랬냐는 듯이 맑아졌다. 신기할 정도다.

여태껏 춥고 흐리고 비 오는 날만 맞이했던 터라 옷이란 옷은 다 껴입는 게 버릇이 될 지경이었는데 그 버릇대로 입고 나갔다가 하나씩 옷을 벗어 던질 정도였다. 할 수만 있다면 언니의 그 운 좀 조금만 나눠달라고 하고 싶었다. 얼마만에 맞이하는 햇빛인지 너무 황홀해서 하늘에 등도 대고 팔도 대고 이마도 대가며 최대한 햇빛을 흡수하려 했다. 햇빛의 소중함을 온몸으로 느꼈던 순간이다.

하지만 생각해보면 내가 몰고 다닌듯한 그 흐린 날씨에 불만을 가진 적은 한 번도 없다. 은근히 흐린 날씨도 장점이 많았다.

일단 사진은 아주 분위기 있게 잘 나온다. 너무 밝아도 사진에선 그 느낌이 살지 않는데 적당히 흐리면 그 분위기가 배가 된다.

두 번째로 선글라스를 쓰지 않고 다녀도 된다. (콧대가 낮은 나에게 안경이나 선글라스는 사실 꼭 써야 하면서도 상당히 불편한 물건이다)

세 번째로는 어차피 우산 안 쓰고 다녀도 될 정도의 비가 대부분이라 자연 미스트라 생각하며 다닌다. 건조한 것보단 낫다.

그렇다면 나도 날씨 운이 나쁜 건 아니지 않을까.

물론 해가 쨍쨍한 날을 몰고 다니는 게 훨씬 좋을 수도 있지만 내가 그 반대의 날씨들을 몰고 다닌다고 해서 날씨 운이 좋지 않다고 생각했던 게 문득 아니다 싶다. 앞으로는 비가 오나 눈이 오나 나는 날씨 운이 좋은 거다!

#11

좋게 말해 여유, 현실은 복잡

04/14

본의 아니게 삼일 연속으로 끊임없이 돌아다니느라 '포르투'행 계획을 전혀 짜지 못했다. 일단 눈 뜨자마자 항공편 예약을 하기로 했지만 당장 내일이라 이미 세 배 이상 가격이 뛰어 사지 않기로 했다. 또 다른 방법을 찾아 헤맨 결과, 카 쉐어를 알게 됐다. 적당한 가격으로 자리만 있으면 언제든 예약해서 목적지까지 차를 쉐어해서 가는 시스템이니 이게 딱이다. 호스텔 직원의 도움을 받아 한참 만에 예약 성공. 답 메일이 죄다 스페인어로 와서 그의 도움을 여러 번 받아야 했다. 다음으로 해야 할 건 숙소 예약. 포르투는 숙소시설에 비해 가격이 좋기로 소문난 곳이라 마음 놓고 선택을 해본다. 일단 몇 군데 중 가격적으로 마음에 드는 곳으로 정했다. (여행 초반이라 가격이 최우선 조건이다. 열심히 아껴서 나중엔 호텔 가야지)

내일 갈 곳을 정하고 나니 문득 오늘이 아쉬울 듯해 '세고비아'에 갔다 오기로 했다. 버스터미널에 도착해 세고비아가 적힌 표를 사고 의자에 앉아 버스를 기다렸다. 톨레도보다 조금 더 먼 곳에 있는 세고비아로 가는 길엔 설산도, 푸른 산도, 넓은 하늘도 지나친다.

톨레도가 작지만 꽉 찬 느낌이라면 세고비아는 널널한 느낌. 터미널에서 조금만 걷다 보면 '수도교'가 나오는데 이게 진짜 장관이다. 세계문화유산으로 등록된 이 수도교는 그 웅장함과 견고함을 한 눈에 담기 힘들 정도다.

그곳을 지나 '알카자르성'으로. 디즈니 만화에 나오는 백설공주 성의 모티브가 된 곳이 바로 이 성이라고 한다. 공사 중이란 소리를 어렴풋이 들었었는데 여전히 공사 중이라 외관을 멋있게 담을 순 없었지만, 내부에 구경거리가 꽤 있어 볼만했다. 다만 이 넓은 성은 꽤나 추웠는데 여기 살던 사람들은 어떻게 살았을까 싶었다. 넓기도 엄청나게 넓어서 이 방에서 저 방으로 넘어가는데도 종종걸음으로 부지런히 다녀야만 할 것 같다.

구경하면서 내 자신에게 의아하기도 했다. 성에 살던 공주는 어떤 느낌일까라는 생각으로 들어갔던 이곳에서 중세 기사들의 동상과 무기들에 완전히 꽂혀 결국 공주가 살던 방보다 무기의 방에서 더 오래 머무른데다 기념품샵에서 칼을 사고 싶어 그 앞에서 한참을 고민했다. 전생에 기사였던 걸까. 알카자르 성을 정확히 두 번 돌고 나왔더니 굳게 닫혀있던 길가의 가게들이 오히려 문을 열기 시작한다. 나보다 더 느긋하네.

수도교가 다시 보고 싶어 방향을 잡고 갔지만 역시나 옆길로 샜다. 사람도 없고, 길은 넓디넓고, 새소리는 산뜻하게 울리는 와중에 저 멀리 보이는 세고비아의 전경은 그야말로 최고였다. 산티아고 순례자의 길로 이어진다는 (우연히 잘못 들어선)이 길은 나에게 잊지 못할 시간을 만들어주었다.

오솔길 같은 길을 따라 내려가다 보니 수도교가 다시 보인다. 그냥 떠나기 아쉬워 수도교도 끝까지 한번 걸어보기로 했다. (이 거대한 건축물 끄트머리는 어떻게 끝맺음 지어졌을까, 갑자기 궁금해서) 끝으로 갈수록 이곳 주민들이 사는 동네였는데 골목에 드문드문 공놀이하는 아이들을 조심하라는 그림의 표지판이 있어 인상 깊었다. 진짜 공놀이 중인 애들을 봤는데 도시가 거의 돌길임에도 불구하고 차가 쌩쌩 달려서 꼭 필요한 표지판인 듯했다.

세고비아는 고지대라 다니는 내내 바람이 너무 불었는데 그래도 하늘이 맑아서 사진은 정말 예쁘게 나온다. 물론 카메라보다 눈에 담는 게 백 배는 더 아름답지만.

마드리드로 다시 돌아온 나는 숙소까지 걸어가기로 했다. 마드리드에서의 마지막 밤이기도 하고 내린 곳이 중심지에서 살짝 벗어난 곳이라 보지 못했던 동네를 보고 싶기도 해서. 관광지에서 벗어나 지나치는 여러 사람들도 보고, 대학교도 기웃거리며 어두워져 가는 밤하늘을 맞이했다. (막상 대학교를 지나쳐보니 다시 다니라면 못 다닐 것 같지만, 그 특유의 학생 느낌은 다시 가지고 싶은 듯했다)

'커피를 대신하는 나의 방법'

커피를 마시고는 싶지만 마시지 못하는 나는 늘 핫초코를 달고 살았다. 하지만 이곳 유럽은 대부분 빵을 먹는 데다 그중에서도 초코빵에만 자꾸 손이 가는 내 버릇으로 인해 이미 초콜릿이 혀에 박혀버린 기분이라 다른 방법을 선택하기 시작했다.

핫초코 다음으로 좋아하는 밀크티.

얼 그레이에 뜨거운 우유를 타고, 개인의 취향을 얹어 계핏가루를 섞어 마시는 걸 굉장히 좋아한다. 커피와 핫초코보다 싼 가격에 큰 행복감을 느끼며 먹을 수 있는 또 다른 나의 선택. 다행히 이곳 유럽은 커피도, 따뜻한 차도 넘치는 땅이다. 덤으로 계핏가루가 놓인 카페는 더 반갑고.

커피를 못 마시면 어때.

나에겐 핫초코도 있고, 밀크티도 있으며, 가끔은 맥주 한 잔도 있는 걸.

앞날이 안 보이면 어때.

나에겐 여행할 수 있는 용기도 있고, 시간도 있으며,

가끔은 밑도 끝도 없는 배짱도 있는 걸.

못 마시는 커피를 대신하는 방법이 넘치듯, 살면서 내가 못하는 것에 대해 아쉬워하기보단 그것을 대신할 수 있는 것이 더 많음을 잊지 않길.

#12

국경을 넘어 포르투갈로

04/15

스페인에서 포르투갈로 넘어가는 날. 그러나 나에게 불어 닥친 첫 번째 시련. 노트북이 고장 났다. 화면은 겨우 켜지게 만들었지만 모든 데이터와 영영 이별했다. 내 지난 인생의 모든 글과 사진은 안녕. 우울해서 모든 걸 접어두고 체크아웃을 한 후 바로 약속 장소로 와 버렸다. 포르투갈로 갈 차를 기다리는 일 말고는 할 수 있는 게 없었다.

약속시간에 맞춰 카 쉐어를 하기로 한 남자가 왔고 이런저런 사정으로 인해 우리 둘만 타고 갈 거라는 말을 듣게 됐다. 넓게 타고 가게 된 셈이다. 다른 카 쉐어에 비해 조금 비쌌지만 원하는 시간에 가는 사람이 이 사람뿐이라 어쩔 수 없었는데 대신 내가 예약한 숙소 앞에 내려준다고 해서 오히려 더 좋다.

마드리드에서 포르투까진 차로 다섯 시간.

영어를 잘하진 못하지만 함께 대화하기 위해 노력하는 그와 처음 한 시간 정도는 이런저런 이야기를 하며 출발했다. 말을 많이 하면 지치는 병이 있는 나는 못하는 영어를 쥐어짜내며 얘기를 이어가다 두 시간째가 되자 결국 잠에 빠졌다. 둘 뿐이라 조수석에 앉은 내가 잠을 자는 건 매너가 아니지만 오는 잠을 막을 수가 없으니.

쉬지 않고 달렸던 다섯 시간은 생각보다 꽤 길었다. 도로엔 차가 한 대도 없어 그는 부지런히 달렸고 마드리드에서 포르투까지 오는 동안 거쳐 온 몇 개의 도시들을 지나치며 나름 흥미로운 여정을 이어갔다. 포르투갈 국기가 그려진 간판을 지나가는 순간, 그의 배려 덕에 간판을 사진으로 남길 수 있었고 스페인에서 포르투갈로 넘어가는 국경을 넘는 순간도 기억할 수 있게 됐다.

날씨의 밀당은 오늘도 이어졌다. 포르투는 지금 비가 오고 있다는 말을 들었는데 내가 떠나던 마드리드는 해가 쨍쨍하다 못해 눈부신 날씨였다. 비가 나랑 같이 이동하나 보다 싶었다. 흐림과 맑음을 반복하던 우리의 여정, 그 끝은 반갑게도 비가 오지 않는 포르투였다.

무사히 포르투 도착! 와인이 유명하고, 기차역과 맥도날드마저 세상에서 가장 아름다운 곳이라 불릴 정도로 건물들이 예쁜 도시다. 마드리드와 시차가 한 시간 정도 차이가 나서 한 시간을 번 셈이라 귀한 시간이 더 가기 전에 숙소에 짐을 내려놓자마자 근처를 한 바퀴 돌아보기로 했다.

이곳도 일찍 문 닫는 가게가 많다. 대신 분위기가 엄청 좋은 바(bar)와 레스토랑이 많아서 거리는 모두 따뜻한 불빛을 안고 있다. 포르투가 에그 타르트의 원조라는 정보를 오는 길에 주워들었으니 눈앞에 보이는 가게에 들어가 에그 타르트부터 샀다. 유별나게 다른 맛은 아니었지만, 포르투에서 먹으니 더 맛있는 기분.

강까지 갔다 오면 너무 늦을 것 같아 중심지만 돌았는데 한 시간 만에 다 돌아봤을 정도로 큰 마을 같은 곳이다. 물론 문을 전부 닫아 성당이나 박물관은 내일에나 가볼 수 있겠지만 그래도 길치인 나에게 이곳은 너무나도 쉽게 손을 내밀어 준 도시다.

와인으로 유명한 도시라 와인샵이 길가에 꽤 많다. 문을 전부 닫은 게 문제였지만. 마침 숙소 일 층이 마켓이라 혹시나 싶어 들어갔더니 와인 종류만 수십 가지가 놓여있다. 나름의 고민을 거쳐 고른 포르투 와인 한 병. 술 먹으러 여행 온 게 아닌데 어느덧 자연스레 맥주와 와인을 번갈아 마시는 나는 지금 유럽에 서 있음을 제대로 즐길 뿐. 가는 곳마다 점점 더 빠져들고, 점점 더 행복을 느끼는 이 시점에 이 정도는 누려도 되지 않을까.

혹시나 해서 다시 열어본 외장하드와 노트북은 여전히 새하얀 백지를 자랑한다. 그래, 어차피 이렇게 된 거 지금 이곳에 앉아 이 글이라도 남길 수 있는 것에 무조건 다행이고 감사하다 생각하자. 성당에 들어갈 때마다 무사히 건강하게 여행 다닐 수 있게 해달라고 기도했었는데 앞으로는 내 물건들의 건강도 함께 빌어야겠다.

'간절함 뒤에 오는 욕심'에 대하여

컴퓨터가 고장 나자 정말 당황스러웠다. 여행은 이제 시작한 시점이었고, 몇 년 동안 쌓아놓은 자료는 무슨 생각이었는지 백업도 해놓지 않았다. 밤새 재부팅을 걸어놨으나 아침에도 여전히 증상은 똑같았고, 나는 그저 앞으로의 기록과 백업을 위해 컴퓨터가 켜지기만을 바라고 바랄 뿐이었다. 상담사와 겨우 연결이 되어 어떻게든 해결은 했다. 말 그대로 최소한의 해결이자 최대한의 수단. 그 이상도 그 이하도 내 힘으로는 더 이상 뭘 할 수가 없었던 상황이었다.

하지만 인간이란 게 참 간사하다. 진심으로 모니터만이라도 켜지게 해달라며 빌었던 내가, 막상 모니터 화면을 뜨게 하기 위해 모든 자료를 날리고 나자 후회와 욕심이 마구 뒤섞여 다가왔다. 이왕 고쳐질 거였으면 자료까지 날려야 했나. 이왕 해결될 거 자료도 같이 보호해주면 안 되는 거였나.

진심으로 간절했으면서 이제 와서 또 다른 욕심을 부리고 있었다. 그래, 더 이상의 욕심은 간절했던 그 요구마저 날려버릴지도 모른다. 잊어보자, 위인전을 낼 것도 아니고 단지 나를 위한 기록이었으니까. 그 기록은 앞으로 언제든 다시 쌓아 가면 되는 거니까. 포르투에 집중하자. 이 매력적인 포르투에.

간절함 뒤에 오는 더 큰 욕심만큼 치사한 것도 없음을 상기시키게 된 날.

#13

흐르는 강물처럼

04/16

많은 아이들이 좋은 곳으로 떠났을 그 날. 딱 그 아이들만 할 때였다. 내가 지금의 이 여행을 꿈꾸기 시작한 때가. 강이 잔잔히 흐르고 여러모로 소박한 포르투라는 곳에 와있는 지금, 그리고 그 속에서 이 글을 쓰고 있자니 괜히 울적하다. 그 아이들 중엔 분명 나와 같은 꿈을 꾸던 애들이 있었을 텐데. 나도 지금에서야 이룬 이 꿈을 그 아이들도 이뤘다면 좋았을 텐데.

포르투는 오늘 하루 날씨가 적어도 열 번은 바뀌었다. 비가 미친 듯이 오더니 갑자기 해가 내리쬔다. 숙소에서 2분 거리에 있던 그 유명한 '렐루 서점'에 갔다. 『해리포터』의 작가가 영감을 받았던 곳으로도 유명한 이곳은 '세계에서 가장 아름다운 서점'이라는 타이틀을 가지고 있기도 했다. 난생처음 서점에 입장료를 내고 들어가 본다. 정말 영화에나 나올법한 분위기의 서점이다. 서점이 워낙 아름다웠던 만큼 사람이 넘쳤던 그곳에서 나와 어제부터 가고 싶던 '도우로 강'으로. 하필 주말이라 여유롭게 강을 보길 원했던 나는 넘치는 인파에 어느 한 곳에 머물지 못할 정도였다.

강을 보며 점심을 먹어볼까 했지만 바람도 많이 불고 비까지 내려 분위기 잡기는 틀렸다. 생각보다 비바람이 많이 부는 현실은 분위기와 거리가 멀어진다.

도시 자체가 크지 않다는 걸 인식해서인지 더욱더 무작정 돌아다녔다. 골목도 많았지만 무엇보다 대부분 오르막이라는 게 포인트. 숨을 틈틈이 다듬으면서 가줘야 한다.

별생각 없이 골목을 걸으며 곳곳을 찍다 보면 어느덧 누군가 창문으로 나와 손을 흔들며 웃어주고 있다. 지도를 보지 않으니 막힌 길인지도 모르고 들어섰던 어느 골목에선 똘똘하게 생긴 소년이 수줍은 듯 인사를 건넨다.

더 이상 볼 골목도 없겠다 싶을 때쯤 마주하게 된 한 공연. 열 명이 넘는 학생들이 길거리에서 함께 연주하고 노래를 부르고 있었다. 열 명이 넘는 멤버다 보니 각자 공연을 하는 느낌도 달랐는데 어떤 학생은 진심으로 즐기는 듯했고, 어떤 학생은 '이 공연에 내가 왜 있지?' 라는 표정을 짓고 있기도 했다. 어찌 됐든 그 에너지가 좋아 잠시 공연을 보다 주머니에 있던 동전을 놓아두고 왔다.

공연을 보고나니 그제야 곳곳에 거리 연주가들이 있었음을 인지했다. 날이 흐려서 그런지 막상 하루를 돌이켜보니 살짝 우울한 기분이었는데 누군가의 노래와 악기 소리 덕에 기분이 풀린다.

여러 작가의 핸드메이드 작품들을 한곳에 모아놓은 가게를 우연히 발견했다. 구경만 하려고 들어갔는데 어느덧 내 손엔 코르크 팔찌 두 개가 들어와 있다. 엄마 꺼 하나, 내 꺼 하나.

골목을 돌고 돌다 마음에 드는 가게에서 에그 타르트(이곳에서는 '나타'라고 한다)를 몇 개 사서 숙소로 돌아왔다. 어제 남겨둔 와인과 탄산수, 그리고 나타로 저녁을 먹으며 이 글을 쓰고 있다. 확실히 포르투는 나에게 여유를 느낄 수 있게 해준 곳이다. 실컷 돌아보고 왔는데도 아직 해가 지기 전. 와인 몇 잔을 마시니 기분이 적당히 좋아진다.

잘 놀고 잘 마시다 간다, 포르투.

'사람 사는 곳'에 대하여

영어도 못하고 돈도 얼마 없는 내가, 다행히 운이 좋아 이렇게 여행을 하고 있다. 아직 여행 초반이지만 무작정 골목 구석구석을 돌아다니는 게 일상인 내가 느낀 게 하나 있다.

'아 사람 사는 건 어딜 가나 똑같구나.'

해가 뜨면 바깥에 빨래를 널고, 늘 시끌벅적한 집 앞을 취미 삼아 내려다보고, 길거리 공연장에 끼어드는 술 한 잔 거하게 하신 아저씨까지.

내가 사는 그곳과 다를 바 없는 모습들.

그런데 아이러니한 건 내가 이 모습들을 주로 카메라에 담는다는 거다.

어쩌면 나는 에펠탑, 런던아이, 프라도 미술관과 같은 유명한 곳들의 모습보다 이런 모습들을 원했고, 그걸 가득 담고 싶어 이 여행을 시작한 걸지도 모르겠다.

#14
포르투에서 리스본으로

04/17

날씨가 엄청 좋다. 빗방울은커녕 햇빛이 내리쬔다. 오늘은 진짜 비가 오지 않을 기세다. 바람이 너무 불어 머리를 산발로 놔둔 채 돌아다녔던 이곳이 내가 떠날 때가 돼서야 친절해진다. 이틀 내내 돌아다닌 덕분에 미련 없이 리스본행 버스를 탔다. 세 시간 반이 걸릴 예정. 가는 길에 배가 고플 것 같아 나의 사랑, 포르투갈의 자랑, 에그 타르트(나타)를 두 개 사서 가방에 넣어둔다. 가는 가게마다 가격이 다르다. 첫날 포르투에 도착해 사 먹었던 나타 한 개 가격으로 오늘은 두 개를 살 수 있었다. 맛도 맛이지만 가격도 마음대로다. (혀가 예리하진 않아서 어느 것이 더 깊은 맛이 나는지 평가는 할 줄 모르지만, 확실히 오늘 먹은 건 싼값을 하긴 했다)

리스본 도착

거의 매번 저녁때 도착해서 늘 씻고 짐 정리하고 잠들기 바빴기에 이번엔 일부러 일찍 출발해서 오후에 도착했다. 저장해뒀던 지도에 의존했다가 굳이 큰길을 놔두고 어마어마한 돌길과 오르막을 올랐다. 죄다 오르막인 이곳에서 배낭이 아닌 캐리어가 손에 있었다면 진작 때려치웠을 지도 모를 정도의 여정이었다. 계단에 세워진 손잡이를 부여잡아가며 호스텔까지 왔다. 분명 중심지는 아닌듯한데 희한하게 전망대와 큰 교회가 코앞에 있는 꽤 좋은 위치였다. 헥헥대며 입구를 열었는데 2층으로 또 올라가야 한다. 계단보고 숨이 한 번 더 막혔지만 올라가야지 어쩌겠는가.

고생한 게 후회되지 않을 정도로 좋은 시설과 친절한 직원이 반겨준다. 얼른 짐을 풀고 손빨래를 대충 해치웠다.

빵은 제쳐 두고 오늘은 식사다운 식사를 하리. 호스텔 직원이 추천해준 후한 인심의 할아버지가 운영한다는 가게를 찾아가려 했으나 일요일이라 문을 닫는다고 했다. 아쉬웠지만 리스본에 식당은 길거리의 비둘기만큼 많다. 먹고 싶은 요리가 있어 적당한 곳을 찾아다니다 도시 전경이 탁 트인 식당에 자리 잡았다(이곳은 대부분의 식당이 야외에 테이블을 두고 있다. 골목골목 어찌나 빼곡하게 테이블이 줄지어 놓여있던지. 오히려 그게 골목을 활기 있게 만들어 주고 있다).

문어 국밥과 해산물 국밥이 유명하다는 리스본. 그 와중에 나는 새우가 먹고 싶었고, 새우 국밥이 없는 이 식당의 직원은 대신 해산물 국밥을 추천해준다. 주문하면서 직원에게 새우를 좀 더 넣어달라고 말했는데 소통이 잘 안 됐나 보다. 나온 요리를 보자 새우 국밥이 탄생되어 나왔다. 여러 가지 해산물이 들어간다고 했었는데 새우를 자꾸 강조했더니 아예 새우만 종류별로 왕창 넣었다. 크기별로, 종류별로, 깐 새우 안 깐 새우까지. 새우란 새우는 다 데려온 줄 알았다. 우리나라로 치면 졸아서 짜진 매운탕 같은 국물에 밥이랑 해산물을 말아먹는 요리다. 아주 맛있게 먹었지만 먹고 나니 물만 두 병을 먹었을 정도로 짜긴 짜다. 어딜 가나 짠 유럽.

이미 저녁 시간이 지난 때라 식당 외의 가게와 관광지는 문을 닫았지만, 마음에 드는 전망대를 우연히 발견해뒀으니 문제없다. 그곳에서 레몬에이드 한 잔으로 짠 혀를 달래며 마침 해가 지고 있는 도시의 전경을 천천히 감상했다. 전망이 워낙 좋아 맥주 한 병씩 들고 혼자만의 세상에 빠진 사람도 많다. 오자마자 리스본의 해 질 녘 전망을 마주하고 라이브 연주 중인 아저씨의 노래까지 들으며 머물러 있자니 이곳 또한 점점 빠져든다. 반갑다 리스본.

'그래요 젊어서 고생 사서 하는 중입니다'

내 몸의 반 이상을 덮을 정도의 크기를 자랑하는 배낭을 메고 다니는 게 여행을 시작한 지 꽤 지났음에도 익숙해지지 않았다.

배낭이 나를 들고 다니는 듯한 느낌이었는데, 오늘은 오히려 익숙하게 느껴져서 '아, 이제 적응했나?' 싶었다. 아침에 짐을 싸려는데 한숨이 조금 나오긴 했지만 이내 착착 잘만 쑤셔 넣는 것도 익숙해졌음을 알렸고. (그나저나 짐을 풀었다, 쌌다를 반복하는 게 만만치 않게 일이다. 앞으로 수십 번을 더 반복할 텐데)

씩씩하게 길을 나서는데 이놈의 도시는 죄다 오르막이다. 리스본행 버스터미널이 아주 위에 있는 바람에 나는 꽤 경사진 길을 이십 분이 넘도록 올라야 했다. 지나가는 현지인들도 다 쳐다볼 정도의 모습.

으억거리는 이상한 소리를 내며 올라가자 동네 뒷산을 완주한 느낌이었다. 어쨌든 그렇게 한 고개 넘어서 땀이 난 나는 시간적 여유가 있음을 인지하고 광장에 잠시 뻗어버렸다. 배낭을 베개 삼아 아무 데나 누웠더니 보이는 건 맑다 못해 깨끗한 하늘과 구름. 순간 떠오르는 잡념. '아, 굳이 나와서 이러고 있는 이유가 뭘까.' 지나가는 사람들이 하도 쳐다봐서 그 시선도 반갑지 않고. (자기 몸집만 한 배낭을 낑낑대면서 들고 다녀서겠지) 리스본에 도착해서 숙소로 돌아가는 길은 더욱더 험난하다. 동네 사람들도 저러고 기어이 올라가는 나를 신기해한다. 그래, 그럴 수 있지. 어쨌든 오르막을 끝내고 나자 드는 생각. 앞으론 나 자신에게든, 나를 뚫어지게 보는 사람들에게든 당당하게 말하리.

"그래요 젊어서 고생 사서 하는 중입니다."라고.

젊으니까 굳이 이 고생도 웃으면서 감내할 용기가 있는 것일 테지.

이 와중에 짊어지고 있는 배낭은 그저 내가 즐기고 싶어 떠나온 이 여행의 소중한 동반자라는 깨달음도 얻는다. 어찌 보면 앞으로 여행 속에서 겪을 고생도 같이 겪을 존재겠네. 잘 부탁할게.

너도 얼마 안 된 배낭이니 같이 고생을 사서 해보는 게 좋을지도 몰라.

#15

말이 씨가 되다

04/18

어제 썼던 글 끝에 사서 고생하고 있단 말을 했다. 단지 그럴 각오로 여행할 것이다! 라는 식의 말이었던 것 같은데 오늘 하루 아주 제대로 말이 씨가 됐음을 겪었다. 리스본에서 사십 분 정도 떨어진 근교, '신트라'에 가기로 마음먹은 날. 아침 일찍 나가려 했으나 늦잠을 잤고, 그 와중에 조식은 꼭 먹느라 생각보다 늦게 나갔다.

기차역에 갔더니 줄이 상당히 길다. 표 사는 데만 한 시간은 걸릴 기세. 갑자기 어떤 아저씨가 다가오더니 저쪽 신문 파는 가게에 가면 '신트라'행 티켓을 살 수 있으니 그곳으로 가서 사란다. 웬 떡이냐 싶어 갔더니 진짜였다. 표를 사고 기계에 찍고 들어왔더니 차가 이제 막 떠날 준비를 하고 있다. 대문짝만하게 목적지가 적혀있어서 냉큼 올라탔다. 시작이 좋았다.

컨디션이 좀 좋지 않아 아침까지만 해도 갈까 말까 했지만, 이왕 출발하게 됐으니 참고 신나게 가기로.

'신트라'엔 어찌나 관광객이 넘치는지. (현지인들도 좋아하는 곳이라고 한다) 역을 나가는 데만 한참 걸렸다. 입구부터 북적북적. 순환 버스가 있었는데 왜 내키지 않았을까. 지도도 없으면서 걷겠다는 오기가 발생한다. 기다리고 기다리다 보통 가장 많이 타는 순환버스 말고 그 버스의 반값 짜리 순환버스를 선택했다. 그걸 타고 좀 올라가서 내 발로 주요 관광지를 찾아가겠다는 생각으로. 곧이어 버스에서 내린 나는 신트라의 핵심이라는 '무어인의 성'과 '페나 성'을 목표로 삼고 걸음을 옮겼다. '가장 많이 타는 버스의 루트가 저쪽이었으니 저기로 올라가면 되겠지?'라는 나름의 계산으로. '나 좀 똑똑한데?'를 속으로 외치며 올라가는데 뭔가 이상하다. 걸어가는 건 트래킹 코스뿐인 듯했다. 등산…. 참으로 즐기지 않는다. 하지만 여기까지 왔는데 가야지 어쩌겠는가. 일단 출발.

'…………'

올라가는 내내 무어인에 대해 생각했다. 내가 지금 무어인들의 성을 보려고 이 어마어마한 산길을 타고 있는 건가. 이러려고 오늘따라 트레이닝복을 입었던 건가. 무어인은 누구인가. 이러다 컨디션이 더 하락하는 건 아닌가. 약 한 시간을 그렇게 산길을 탔다. 힘들어서 현실을 믿고 싶지 않아 내려가는 사람마다 물어봤다. 이 길 맞냐고, 얼마나 걸리냐고, 다들 삼십 분 안팎이란다. 이제 반 온 거였다. 숨은 차오르고 땀은 나고 어쩌다 이 길로 들어선 건 지 기억도 나지 않는다. 중간에 한 번 진짜 포기하고 싶었는데 남은 거리를 보니 딱 반이다. 선택의 여지가 없었다. 돌아가는 거랑 계속 가는 거랑 똑같은 시간만큼 힘든 거다. 그 와중에 올라가는 산길 자체는 살면서 본 산길 중에 베스트에 꼽힐 만큼 아름다웠다. 마치 영화에나 나올법한 그런 길. 그러나 그 아름다움 이상의 고통을 맛보기도 했다.

아, 신트라 넌 나에게 등산의 고행이라는 기억을 선물해주었다. 내게 남은 건 의도치 않게 자진해서 이 산길을 완주해냈다는 성취감 하나 정도. 훈련과도 같았던 등산 끝에 드디어 무어인의 성을 마주했지만, 다리 힘이 풀리기 직전이라 결국 순환버스 정류장에서 버스를 타고 역까지 내려왔다.

다음으로 향했던 곳은 리스본에 와서 가장 가고 싶던 '호카곶'(Cabo da roca). 서유럽의 땅끝이다. 이미 그 자체로도 매력적이다. 신트라에서의 고생을 접어두고 싶어 얼른 그곳으로 향했다.

호카곶에 도착하는 순간, 좀 전까지의 고생은 전부 날려버렸다. 일분일초가 아쉬울 정도로 멋진 곳이다. 광활한 바다와 광활한 땅이 함께 공존하는 곳. 다른 세상처럼 느껴질 정도로 사방이 탁 트였고, 땅은 내가 밟아도 티도 나지 않을 만큼 넓었다. 세상에 오직 나 혼자 서있는 기분이었다. 바위가 반 이상이었고, 눈 앞에 펼쳐진 초원은 인간이 건드리지도 못한 듯 거대한 자연을 자랑하고 있었다. 그곳에 한참을 머물다 해가 저물 때쯤 정류장으로 돌아오자 빗방울이 떨어진다. 다 보고 나서 비가 오니 그마저 고맙다.

다시 어느 버스를 타고 삼십 분을 달려 이번엔 항구도시 '카스 카이스'라는 곳에 도착했다. 호카곶에서 우연히 대화했던 누군가에게 들은 말 한마디로 갑작스레 왔다. 바다가 좋은 곳이라고 해서. 점심도 못 먹고 다녔던지라 여기서 제대로 된 스테이크와 맥주 한 잔을 먹었다. 배불러서 아름다웠던 곳이기도 하다.

'카스 카이스'의 바다는 정말 좋다. '신트라'가 사람이 너무 많아서 치일 정도였다면 이곳은 넓은 바다와 분위기 좋은 레스토랑들을 끼고 있으면서도 사람이 붐비지 않아 더욱 즐기기 좋았던 곳이다. 푸른 지평선을 실컷 보고 돌아오는 기차 안, '산타 주스타 리프트'를 마지막으로 들르기로 했다. 그곳에 올라가면 리스본 시내를 전부 내려다볼 수 있었다. 완전히 어두워질 때까지 내려다보고 싶었지만 한 시간이 넘도록 어두워지지 않아 결국 해가 지고, 가로등 불빛이 켜지기 시작하는 리스본의 모습까지만 보고 내려왔다. 돌아갈까 싶었는데 이번엔 어제 갔던 공원 전망대가 아른거린다. 음악에, 먹을 거에, 전망에, 불빛까지 참 좋았던 그곳에 도착하니 어느새 확실히 어두워져 야경이 제대로 보인다. 근처에서 달콤한 브라우니를 하나 샀다.

야경과 브라우니. 환상의 조합이다.

'의도치 않음'에 대하여

문득 '의도치 않음'과 '즉흥'의 차이에 대해 생각해봤다.

틈만 나면 대부분의 상황에 적용시키던 '즉흥'에 비해 '의도치 않음'이 적용됐을 때 나오는 반응은 아주 반대되는 것이었다.

어떻게 보면 '즉흥'과 '의도치 않음'은 거의 비슷한 말과 다름없지 않은가. 전자는 반갑게 받아들이고 후자는 억울하게 받아들이는 내가 완전히 모순임을 깨달았다. 둘 다 내가 책임질 수밖에 없다는 것이 공통점이고, 둘 다 결국엔 내 선택이 원인임을 알아야 했다.

의도치 않게 고난의 산행을 하고 난 후, 의도치 않게 체력훈련 또한 제대로 받을 수 있었음을 안다. (그런 길일 줄 알았다면 절대 가지 않는 쪽으로 의도적 선택을 했을 것이다) 한국에서 잠시 빈둥대던 그 기간에 나는 하루에 오백 보도 걷지 않았다. 상당히 몸이 정지된 상태일 테고. 그걸 이제야 시동을 다시 걸어준 셈이 된 것 같아 간만에 의도치 않았던 일이 억울함보다 만족함에 가까운 결과를 낳아주었다.

어찌 됐든 옛날에 비해 '즉흥'과 '의도치 않음'이 가져오는 여러 상황에 당황하는 횟수도 줄었다. 내가 만든 결과라는 걸 매번 인정하고 깨닫는 데는 긴 시간이 걸렸다. 사실 아직 완전히 그 상황들에 컨트롤이 되는 건 아니지만 그래도 차차 상황 대처 능력과 의연함을 만들어 내고 있는 과정이라 정의 내리고 싶은 욕심.

#16

취향저격을 당하다

04/19

시내보다는 항구가 있는 곳에 가고 싶어 벨렘 지구로 향했다. 웬만하면 걸어 다니는데 여기는 걸어서 한 시간 넘게 걸린대서 간만에 대중교통을 이용하기로 결정했다. 호스텔 직원에게 물어보니 트램을 타라고 한다. 트램은 유럽 곳곳에 존재하지만, 나라마다 각각 그 느낌이 달라서 어딜 가나 반갑다. 마침 내가 탄 트램의 종점이 첫 번째 목적지였던 '제로니무스 수도원'이다. 낡은 트램의 철커덩거리는 소리를 듣다 보니 어느덧 수도원이 보인다. 가는 길에 창밖으로 리스본에서 가장 유명하다는 에그 타르트 가게를 보고야 말았다. 내 손에 그 에그 타르트가 쥐어지는 순간, 밀려오는 감동! 여태껏 갓 나온 따뜻한 에그 타르트를 받은 건 오늘이 처음이었다. 수도원은 일단 제쳐 두고 벤치에 앉아 얼른 하나를 꺼냈다. 원래 이렇게 영롱한 것인가! 아이싱 슈가와 계핏가루를 같이 주는데 그걸 뿌려 먹었더니 와…. 이걸 어쩌지? 환상적인 맛이다. 안 그래도 계핏가루와 에그 타르트 애호가인 나에겐 감동 그 자체다. 혼자 벤치에서 끊임없이 감탄사를 내뱉으며 하나를 더 먹고는 거대하게 펼쳐진 수도원으로 들어갔다. 기대 이상으로 넓은 규모에, 예술적 감각이 녹아있어 상당히 놀라웠다. 감옥으로 쓰일 뻔도 했다던데, 오히려 항해사들이 머물기도 했던 곳으로 쓰여서 다행이다 싶었다.

숙소에서 나올 땐 비가 내리더니 트램에서 내렸을 때부터 멈추기 시작했고, 수도원 중앙에 있는 잔디 위에 햇빛이 내리기 시작하자 그 광경은 더할 것 없이 평화로워졌다.

벨렘엔 바다와 강, 다리, 항구, 배, 등대 등 특히나 내가 좋아하는 것들이 가득하다. 배 타는 것도 워낙 좋아하고 물을 보면서 멍하니 앉아 있는 것도 좋아하는지라 이곳이야말로 제대로 취향 저격을 당한 공간이다. 잊지 못할 곳이다.

다시 트램을 타고 아침에 출발했던 곳으로 돌아왔다. 역에서 멀지 않은 곳에 첫날 산책 삼아 갔던 강가가 보였다. 그곳에 앉아 음악 몇 곡 들으며 멍하니 생각을 정리하다 보니 어느새 시간이 또다시 훌쩍 지나갔다. 문득 여행 중에 시간이 훌쩍 지나갔음을 느낄 때가 가장 아쉽다.

아쉬워하지 말자, 돌아가기엔 아직 이르다.

가보지 않은 길로 걸어가다 '코메르시우 광장'이 갑자기 나타났다. 굳이 찾을 생각이 없었는데 우연히 마주하니 반갑다.

리스본에서의 마지막 밤을 위해 광장 레스토랑 한 곳에 앉아 화이트 샹그리아 한 잔을 시켰다. 지는 해의 따뜻한 빛을 받으면서 어제 사둔 엽서에 부모님께 보내는 두 번째 글을 써내려간다. 더할 나위 없는 분위기와 만족감에 엽서 속 글도 어느새 가득 찼다. 나의 이 여유와 만족을 함께 느끼실 수 있길 바라며 작은 엽서 한 장에 마음을 가득 담아 본다.

'취향'에 대하여

호불호가 심한 편이라 어느 순간부터는 취향 또한 상당히 뚜렷하게 나타나는 사람임을 알았다. 마침 내 취향의 무언가를 한꺼번에 실컷 마주하다 보니 하루가 가득 찬 기분이다.

아마도 나는 좋아하는 물건이나 분야, 잘 맞다 싶은 코드가 아주 강한 편일 것이다.

'취향.'

하고 싶은 마음이 생기는 방향. 또는 그런 경향이라는 사전적 의미를 가지고 있는 말인데 이 단어를 개인적으로 즐겨 쓰는 편이다. 개인의 취향은 당연히 존중해야 한다는 주의라 내 성격 또한 당연히 그렇게 기우는 거였는데 몇몇 사람들은 개인주의라는 것에 무게를 두고는 했다. 개인주의가 잘못된 건 아니다. 하지만 그게 적어도 한국에선 '이기주의'를 순화시킨 것이란 건 눈치로라도 느낀다.

여행도 가끔 다니고, 이런저런 일도 겪고 나니 남는 건 개인주의였다. 그게 제일 마음이 편했고 결과적으로 상처받지도, 손해 보는 일도 없는 방법 중에 하나였던 것이다. 남들 일에 무덤덤해 보일 수도 있었지만, 그들을 존중하고 싶은 내 취향에 따른 거였고, 난데없는 것에 열광하는 모습이 이상해 보일 때도 있었겠지만, 그 또한 내 취향에 따른 거였다.

주변 사람들이 말하길, 내가 여러 가지 말버릇을 가졌는데 그중 하나가 '개취(개인의 취향) 존중'이라고 한다.

거의 말끝마다 '개인의 취향 존중'을 외치고 있었던 거다.

잘못된 걸까 싶을 때도 가끔 있다. 한참을 다른 사람들에 대해 얘기하던 누군가와 함께 있을 때의 나는 그저 공중에 붕 떠 있는 기분으로 앉아있었고, 이내 그게 남 일에 무관심해서라는 소리도 들었다.

미안했다.

생각해보면 그들에게 관심이 없었던 건 아니었던 것 같은데 그들과의 사이를 유지하려던 마음에 오히려 무덤덤했던 거였다. 이렇게 글로 내뱉다 보니 '어쩌면 내 취향에 상황을 맞추려 한 적도 있었겠다.' 라는 생각이 든다. 이기적이긴 하구나.

그럼에도 불구하고 개인의 취향, 그리고 내 취향을 굳이 변화시키고 싶지 않다. 굳이 변화시키려 하지 않아도 이미 시시때때로 내 취향은 변해왔고 지금도 변하고 있으니까.

#17

다시 스페인으로

04/20

한 번 더 카 쉐어를 하게 됐다. 보통 야간버스를 타고 넘어가는 도시지만 '미리'를 외면하는 내 여행에선 '예약하지 않아 비싸진 표'가 되었을 뿐이다.

아침 7시 출발이라 자는 둥 마는 둥하고 새벽부터 나오는데 호스텔 직원이 배는 채우고 가라며 고맙게도 아침을 일찍 꺼내준다.

정류장으로 가는 길엔 잊을 수 없는 리스본의 새벽 거리를 기억에 담았다. 아무도 없는 고요한 골목. 가로등 불빛만 밝게 빛나고 있는 리스본의 거리. 위험할까 싶었지만, 오히려 일찍 출근하는 사람들의 친절한 도움을 받으며 무사히 버스 정류장까지 도착했다. 약속했던 장소에 아주 정확한 시간에 차가 도착했고 성격 좋아 보이는 여자 두 명이 차의 주인이었다. 한 명은 포르투갈, 한 명은 인도, 동승하는 아저씨는 캐나다, 그리고 나는 한국에서 왔다. 참 다양하게 모였다. 초코빵을 챙겨주는 운전자 언니의 기분 좋은 미소를 시작으로 세비야로 향하는 여정은 시작되었다.

두 번을 쉬느라 예상 시간보다 조금 늦게 도착했지만, 오히려 숙소 체크인 시간과 딱 맞아떨어졌다.

다시 온 스페인, 반갑다 '세비야'.

마드리드로 시작해 포르투갈을 거쳐 다시 스페인 남부로 들어왔다. 그 첫 도시는 '세비야'. 스페인에서 네 번째로 큰 도시이자 세계에서 가장 큰 성당 Top3에 드는 세비야 성당이 있는 도시. 차를 타고 세비야 시내로 들어올 때쯤 반팔을 입고 있는 사람도 보이고 나 또한 살짝 열기가 느껴졌다. 여행 내내 추위와 비를 몰고 다녀서 몸이 굳어있는 상태라 따뜻한 날씨를 마주하게 되자 살짝 설렌다.

리스본에서 미처 보내지 못했던 두 번째 엽서를 보내기로 했다. 마침 우체국이 숙소에서 꽤 가깝다. 이런저런 생각을 하며 우체국으로 들어가 한국으로 엽서를 보낸 뒤 밖으로 나왔는데,

'??? 비가 내리는 건가 지금…?'

억수같이 쏟아져 내리고 있었다. 분명히 우체국 들어갈 땐 비가 안 왔는데 엽서 한 장 보내고 나왔더니 심하게 내리친다.

하, 내가 왔다고 환영식 해주는 것도 아니고 그 맑던 날이 이렇게 변하다니. 도저히 그냥 맞을 정도가 아니었다. 현지 사람들도 죄다 우체국 안으로 들어와 비를 피했다.

비가 약해지길 기다리는 동안 구석에 앉아 근처 식당을 검색해본다. 날씨도 흐린데 맛있는 거라도 먹어야지 싶어서. (무슨 상관?) 그렇게 찾아간 식당은 이미 자리가 꽉 찼다. 다른 곳을 다시 찾는 게 귀찮아 기다렸더니 이내 딱 한 자리가 비었고(혼자 여행의 이득!) 타파스 세 종류와 와인 한잔으로 나만의 만찬을 즐겼다.

저녁을 먹었으니 이번엔 뭐? 디.저.트.

우체국 가는 길에 봐뒀던 아이스크림 집으로 들어가 티라미수와 망고를 골라 받아든다. 행복한 웃음을 지으며 한 입 먹으려는데 아… 비가 다시 온다. 문 닫은 옆 가게 천막 아래서 아이스크림을 마저 먹다 비가 약해진 틈을 타 숙소로 들어왔다.

숙소에서 연결해주는 무료 시티 투어를 발견하고 관심이 생겼다.

'나중에 투어할 때도 비가 오려나? 가지 말까? 피곤한데 쉴까?'

한참을 고민했지만 결국 내 몸은 투어에 나와 있었다. 투어 가이드를 맡은 분은 분명 스페인 사람인데 마치 '세비야의 설민석 선생님'을 보는 기분이었다. 곳곳의 역사를 너무나 잘 설명해줄 뿐 아니라(물론 다 알아듣진 못했지만) 역할극까지 해가며 한 편의 연극처럼 투어를 진행했다. 몸짓 하나하나가 커서 함께 하는 내내 에너지가 느껴졌지만, 날씨도 흐리고 잠도 부족한 와중에 세 시간을 꼬박 걸었더니 점점 숙소로 돌아가 침대로 뛰어들고 싶었다. 오늘은 무조건 일찍 자야지. 충전이 필요하다.

'날씨'와 '나'의 관계

언제부터인가 내가 날씨에 상당히 영향을 받는 사람이란 걸 알게 됐다. 매사 무덤덤해서 날씨한테도 무덤덤한 줄 알았었는데.

추우면 기분이 무거워지고, 흐리면 기분이 어두워졌다. 햇빛을 그렇게나 좋아하는 줄 몰랐는데 여행 시작부터 지금까지 햇빛보다 비바람을 훨씬 많이 마주해서인지 그게 그렇게 사랑스러울 수가 없다.

식물들이 광합성 할 때 얼마나 행복할까 라는 생각까지 할 정도로 햇빛이 온다 싶기만 하면 무조건 그 자리에 앉아 햇빛을 맞이하기 시작했다. 이번 여행을 통해 햇빛의 소중함을 뼈저리게 배우고 있다.

날씨에 영향을 받는다는 건 감정 기복이 상당히 심하다는 뜻이 되기도 했다. 더군다나 유럽처럼 하루에도 여러 번 날씨가 바뀌는 경우엔 기분도 여러 번 바뀌는 듯해서 내 자신이, 바람에 사방으로 흔들리는 갈대 같다 싶다. 실제로 마드리드에서 만났던 언니와의 이틀을 제외하고는 웬만하면 비 아니면 바람. 세비야는 날씨가 좋구나 싶었더니 역시나 비가 온다. 이 정도면 진짜 날씨와 나의 관계는 그리 좋진 않구나 싶다.

긍정적으로 날씨와의 관계를 회복해보려 애썼지만, 날씨는 아직 나에게 마음을 열어주지 않는다.

어떻게 하면 너의 마음을 얻을 수 있겠니 날씨야.

#18

세비야에서의 꽉 찬 하루

04/21

11시에 개장하는 세비야 성당 앞엔 사람들이 한 시간 전부터 줄을 길게 서 있대서 나도 부지런을 떨었다. 일찍 잔다고 잤는데도 눈이 안 떠진다. 슬슬 아침잠 많은 내 진짜 생활습관이 다시 돌아오기 시작한 것 같다. 잘 먹고 잘 자고 잘 논다고 생각했는데 내 생활패턴에 비해선 참으로 부지런했던 날들이었다.

근처에 있는 '살바도르 성당'이란 곳에서 통합티켓을 끊으면 줄을 서지 않고 바로 입장할 수 있다는 귀한 정보를 얻었다. 숙소에서 꽤 가까운 거리라 일찍 도착해 성당 바로 앞 카페에서 초코 패스츄리 하나와 밀크티 한 잔을 주문한다. 반쯤 먹었을까, 갑자기 어디선가 햇살이 쏟아졌다. 아, 따뜻하다. 기분 좋게 하루를 시작할 것 같다.

'살바도르 성당'은 규모는 작았지만, 그 안을 채우고 있는 것들은 아주 섬세하고 꽉 찬 느낌이다. 대성당이 너무 대단해서 그렇지 이 성당 또한 충분히 감탄할만한 곳이었다. 찬찬히 살바도르 성당을 감상하고 바로 근처의 세비야 성당으로 향했다. 바티칸의 '성 베드로 성당', 런던의 '세인트 폴 대성당', 그리고 바로 이곳 스페인의 '세비야 대성당'이 유럽의 3대 성당이라고 한다. 물론 그 기준은 아직도 저마다 다르다고 하지만. 들어가자마자 콜럼버스의 무덤을 만날 수 있었다. 죽어서도 스페인 땅을 밟고 싶지 않다는 그의 유언에 따라 그의 관은 네 명의 왕이 받치고 있어 공중에 떠 있는 셈이다.

'세비야 성당'의 천장은 끝도 없이 높다. 높디높은 히랄다 탑에서 본 도시의 전경은 엄지가 절로 올라갔지만, 그보다도 탑 위에 붐비는 관광객들을 보며 나머지 엄지도 올라갔다.

이사벨 다리 아래로 흐르고 있는 강은 마치 그림을 보고 있는 듯했다. 한적한 가운데 물은 묵묵히 흐르고, 날씨는 여전히 따뜻하다.

스페인 광장! 예쁘고 또 예쁘다! 광장을 감싸고 흐르는 물줄기가 (아직 가보진 않았지만) 마치 베네치아(Venice)에 온 것 같았다.

예쁜 사진을 남겨두는 것도 잠시, 문득 배가 고파 아무 식당에 들어가 빠에야를 먹었는데 거의 모든 음식을 맛있게 먹는 내 입에 참으로 맛없던 빠에야였다. 직원이 몇 번을 맛있냐고 물어봤는데 하도 맛이 없어서

솔직하게 몇 번이고 맛이 별로라고 대답할 수밖에 없었다. 내일도 꼭 다시 오라는데 한쪽 입꼬리만 씁쓸하게 올라갈 뿐. 제값을 못하던 빠에야에 살짝 시무룩해진다.

야경을 보기 위해 스페인 광장으로 다시 갔다. 밤이 늦은 스페인 광장엔 열에 아홉이 한국인이었다. 사람 자체가 많이 없는 와중에도 야경을 보러 온 건 역시 배짱 넘치는 한국인들. 우연히 광장에서 함께하게 된 언니와 대성당 근처 바(bar)에 들어갔다. 겨우 자리를 잡고 언니와 나는 맥주 한 잔씩.

금방 헤어질 줄 알았던 우리는 같은 분야에서 일한 적이 있다는 공통점을 찾고 참으로 많은 이야기를 했다. 모든 사람과 공감을 할 수 있는 이야기는 아니다 보니 더 신나서 얘기가 쏟아져 나온다. 자정이 넘어서야 아차 싶어 들어가자며 자리를 떴다. 서로의 즐거운 여행을 빌어주며 언니와도 안녕, 그리고 세비야의 마지막 밤도 안녕.

'공감'에 대하여

나에게 있어서 말은 '하는 것'보다 '듣는 것'이 더 좋고, 더 편하다.

말은 하면 할수록 지치는데, 들으면 들을수록 재밌을 때가 더 많다.

그런데 아이러니하게도 들으면 들을수록 흥미로운 대화는, 말을 하면 할수록 지치지 않는 경우가 되기도 한다. 들을수록 흥미롭다는 건 내가 제대로 '공감'을 하고 있다는 것일 거고, '공감'을 하고 있다는 건 나 또한 그에 대해 할 말이 존재한다는 것이기 때문일 거다.

모든 대화뿐만 아니라 모든 상황, 모든 관계에서 '공감'은 늘 중요한 역할을 한다.

친한 친구와의 시간이 편하다는 건, 바로 이 공감이 전제하기 때문일 테고 낯선 사람과의 시간이 의외로 편하다는 건, 공감할 수 있는 부분이 있다는 뜻일 것이다.

반대로 누군가와 함께 있는 시간이 지루하거나 불편하다는 건, 그와 공감할 부분이 상당히 적다는 것일 테고, 낯익은 사람과 함께 있음에도 그 시간이 길게 느껴진다는 건, 이미 그 사람과 나의 공감은 실패했다는 의미도 어느 정도 가지고 있을 것이다.

'공감'의 가장 큰 매력은 차별이 없다는 것.

국적, 나이, 성별을 불문하고 공감대를 형성함에 있어서는 딱 그 인간 자체로만 이루어진다.

참으로 좋은 수단이다.

많은 사람에게 '공감'한다는 것을 느끼고 싶고, 또 그것을 배우기 위해 이 여행을 하고 있을지도 모른다.

앞으로 남은 여행 날 동안 많은 이들에게 공감을 느낄 수 있는 사람이 되길 바라며.

#19

매력적인 그곳, 론다

04/22

적당히 이른 아침에 일어나 적당한 속도로 나갈 준비를 했다.

날씨가 점점 따뜻해져서일까, 피곤함이 어느새 흔적도 없이 사라져 있었다. 터미널 카페에 들어가 주스와 빵으로 아침을 대신한다. 굳이 생략해도 될 것을 때 없이 고픈 내 위장은 점점 하루에 다섯 끼도 먹는다는 스페인 사람들을 닮아가는 것 같다.

스페인은 주요 도시를 조금만 벗어나도 광활한 도로와 양옆으로 넓은 땅이 끝도 없이 펼쳐진다. 그래서 창밖 풍경에 빨려 들어가듯 이동하는 시간이 많다.

우연히 보게 된 '누에보 다리' 사진 한 장으로 인해 '론다'에 잠시 들렀다 가기로 했다. 도착하자마자 느껴지는 소도시의 소박한 분위기. 딱 좋아하는 분위기다. 지도도 필요 없는 곳이었다. 길치인 내가 마구잡이로 휘젓고 다녀도 결국엔 밟았던 골목 중 하나로 다시 돌아올 거란 뜻이다.

누에보 다리부터 위로 올라갈수록 제대로 된 '론다'의 분위기가 느껴진다. 올라갈수록 사람도 적어지고, 개소리와 새소리만 울린다. 나무도 많고 햇살도 사랑스럽다. 작은 도시인 듯, 작지 않은 마을인 듯한 이곳엔 곳곳에 소박한 박물관이나 기념관들이 있다.

아무 생각 없이 경치를 즐기며 올라가다 보니 작은 성당이 하나 나온다. 1유로의 입장료. 성당 입장료치고는 기부금에 가까운 금액이었기에 냉큼 내고 들어가 본다. 생각보다 좋다! 1유로 이상의 공간이다. 게다가 안에 있는 사람도 서너 명이 전부.

오히려 더 아늑하고 편하다. 이 작은 성당엔 아주 작은 탑도 있다. 두 명이 올라서면 꽉 찬다. 그래도 꽤 높아 론다 전체가 한눈에 다 보이는 곳인데 사람이 워낙 없다 보니 혼자서 한참을 그곳에 머물렀다. 난데없이 머리 위에 있던 덩치 큰 종이 우렁차게 울려 간이 떨어져 나간 줄 알았던 것만 빼면 행복했다.

1박을 하지 않은 게 조금은 아쉬웠지만 누에보 다리가 눈앞에서 보이는 자리에 앉아 늦은 점심을 먹는 걸로 그 아쉬움을 대신하기로 했다. 메뉴가 너무 많은 식당에 들어가는 바람에 고민하고 있는데 직원이 와서 추천을 해준다. 아보카도와 새우 그리고 샐러드가 곁들여진 메뉴였는데 10점 만점에 10점짜리일 정도로 만족스러웠다. 언제부턴가 혼자 식사를 하는 게 자연스러워졌다. 여행 초반엔 혼자 밥 먹는 게 어색했는데 이제는 맛있는 거 있으면 혼자 들어가서 잘 먹고, 배가 고프면 이왕 먹는 거 제대로 된 거 먹자는 생각에 식당에 들어가는 게 자연스러워졌다. 작은 변화다.

열심히 먹고 있는데 갑자기 하늘에서 나이프가 떨어진다. 다리를 좀 더 가까이서 보려고 나는 가장 아래층 자리에 앉았었는데 위층에서 떨어트린 거였다. 먹다가 눈앞을 휙 하고 지나간 나이프에 순간 얼음. 맞은편에 앉아있던 외국인 부부가 나보다 더 놀란다. 너무 어이가 없어 웃음만 나오던 와중에 직원이 내려와 미안하다며 손님이 떨어트렸다고 이해해달라고 한다. 다치지 않았으니 괜찮다고 걱정 말라고 대답하며 먹던 음식에 다시 집중. 자리 안내부터 주문에, 사과까지 하느라 계속 나와 대화를 할 수밖에 없던 그 직원은 센스가 넘쳤다. 씩씩하게 메뉴 설명과 추천을 해주는 모습이 참으로 노련해 보였다. 한국인이 가끔 왔던 곳이었는지 예쁘단 말을 한국어로 자꾸 한다. (절대 그래서 이 식당이 좋았다는 건 아니지만) 덕분에 식사가 더 맛있다.

보통 유럽은 대부분 음식을 다 먹었다 싶으면 냅다 접시를 가져가 버린다. 내심 그게 나가라는 소리 같았는데 이 직원은 내가 이미 다 먹은 걸 알면서도 한참을 놔둔다. 누에보 다리에 흠뻑 빠져있는 걸 알아서였을까. 다른 테이블을 다 치우면서도 내 테이블만 놔둬 준다. 한참이 지나

계산을 했다. 이 정도 전망에, 이 정도 맛이었으면 내가 낸 가격 이상이었어도 할 말이 없었을 거다.

식당 근처에 작은 공원이 있었다. 전망도 다리가 보이지 않는 것만 빼면 탁 트였고, 역시나 기타 연주자 한 분이 계신다. 유럽은 어딜 가나 이런 예술가가 꼭 있어서 어딜 가서 멍하니 있거나 전망에 빠져들 때마다 그 분위기를 더해주곤 한다. 가끔은 팁을 드리는 것도 잊지 않는다. 그곳에 앉아 있던 순간의 나는 눈에는 광활함이, 귀에는 달달함이, 입에는 방금 먹은 메뉴의 향이 남아있는 상태였다.

한참을 바라보던 전망의 사이사이에는 올레길과 같은 길들이 끝없이 펼쳐져 있다. 다음에 혹시라도 이곳에 다시 오게 된다면 며칠 동안 머물며 저 길도 걸어보고 아까 그 식당에서 다시 그 메뉴도 먹고, 햇빛과 함께 샹그리아도 한잔하며 시간을 더 보낼 수 있기를.

내가 탄 기차에 한국인이 드문드문 보이는 걸 보니 '그라나다'로 가는 기차를 제대로 타긴 했나 보다. 도착할 때쯤 미리 나와 배낭을 짊어지려는데 쉬다가 메려니 몸이 절로 휘청거렸다. 옆에 있던 아저씨가 '도와줄까?'라며 배낭을 번쩍 들어 내가 메기 쉽게 가방끈 쪽을 내 등에 대준다. 여행하면서 가끔 이럴 때가 있었다. 순간적으론 민망하지만 진심으로 고마운 사람들이다.

그라나다의 숙소 도착. 어제 무심하게 예약한 호스텔이었는데 누구를 기준으로 한 건지 안내데스크가 내 목 높이에 있다. 까치발까지 들어가며 체크인을 완료하고 아주 오랜만에 이층 침대 중 위에 있는 침대를 배정받아 끙끙대며 올라간다.

오늘도 일찍 자야 한다. 왜냐, 나는 그라나다의 꽃이라는 '알함브라'를 예약하지 않았으니까. 보통 두세 달 전에 예약이 끝난다는 그 표는 이미 불가능한 거고 현장 예매로 하루에 딱 300장 풀린다는 표를 노려야 했다. 어떤 사람은 새벽 6시부터 줄을 섰다고 하니 나도 새벽에 출발할 생각이다. 침대에 누워도 잠이 오지 않아 슬퍼지려 하지만.

'첫인상의 반전'에 대하여

오늘 나는 이것에 대해 여러 번 생각을 해보았다.

가장 먼저 느꼈던 첫인상의 반전은 '론다'라는 도시에게. 세비야에서 참 잘 놀았던 데다 처음부터 계획에 없었던 도시라 큰 기대는 없었다. 당일치기로 결정할 정도로. 그게 내가 그곳에 가졌던 첫인상이었다. 하지만 반대였다. 기대 이상이었고 머물고 싶은 곳이었다. 아차 싶었다. '모든 도시를 겪어보고 생각하자'라는 마음으로 계획 없는 여행을 시작한 건데.

두 번째로 느낀 첫인상의 반전은 점심을 먹었던 론다의 한 레스토랑 직원. 처음에 들어갔을 때는 분명히 날 보고도 그냥 지나쳐서 뭐지 싶었다. 인상도 다이하드에 나오는 브루스 윌리스처럼 힘 좋은 레슬링 선수 같은 느낌. 잘 웃어주던 다른 직원한테 주문할까 싶은 생각도 잠시 했을 정도. 하지만 론다에서 유일하게 한국어로 한마디씩 말을 건네고, 메뉴도 양심 있는 가격대로 추천해주고, 나에게 여유까지 느낄 수 있게 배려해준 사람이다.

세 번째로 느낀 첫인상은 아직 반전까진 가지 않았지만 몇 시간 전 도착한 이곳 '그라나다'에 대한 느낌이 생각보다 막 좋은 건 아니라는 거. 하도 인터넷 글에서 사람들이 좋다고 하던 도시라 나도 좋아할까 싶었는데 아직까진 모르겠다. 뭐 아직 돌아다닌 곳도 하나 없고 밤이라 제대로 본 것도 없으니 이 또한 반전이 있기를 바란다.

마지막으로 내 첫인상의 반전. 인상이 몇 년에 걸쳐 조금씩 변화해 온 스타일이다. 낯도 가리고, 잘 웃는 편도 아니라 지금도 딱히 첫인상이 좋은 편에 속하진 않을 수도 있지만 알고 보면 대놓고 허술하고, 쓸데없이 웃음 많고 단순한 사람일 뿐인데.

첫인상은 첫 느낌일 뿐,

어딜 가서 무엇을 보든 첫인상으로 전부를 판단하지 않기를.

#20

그라나다에서의 하루

04/24

신선한 하루였다. 새벽 여섯 시에 눈을 반강제로 떠야 하는 노력으로 시작. 삼십 분 만에 나갈 준비를 하고 길을 나섰다. 아직 해가 뜨기 전이라 거리는 어둡다. 그래도 다행이다 싶은 건 유럽은 거리마다 켜져 있는 가로등 불빛이 한국의 두 배 정도는 더 밝았다. 가로등에 의지하며 그라나다의 꽃, '알함브라'를 향해 걷는다.

스페인의 마지막 이슬람 왕조가 세운 곳이 바로 그나나다의 '알함브라' 궁전이다.

이 도시는 젊은이들이 시끌벅적하다. 새벽 여섯 시가 넘었는데도 곳곳에 아직까지 술자리를 즐기는 모습이 보인다. 우리나라 못지않구나 싶었다. 술 한잔 하고 케밥으로 해장하는 이곳 젊은이들의 모습도 보인다. 골목을 지나고 지나 제법 으슥한 곳에 들어선다. 알함브라 표지판이 있었으니 방향은 맞는데 워낙 이른 시간이라 사람이 한 명도 없다. 일찍 일어나는 건 힘들었지만, 막상 이렇게 새벽공기를 마시며 걷는 건 꽤나 상쾌한 일이었다.

새벽 여섯 시 오십오 분쯤 매표소 앞 도착.

이미 꽤 긴 줄이 늘어져 있다. 무인발급기가 더 빠르다는 정보를 들었던 나는 바로 그곳으로 향했고 열 번째 대기자가 되는 행운을 거머쥐었다. 아이돌 팬 노릇 할 때가 런던에 이어 다시 생각났다. 콘서트 티켓 거머쥐겠다고 친구와 컴퓨터 앞에 앉아 타이밍을 노리던 그때. 오랜만에 그 비슷한 짓을 하고 있는 것 같았다.

유럽은 하늘이 참 예뻐서 어디든 올라서서 그 전망만 바라봐도 마음이 가득 차오르는데 알함브라엔 그럴 수 있는 곳이 넘친다.

알함브라의 하이라이트, 인기가 가장 많아 입장시간도 따로 정해주는 바로 그곳, '나사르 궁'에 드디어 입장.

굉장히 잘 가꾸어진 정원과 종유석 건물들이 아름답게 조화를 이루고 있었다. 하지만 그보다 더 아름다웠던 건 우리나라 어머니 아버님들의 등산복 색의 조화로움. 어디선가 갑자기 한꺼번에 들어오신 거의 백 명가량의 한국 분들 덕분에 그곳은 그대로 한국이 되어버렸고, 그 와중에 서로 사진을 찍어주다 어떤 학생과 대화를 하게 됐다. 프랑스에 교환학생으로 와있다는 그 아이. 짧은 방학 동안 스페인을 잠시 돌고 돌아갈 예정이라는데 사진을 되게 열심히 찍어서 사진학과 학생인가 싶었다. 알고 보니 불어과 학생이었지만.

올라올 땐 새벽이었고 사람들이 아직 하루를 시작할 때가 아니라 몰랐는데 알고 보니 올라오는 길목이 전부 기념품 가게였다. 소소하게 구경을 하다 보니 갑자기 '그라나다 대성당'이 나오고 그 근처에 또 다른 작은 성당이 나오고 '이슬람 거리'가 나온다. 의도치 않게 볼 걸 다 보고 숙소로 돌아온 나는 야간 버스를 타야 하니 짐 정리도 여유롭게 하고, 어제 펼쳐놓은 것들을 마무리 짓자 싶어 침대에 걸터앉은 순간, 아까 그 교환학생에게 연락이 온다.

"누나, 저 여기 너무 재미없어서 그냥 다른 곳으로 넘어가려고요, 그전에 저녁 같이 먹을래요?"

안 될 게 뭐 있어, 맛있는 거 먹자며 흔쾌히 동의한다. 나도 체크아웃은 내일인데 이 도시는 쇼핑거리가 너무 많고, 사람도 너무 많은 데다 '알함브라'의 매력을 빼면 굳이 오래 머물고 싶은 도시는 아니었다. 그래서 오늘 밤에 야간버스로 넘어가 버리기로 한 것. 정리를 좀 하고 그 아이가 추천한 식당에서 만나기로 했다. 지도에 검색했더니 걸어서 35분. 걸어볼까 싶었지만 배낭을 메고 큰길까지 나가는 순간, '아, 이건 아니다' 라는 판단이 강하게 들어 택시를 타려 했건만 주말이라 그런지 택시가 잡히지도 않고 눈에 보여도 죄다 손님이 타고 있다. 일단 식당 방향으로 걸어가면서 택시를 잡기로 했는데 그렇게 한참을 걸었다. 배낭을 짊어지고 거의 한 시간을 걸어서 결국 식당에 도착해 버린 거다. 기다리고 있던 그 아이가 경악한다. 이 배낭을 메고 지금까지 걸어온 거냐며. 출발할 땐 샤워하고 나와서 산뜻한 기분이었는데 도착해서는 기진맥진. 알함브라 여섯 시간 돌아다닌 것 보다 그 순간이 훨씬 힘들었다. 나에게 택시는 사치라 이건가. 밥값 벌었다고 생각해야지.

마실 거 하나를 시키면 타파스를 그냥 주는 식당이 많은 게 그라나다의 대표적 자랑거리다. 보통 2유로짜리 맥주 하나에 타파스가 곁들여 나오는 셈이니 가격대비 최고인 거다. 본의 아니게 행군 아닌 행군을 하느라 쓰러지기 직전이었기에 냅다 주문부터 하기로. 영어 메뉴판이 없으니 아무거나 막 주문해본다. 뭣도 모르고 시킨 네 가지 중 두 가지가 해산물이라 대만족.

배불리 먹고 유럽에서의 첫 야간버스를 기다린다.

잠을 푹 잘 생각이라 생각보다 걱정스럽진 않다. 버스도 넓으니 잘만 자겠다.

'혼자'의 자유로움 & '같이'의 즐거움

이번 유럽여행을 혼자 다니면서 나는 그 자유로움을 제대로 만끽 중이다. 아주 가끔 외로울 때도 있지만 편하다 싶은 게 대부분이라 다음에 다시 긴 여행을 하게 된다면 그때도 혼자 올 생각이다.

어딘가에 들어가면 급하게 보려는 스타일이 아니라서(급하게 볼 바엔 안 들어간다) 혼자 다녀야 그 여유를 온전히 부릴 수 있을 것 같다. 상당히 유동적으로 행동할 수 있어서 먹고 싶을 때 먹고, 자고 싶을 때 자고, 일어나고 싶을 때 일어나는 생활을 할 수 있다.

한국에서 직장생활을 시작하면 제일 어려운 생활이 바로 이런 것임을 알기에 할 수 있을 때 실컷 하고 살 생각이다. 게다가 계획 없는 이 여행에서는 시시때때로 루트와 날짜를 바꿔버릴 수 있어 마음이 편하다. 상대방의 의견을 묻는 과정을 생략할 수 있어서 더 간단하기도 하고.

그러나 혼자의 자유로움이 마냥 좋다가도 가끔 허전함을 느낀다. 그 허전함이란 것도 느낄 줄 아는구나 싶어서 다행이기도 하고. 같이 있을 때의 즐거움은 또 다른 기분을 준다. 혼자 있을 땐 한없이 차분하게 순간순간을 깊게 즐기다가도 누군가와 함께하게 되면 평소의 내 흥이 배가 되긴 한다. 좋은 곳에서 우연히 만난 누군가와 그 느낌을 바로바로 공유할 수 있다는 것은 꽤나 신나는 일이었다. 게다가 가장 좋을 땐 맛있는 음식을 같이 먹을 때. 어느덧 혼자 먹는 밥도 맛있게 잘 먹지만 같이 먹는 밥은 맛있음에 사람과의 대화까지 더해지니 그 시간이 좀 더 알찬 기분이랄까.

지금처럼 '혼자'의 자유로움과 '같이'의 즐거움을 반복하며 다니고 있는 이 여행이 나에겐 참으로 좋은 순간들임이 분명하다.

그리고 그 반복을 통해 내가 느끼는 것들도 계속해서 달라지고 있음을 알고 있다. 이번 여행이 마무리될 때쯤엔 과연 내가 '혼자'와 '같이'의 그 어디쯤에서 뭘 느끼고 있을까 하는 기대와 함께.

#21

야간버스 그리고 바르셀로나

04/24

그라나다에서 밤 열한 시 반에 야간버스를 탔다. 13시간의 짧지 않은 시간 동안 타고 갈 거라 아예 잠을 푹 자기로 작정한 터. 그러다 보니 막상 바르셀로나에 도착했을 땐 너무 개운했다. 오히려 새벽에 알함브라 티켓팅을 하느라 못 잤던 잠까지 잤다.

숙소까진 걸어서 이십 분 정도. 배낭 메고 한 시간도 걸었던 사람이라 이 정도는 이제 당연히 걷는 거다. 배낭이 없을 때와는 분명 다른 힘이 필요하지만.

커튼까지 딸려있는 이층 침대와 여유롭게 챙겨주는 수건에 만족감을 느끼며 짐을 풀었다.

'카탈루냐 광장'엔 일요일이라 그런지 비둘기 반, 사람 반으로 광장이 가득 찼다. 곧이어 이어진 '람블라스 거리'엔 사랑스럽게 나를 쳐다보는 군것질이 넘친다. 초콜릿은 기본이요, 과일, 과자, 아이스크림, 그리고 가장 환상적이었던 '투론'이라는 존재. 뭔지도 몰랐는데 맛보기용으로 내놓은 조각을 몇 개 먹어보고는 반해버렸다. 검색해봤더니 스페인에서 600년 이상의 역사를 지닌 국민 간식이라고 한다.

하…. 바르셀로나가 마지막 도시였다면 아마 이걸로 가방의 빈틈을 꽉꽉 채워 귀국했을 거다. 빈틈없는 현재의 배낭을 떠올리며 애써 발걸음을 옮겼지만 결국 곳곳에 있는 투론 가게에 거의 다 들어가 종류대로 맛을 보았다.

바르셀로나 역시 성당이 많다. 제일 먼저 마주친 '산타 아구스티'라는 곳. 관광객들이 잘 찾지 않는 곳인 듯했다. 여태껏 봤던 성당 중 가장 무심한 느낌을 줬던 성당. 천장과 벽의 페인트칠은 군데군데 벗겨지고 모니카상은 드럼세트와 함께 놓여 있다. 성당 곳곳엔 공사 도구가 자유롭게 놓여있고 동네 주민으로 보이는 몇몇 사람만 기도드리고 있을 뿐. 축구의 도시답게 수아레스가 적힌 유니폼을 입고 엄마를 따라와 앉아있는 아이도 보인다. 이곳을 나와 이번엔 '산타마리아 델 피 성당'을 마주쳤다. '피'가 스페인어로 소나무라는 뜻이란다. 너무 예쁜 이름. 안내데스크 아주머니가 정리하고 계시기에 내일 다시 올 생각으로 가격이나 물어보자 싶어 말을 걸었더니 6시부터 무료입장이니 십분 뒤에 다시 오란다. 우연히 지나가던 곳이었는데 마침 타이밍까지 맞아 반가웠다. 남은 십 분 동안 성당 앞에서 동네 아주머니들이 가지고 나온 아기자기한 물건들이 가득한 작은 마켓을 구경했다. 성당은 규모가 아주 큰 건 아니었지만, 기억에 남을 것 같은 곳이다. 제일 인상 깊었던 건 제단과 마주 보고 있는 입구 위쪽의 꽃문양 스테인드글라스였는데 햇빛이 통과하며 내는 그 빛이 어찌나 아름답던지. 다른 사람들이 앞을 보고 앉아 있을 때 나는 잠시 뒤를 돌아보고 그곳을 감상했다.

저녁때가 되어 배가 고파진 나는 근처의 식당으로 들어갔다. 호주에서 함께 일했던 동생과 함께. 희한하게 바르셀로나의 샹그리아 맛은 다른 도시에 비해 별로다. 고르고 골랐던 곳에서도 역시나 샹그리아 맛이 실망스러워 올리브 한 접시만 주문해서 얼른 먹고는 2차를 가기로 했다. 비싼 타파스는 포기하고 멕시칸 집으로 들어간 우리는 브리또를 하나씩 시키고, 샹그리아가 없는 집이라 맥주로 대신하긴 했지만 기대 이상의 맛! 오랜만에 만난 동생과 함께여서 더 맛있고 그동안 못했던 이야기도 넘친다. 수다스러운 밤이다.

'존재의 유무'에 대하여

워낙 길치에 방향치까지 타고나서 길 찾는 데에만 상당한 시간을 들이는 편이다. 그래서 길 찾겠다고 고개 숙이고 지도만 보면서 걸을 바엔 차라리 목적지를 못 볼 수도 있다는 마음가짐으로 위를 보고 걸어 다니기로 했다.

그렇게 다니기 시작한 결과, 지도가 있을 때보다 없을 때 더 많은 걸 보고 더 의외의 것들을 경험할 수 있었다.

예전에 〈인 투 더 와일드〉라는 영화를 봤었는데 주인공이 전 재산을 사회단체에 기부하고 문명적인 것들의 도움을 거부한 채 모험을 하는 내용이었다. 지금 내 가방엔 노트북, 외장 하드, 핸드폰, 카메라 등 수많은 기기가 있다. 사실 이것들만 없으면 내 몸은 훨씬 가벼워질 거다. 실제로 영화 속 주인공은 이런 것들을 죄다 버리고, 그렇게 길을 떠났다. 그걸 보며 나는 충격을 받았었다. 나 같은 여행자에겐 꿈도 못 꿀 일. 하지만 적어도 핸드폰 하나 정도는 손에서 놓음으로써 그의 마음을 손톱만큼은 공감하고 있다. 생각보다 마음이 아주 편한 거다. 핸드폰을 놓으면 살아있는 눈앞의 장면을 하나 더 볼 수 있고, 노트북을 놓으면 미처 알지 못했던 현지의 정보를 우연히 얻기도 한다. 내가 갖고 있는 다른 물건들마저도 어쩌면, 없어도 잘 살 수 있는 그런 것들일지도 모른다.

우리나라에서도 굉장히 화제가 됐던 『무소유』라는 책도 떠오른다. 오래전에 읽은 터라 내용이 전부 기억나진 않지만, 시간이 지날수록 공감되는 느낌은 왜일까.

아마 내가 이 여행을 마무리하고 집에 돌아갈 때쯤이면 무소유를 외치며 버렸던 많은 물건의 자리는 (사실 버린 것도 있고, 잃어버린 것도 있고, 잊어버린 것도 있다) 자잘한 기념품으로 차있을 것 같은 확실한 예감이 들지만, 어차피 나는 모순덩어리니까.

내 곁에 사람이 있었다, 없었다 하는 것은 어떨까. 아마 '혼자'와 '같이'의 차이를 생각하며 스스로 깨달았겠지만, 이 또한 존재의 유무에 따라 다양한 모습을 보여 줬다. 분명 어느 쪽이 더 낫다고는 할 수 없다. 그러나 '그 존재에 매달릴 필요는 절대 없다'라는 건 확실하다.

자, 다음엔 어떤 존재의 유무를 느껴볼까. 내일은 최대한 가볍게 숙소를 나설 생각이다. 항상 카메라를 손에 놓지 못하는 게 아쉬운데 (나도 모르게 셔터를 누르느라 내 눈에 담는 게 늘 아쉽다. 알면서도 고쳐지지 않는다) 언젠간 카메라의 존재 없이 온전히 내 몸뚱이가 내가 있는 곳 그 자체를 즐길 수 있길 바라며.

#22

바르셀로나, 사방에 발 도장 찍기

04/25

아침 아홉 시쯤 떠진 눈. 오늘 나의 목표는 그 누구보다 철저히 관광객 모드가 되기. 바르셀로나 하면 가우디, 가우디 하면 바르셀로나이기에 가우디를 최대한 느껴보기로 했다. 일단 곳곳에 넘치는 그의 건물부터.

첫 번째로 간 '카사 바트요'. 가우디가 타일공장 사장이었던 사람의 의뢰를 받아 제작한 집이라 그런지 사방이 타일 조각으로 디자인이 된 저택이다. 분명 저택인데 그 규모가 작은 상가만 한 크기다. 무슨 저택이 이렇게 클까 싶을 정도. 물의 흐름을 모티브로 하고 가우디 특유의 '곡선 사랑'이 한껏 담겨있는 건물이다. 굉장히 신선해서 그만의 개성을 온몸으로 느낄 수 있었지만 제일 아쉬운 게 관람객이었다. 물론 나도 그중 하나였지만. 건물이 10이라면 관람객이 10이었다. 그만큼 건물 자체를 보는 게 어려웠다. 천장도 신기하고 벽도 신기하고 창문도 신기한데 뭘 제대로 볼 수가 없다. 뭔가를 보려고 하면 할수록 내 눈에는 그저 넘치는 관람객들의 어깨나 뒤통수만 보일 뿐. 평소에 낙서나 그림 같은 걸 끄적일 때 나도 모르게 직선은 전혀 쓰지 않고 곡선으로만 그리던 버릇이 있어서 이런 건물이 엄청 궁금했었는데 넘치는 인파로 인해 어느덧 출구까지 밀려 나와 있었다.

다음 목적지는 '카사 밀라'. 이 또한 가우디의 작품. 당시대의 흐름을 거부하고 온전히 자신이 느낀 것을 건물에 담은 거라 이 또한 자유롭고 독특한 모습을 하고 있었다. 역시나 줄이 끝이 없고 입장료도 비싸다. 외관이라도 눈에 담아보려 주위를 한 바퀴 돌아보며 또다시 그의 천재성을 깨닫는다. 요즘 건물 중에서도 이런 건물은 보기 어려운데, 형식에 구애받지 않고 상상력을 가장 많이 넣었음에도 건물의 안정성과 예술성은 이미 수많은 사람에게 인정받고 있으니! 기회를 엿봤지만 이내 포기한 나는 근처의 '카사 빈센트'를 가보기로 했다. 가까울 줄 알았던 카사 빈센트까진 꼬박 삼십 분이 걸렸다. 길을 헤맨 것도 있겠지만.

음, 어디 갔지? 지도엔 도착이라고 뜨는데.

알고 보니 바로 코앞의 건물이었지만 공사 중….

웬만해선 끄트머리라도 보일 법한데 어찌나 꽁꽁 울타리를 쳐놨던지 간신히 아! 이게 그거구나 싶을 정도만 인지할 정도였다.

가우디가 궁금해서 그의 작품이라는 곳들을 메모장에 써오기까지 했는데 아쉽게도 매번 제대로 보기가 쉽지 않다. 어차피 목적지보다 걸어 다니면서 보는 바르셀로나의 모습들에 더 흥미를 느꼈던지라 아쉽단 생각 하나 없이 발을 돌리기로 했다. 어디 갈까 잠시 고민하는데 머리 위로 '구엘 공원' 표지판이 보인다. 본의 아니게 패스한 곳들이 많아 여유로우니 천천히 걸어가 보기로 했다. 여기저기 들러 가며 구엘 공원 도착. 조금 있으면 문 닫을 시간이란다. 아쉬운 대로 이곳 또한 주위만 걸어보다 발길을 돌렸다.

하도 눈에 띄어서 틈틈이 마주치던 '사그리아 파밀리아 성당'. 가우디 평생의 걸작이자 아직도 완성이 되지 않은 규모로 보나, 정성으로 보나, 예술성으로 보나 그 크기를 말로 표현할 수 없는 곳. 도착하니 여섯 시가 넘었다. 일곱 시까지 개방한다는데 한 시간도 채 남지 않았기에 이 또한 입장하지 않기로 마음먹었다. 밖에서 봐도 눈을 뗄 수가 없어 성당 주변에 한참을 머물렀지만, 결국 가우디의 흔적만을 하루 종일 바쁘게 쫓았다.

결론적으로 나는 다른 여행자들이 바르셀로나를 즐기는 만큼 즐기지는 못했을 거다. 전혀 후회스럽진 않다. 가우디의 기운은 느꼈고, 그의 창의력과 센스마저 느꼈다.(물론 내부에 들어간 사람보다야 못하겠지만) 어쩌다 보니 발 도장 찍는 꼴이 되어버린 바르셀로나에서의 하루를 보내면서 오히려 다른 걸 많이 느꼈다. 볼 건 넘치지만 그걸 다 보려면 나 같은 여행자에겐 경제적으로나 시간적으로나 조금은 부담되는 도시일지도.

어제 만났던 동생과 오늘 저녁은 눈 딱 감고 바다 근처의 레스토랑에서 비싼 해산물을 먹기로 했다. 맥주와 문어 그리고 홍합까지. 다 먹고 나니 남는 건 오직 행복함. 혼자였으면 절대 이 시간에, 이런 좋은 곳에 오지 못했을 것 같아 동생에게 새삼 고맙다. 늦은 밤이었으나 함께였기에, 배도 부르고 공감되던 것들이 넘쳤기에. 선선한 바람 덕에 기분까지 더 좋아지는 밤이다.

'예술, 그리고 장사'

하루 종일 한 가지만 느꼈다. 너무한다.

이건 예술이지 장사가 아닌데. 작가에 대한 예의로 지불하는 대가를 넘어선 수준이었다. 분명 좋은 도시다. 볼 것도 많고, 갈 데도 많고, 인상 깊은 것도 넘친다. 하지만 그것들의 대부분은 장사로 이어진다. 타일 조각 하나로도 장사를 하고, 스케치 하나로도 장사를 하는 곳. 내가 예술인도 아니면서 섣불리 이런 말을 하는 게 잘못된 거일 수도 있다. 하지만 오늘 하루 종일 돌아다니면서 가장 크게 느꼈던 건, 예술가에 대한 동정. 과연 어느 게 좀 더 나은 쪽인 걸까.

그냥 도시 이름을 '가우디'로 하지라는 생각마저 든다. 그는 어떤 생각을 하고 있을까. 거리엔 가우디의 작품을 패러디한 기념품들을 파는 가게와 길거리 상인들이 넘친다. 도저히 손이 가지 않는다. 점점 내가 진짜로 봤던 그 건물과 작품들보다 저 기념품들에 새겨진 모양이 더 낯익어간다.

#23

성스러운 돌산 속 도시, 몬세라트

04/26

에스파냐광장 역에서 기차를 타고 달린 지 한 시간을 조금 넘자 그곳에 도착했다. 바로 뒤에 대기하던 등산열차로 갈아타고 십오 분 정도 가장 위에 있는 정거장까지 올라가는 동안 정말 어마어마한 경치를 볼 수 있었다. 아주 경사진 기찻길을 따라 올라가면서 아래로는 마을을, 위로는 돌산을 한눈에 담아 볼 수 있던 순간. '톱니 모양의 산' 정도로 해석할 수 있다는 '몬세라트'는 정말 이름 그대로였다. 도착한 순간부터 특유의 한적함과 넘치는 자연경관에 미소가 지어졌다. 어제 하루 종일 바르셀로나 시내에서 다른 무엇보다도 사람 구경을 제일 많이 했던지라 이곳에 오니 숨통이 트이고 안정이 찾아왔다.

날씨가 좋아서 더욱더 빛을 발하던 수도원 입구. 그곳엔 몬세라트의 상징이라고 할 수 있는 '검은 성모상'이 있다. 특이하게 검은 얼굴을 가졌는데 치유의 능력이 있다고 전해져 많은 사람이 찾는데 성모상에 손을 대고 소원을 빌기도 한다. 나도 당연히 빌었다. 어딜 가나 늘 같은 소원을 빌지만 늘 간절하게.

하늘과 돌산이 어우러져 나를 안아주는 것만 같던 몬세라트는 어느새 내 마음을 홀렸다. 고지대에 있는 도시라 하늘도 정말 가까워서 구름이 손에 닿을 것만 같다.

한 바퀴 돌다 보니 발견한 작은 미술관. 몬세라트가 포함된 카탈루냐 지방의 다양한 회화작품들과 조각 작품들이 있다. 밖에서 볼 땐 규모가 커 보이지 않았는데 단순히 공간 채우기보다 제대로 된 작품 채우기에 더 노력을 기울인 곳이었다. 낯익은 이름이 보인다. 피카소. 그리고 그의 '늙은 어부'라는 작품. 흰 수염이 난 노인의 검게 그을린 팔뚝과 지친 표정 등을 진하게 그려내고 있었다. 평소에 봐오던 그의 스타일과는 확연히 다른 느낌에 신선하기도 하고 더 오래 보고 싶은 마음이 생긴다.

관람 내내 가장 좋았던 건 이 좋은 미술관을 온전히 혼자 즐길 수 있었다는 것. 웬일인지 미술관엔 사람이 거의 없었다. 지나가던 미술관 보안관이 여기 진짜 좋은 미술관이라며 엄지손가락을 치켜세운다. 여태껏 다니던 곳 중에 보안요원이 자신이 일하는 미술관이나 박물관에 이런 자부심을 가진 사람은 보지 못했었는데 그런 그의 모습을 보니 이곳이 더 좋아진다.

미술관을 나오자 어느덧 다섯 시가 넘었다. 아직 몬세라트 자체는 제대로 보지도 못한 것 같은데…. 아쉬운 마음에 발길을 옮기는데 길거리 시장이 열리고 있다! 이곳의 특산품인 꿀과 치즈, 그리고 내가 빠져버린 스페인의 국민 간식 '투론'을 파는 시장. 뭐라도 살까 싶어 두 번을 돌았지만 집집마다 건네주는 투론을 맛보느라 배가 차버렸다.

그러던 중, 무심결에 봤던 성당 행사 시간표가 떠올랐다. 스페인어로 쓰여 있어 뭔지는 전혀 모르겠지만 6시 15분쯤 뭔가가 있었다. 몬세라트에 세계 3대 소년 합창단 중 하나가 있다고 했는데 혹시 그 공연을 볼 수 있을까 싶어 들어가 본다. 분위기상 합창단 공연은 아닌 것 같아 다시 나와 산책로를 찾아냈다. 공기가 하도 좋아 경사진 길 오르는 걸 즐기지 않음에도 무의식적으로 가볍게 오르게 된다. 전망도 좋고 뒤에는 돌산이 받쳐주고 있으니 그 순간만큼은 산 하나를 통째로 가진 기분이었다. 산책로를 내려오는 길에 오늘 이곳에서 하루 종일 만났던 황색 고양이 한 마리와 검은 고양이 한 마리를 다시 마주쳤다. 좋은 곳에 살아서 그런지 토실토실하다. 자꾸 보니 산새와 어우러져 마치 다람쥐같이 생긴 고양이를 보는 듯한 착각은 나만 하는 걸까.

저녁 6시 45분 정도. 혹시나 해서 성당에 다시 들어갔다. 합창단 공연에 미련이 남았었나 보다. 그런데! 그때쯤 합창단 공연을 막 시작하는 듯했다. 이미 가득 차버린 의자 대신 가장자리 계단에 쪼그려 앉아 성스럽기 그지없었던 합창단의 공연을 감상했다. '에스콜라니아 성가대'라 불리는 이들의 목소리는 소년들임에도 성숙함과 진중함이 가득했다. 진심으로 보고 싶었는데 이렇게 이뤄질 줄이야. 그 순간만큼은 나도 가만히 눈을 감고 그들의 목소리에 귀를 기울였다.

당일치기라 아쉬웠던 몬세라트. 그래도 마지막을 그들의 노래로 마무리 지을 수 있어 더없이 행복하다.

'소원'에 대하여

*소원: 바라고 원하는 일.

소원 없는 사람이 있을까.

소원이 변하지 않는 사람이 있을까.

소원을 성취한 사람은 얼마나 될까.

나는 소원이 있다.

소원이 자주 변하지는 않지만 적어도 5년에서 10년에 한 번꼴로는 변했다. 내 소원은 아직 진행 중인 것들이라 성취된 것도 성취되지 않은 것도 아니다. 여행을 다니다 보면 곳곳에 소원을 빌 만한 존재가 상당히 많다. 조각상에도 소원을 빌고, 분수대에 동전을 던지면서도 빌고, 소문난 장소에 가서도 빌고.

다른 사람들이 어떤 소원을 비는 지, 빌 때마다 다른 소원을 비는지는 알 수가 없지만 나는 내 소원에 간절함을 담고 싶어 이 다양한 상황에서도 늘 최대한 같은 소원을 빌고 있다.

한국인들이 잘 쓰는 말 중에, '제발 이것만 되면 소원이 없겠다'라는 말이 있다. 과연 소원이 없어질 수가 있을까. 이미 또 다른 소원을 빌고 있을지도 모른다. 아니 분명 그럴 것이다. 그래도 바라고 원하던 일이 언젠가 이루어진다면, 또 다른 소원부터 냉큼 찾을 게 아니라 처음의 소원을 이룰 수 있게 된 벅참에 더 젖어있을 수 있기를.

그리고 그 소원을 빌 때마다 가졌던 간절함을 잊지 않기를 바라며.

#24

다음 목적지는 도대체 어디일까

04/27

전날 밤, 다음 목적지를 꼭 결정하려 했지만 당장 쏟아지는 잠이 먼저였다. 눈을 떴는데 조식을 먹으면서도 생각은 많으나 어디로 갈지 확신이 서지 않는다. 어디로 가볼까.

그냥 여기 머물러도 잘 먹고 잘살 것만 같은 느낌에 더욱더 다음을 떠올릴 의욕이 들지 않는다. 요 며칠 바르셀로나에 머물면서 마켓도 사방에 널려있었고 과일값도 상당히 괜찮았으며 관광보다는 주거하기에 더욱더 괜찮겠다는 생각을 하던 차였다. 애써 그 마음을 누르며 다음 목적지를 고민하는데 동생에게 연락이 왔다. 소주와 라면이 먹고 싶다는 말에

(물론 나도 참으로 좋아하는 것들이다) 숙소 근처 아시아 마켓에 들렀다. 낮 2시. 낮술 즐기기에 아주 적당한 시간. 가볍게 한잔하고 얼른 우체국으로 향한다. 엄마가 원했던 스페인 간식과 그동안 샀던 엽서들을 보내기 위해서였다. 어느덧 익숙해진 나만의 우체국 업무를 끝내고 '스페인 광장'을 지나 '몬주익 언덕'으로 향했다. 스페인을 떠나는 동생의 아쉬움을 달래주기 위해 마지막 츄러스를 손에 들고. 잘 가고 있는 건가 싶을 정도로 한참을 올라가자 드디어 나타난 몬주익 성. 전시실이 있는 아래층을 구경하고 옥상에 올라섰다.

하…. 온 숨이 탁 트일 정도로 바르셀로나가 한눈에 들어온다. 한쪽으로는 바다, 그 옆으로는 항구, 그리고 뒤를 돌면 바르셀로나의 집들이 모여 있고 아주 조금만 고개를 들면 드넓은 하늘이다.

어느덧 성문이 닫힐 시간은 다가오는데 우리는 왜 출구를 찾지 못했을까. 단순한 구조인 줄 알았는데 전시실 입구들이 죄다 닫혀버려 들어왔던 길대로 나갈 수가 없어서 더 헤맸다. 그 와중에 성 주위를 감싸고 있는 나무들과 새소리에 조급함은 어느덧 사라진다. 설마 갇힐까, 직원이 문 닫기 전에 돌겠지 라는 생각뿐. 같은 자리를 여러 번 다시 돌아오더니 결국엔 출구를 찾아냈다.

길을 헤맸으니 허기가 진다. 나의 사랑, 너의 사랑 샹그리아를 외치며 중심지로! 남부 지역에선 참 맛있었는데 바르셀로나 샹그리아는 여전히 밍밍하고 성의가 없다. 그래서 신중히 식당을 고르기로 한 우리는 결국 문어요리에 반했던 어제의 그 식당으로 향했다. 나오는 순간까지 진심으로 친절했던 아저씨가 떠올라 망설임 없이 다시 가기로 한 것. 어제와는 전혀 다른 길로 오다 보니 그동안 보지 못했던 골목들이 나온다. 이곳이야말로 현지인들이 사는 지역. 아이스크림 하나씩 물고 엄청나게 큰 피자 한 조각이 2유로라 그것까지 손에 쥔다. 세상에서 제일 맛있게 피자를 먹으며 식당으로 향하는데 길가로 나와 있던 직원이

"너 음료만 먹을 거야? 밥 먹고 있네?" 라고 묻는다.

"이거 에피타이저야. 더 먹을 거야"라고 단호히 대답하는 우리.

웃음이 터진 아저씨의 안내를 받고 자리에 앉아 빠에야를 주문했다. 동생에겐 마지막이 될지도 모를 빠에야. 샹그리아는 당연히 함께. 함께 있던 동생 덕에 실컷 마시고, 밥도 더 맛있게 먹힌다. 여행의 마지막 날이라며 남은 교통권까지 건네주는 이 아이. 한국에서 꼭 보답할 기회가 있길. 행복하게 잔과 그릇을 비우고 나오는데 우릴 기억하던 아저씨가 내일도 꼭 오란다. 동생이 오늘 떠난다고 하자 무작정 다시 자리에 앉히더니 다른 직원에게 샹그리아 두 잔을 부탁하는 그. 서비스라니. 이 먼 타국에서. 스페인 인심 살아있네!

샹그리아를 마저 마신 후, 아쉽지만 공항으로 가야 하는 동생과 헤어졌다. 함께 할 때 너무 잘 놀아서 보내고 나면 허전할 것 같다. 예쁜 동생을 꼭 안아주고 모습이 사라질 때까지 손을 흔들어주었다.

숙소로 돌아와 침대에 눕고 보니 어느덧 나도 내일이면 바르셀로나를 떠남을 인지했다. 내 손에 있는 건 낮에 산 '안도라'행 버스 티켓 하나. 도시 하나만 한 나라라고 하니 어떻게든 되겠지 라는 무모한 믿음 하나만 안고 갈 생각이다.

정신없지만 매력적이었던 바르셀로나, 이제 안녕.

'상처받지 않길'

누군가에 대해 이런저런 이야기를 하고 싶지는 않았다. 하지만 오늘은 새삼 내 주위에 있던 그 누군가가 상처받지 않길 바라는 마음이 들어 이 글을 써본다. 그리고 나 또한 앞으로 웬만하면 상처받지 않길 바라는 마음으로.

나는 내가 어떤 사람인지에 대해 쉽게 들키고 싶지 않았다. (물론 늘 쉽게 파악 당하는 성향이지만) 그래서 대부분의 상황에 중립을 유지하거나, 독립적인 쪽에 선다. 어느 쪽이든, 어떻게든 혹시라도 상처받지 않길 바라기 때문에. 몇 년 전까지의 나는 사람을, 상황을, 말들을 곧이곧대로 잘 믿던 사람이었다. 지금도 물론 여전하다. 말로는 많이 나아졌다고 하지만 가끔 여전히 똑같음을 느낀다. 여행을 다닐 땐 이런 마인드가 꽤나 긍정적인 결과로 이어져 가끔 나를 더 빛내주고 있지만, (내가 보고 있는 상황을 일단 그대로 받아들이면 의외로 어떤 상황이든 즐기거나 차분히 받아들일 수 있는 능력으로 이어진다) 정작 내가 발을 딛고 꽤 오래 살아야 할 곳에선 이 마인드에 제대로 금이 간다.

누군가와 일을 하고, 누군가와 속마음을 터놓고, 누군가와 서로 의지를 하다 보면 모든 사람과 완전체를 이루기는 쉽지 않다. 바로 이때 사람들은 상처가 생겼다. 속마음을 터놓는다는 게 상처받을 각오라도 했어야 했던 걸까. 어쩌다 보니 그런 상처받는 상황을 내가 목격이라도 했던 건지. 나는 그렇게 큰 상처를 받은 적도 없으면서(외면하고 있는 걸지도 모른다) 속마음 터놓기를 점점 멀리하기 시작했다.
그게 습관이 된 이 시점에 문득, 지나치게 사람을 믿어버려 상처받았던 내 지난날 중 하루가 생각나기도 한다. 정이 넘치는 것도 습관이지만 그걸 숨기는 것도 점점 습관이 된다. 나에게 속마음을 털어놓고 있던 그 사람도 나중에 나처럼 되어버리진 않을까 하는 생각에 '부디 상처받지 않길' 이라는 말을 속으로 건넨다.

#25

나조차 내가 어딜 가고 있는 건지 알 수 없지만

04/28

안도라로 떠나는 날. 눈을 살짝 떴는데 조용히 비가 오는 듯한 소리가 들려온다. 몸을 반만 일으켜 창문을 쳐다봤더니 진짜로 비가 온다. 바르셀로나에 머물던 내내 한 번도 비가 오지 않았었는데. 짐을 단단히 챙겨야겠다.

실수로 10분 거리라 생각했던 버스터미널까지의 거리가 30분이 걸려 하마터면 버스 출발시간에 늦을 뻔했다. 비도 오고 기온도 낮아진 와중에 혼자 땀을 뻘뻘 흘릴 정도로 서둘러야 했다. 앞뒤로 무거운 배낭을 메고 어느덧 뛸 줄도 안다. 헉헉 대며 의자에 털썩 앉았더니 어떤 여자가 나를 쳐다본다. 이상하게 보이겠지 싶어 모른 척 숨을 고르다 문득 그녀도 '안도라'에 가는 길이면 숙소를 예약했나 싶어 말을 걸었다. 알고 보니 안도라에 살고 있는 학생. 아는 호스텔 있냐고 물어봤더니 자신이 안내해주겠다고 한다. 고마운 사람을 한 명 더 만나게 된 거다. 버스가 늦어졌다. 나도 늦을 뻔한지라 늦게 오는 버스가 온몸으로 이해된다.

10만 명도 안 되는 인구가 살고 있다는 이 나라는 들어본 적도 없었지만, 그라나다에서 만났던 동생에게 우연히 듣게 된 곳이다. 피레네 산맥에 둘러싸여 있고 면세 국가라 유럽 사람들이 쇼핑하러 많이 와서 '유럽의 슈퍼마켓'이라는 애칭을 가지고 있다. 면세품을 살 일은 없지만, 유럽 중에서도 가장 작은 나라에 손꼽히는 곳이자 스페인과 프랑스를 함께 접하고 있다는 곳이라 기억에 남아 있었나 보다.

'저게 피레네 산맥인가? 구름이 코앞에 있잖아!'라며 작은 환호를 지르는 와중에도 구불구불한 길을 씩씩하게 올라가 주는 버스가 고맙다. 태어나서 처음 접하는 피레네 산맥은 마치 엄마 품에 안겨있는 것만 같았다.

갑자기 경찰서가 보이고 뒤이어 나타난 검문소. 사람도 없고 차단기도 이미 올라가 있다. 생각해보니 이미 국경도 지났을 텐데 이렇게 아무렇지 않게 넘어서다니. 검문소를 지나면 진짜 '안도라 공화국'이다.

도와주기로 했던 여자와 버스에서 내려 다시 만났다. 내리자마자 너 사는 곳 진짜 좋다고, 여기 진짜 환상적이라고 엄지를 치켜세웠다. 그녀가 내 유별난 반응에 웃으며 버스 정류장도 알려주고, 호스텔도 함께 가준다. 이렇게 쉽게 해결되니 너무 고맙기도 하고 미안하기도 했다. 가는 길에 그녀는 나에게 북한에 대해 물어보기도 하고, 혼자 여행하는 게 두렵지 않냐 등의 질문을 한다. 이런저런 대화를 하다 보니 호스텔 앞.

세상에나, 여행을 시작하고 이런 방은 처음이라 그 자리에 얼어붙었다. 친절한 주인아주머니는 나에게 전망이 최고인 방을 주었고 오늘 밤 호텔과도 같은 이곳에 머물기로 확실히 마음먹었다. 추운 곳이라 들었는데 아침에 비 오는 축축한 바르셀로나에서 와서 그런지 오히려 선선해서 더 좋다!

작은 곳이라 한 바퀴 천천히 돌아보기도 하고 슈퍼도 들를 겸, 방에서 나왔다. 아주머니가 슈퍼 위치와 이름까지 알려주셨지만 역시나 찾지 못했다. 길가에 가득한 가지각색의 가게들을 구경하며 내려오다 보니 할머니가 운영하는 슈퍼마켓이 저 멀리 보인다. 아침으로 먹을 바나나와 요거트, 바게트, 물과 초코과자 하나를 집어 들었다.

걸어 다니면서 보니 호텔들이 주로 쇼핑거리 사이사이에 있다. 다행이다. 내 방 창문에선 피레네 산맥이 펼쳐지고, 쇼핑거리와는 완전히 반대쪽이라 오히려 마을에 속해 있는 기분이 들어 훨씬 더 만족스럽다.

아직 적응이 안 될 정도로 마냥 좋은 방에 돌아왔다. 좋았어! 오늘은 대충 빨아오던 옷들을 제대로 씻겨주기로 마음먹었다. 창문이 넓기도 넓고, 바람과 햇빛이 동시에 잘 들어와서 말리는데 문제없을 것 같다. 거의 모든 옷을 빨아 널고 나니 그렇게 개운할 수가 없다. 음악까지 맘껏 틀어놓고 두 발 쭉 뻗으니 이곳이 날 위한 천국이다. 그 와중에 창밖 풍경이

더블룸이라 침대도 엄청 넓었지만 내 옆자리는 배낭에게 내어주었다. 이 아이는 지금 나에게 가장 중요하고 고마운 존재니까. '너도 매일같이 좁은 사물함에 박히거나 맨바닥에 누워있느라 고생했다. 여기 머무는 동안은 푹 쉬렴. 안에 있는 것들도 다 빼 줄 테니 숨도 좀 쉬고.'

너무 이른 시점에 호사를 누리는 것 같아 과분하다 싶은 안도라에서의 첫날을 보내며.

'별게 다 별것이 되다'

여행을 다니다 보면 나도 가끔 어이없을 정도로 별것도 아닌 것에 감동받고 환호하고 있을 때가 있다.

예를 들면 햇빛에 열광하기, 날아가는 비둘기 떼에 감탄하기, 가게 간판에 반하기 등. 따뜻한 물이 잘 나온다 싶으면 '와 대박이다, 감사합니다!'라는 말이 이어지고, 오늘따라 길을 잘 찾았다 싶으면 '아, 나 좀 컸네?'라는 우쭐함도 잠시 누린다. 숙소 침대의 가운데가 움푹 꺼져 있지 않음을 보게 되면 '아싸!'라는 추임새가 먼저 나온다.

하도 비를 몰고 다녀서 하늘이 푸르고 구름이 뭉게뭉게 핀 날이라도 있으면 세상에서 제일 운이 좋은 것만 같다.

옷을 빨아 널어놨는데 잘 말랐다 싶으면 그렇게 만족스러울 수가 없다. (날씨가 좋은 날보다 흐린 날이 많은 나에게 빨래가 잘 마르는 건 진짜 운이었다)

배가 고플 때쯤 슈퍼마켓이 보이면 발이 먼저 방방 뛰면서 반가워한다. 1유로짜리 빵들의 종류가 많을수록 더 반갑다. 바나나를 집어 들었는데 엄청 크면 또다시 신이 난다. 사과를 집어 들었는데 향이 좋으면 할 말을 잃는다.

스페인어를 전혀 할 줄 몰라도 어쩌다 보니 뼛속까지 스페인이신 할아버지나 할머니와 겨우겨우 의사소통이 되고 나면 역시 '사람은 사람끼리 통하게 되어 있다'는 근거 없는 뿌듯함이 온다.

오늘 아침엔 5일 동안 복숭아 주스로 알고 먹었던 게 알고 보니 파인애플 주스였음을 알게 되자 '그래도 가기 전에 이걸 알게 되다니' 라는 만족감에 휩싸였다.

참 별것 아닌 것들이다.

물 마시기, 햇빛 맞기, 샤워하기, 잠자기 등 굉장히 기본적인 것들인데 나는 여행할 때마다 이런 것들에게 가장 큰 감동과 환호를 보낸다.

그리고 제자리로 돌아갔을 때 그 기분을 잊지 않길 간절히 바란다.

최소한의 것이 어쩌면 최대한의 만족을 줄 수도 있음을.

내가 당연하다고 생각하는 것들이 어쩌면 당연하지 않은 것일 수도 있음을. 그러고 보니 여태껏 주변 사람들에게 '별게 다 좋다'라는 말을 자주 들었던 것 같다. 아마도 나에겐 별게 다 별건가보다.

#26

나만의 천국

04/29

공기 자체가 좋은 지대에 위치한 내 방은 새벽 늦게 잤지만, 아침에 상쾌하게 눈을 뜰 수밖에 없는 곳이다. 오랜만의 독방이 너무 좋았던지 이것저것 하느라 새벽 세 시쯤 잠들었던 것 같은데 이른 아침에 눈을 떠도 개운하다니. 차가 없으니 산맥으로 둘러싸여 있는 도로를 맘껏 달릴 수는 없지만, 그저 이 자리에서 저 산맥을 맘껏 보고 있는 것만으로도 만족스럽다.

여기까지 왔으니 유럽 최고의 온천이라는 '칼데아 온천' 하나는 가봐야지. 입장료가 비싸긴 했지만, 평소 피부가 건조하고 예민한 나에게 선물 한 번 주기로 마음먹었다. 칼데아 온천은 건물 외형이 특이해서 핸드폰에 사진을 저장해두고 길을 찾아가면서 틈틈이 보여주며 물어봤더니 단 한 명도 모르는 사람이 없다. 막상 들어가 봤더니 온천이라기보다는 워터파크 느낌이랄까. 평일이라 그런지 원래 없는 건지 사람이 진짜 적다! 이 넓은 풀 안에 열 명 안팎의 사람들뿐이라니. 서양인들에게 온천 자체가 우리에 비해선 익숙하지 않다 보니 미지근한 온천수를 이곳에 틀어놓고 즐기는 듯했다. 우리에게 온천이라 함은 김이 펄펄 끓어오르거나 들어가면 얼굴이 빨개지는 탕 정도는 하나쯤 있어 줘야 하는데 여기선 가장 높은 온도가 36도. 오히려 뜨거운 물에 못 들어가는 나에겐 딱이다. 중심부에 위치한 넓은 풀에서 떠다니며 놀고 있는데 문득 '와…. 살다 살다 이렇게 혼자 온천까지 즐기게 될 줄이야.'라는 생각이 든다. 밥도 혼자 못 먹었었고, 온천도 혼자 온 적이 없었는데. 이젠 그 두 가지를 혼자서 하고 있다. 의외로 아무렇지 않다.

물을 따라 떠다니다 보니 자연스레 노천탕으로 이어졌는데 몸은 따뜻한 물속에 있고, 머리는 시원한 바람을 맞고 있고, 눈앞엔 피레네 산맥이 펼쳐진다. 이 순간만큼은 입장료에 대한 쓰라림이 날아갔다. 물속에 있던 마사지기 앞에 자리를 잡고 고생하고 있는 내 어깨에, 쓸데없이 많이 돌아다녀서 같이 고생 중인 내 다리와 발에게 물마사지를 시켜줬다. 앞으로도 잘 부탁한다는 말과 함께.

생각보단 별게 없던 이곳에서 그나마 마음에 들었던 노천탕에서 대부분의 시간을 보냈다. 몸이 노곤해지고 피로가 풀린다. 여기 와있는 것 자체가 '너무 이른 행복을 맛보고 있는 건가?'라는 생각이 들 정도로. 고생 끝에 낙이 온다는데 나는 고생 전에 낙이 온 것만 같다.

온천을 나오자 선선한 바람이 반겨준다. 세상에서 가장 가벼운 발걸음으로 길을 나선다. 먹을거리를 한가득 안고 방으로 돌아와 어제 보다 잠든 다큐멘터리를 다시 켜고 맥주와 견과류부터 뜯는다. 보던 게 끝날 때쯤 무의식적으로 고개를 들었더니 여전히 잘 보이는 산맥. 기분까지 좋게 해주는 경치와 공기다.

얼마 만에 이렇게 방에 앉아 노트북과 놀고 있는 건지. 매일 다른 세상을 구경하는 맛도 굉장히 좋지만, 익숙한 내 시간도 필요했음을 잠시 잊고 있었다. 여유롭게 여행하자 싶으면서도 막상 그게 쉽지 않으니. 세상 구경을 하다 가끔은 이렇게 나에게 집중할 수 있는 시간도 가져야겠다.

'나를 스쳐 간 사람들'에 대하여

여행을 하면 누구나 느낄 것이다. 내가 가는 길에 있어서 모르는 정보를 알려주거나 내가 필요한 것을 도와주는 그 친절의 고마움은 말로 설명할 수 없는 크기임을. 꼭 필요한 타이밍에 나타난 친절은 진짜 눈물 나게 감동적이기도 하다. 그래서 최대한 그들을 잊지 않으려 노력한다.

지금 하고 있는 이 여행뿐만 아니라 여태껏 갔던 여행들 중엔 참으로 많은 사람이 그런 친절을 베풀며 나를 도와주었다. 인터넷 검색보다 현지인을 믿는 스타일이라, 그 나라 언어를 못해도 사진을 보여줘서라도 어떻게든 물어물어 가고는 해서 현지인들을 귀찮게 하는 편일지도 모르지만. (물론 인터넷 검색이 먼저고, 확인은 늘 현지인에게) 그러다 보니 지금까지 나와 최소 한마디라도 대화를 했던 사람들이 곳곳에 얼마나 많이 있을까 싶다. 그런 식으로 얘기하다 보면 의외의 에피소드가 나올 때도 있었고, 기억력이 좋지 않은 내가 아직도 기억하는 사람들도 있다.

낯을 가리고 사람 많은 곳을 싫어하지만, 사람 만나는 걸 좋아하고 말 걸기를 두려워하지 않는 나의 이 모순적 성격은 나를 스쳐 간 수많은 사람과의 인연을 있게 할 수 있던 또 다른 이유이기도 하다.

아마 살면서 깊이를 떠나, 좋고 싫고를 떠나 이런 식으로 스쳐 간 인연만 세어 봐도 트럭이 몇백 대는 나올 것이다. 지금 자리 잡은 이곳에서도 나를 스쳐 간, 스쳐 갈 사람들 역시 당분간은 기억에 잘 담아두려 한다.

짧은 시간 동안 머물면서 또다시 여러 사람을 스쳐왔다. 제일 먼저 스쳐 간 사람은 그때 그 버스터미널에서부터 만난 안도라 대학생. '시간 되면 맥주 한잔 하자'라는 말을 뒤로 하고 우리는 다시 만날 수 없었지만 그래도 그녀 덕분에 내가 이 좋은 전망의 방에서 지금 이렇게 마음 편히 늘어져 있을 수 있게 됐다. 내일이면 스쳐 간 사람이 될 숙소 아주머니. 불편한 거 하나 없이 전부 알려주시고, 전화도 대신 해주시고, 늘 웃는 얼굴로 대해줘서 들어올 때나 나갈 때나 내 기분까지 좋게 만들어준다.

길에서도 여전히 나는 스쳐 갈 사람들을 마주하고 있었다. '살바도르 달리'의 작품을 찾느라 잠시 헤맬 때 사진을 보여주며 물어봤더니 영어를 전혀 못하시는 그 아주머니는 나를 딸 대하듯 팔을 감싸 안으며 근처까지 데려다주신다. 순간 엄마 같은 포근함을 느꼈다.

스쳐 간 사람들, 그리고 앞으로 스쳐 갈 사람들은 적어도 나에게 있어선 어떤 의미일까. 지구라는 행성 안에서 우리가 한 마디라도 말을 나누고 웃음을 나눌 수 있었다는 건 어마어마한 인연이자 충분히 좋은 기억이 될 수 있다고 생각한다. 누군가에겐 나 또한 스쳐 간 사람일 테니 그들의 기억에도 혹시 내가 남아있다면 좋은 기억으로 남을 수 있길.

#27

굿바이 안도라, 봉주르 프랑스

04/30

새소리에 눈을 떴다. 안도라를 떠나는 날. 아침 10시 버스를 타야 적당하다 싶어 부지런히 일어나야 했다. 호스텔엔 주인조차 없었고 건물이 통째로 조용하다. 설마 나 혼자 이 건물에 있는 건 아니겠지 싶을 정도로. 이틀 동안 옆 침대에 완전히 펼쳐져 휴식을 취하던 모든 물건들을 다시 배낭에 집어넣을 때다. 사방이 고요하니 나도 차분히 짐을 챙기게 된다. 여유롭게 아침까지 챙겨 먹고 나왔는데 공기는 여전히 왜 이리 좋은지 발걸음 떼기가 영 아쉽다. 기억을 더듬어 안도라 버스터미널을 찾아간다. 크지 않은 곳이라 다행히 내 기억력 수준 안에서 찾아갈 수 있었다. (사실 두 번 정도 물어봤지만) 사람 하나 없는 터미널에 도착했을 때쯤 갑자기 비가 내리기 시작한다. 어쩐지 눈 떴을 때 구름이 상당히 묵직하더라니. 지내는 동안은 비도 내리지 않고 따뜻했었는데 이제야 이 나라가 추운 곳이란 걸 느꼈다.

터미널에 들어가 '툴루즈'행 버스 티켓을 산다. 딱 오늘까지만 운행되는 10시 차. 세상에나, 티켓값이 내가 생각했던 가격의 두 배다. 확실히 스페인을 벗어나면서부터 슬슬 만만치 않은 물가를 체감하기 시작해야 했다.

제시간에 온 버스는 비싼 티켓값에 비해 꽤 작은 셔틀버스였다. 여기서 이걸 타고 툴루즈로 넘어가는 사람이 없긴 없나 보다. 마치 소규모 관광가이드 차량 같았는데 가족여행 느낌이 날 정도였다. 버스엔 승객이 딱 네 명. 할머니 한 분, 청년 한 명, 언니 같은 여자 한 명, 그리고 나. 그렇게 단란한 느낌으로 버스는 출발한다.

상당히 구불거리는 산길을 무심히 올라가는 버스 아저씨를 힐끔거리며 존경하고 있는데 어느 순간 은근슬쩍 눈이 내린다. 숙소에 머물 땐 나와는 상관없을 정도로 저 멀리 있던 눈 덮인 산 정상이 갑자기 코앞에 있다. 그 와중에 더 신기한 건 높디높은 이곳에 호텔이 굉장히 많다는 것. 엄청 높은 산 속인 것 같은데 제대로 갖춰져 있다. 한참을 구불거리며 내려오더니 이번엔 언제 그랬냐는 듯 멀쩡한 초원이 나타난다. 몇십 분에 한 번씩 계절이 바뀌는 수준이었다. 분명히 좀 전까지 이 버스는 눈바람 치는 마을 한가운데를 지나왔건만 잠시 후엔 초록과 노랑이 만연한 동화 같은 초원이 펼쳐진다. 온통 흰색뿐이던 세상이 갑자기 알록달록해진 거다. 출발한 지 한 시간 만에 지나온 풍경들이라니.

핸드폰을 보니 통신이 잡힌다. 그 말은 곧 내가 프랑스로 이미 들어왔다는 뜻.

반갑다 프랑스! 그리고 나의 첫 프랑스 도시, '툴루즈'. 붉은 벽돌건물이 많아 장미도시라는 애칭을 가진 이곳도 몰랐던 도시지만 어쩌다 보니 가고 있었다. 하필 오후 휴식 시간에 도착한 나는 문 닫힌 가게와 건물들만 보며 호스텔까지 갔다. 아무도 문을 열어주지 않아 막 서성이고 있는데 다행히 호스텔에 머무는 누군가가 열어줘 로비까진 들어갈 수 있었다. 이곳의 로비는 여태껏 머물렀던 곳 중에 가장 특이하다. 오래된 피아노 한 대, 그리고 앞뒤로 뚫려있는 정원과 마당. 자유롭게 널부러져 있는 듯하면서도 깨끗하게 잘 정리된 물품들. 한 시간 정도 뒤에나 직원이 나타날 것 같아 이곳에서 숨을 좀 고르기로.

소파에 앉아 있는데 청소 중인 여자와 눈이 마주쳐 무의식적으로 "올라!"를 외쳤더니 웃으면서 "봉주르!"로 답한다. '아 맞다, 나 프랑스로 넘어왔지!'라는 생각을 그제야 다시 하며 무안한 웃음을 지었다. 체크인을 하고 방에서 물을 끓이는데 창문 밖으로 보이는 하늘과 빨간 꽃 화분이

컵라면을 먹으려는 이 상황을 쓸데없이 로맨틱하게 만든다.

툴루즈는 1박만 하기로 했으니 조금 급하더라도 떠나기 전까지 구석구석 보고 싶은 욕심이 들었다. 오는 길에 봤던 큰 성당부터 가보기로 하고 주위를 두리번거렸더니 다른 건물에 비해 확실히 거대한 성당의 탑이 빼꼼히 보인다. '생 세르냉 성당'. 아, 이름부터 어렵다. 숙소 이름도 어려워서 아예 읽기를 포기했었는데 앞으로 프랑스에 머무는 동안은 낯선 프랑스어로 인해 조금은 혼란스러울 듯하다.

도시 곳곳에 붉은 건물이 많듯 이 성당 또한 붉은 빛인데 정확히는 분홍빛에 가깝다. 내부엔 장미 문양이 새겨진 것으로 보이는 천장과 말끔한 복도까지. 작은 도시인 줄 알았으나 성당만 봐서는 상당히 중요한 도시임을 느낄 수 있게 해줄 정도다.

그다지 큰 도시가 아니라 걷다 보면 광장도 나오고, 시장도 나오고 골목도 다 나온다. 주말이라 시끌벅적한 골목들을 돌아보는데 유난히 서점이 많아 한 번 들어가 봤더니 고등학생 때 문제집 사러 다녔던 동네 서점과 분위기와 향이 딱 닮아서 그 순간, 교복 입던 시절이 겹쳐졌다. 낯선 곳에서 과거를 만날 줄이야.

'오늘의 또 다른 진실'

마치 아무 일이 없었던 듯 하루를 써내려갔다.

사실 툴루즈를 빨리 떠야겠다고 결심했다. 그 좋은 강을 만나러 갔지만 마치 나를 거부라도 하듯 세찬 바람이 온몸을 흔들어댔다. 춥다는 도시에서도 파카만큼은 절대 꺼내지 않았는데 여기선 입지 않았다간 몸이 아파올 것 같아 중간에 숙소에 다시 들어가 파카를 입고 나왔다.

이제야 좀 낫다 싶었지만, 너무 거센 바람은 둘째 치고 그 덕분에 거리에 쌓여 있던 온갖 꽃씨들과 나무 찌꺼기 등이 눈 코 입으로 다 들어와 작은 고통까지 안겨준다. 렌즈도 빼고 스카프로 입도 막고 다시 나갔지만 소용없을 정도. 그럼에도 불구하고 나는 애써 장밋빛 도시에 정을 붙이려 골목골목에 집중하려 했지만 끊이지 않는 꽃씨 폭격에 포기. 두 손을 들고 포기했다.

숙소에 돌아가려는데 이번엔 핸드폰이 말썽이다. 안 그래도 가끔 꺼지긴 했는데 오늘따라 아예 먹통이 되어버린다. 보조배터리를 찾으려 가방을 뒤졌지만 없었다.

숙소 이름도 어렵고 길 이름도 어려워서 핸드폰에만 적어놨던 나는 막막해져 온다. 때마침 사과핸드폰 매장이 기적처럼 바로 앞에 떡하니 나타나 잠시 충전도 해봤지만, 다시 먹통이 된다. 이놈을 그냥 확 바꿔 버릴까 보다. (당장 새

핸드폰을 살 수 있진 않지만) 아까 봤던 숙소 근처의 가장 큰 성당을 찾았다. 그다음이 문제였다. 심각한 길치인 내가 고작 몇 시간 전에 도착한 이곳에서 감으로만 숙소까지 찾아가야 하는데 아무것도 기억나지 않아 뭘 물어볼 수도 없었다. 게다가 이 도시가 그런 건지 프랑스가 그런 건지 왜 이렇게 무섭게 생긴 남자들만 골목에 잔뜩 있는 걸까.

누가 봐도 길을 잃어버린 게 티가 날까 봐 애써 태연한 척 골목을 침착하게 기억하려 노력했다. 아까 들렀던 슈퍼와 기념품 가게를 찾아냈다. 번지수가 기억나서 물어봤는데 다들 모른다. 일단 숫자가 보이니 차분하게 번지수를 따라 내려가서 숙소를 발견했지만 기쁘지가 않다. 뭔갈 또 잃어버렸음을 알았기 때문에. 혹시나 해서 내 배낭을 다시 뒤졌으나 보조배터리는 없다. 나를 믿지 못해 카드도 분산시켜놓느라 보조 배터리 케이스에 카드 한 장도 넣어놨었다. 둘 다 안녕. 매번 뭔가를 잃어버리는 내가 이젠 허무하기 짝이 없다.

우선 포기하고 내일 갈 도시부터 해결해야 하는 상황. 이번에도 카 쉐어를 이용하기로 했다. 프랑스어가 너무 어려워서(나에게 필요한 스페인어를 눈치껏 알아챌 정도의 적응을 겨우 할 때쯤 넘어왔으니) 도무지 머리가 안 돌아간다. 뭘 또 잃어버렸다는 자책감에 묻혀서이기도 했지만. 컴퓨터 키보드는 왜 또 프랑스용인 건지 난데없는 위치에 난데없는 철자가 박혀있다. (내 불안한 노트북을 꺼낼 수밖에)

다행히 호스텔 직원이 잘 도와줘서 무사히 카 쉐어도 예약완료. 호스텔도 어렵지 않게 찾아서 일단 예약완료. (보르도는 호스텔이 딱 한 곳이라고 한다. 하마터면 호텔을 예약하는 엄청난 사치를 부릴 뻔했다) 뭘 하나씩 완료했는데도 한숨이 나온다. 같은 실수를 두 번 세 번 반복하는 건 바보라고 생각했는데 나는 몇십 번째 물건을 잃어버렸다는 생각에. 이렇게 일이 자꾸 터질 땐 최대한 빠르게 이곳을 뜨는 게 방법이라면 방법이다. 아니다 싶을 땐 얼른 떠야 했다. 여기다 싶을 때 더 머물 수 있는 날을 만들어주기 위해서.

배낭도 풀고 싶지 않은 밤. 당장 내일 갈 보르도에서 그곳의 특산품이라는 디저트부터 먹어줘야겠다. 그러면 정신을 좀 차릴지도 모른다.

#28

어제와 다른 오늘, 툴루즈에 빠지다

05/01

상당히 다이나믹했던 어제로 인해 진이 빠져 못 잘 줄 알았던 나는 오히려 평소에 안 하던 잠꼬대까지 해가며 숙면을 취했다. 생각해보면 방 분위기 자체가 굉장히 이상했다. 6인실인데 다들 멀쩡해 보임에도 불구하고 그중 세 명의 남자는 각자의 핸드폰으로 영상을 보며 듣도 보도 못한 소리를 내며 크게 웃어대면서 밤을 지새웠다. 뭐지 싶을 정도로. 그 웃음이 나한테까지 전염된 걸까. 꿈을 꿨는데 너무 웃겨서 배꼽 잡으며 웃다가 새벽에 잠시 깼던 거다. 이런 적은 처음이었다. 진짜 너무 웃긴 꿈이어서 일어나면 적어놔야지 싶었는데 역시 아무것도 기억나지 않는다. 자다가 크게 웃었던 것만 기억날 뿐.

다른 곳에 비해 체크아웃 시간이 이른 숙소라 조금 일찍 눈을 떠나갈 준비를 했다. 짐을 챙기는데 노트북 끝에 뭐가 걸린다. 뭐지 싶어 뒤집었더니 어제 잃어버린 줄 알았던 배터리와 카드가 떡하니 떨어진다. 이런, 어제 아는 동생에게 정지시켜달란 부탁까지 했었는데. 같은 방 쓰는 남자는 몇 번이고 물어봐줬었는데. 민망해서 몰래 가방에 다시 넣고 찾았냐고 또 물어보는 그에게 못 찾았다고 거짓말을 했다. 이걸 찾은 대신 선글라스가 보이지 않는다. 병이다, 병.

배낭을 맡겨두고 날 거부하는 것만 같았던 툴루즈에게 다시 다가가기로 했다. 꽤 이른 시간에 나왔건만 이미 길가의 카페는 자리가 꽉 찼고 주말이라 그런지 곳곳에 이미 장이 한창이다. 덕분에 구경거리가 넘쳤고, 동네 아저씨들이 죄다 나와 오전부터 맥주 한 잔을 테이블 위에 올려두고 수다를 떨고 있다. 아주머니들은 어디 가신 걸까.

휑하던 어제와는 달리 시끌벅적해진 성당 쪽으로 갔더니 일요일에만 열린다는 '히피마켓'이 엄청난 규모를 자랑하며 열리고 있었다. 마침 일요일이었던 거다! 어디서 하는지도 몰라서 잊고 있었는데 이걸 보고 갈 수 있게 되다니! 성당의 주변을 빠짐없이 감싸고 있는 히피 마켓. 규모가 굉장히 컸다. 일요일만 열린다고 하기엔 엄청나게 큰 규모. 거짓말 좀 보태면 살아 숨 쉬는 것 말고는 죄다 장터에 나온 듯했다. 그만큼 온갖 물건이 있었는데 중고에서부터 새 물건, 옷은 물론이고 전자제품부터 간식, 그릇 등등 없는 게 없는 곳이었다. 하도 볼 게 많아 7-8바퀴는 돈 것 같은데도 매번 새로운 물건이 보일 정도다. 어딘가에선 인도 향이 나고, 어딘가에선 이슬람 옷들이 왕창 쌓여있고, 중간쯤엔 올리브를 종류별로 쌓아둔 곳도 있다. 규모도 규모지만 이곳에선 대부분의 물건이 10유로를 넘지 않는다는 것이 엄청난 매력이다. 오늘에서야 이곳에서 미루고 미루던 새 양말을 샀다.

시장을 벗어나니 일요일이라 문을 닫은 중심 거리는 오히려 조용하다. 붉은 건물들이 사람 하나 없는 골목들 사이에서 더 빛났고, 어젠 그렇게 바람으로 밀어내더니 오늘은 조금씩 햇빛도 비춰준다. 내 몸뚱이가 유럽에선 작을 수밖에 없는지라 사람들이 많으면 오히려 건물도 안 보이고 땅도 잘 안 보인다. 사람이 한 명도 없는 오늘만큼은 그 넓은 골목을 혼자 걷고 있자니 건물색도 잘 보이고 하늘도 잘 보여서 굉장히 멋진 툴루즈를 기억에 담을 수 있었다. 어젯밤까지만 해도 내 기억 속 툴루즈는 여기서 끝인가 보다 했는데 오늘은 완전 180도 다른 모습이다. 떠나기 전까지 툴루즈의 많은 것을 보고 가게 된 오늘. 마침 일요일에 이곳에 머물렀던 것에 감사하다.

지쳤던 어제 찍은 툴루즈와 한껏 신난 오늘 찍은 툴루즈가 참 많이 다르다. 이렇게 예뻤었다니.

와인 먹을 때만 어렴풋이 들어봤던 보르도에 가보기로 했다. 프랑스 남부에 오래 있으려 도시를 훑어보다 알게 된 곳이다. 오랜만에 또다시 카 쉐어를 알아봤고, 이번에도 괜찮은 분과 함께하게 됐다. 그의 어머니를 모시고 함께 가는 길이었다. 호스텔을 찾느라 살짝 헤맸지만, 무사히 도착. 보르도엔 죄다 호텔뿐이고 이곳이 유일한 호스텔이래서 기대를 하지 않았는데 시설이 좋다. 만족스럽게 짐을 푸는데 같은 방에 있던 여자가 말을 건다. 바르셀로나에서 태어나 보르도에서 작년까지 공부했다는 여자. 보르도를 참 사랑한다. 그녀 덕에 나 또한 보르도에 대한 첫인상이 한층 더 좋아진다.

노동절이라 문을 연 가게도, 사람도 보이지 않는다. 그래도 도시 자체가 워낙 예쁘고 날씨도 좋아 이 모든 순간이 마음에 든다. 보르도와의 첫 만남을 기념하기 위해 겨우 찾은 문 연 슈퍼에서 맥주 한 캔과 감자튀김, 치킨 너겟을 두둑하게 챙겨 숙소로 돌아와 이 순간을 기록 중.

'질문의 반복'에 대하여

우리가 살아가면서 (특히 여행 중에) 초면에 던지는 질문은 어느 나라, 어느 도시를 가나 크게 다를 바 없다.

'이름이 뭐예요? 여행 중이에요? 휴가 중이에요? 여기 어때요?' 등과 같은 것들. 거기에 우리나라 사람들 특유의 질문을 몇 개 덧붙이자면 '나이가 어떻게 되세요? 어느 지역 출신이에요? 어느 대학교 다녔어요?' 정도.

여행을 다니며 수많은 호스텔을 거쳐 가다 보니 나 또한 비슷한 질문을 받고, 비슷한 질문을 하며 대화가 시작된다. 외국인들과 함께할 때면 호칭 정리가 필요 없으니 나이에 대한 질문 패스. 대학교는 어차피 들어도 모를 테니 패스.

지역도 내가 아는 큰 도시가 아닌 이상 대부분 모를 테니 나라만 물어보고 패스. 그러다 보면 진짜 가벼우면서도 중요한 질문만 남는다. '여행 어때요? 얼마나 했어요? 어디가 제일 기억에 남아요?' 등과 같은.

이 질문들은 매번 반복되지만, 날이 지나면서 더 쌓여가는 여행지와 여행 일수에 나는 매번 다른 대답이 나온다. 그마저 흥미롭다.

같은 질문에 매번 달라지는 대답. 혹은 시간이 지나고 다른 곳들을 갔음에도 저번과 같은 대답이 나온다거나.

과거에도 모를 대답. 현재도 모를 대답. 그리고 미래에도 모를 대답이다.

요즘 내가 가장 많이 듣는 질문은 '얼마나 여행해요?'라는 것. 열 손가락을 다 펼쳐 100일이라는 말을 하면 대부분이 부러워하거나 놀란다. 하지만 사람 욕심이라는 게 워낙 간사하고 끝이 없는지라 나는 이미 150일, 200일을 여행한 사람들을 부러워하고 있었다. 마지막 날이 돼서야 100일을 체감하겠지만 아직은 벌써 지나가 버린 날들이 너무 빠르다는 안타까움에 울상만 지으며 대답할 뿐이다.

남은 여행 동안 내가 하게 될, 그리고 내가 듣게 될 비슷한 질문의 반복들에 나는 어떤 반응과 대답을 하게 될까.

하루하루 다른 기분을 느끼고, 색다른 세상들을 한창 구경 중인 나에겐 이 또한 기대되는 일이다. 이왕 대답하는 거 좋은 에너지 가득 담긴 대답이 튀어나올 수 있는 날들이 펼쳐지길 바라며.

#29

보르도는 사랑입니다

05/02

보르도에서의 따뜻한 첫 아침.

유럽에서 가장 큰 광장이라는 '캥코스 광장'에 가보기로 했다. 어제 검색해봤을 땐 이 광장에서 일 년에 딱 두 번, 봄가을 10일씩 골동품 마켓이 열린다는데 혹시나 해서 가봤더니 마침 그 기간! 광장 자체가 엄청 큰

데 그 광장을 200여 개의 골동품 상점이 가득 채우고 있었다. 돌면 돌수록 내가 어디까지 옛날로 돌아가고 있는 건가 싶을 정도로 오래되고 낡은 물건이 넘치는 건 물론이고, 심지어 모르는 물건도 넘친다. 책에서만 봤던 물건은 당연히 이곳에 존재한다.

이 골동품 마켓은 물건을 팔아치우기 위해 나왔다기보다는 자신이 얼마나 오래된 골동품을 많이 갖고 있는지를 공유하기 위해 나온 느낌이었다. 그래서 판매에 관심 있기보단 각자 할 일 하는 주인들이 오히려 낯설다. 대체 이 엄청난 골동품들은 몇 대째 쌓여온 것일까. 그 오래됨이 주는 특유의 분위기가 오히려 새롭다. 상점의 주인들은 자신들의 낡은 탁자 위에 삼삼오오 모여 점심을 즐기고 그들의 점심엔 와인이 함께하고 있어 골목 곳곳엔 조금씩 다른 와인 향이 풍긴다.

돌아다니다 보니 점점 제대로 마음만 먹으면 엄청난 걸 발견해 갈지도 모른다는 착각까지 드는 곳. 야외미술관, 야외박물관이 따로 없다.

마켓을 등지면 가론 강이 쭉 보인다. 2유로짜리 로즈와인 한 잔을 들고 햇빛과 나무, 강이 공존하는 그곳으로 다가갔다. 강에 가까워질수록 오히려 더 따뜻했다. 자리를 잡고 앉아 아침에 챙겨뒀던 빵과 초코잼을 꺼내 와인과 함께 먹었다. 더 이상 바랄 것도, 아쉬울 것도 없는 순간. 낮잠 자는 사람도 많고 햇빛을 즐기는 사람도 많다 보니 그사이에 앉은 나도 나른해질 때쯤 전화를 걸어온 친구에게 이 여유와 따뜻함을 전해본다.

근처에 있던 '자댕 퓌블릭'이라는 공원. 정말 창피하게도 이곳에 들어서자마자 눈물이 차올랐다. 왜 그랬을까. 그 순간이 과분하게 좋아서였을까. 날은 따뜻하고 공원은 심하게 좋은데, 내가 지금 이곳에 서 있을 수 있다는 게 너무나도 행복해서.

공원은 역시 그곳에 사는 사람들이 자유롭게 즐길수록 빛을 발한다. 넓은 잔디엔 낮잠을 즐기거나 책을 읽거나 수다를 떠는 젊은이들이 꽤 많이 보였다. 우리나라였다면 월요일인 오늘, 저렇게 여유롭게 햇빛이란 걸 받으며 시간을 보낼 수 있는 젊은이가 몇이나 될까.

온몸으로 느끼고 있는 지금의 이 여유를 모아뒀다가 나중에 나 또한 여느 또래들처럼 치열하게 살고 있을 때 한 번씩 꺼내 쓸 수 있으면 얼마나 좋을까.

보르도는 중간중간 난데없이 눈물이 차오를 정도로 좋은 도시였다. 또 다시 어딘가에 주저앉아 눈물을 훔치고 있었을지도 모른다.

문득 '몰라(Mollat) 서점'이 떠올랐다. 보르도에서 가장 크고 아름다운 서점이래서 궁금했었는데 진짜 넓기도 넓고 책이 많다. 벨기에의 렐루 서점이 잘 꾸며진 예쁜 서점이었다면, 이곳은 잘 채워진 센스있는 서점이다. 우리나라 작가의 책도 만날 수 있던 곳.

서점을 나와 차 한잔하기로 했던 분을 만났다. 보르도에 직장 때문에 3개월 정도 머물러야 하는 분인데 한국인이 아예 없는 이곳에서 한국인 여행자를 기다리고 있었다. 나 또한 보르도에 대해 정보가 없었던지라 만나서 차라도 한잔하기로 했던 것. 그러나 둘 다 저녁 식사 전이었고 그렇게 가게 된 레스토랑. 샌드위치나 빵으로 대충 끼니를 넘겨버리는 게 습관이 되어 버렸지만, 오늘만큼은 오랜만에 스테이크 코스가 나오는 곳에서 만찬을 즐겼다.

10시가 돼서야 어두워지는 이곳. 아까 봤던 그 광장이 밤에 보면 더 예쁘단 말에 다시 보러 갔더니 정말 아름답다. 푹 빠져 감상하다가 너무 늦은 것 같아 숙소 쪽으로 향하려는데 갑자기 뒤에서 들리는 불꽃 소리! 보르도에 머문 지 한 달이 넘었다는 이 분도 불꽃놀이는 처음 본다고 한다. 언제 하는지도 모르는 이 귀한 걸 즐기게 될 줄이야!

눈물이 차오를 정도로 행복했던 보르도에서의 하루. 정말 여기서 살고 싶다는 생각을 여러 번 들게 한다.

'먹을 복은 타고 난 걸지도 모른다'

나는 옛날부터 먹을 복을 타고났음을 무수히 느끼며 살아왔다.

초등학생 때는 친하게 지내던 사촌 오빠가 만날 때마다 치킨이랑 피자를 사줘서 이미 치킨 한 마리, 피자 한 판 정도는 혼자 먹을 줄 아는 정도가 됐었다.

급식을 시작하던 중학생이 되던 해 즈음부터 나의 먹을 복은 만인에게 드러난다. 예를 들자면 맛있는 메뉴가 나오는 날이면 점심시간 줄 서기를 전교에서 늘 10등 안에 들어 그 메뉴를 마음껏 배식 받을 수 있는 기회를 얻어냈다. 그러나 나는 실제로 아무리 열심히 뛰어도 체력장 오래달리기와 단거리 달리기에선 하위권을 벗어나지 못한다. 먹을 복이 만들어낸 기적이랄까.

하루에 두 끼를 학교에서 먹던 고등학생이 되어서는 그 먹을 복이 좀 더 빛을 발한다. 마침 친하게 지내던 친구가 나와 식탐이 양대산맥 급이었는데 둘 다 먹을 복을 타고 났었다. 영양사 선생님과 안면을 익힌 덕에 우리는 꼬치가 나오면 두 개 받을 거 네 개 받은 적도 있고, 무조건 일찍 가는 게 답은 아니란 걸 알았을 때쯤엔 가장 늦게 가서 남은 요구르트와 케이크 같은 걸 더 많이 차지한 적도 있다. 아직도 잊혀지지 않는 고등학교 마지막 급식 날. 수능도 치고 졸업만 앞둔 시점에 우리는 조랭이떡 미역국을 마지막 메뉴로 만났는데 아주머니가 고생했다며 남은 조랭이떡을 모두 내 급식 판에 담아주셨던 날. 울컥했었다 정말.

그렇게 대학생이 됐고, 먹을 복은 여전히 존재했다.

동아리 대신 대학교 부속기관인 방송국에 들어가게 된 나는 조금 여유로운 지원금으로 인해 그 어느 동아리 사람들보다 고기를 맘껏 먹을 수 있던 대학생활을 보냈다.

휴학하고 일을 시작했다. 방송 일을 시작했었는데 사수 격인 언니와 한 선배가 하루에 다섯 끼 정도는 먹이곤 했다. 아침에 출근하면 일단 샌드위치와 주스로 시작, 점심은 무조건 알차게, 저녁은 치킨과 맥주로 혹은 삼겹살에 소주, 새벽엔 아주 맛있는 라면집에서 온갖 토핑이 들어간 라면이나 갈비만두, 그리고 틈틈이 핫도그나 핫바, 카페는 하루 기본 세 번. 그러다 누구 하나 지친다 싶으면 노량진으로 달려가 회와 새우구이까지. 그 정도 먹을 복이면 지금부터 한 달 정도 굶어도 될 섭취였을 거다.

졸업도 하고, 일도 잠시 중단하고 호주로 워킹홀리데이를 갔던 일 년은 반 이상이 먹은 기억뿐. 타지이기도 했고 워킹홀리데이 신세라 좀 굶어도 주고 야위어도 보려나 싶었지만 웬걸, 한국에 있을 때보다 더 잘 먹었다. 내가 요리를 못 하는데 요리를 엄청 잘하는 사람과 같이 살기도 했고, 장을 잘 못 보는데 장 보는 걸 진심으로 좋아하는 애와 룸메이트가 되기도 했다. 그러다 보니 먹을 복이 이어질 수밖에. 그렇게 늘 함께하던 먹을 복이 지금의 이 여행 중에도 여전히 진행 중임을 느낀다.

아무리 혼자 밥 먹는 일이 익숙해졌다지만 사람 많은 레스토랑에서 1인용 메뉴를 찾는 게 매번 쉽진 않다. 그때 마침 바르셀로나에선 아는 동생을 만나 후회 없을 만큼 맛있는 것들을 먹을 수 있었고 지금도 그 맛을 잊지 못한다.

하지만 100일이라는 여행에 여유롭지만은 않은 자금인지라 요즘은 빵이나 과자로 대충 식사를 때울 때도 많았다. 오늘은 그러던 와중에 만찬을 즐기게 된 셈이다. 원래 내가 먹은 그 만찬은 30유로 정도. 하지만 감사하게도 나에겐 쿠폰을 가진 그분과의 만남이 생겼고 우리는 아주 괜찮은 가격으로 만족스러운 만찬을 함께 할 수 있었다. 이쯤 되면 내가 뭘 느끼고 있을까.

바로 '먹을 복은 곧 인복이다'라는 결론이다. 사실 거만하게도 여태껏 나는 내가 운이 좋아 먹을 복을 타고났다고 생각해왔다.

그런데 절대 아니었다. 운이 좋아 먹을 복을 타고나기 이전에 감사하게도 인복이 있었던 것이다. 지나가는 어른들이 이런 말씀을 자주 하신다. '사람만 한 재산 없다, 인복의 최고다.' 라는 말.

아르바이트를 하며 고집불통의 사장도 만났고, 일을 하고 있는데 왜 화를 내는 건지 도무지 모르겠던 사람도 만났으며, 내 뒤통수를 제대로 쳐준 친구도 만났다. 한때는 내가 하는 행동마다 그건 잘못된 생각으로 하는 행동이라고 하시는 선생님도 계셨고, 같은 팀으로서 서로를 정말 힘들게 했던 사람도 있었다.

그래서였던 걸까. 참 인복 없는 사람이라고 생각했다. 하지만 저 수많은 먹을 복들은 단 하나도 빠짐없이 나의 사람들 덕분에 온 복이었음을 왜 인지하지 못했을까. 사촌오빠, 영양사 선생님, 급식실 아주머니, 선배들, 그리고 주변 사람들까지.

오랜만에 기름진 만찬을 먹어서인지 새삼스레 내가 받게 된 복에 대해 감사해지는 밤이다.

#30

보르도 보르도, 나의 보르도

05/03

하루 종일 보르도를 찬양했던지라 아침에 눈을 뜨면서도 입꼬리가 자연스레 올라간다. 발길 닿았던 곳 모두에 반했기에 오늘은 굳이 새로운 곳을 가려는 마음보다, 갔던 곳에 다시 가서 어제의 느낌을 한 번 더 마주할 생각이었다. 강이 있는 방향만 잡아둔 채 길을 나섰는데 여기서도 뭔가가 열리고 있다! 구제시장 같았다. 어제의 골동품 시장이 고가의 물품과 역사 깊은 것들을 보여줬다면, 이곳은 할머니 할아버지들이 집에 있는, 말하자면 쓰던 물건들을 갖고 나와 팔고 계신 편에 가까웠다.

입던 옷, 입던 신발은 물론이요, 이 빠진 그릇, 전기선, 주전자 등등 보르도 어르신들의 살림살이가 전부 나와 있다.

한창 재밌게 돌아다니며 구경하던 와중 한 워커와 눈이 제대로 마주쳤다. 선명한 캐러멜색, 중고치고 빤짝빤짝하게 닦여있던 자태, 그리고 '나 아직 쓸 만해!'라고 외치는 듯한 태도. 고민할 틈도 없이 덜컥 집어 들고는 신어 봐도 되겠냐는 손짓을 한다. 마음에 쏙 든다. 지켜보던 할아버지도 엄지를 치켜들어주셨다. 좀 컸지만 한 치수만 큰 게 어디냐 라는 생각에 가격을 물었다. 5유로! 대박이다. 맞지 않던 사이즈는 이미 개의치 않았다. 날 말릴 사람도 없으니 동전 지갑을 꺼내 들었다. 동전을 털었더니 3.5유로가 전부. 할아버지를 쳐다봤다. 아쉽지만 안 되겠다는 뜻의 표정을 지었다. 그때 어디선가 할아버지 한 분이 더 오시더니 두 분이 사이좋게 봉지에 워커를 무작정 담으신다. '저 지금 가진 동전이 3.5유로뿐이라 아쉽지만 못 살 것 같아요.'라는 손짓과 표정을 다시 보이는데 할아버지가 내 손바닥 위의 3.5유로를 아주 차분히 가져가시며 신발을 건네주신다. 가져가라신다.

'?'

손녀딸 보듯 아까부터 나를 보며 웃고 계시던 할아버지의 쿨한 장사 덕에 감사하게도 결국 내 손에 워커가 들어오게 되었다.

기분 좋게 워커를 신고 걷다 보니 미처 보지 못했던 거울광장의 안개분수가 마침 뿜어져 나온다. 어제는 그렇게 기다려도 안 나오더니 오늘은 생각 없이 도착하자마자 솟아오르는 분수가 열렬히 반겨준다.

유난히 살아보고 싶던 도시라 빠르게 떠나는 게 더 아쉽지만, 오히려 미련 남기 전에 떠나야 한다는 생각이 동시에 들 정도로 푹 빠져버린 보르도.

좋은 장소가 유난히 많다 보니 눈으로 한 번씩만 둘러보고 왔는데도 벌써 기차 시간이 다 되어온다. 숙소 공용공간에서 대충 점심을 때우고 있는데 내 배낭에 호기심이 생긴 한 남자가 말을 건다. 이런저런 얘기를 하다 보니 기차 시간이 가까워져 배낭을 고쳐 매고 길을 나서려는데 엄지손가락을 척하니 들어 보이며 좋은 여행 하라는 말을 건네는 그가 고맙다.

보르도 기차역. 매번 다른 교통수단을 이용해서 오늘에서야 처음 보는 기차표라 잘 알아볼 수가 없었다. 마침 옆에 있던 누군가에게 짧은 영어로 물었더니 갑자기 한국인이냐고 물어본다. 심지어 한국어로 대답해준다! 응? 내 귀가 잘못된 건가. 보르도에서 한국어를 배운지 일 년이 됐다고 했다. 또박또박 한국어로 대답해주던 그녀 덕에 내 자리도 잘 찾아 앉았다.

자, 이제 6시간 반이라는 기차 여정이 남아있다.

진심으로 고마웠어, 보르도. 다시 온다면 널 꼭 잊지 않고 찾아올 거야.

'확률'에 대하여

나는 살면서 수많은 확률과 그 경우의 수를 맞이하며 살아왔다. 물론 대부분의 사람들도 그럴 테고.

개인적인 판단이지만 뼛속까지 문과 체질인 나는 이 '확률'이라는 단어에 상당히 어리숙하다. 나름의 계산과 확률을 근거로 내린 결정이 어긋난 적은 한두 번이 아니었고, 한두 가지 확률계산도 어려운 마당에 여러 가지 확률이 나올 때면 늘 그 상황을 그냥 놓아버리곤 했다. '될 대로 되라, 어떻게든 된다'라는 마인드로.

우리는 인생을 살아가면서 얼마나 자주 확률을 따지며, 얼마나 완벽하게 그 확률의 결과를 맞출 수 있을까. 대학교 수업이나 회사 프레젠테이션을 접할 때면 사람들은 "확률적으로 따져보면"이라는 말을 은근히 많이 사용하고 있다. 확률적으로 이렇게 했을 때 이익은 얼마 이상이다, 확률적으로 이런 판단을 내렸을 땐 우리 쪽이 이길 것이다. 등등

그 영향이 살아가는데도 들어온 걸까. 매사 결과부터 생각하고 어느 쪽이 더 이득인지에 대한 확률을 따져보는 사람도 많고 심지어 유난히 그런 능력이 뛰어난 사람도 있다. 대체 그 확률이란 건 누구의 기준으로부터 나오게 된 것일까. 간과하고 있는 건 없는 걸까.

가능하다면 저런 확률은 일단 제쳐 두고 가끔은 이런 황당하지만 가벼운 확률을 따져보는 건 어떨까. 결과를 생각하지 않아도 되고, 어떤 결과가 나와도 상관없는 그런 경우들을 생각하며 머리를 가볍게 하는 것도 나에겐 긴장을 푸는 좋은 방법이 되고 있다.

* 프랑스 한 도시에서 프랑스인이 한국어로 나에게 도움을 줄 확률.
* 누군가의 이야기가 오늘 내 하루에 어떠한 영향을 미칠 확률.
* 좀 전까지 5유로던 메뉴가 갑자기 2유로까지 내려간 걸 발견할 확률.
* 내가 지금 가고 있는 도시가 갑자기 리옹에서 파리로 바뀔 확률

정말 쓸데없는 확률 재기지만 결과도 필요 없고 계산도 필요 없는 놀이다. 가끔은 이런 확률 재기가 내 머리 회전을 오히려 매끈하게 해준다는 게 중요할 뿐.

#31

그 이름, '셍떼띠엔 샤또크루'

05/04

스페인 그라나다에서 만났던 동생 집에 신세를 지러 오게 된 도시. 기차역에 마중 나와 있는 동생을 오랜만에 다시 만나는데 한국인 하나 없는 그곳에서 아는 사람을 마주한 기분이란. 시간이 늦어 배낭만 내려놓고 잠부터 잔 후 아침 늦게 눈을 떴다. 호스텔에선 나름 부지런했었는데

친구 자취방 같은 공간에 오니 몸이 늘어진다. 관광도시가 아니기에 꼭 가봐야겠다 싶은 곳은 없었지만, 동생이 지도에 별표 쳐준 곳은 한 번 가보기로 했다. 천천히 나와 지도상 가장 멀리 있던 탄광박물관으로.

마치 폐공장 부지인 것 같았던 그곳은 박물관이라고는 상상도 못 할 겉모습을 가지고 있는 바람에 입구를 찾지 못하고 주변만 맴돌았다. 당시의 탄광을 전혀 손대지 않고 천장과 기둥 그리고 벽까지 모두 그대로 둔 채 전시실만 설치했다. 전시실은 충분히 구경할 수 있었지만, 실제 광부들이 쓰던 샤워실과 광부들의 공간에 매달아 놓은 수천 벌의 광부 복에 묘한 감정을 느낀 나머지 그곳은 미처 계속 보지 못하고 돌아 나왔다. 그들 덕에 한때 이 도시도 탄광으로 빛을 발했던 곳이라던데.

들어올 땐 관람객이 그나마 몇 명 보이더니 점점 사라져서 그 커다란 공간에 나만 남았다. 어두운 복도, 어두운 벽, 그리고 폐허와도 같은 공간들. 살짝 무서워져 그다음 별표였던 성당으로 향했다. 여전히 사람이 한 명도 없다. 조명까지 어두웠던 성당이라 이곳도 오래 머물지 못하고 나왔다. 골목골목 돌아다니며 마트에서 과자도 사 먹고, 길거리 분수도 보고, 군데군데 위치한 디저트 가게에 들어가 괜히 살 것처럼 여기저기 구경도 했다.

동생이 수업을 마치고 돌아올 때쯤 집 근처로 돌아가 학교 구경도 하고, 함께 장을 봐왔다. 숙박제공도 해주고 계란말이도 맛있게 해주기로 했는데 나는 해줄 수 있는 게 딱히 없기에 장본 걸 계산하기로. 오늘 우리의 메뉴는 아주 확고하다.

스페인에서 만난지라 둘 다 샹그리아를 제대로 담가 먹는 게 첫 번째 목표였고, 그다음엔 내가 너무 먹고 싶던 치즈계란말이! 집에 돌아오자마자 과일을 썰어 와인에 쏟아 부었다. 자기 집에 놀러 온 사람에게 뭔가를 자꾸 더 해주고 싶었는지 어디서 고기 한 팩을 가져온 동생은 향신료를 가득 넣은 고기볶음까지 만들어냈다. 평소에 향신료를 무척 좋아하는 나에겐 더할 나위 없이 맛있던 메뉴다. 게다가 몰래 준비해준 수제 티라미수까지. 여행 한 달 기념을 해주고 싶어 직접 만들어놨다고 한다. 정말 고마운 동생이다. 어느덧 유럽여행을 시작한 지 딱 한 달이 되는 날, 마침 이곳에 머물게 됐으니 우리만의 작은 파티를 하기로 했다. 운이 좋아 착한 동생 덕을 보게 돼서 오늘 밤은 제대로 배를 채웠다. 스페인식 햄과 치즈를 썰어 넣은 샐러드, 향신료와 삶은 콩과 버섯이 아낌없이 들어간 고기볶음, 그리고 내가 목 빠지게 먹고 싶던 치즈 계란말이(참 잘 만들었다), 마지막으로 오늘의 야심작, 수제 샹그리아까지. 어머어마하게 많은 양의 음식들이었지만 결국 우리의 위는 해냈다. 다 먹고 나니 숨쉬기도 힘들 정도라 산책을 갔다 왔는데 가게도 전부 문을 닫았고 골목은 찬물을 끼얹은 듯 조용했다.

분명 프랑스의 어딘가였지만, 동네친구와 집 근처를 산책하는 듯했던 이 편안함을 잊지 않기를.

'옳고 그른 여행은 정해져 있지 않다'

여행지로서는 블로그에도 나오지 않고 정보 자체도 없는 이곳을 돌아다니다 보니 문득 '내가 지금 무슨 여행을 하고 있는 걸까, 이렇게 여행을 하고 있는 이유는 뭐지?'라는 궁금증이 갑자기 생겼다. 그저 좋아서 시작한 여행이었지만 점점 즉흥적으로 결정해버리는 게 심해지고 남들 가는 곳에 나도 다 가야 할 것 같은데 그 와중에 난데없는 도시에 와있으니, 결국 내가 여행을 하는 이유에 내린 작은 결론은 이랬다. 여행을 마무리하고 다시 돌아갔을 때, 내 입에서 '나 대영박물관이랑 프라도 미술관 갔다 왔는데 진짜 최고였어!'라는 말보다(물론 진짜 최고지만) '세상구경 하느라 황홀했어!'라는 말이 먼저 튀어나올 수 있는 시간을 보내기 위해.

사실 우리가 보통 '여행'이라는 단어를 생각하면 '이 도시를 가면 이걸 무조건 봐야 하고, 이 나라를 가면 이걸 무조건 먹어야 해, 그리고 해가 지면 이곳에서 무조건 야경을 봐줘야 하지.' 등을 꼬박꼬박 챙기는 그런 느낌이 대부분이곤 했다. 그러다 보니 오히려 그런 걸 제대로 챙기지 못하는 내 머릿속엔 점점 '여행'이라는 단어가 멀어져가고, '동네구경'이라는 단어가 익숙해져 버렸다.

관광지는 최소화하고 동네 구경을 다니기 시작했다. 지나가는 사람들과 눈인사를 나누는 게 박물관 티켓을 끊는 일보다 자연스러워졌다.

아무리 외국인이고 말 한마디 통하지 않아도 결국엔 같은 인간이라는 종족이기에 그 어떤 차이도 존재할 이유가 없다는 것을 동네구경을 하며 오히려 제대로 느끼고 배우고 있다.

말 한마디 통하지 않는 이곳 프랑스의 서남쪽 어딘가에 와있는 지금. 나는 앞으로의 날들에 대해 걱정보다는 여전히 기대가 앞선다. 어떻게든 길이 생길 테고, 어떻게든 통할 거니까.

#32

리옹으로, 그리고 아를로

05/05

어제 먹었던 계란말이가 행여나 그리울까, 아침으로 또 먹고 나왔다. 나보다 잘 만든다. 인정! 든든하게 배도 채우고 배웅도 받으며 소소하게 참 잘 놀았던 이 도시와도 작별인사를 한다.

'리옹'까진 한 시간. 부지런히 움직인 덕에 오전 중에 역에 내렸는데 내가 출발한 그곳과는 비교도 되지 않을 정도의 크기다. 가볍게 한 바퀴 돌고 저녁에 '아를'로 넘어갈 생각이었다.

동생이 알려준 대로 프랑스에서 가장 큰 공원이라는 '떼뜨 도흐'를 가보기로. 낯선 도시라 두리번거리다 보니 지루함 없이 잘 찾아냈다. 어마어마하게 넓던 그 공원은 길이 수없이 나뉘어 있어서 지도보고 움직여봤자였다. 5월이라 그런지 날씨도 확실히 풀려가고, 나무가 엄청나게 넘치는 곳이라 찍는 사진마다 마음에 든다.

곳곳에 솜사탕도 팔고, 아이스크림도 팔고 있는 공원. 그러고 보니 지금까지 본 것들이 어딘가 낯익은 구성이다. 오늘이 바로 어린이날이었다. 프랑스에선 '예수님 승천일'이라는 공휴일이기도 한 날이다. 그래서 가족들이 많았구나.

공원 밖으로 나가 여유롭게 점심이나 먹자는 생각으로 길을 나서는데 세상에나. 이 빛깔은 뭐지? 갑자기 나타난 호수가 내 시선을 잡아끈다. 마음을 바꿔 호수 근처에서 점심을 먹기로 했다. 영어 하나 없는 메뉴판 덕에 눈에 보이는 글자 중 단순해 보이는 걸 읽어가며 아무거나 주문했는데 알고 보니 밤을 달게 절여 크레페 위에 바른 거였다. 밤을 좋아하는 나에겐 딱 들어맞았던 선택이다.

빛깔이 끝내주게 예뻤던 호수에서 점심을 먹고 구시가지로 향했다. 리옹의 대성당 '푸비에르'를 보기 위해. 구시가지 쪽 건물은 역 근처의 높고 현대적인 건물들에 비해 옛 모습이 상당히 많이 남아 있는데 그걸 따라 흐르는 강줄기가 상당히 아름답다. 리옹의 강과 호수는 모두 청록빛과 군청색 정도를 오가는 묘한 빛깔을 갖고 있다. 가도 가도 나오지 않던 대성당은 저 멀리 산꼭대기 같은 곳에 위치해 있었는데 너무 높아 결국 포기. 땀에 흠뻑 젖어 급하게 기차역으로 가고 싶지 않아 작은 성당들을 둘러보는 걸로 대신했다. 이미 구시가지의 풍경과 두 강을 본 것만으로도 리옹에 대한 인상은 충분히 좋다.

'아를'행 기차에 오르다

사실 '아를'은 가도 그만 안가도 그만이라고 생각했던 도시다. 아, '고흐의 도시'가 바로 아를이다.

'님'이나 '아비뇽'이 괜히 좀 더 낯익어서 그쪽에 숙소를 잡을까 싶었지만 죄다 호텔이나 비싼 호스텔뿐이라 그나마 괜찮은 가격의 호스텔을 찾게 된 아를에 숙소를 두게 됐다. 또다시 생각지 못했던 도시에서 며칠을 머물게 된 셈이지만 기차에서 내리는 순간 느낌이 또 좋다. (과연 느낌이 좋지 않던 도시가 있었을까)

'리옹'이 완전 도시였다면 여기는 완전 시골. 기차역도 작고 별게 없다. '아를'의 상징인 원형경기장은 마치 도시의 대문 같다. 다행히 역에서 그리 멀지 않은 숙소라 별 어려움 없이 찾아왔는데 짐을 풀고 방값을 계산하려 했더니 현금만 된단다. 주로 카드를 쓰는 내가 미처 현금을 못 뽑았다고 하자 돈부터 뽑아오면 체크인을 해주겠다고 한다. 이미 밖은 어두워졌고 굳이 내쫓듯 ATM부터 보내는 직원이 달갑지 않다. 어쨌든 돈은 내야 하니 터덜터덜 갔다 오는 수밖에. 그래도 가면서 잠시 지나쳤던 골목들이 꽤 마음에 든다. 돈을 뽑아 다시 돌아가자 직원은 체크인도 빠르게 해주고 내 무거운 짐까지 함께 들어줬다. 방문을 열었더니 이번에도 과분한 곳. 4인실 도미토리를 예약한 것 같은데 2인실을 혼자 쓰게 됐다.

한숨 돌리고 맥주 한잔 하고 싶어 일단 나갔지만 이미 늦은 밤이라 동네 가게들은 대부분 문을 닫았다. 오직 레스토랑 한 곳만 문을 열었을 뿐. 배가 전혀 고프지 않아 오로지 맥주 딱 한 잔만 먹고 싶었던 나는 이곳의 맥주가 너무 비싸다 싶었지만, '아를'에 반해 설레는 이 마음을 그대로 넘어갈 순 없었다. 내 마음을 읽었는지 직원이 1유로를 깎아준다. 자기도 여기 맥주가 너무 비싼 거 안다며. 처음엔 퉁명스레 가격을 알려주더니 결국 깎아주는 건 무슨 센스일까. 귀한 맥주 한 병을 손에 쥔 채 아를에 대한 설렘을 만끽해본다. 날이 밝으면 두 시간 만에 나의 마음을 가져간 이 도시부터 파헤쳐야겠다.

(지극히 개인적인) '남프랑스 사람'과 '부산 사람'의 느낌

아직 내가 파리를 가보지 않아 남프랑스 사람에 대한 느낌만 말할 수 있는 시점에.

어느덧 프랑스는 다섯 번째 도시다. 남부지방을 돌고 파리로 올라갈 것 같은데 그러다 보니 지금까진 거의 남프랑스 지방 사람들과 마주할 수밖에 없었다. 적어도 내가 느낀 그들의 성향은 바로 우리나라로 치면 부산 사람 같다고나 할까.

나도 부산 사람이지만 부산에 살면서 지나가던 사람들이 싸우는 줄 알았던 적이 한두 번이 아니다. 언뜻 보면 목소리도 크고, 말투가 거세서 그렇지 가까이 가보면 일상적인 대화였던 거다. 막상 국내 여행을 해보면 부산 사람들은 대부분 엄청 친절하고 오지랖도 넓다. 아무나 믿으면 안 되지만 타지에서 왔다 싶으면 근처 목적지에 흔쾌히 태워주는 사람들도 많고, 가끔 반죽도 좋다. 무표정으로 베풀 수 있는 친절은 다 베푸는 게 내가 느낀 부산 사람이다. 정도 참 많다.

남프랑스 사람들도 그런 것 같다. 오늘 도착한 '아를'만 해도 여러 번 느꼈다. 역에서 방향만 좀 잡으려고 직원에게 물었더니 어찌나 퉁명스럽던지. 그러면서 몸은 역 밖으로까지 나와 방향을 알려줬었다. 그렇게 잘 올라왔더니 이번엔 오르막을 열심히 올라온 나를 들어오자마자 호스텔 직원이 내쫓듯이 ATM 기로 보내버리니 이쯤 되면 서운할 뻔했다. 게다가 레스토랑 직원은 계속 비싼 맥주를 사 가라는 식으로 딱 잘라 말을 했다. 셋 다 목소리도 크고 무표정이다. 그러나 호스텔 직원은 당황스러울 만도 한 내 큰 짐을 들고, 안내데스크와 꽤 멀리 떨어진 호스텔 건물까지 친절히 안내해주었다. 워낙 짐이 무거워서 계단을 올라 방에 도착했을 땐 나보다 직원이 더 헥헥 대는 바람에 미안하기도 했고. 호텔 레스토랑 직원은 별걸 다 아낀다 싶은 이 여행자에게 맥주값을 깎아준다. 생각지도 못했던 거라 고마웠다.

지금 와서 생각해보면 여태껏 거쳐 온 프랑스의 크고 작은 도시 대부분의 사람들이 대부분 이렇게 퉁명스러웠다. 내 귀가 단순해서 불어가 주는 느낌과 퉁명스러운 느낌을 구분하지 못하는 거일 수도 있다. 그들 또한 단지 내가 아는 부산 사람들과 비슷한 성향을 가진 건 아닐까.

어쨌든 결론은, 섣불리 그들을 판단하지 말고 섣불리 그들에게 실망하지 말자. 알고 보면 내가 그들을 대한 것보다 더 좋은 마음으로 나를 대해줬을지도 모르니까.

#33

낯섦과 익숙함 사이

05/06

호스텔 조식이 어찌나 쿨하던지. 테이블에 굴러다니듯 놓여있는 바게트에 (접시 따윈 필요 없다. 그냥 테이블에 긴 바게트 몇 개 올려두면 알아서 뜯어먹으면 된다) 대용량 버터를 잘라 듬뿍 발랐다.

밖으로 나오자 너무 거대해서 휑한 느낌마저 주던 '아레나 경기장'을 가장 먼저 마주쳤지만, 아코디언을 연주 중인 할아버지를 만난 덕에 그 순간만큼은 그곳이 휑하지 않았다. 느릿느릿 경기장 주변을 걸으며 한국을 와봤다는 아를의 어느 할아버지와 잠시 대화도 나누고 그 김에 사진도 찍어달라고 부탁했다. 골목이 특히나 매력적인 아를은 내 카메라 셔터를 바쁘게 만든다.

어젯밤에 돈도 뽑아야 했고, 맥주 하나 사겠다고 동네 한 바퀴를 살짝 돌았던 덕에 이미 익숙해진 길이라 성당을 쉽게 찾았다. 제일 먼저 들어간 '아를 성당'. 나름 대표장소이건만 그 안은 어둡고 단출한 느낌. 성당하면 화려한 스테인드글라스와 웅장한 천장이 떠오르곤 했는데 이곳은 온통 회색빛이다. 덕분에 그동안 박혀버린 성당에 대한 고정관념을 조금 깰 수 있게 됐을지도 모른다.

우연히 눈에 들어온 갤러리 하나. 그 이름도 단순한 '아를 갤러리'. 사진을 구경하고 있는데 갑자기 직원이 다가와 "혹시 여기 아래에 있는 갤러리도 보지 않을래?"라고 묻는다. 아래층이 있는지도 몰랐던 나야 반가운 제안이라 너무 좋다고 했더니 "여기가 진짜 멋진 곳이야."라며 불을 켜준다. 그렇게 나 홀로 그곳의 관람객이 되었다. 그녀의 설명에 의하면 그곳은 17세기에 지어졌는데 작품들을 좀 더 제대로 보관하기 위해 건물의 주인이었던 사람이 만들어둔 공간이라고 했다. 아래로 내려가 보니 따뜻한 바깥에 비해 확실히 온도 차이가 나는 선선한 지하실이 존재한다. 아주 오래된 공간에 찍은 지 얼마 되지 않은 최근의 사진 작품이 걸려있던 묘한 그곳을 보고 올라와 그녀의 또 다른 추천을 받게 됐다. 반 고흐가 머물렀던 병원 건물, 그리고 시내에서 약간 거리는 있으나 충분히 걸어갈 만한 'Alycamps'라는 곳이었다. 그 전에 나는 아까부터 유일하게 찾고 있던 '밤의 카페'의 실제 장소 좀 가보고 싶다 했더니 바로 근처란다. 그녀에게 진심으로 고마움을 전하고 찾아간 그곳엔 이미 사람이 가득 차 있다. 한적할 때 다시 와야겠다 싶어 반 고흐의 병원 건물이었던 곳으로 향했다. 낡은 노란색을 가진 곳. 중앙엔 작은 정원이 있고 몇 가지 꽃들이 낡고 바랜 건물을 살짝 밝혀주고 있었다. 쓸쓸했지만 아름다웠다.

'Alycamps'는 생각보다 멀었던 건지 내가 길을 또 못 찾은 건진 모르겠지만, 많은 사람에게 도움을 받아가며 도착한 곳이다. 로마인들의 흔적이 남아있는 오래된 유적지 같은 곳인데 이곳이 바로 고흐와 고갱이 처음으로 만난 장소라고 했다. 돌무덤과 폐허 같은 건물만 덩그러니 남아있어선지 관람객이 거의 없던 그곳은 스산하긴 했지만, 양옆으로 뻗어있는 푸른 나무들을 보며 조용히 산책을 즐기기엔 좋은 곳이었다.

그리고 5분 뒤, 나는 여행에서 첫 충격을 맞이한다. 횡단보도를 기다리고 있는데 어떤 인상 좋은 할아버지가 차를 세우고 먼저 건너라며 기다려준다. 고맙다는 작은 고갯짓을 하고 건넜는데 창문으로 나를 부른다. 잠시만 와보라는 손짓. 뭘 물어볼 게 있으신가 해서 다가간 그 순간, 할아버지는 바지를 내리고 있었다. 순간 너무 놀란 나머지 소리를 지르며 뒷걸음질 치는데 이미 차는 급시동을 걸고 가버렸다. 마치 바바리맨을 본 것과 같은 상황. 욕이라도 한 바가지 퍼붓지 못한 게 한이 되어 그대로 굳은 몸을 진정시키려 애쓰며 숙소로 향하는데 몸이 떨린다. 사람을 또 믿은 건가. 이대로 숙소로 가는 건 아니다 싶어 일부러 시끌벅적한 거리로 향했다.

시간이 지날수록 정신병자려니 싶어 다행히 진정이 좀 됐다. 맛있는 저녁으로 제대로 기분전환을 해야겠다 싶었지만 발은 마트로 향했다. 아껴야 하긴 하나보다. 요리를 멀리하는 나는 자취를 할 때도 집에 냄비 하나 두지 않았고, 라면도 컵라면이 편했다. 그러나 이 여행이 나를 바꿔놓고 있었다. 파스타면 한 봉지, 소스 한 병, 그리고 토마토까지 샀는데 3유로가 채 나오지 않는다. 이걸로 내일 저녁도 먹을 수 있을 테니 만족스럽다. 반 고흐 기념 와인도 샀으니 기분전환 할 준비는 완벽하다.

테이블 위에 다큐 한 편을 틀어놓고 오늘도 또 다른 세상 구경을 하며 성공적인 파스타를 자축하는 중.

'내가 담고 싶은 그림'에 대하여

습관적으로 사진 찍는 것에 집착하는 편이다. 여행을 다니면 그게 더 심해진다. 일상에서도 틈만 나면 눌러대는 셔터가 여행 중엔 멈출 리가 없다. 잠시만 내려두면 좀 여유롭게 즐길 수 있다는 걸 알면서도 그 순간을 잊기 싫은 마음에 놓을 수가 없다. 자기 전에 사진첩을 훑어보고 자면 뭘 느꼈는지 다시 떠오르기도 하고.

누구나 그렇듯 내 사진첩은 내가 좋아하거나 평소에 담고 싶어 하던 그림들이 쌓여있다. 가장 많은 비중을 차지하는 건 골목들. 한국에서나 여기서나 골목들은 몇 발짝 차이로 그 느낌이 달라지는 재미가 있다. 어떤 집 창가에 빨간 꽃이 심어진 화분 하나만 놓아두어도 그 골목은 붉은빛이 돈다. 도시 전체가 벽돌 빛인데 어떤 한 집이 벽 일부분을 보라색으로 칠해놨다면 그 집이 포함된 골목은 그 순간 눈에 확 들어온다. 자전거가 한 대 세워져 있는 어느 골목, 그곳을 지나는 순간엔 '이 자전거의 주인은 어떤 일을 하는 사람일까'라는 오지랖도 갑자기 부려본다. 그렇게 골목골목을 찍다 보면 어느덧 유명한 장소에 다다르고 길을 찾는 이정표가 되어주기도 했다.

사진첩을 보니 '길'도 많이 찍어 놨다. 쭉 뻗은 길, 구부러진 길, 가파른 길까지. 모든 게 달라서 매번 셔터를 눌렀나 보다. 그 외에도 잔디밭에서 뒹구는 아이를 담거나 데이트 중인 노부부, 지나가는 커다란 개 등을 담기도 했다. 그렇게 내가 머무는 곳의 일상을 담고 싶었다. 화려한 성당, 거대한 유적지, 훌륭한 미술관 작품도 담으면 더할 나위 없이 좋겠지만, 만약 내 사진첩의 크기가 한정적이라면 나는 이들을 제쳐 두고 아마도 골목과 벽을 더 많이 찍을 거다. 그 순간, 그 위치에서 내가 어떤 생각을 했었을까 라는 작은 추억과 함께.

늦은 저녁을 먹으며 봤던 다큐의 몇 장면이 머릿속에 아직 남아있다. 흔한 장면이지만 섬에 사는 사람들의 이야기를 다룬 그 회차 속엔 '방 있읍니다, 식사댑니다' 등과 같은 글씨를 서툴게 써 걸어둔 할머니들의 삶이 담겨있었다. '나중에 자연스레 저런 장면을 담아 낼 줄 아는 사람이 되면 좋겠다'라는 생각도 들고, '그 장면을 담으면서 마음도 온전히 담아낼 수 있을까'라는 욕심도 함께.

#34

아비뇽, 그 자체만으로도

05/07

'아를'에서 시간을 더 많이 보내고 싶어진 나는 '님'과 '아비뇽' 중에 한 곳만 가기로 했다. 두 도시 모두 가본 적이 없기에 섣불리 판단이 서지 않았었는데 어제 만났던 갤러리 직원이 너라면 님보다 아비뇽을 좋아할지도 모르겠다는 말 한마디만 듣고 아비뇽에 가기로 했다. 아를에서 이십 분이면 도착하는 아주 가까운 도시. 이름에서부터 프랑스 느낌이 난다.

조금씩 보이는 성벽을 따라 걷다 보면 '아비뇽스럽다'라는 말이 절로 나온다. 성벽을 따라 걷는 내내 한 아주머니의 아코디언 소리가 그곳에 더 빠져들게 하고 있었다. 전망대에 올라서자 저 멀리 둥글게 도시를 감싸고 흐르는 론 강이 보인다. 가장 높은 곳에서 내려다본 아비뇽은 온통 모랫빛 성벽에 싸여있었다. 그 때문인지 화려함보다는 차분하면서도 진지한 느낌이다. 아비뇽 곳곳을 돌아다니는 내내 풍겨오는 그 느낌 덕에 눈과 마음이 같이 차분해졌다. 모든 건물이, 그리고 강과 다리조차 절대 과함이 없이 차분하게, 그저 조용하게 그 자리에 서 있다. 성벽이든 길바닥이든 걸터앉는 곳마다 특유의 색깔이 보인다.

강 사이를 왔다 갔다 하는 보트를 타니 반대편 강가에 내려준다. 자전거길이 따로 있을 정도로 길이 쭉 뻗어있고 꽃밭과 푸른 나무가 쏟아진다. 남프랑스 하면 떠오르던 딱 그 장면이다. 다음에 다시 올 수 있다면 꼭 와인 한 병에 돗자리 하나를 들고 와 하루 종일 있어야겠다. 돌아갈 시간이 정해져 있는 나는 뻗어있는 산책로를 뒤로하고 아쉬운 대로 벤치에 앉아 잠시나마 여유를 즐겼다. 정말 따뜻했던 순간. 눈앞엔 아비뇽 다리와 교황청, 그리고 갈대들이 펼쳐진다. 이 도시야말로 남프랑스의 로망이 담겨있었다. 강물이 바람에 밀려 아주 씩씩하게, 막힘없이 흘러가고 있다. 푸른 나무가 넘치고 잔디마저 싱그럽다. 햇살은 이제 따뜻함을 넘어 뜨겁기 시작. 반팔티를 정말 오랜만에 꺼내 입었더니 마냥 가벼운 기분에 그 뜨거움마저 즐긴다. 다시 반대편으로 넘어와 직접 오른 '아비뇽 다리'는 여태껏 올라서 본 다리 중에 가장 좋았다. 맑게 흐르는 론 강에 자리 잡은 이곳 위에선 걷기만 해도 낭만적이다.

시내 중심에 회전목마가 하나 있었다. 몇몇 아이들이 타고 있었고 배경음악은 'Singing in the rain'. 진짜 좋아하는 노랜데. 딱 그 노래가 끝날 때까지만 그곳에 머물렀다.

'아쉬움을 모른 척하는 것'에 익숙해져 가다

늘 아쉬웠다. 빠르게 흐르고 있는 하루하루가. 그 좋은 곳에 앉아 있으면서도 '언젠간 일어나야지'라는 생각을 할 수밖에 없는 순간들이. 그리고 더 오래 머물지 못함을 인지하는 것이. 좋은 데를 더 많이 가지 못하고, 더 멋지게 사진을 남겨두지 못했음을. 나중에 이 좋은 걸 점점 까먹을까 봐 그 자리에서 이미 아쉬웠고, 더 오래 머물지 못해 아쉬웠다. 여러 곳을 돌아다닌 지 한 달을 좀 넘어선 지금의 나는, 어느덧 그런 아쉬움들을 모른 척하는 것에 조금은 익숙해져 가고 있다.

열이면 열 아쉬움을 느끼는 상황에서 내가 익숙해지지 않는 이상, 그 아쉬움을 떨쳐낼 수 없음을 깨달았다. 아쉬움을 두 번 세 번 느낄수록, 미련도 두 번 세 번 남았고 그 미련은 매일 밤 자기 전, '나는 왜 마지막 날짜가 정해져 있는 여행을 해야 하는 걸까'라는 생각을 자꾸만 하게 만들 뿐이었다. 방법을 바꿨다.

단순하게 생각하기. 진짜 내 마음에 새겨진다면 여기에 꼭 다시 올 수 있을 테니 지금은 이 정도로만 즐겨도 충분하다고.

아프리카 대륙도 가고 싶고, 아메리카대륙도 가고 싶은 내가 유럽에 다시 올 확률은 낮겠지만 이게 내가 찾은 아쉬움을 모른척하는 유일한 방법이었다. 의외로 아주 효과적이다. 얼마 전까지만 해도 미련이 남아 밟았던 곳을 뒤돌아보기를 수십 번씩 반복하며 무겁게 발걸음을 돌렸었는데 이제는 그 자리에서 최대한 그 순간을 즐기고 마음을 정리할 줄 알게 됐다. 아쉬움을 모른 척한다기보단 다음을 기약할 수 있는 여유가 좀 더 생기길 바라며.

#35

너는 나에게 안식처였다

05/08

'아를'을 떠나는 날

첫날부터 유난히 익숙했던지라 떠나는 게 실감 나지도 않는 이곳. 요일 감각 없이 다니다 보니 대부분의 가게들이 문을 닫은 걸 보고서야 '아,

오늘이 일요일이구나.' 싶다. 생각해뒀던 기차 시간을 미루기로 했다. 이 조용한 아를을 마음에 담자.

대낮에 이렇게 조용할 수가 있나 싶을 정도로 고요했다. 론 강을 향해 걸어가던 중 우연히 보게 된 한 미술관. 뭔가 싶어 티켓 판매소에 어떤 전시를 하고 있냐고 물었다. 프랑스 화가의 작품이 주로 있으며, 특별전으로 사진전도 열리고 있단다. 게다가 이곳 큐레이터였던 사람의 기부로 이루어진 피카소의 작품들까지 만날 수 있다니! 생각보다 볼 게 많았다. 특히 57점이나 전시되어 있던 피카소의 작품들은 주로 말년에 그린 것들이 많았다. 피카소 하면 굉장히 기하학적이고 희화화된 그림들이 떠오르는지라 오히려 그 반대였던 한 작품이 기억에 남는다. 제목은 '마리아 피카소 로페즈'. 바로 그의 어머니를 그린 초상화였다. 그의 다른 작품들에선 본 적 없던 느낌이었다.

다음 전시실 입구로 들어서는데 문득 전시실마다 있던 창문 너머 풍경이 론 강이었음을 그제야 알아챘다. 바깥보다 훨씬 어두운 조명의 전시실 사이에서 빛을 내는 듯했던 강의 전경. 그 전경은 작품을 구경하는 중간중간 또 하나의 작품이 되어 함께 어우러지고 있었다. 한적하다 못해 아무도 없는 이 조용한 미술관 안에서 론 강과 예술가들의 작품을 함께 감상할 수 있는 기회는 정말 흔치 않을 거다.

머무는 내내 날씨가 참 따뜻했었는데 땅이 젖어있는 걸 보니 새벽에 비가 살짝 왔었나 보다. 불지도 않던 바람이 분다. 다행히 머무는 동안은 늘 좋은 날씨가 함께 해줘 떠나는 날까지 만족할 뿐.

'아무 생각 없이. 진짜 그냥 순간순간만 느끼며 살아도 된다면, 그렇게 살아도 먹고 사는 데 아무 지장이 없다면'이라는 꿈같은 상황이 나에게 생긴다면, 주저 없이 최소한의 짐을 챙겨 이곳, '아를'로 올 것이다. 아를은 나에게 그런 곳이다. 굿바이, 아를.

내겐 너무 큰 마르세유

'아를'역에 있다가 '마르세유'역에 왔더니 이건 마치 어느 시골 역에서 서울역으로 올라와 두리번거리고 있는 것 같았다. 출구조차 찾지 못했지만, 역에서 가까운 숙소를 예약한 덕에 힘을 빼진 않았다.

아직 날이 밝으니 '노트르담 대성당'만 갔다 오자 싶어 호스텔 직원에게 가는 방법을 물었다. 생각보다 복잡해 울상을 지었더니 "맥도날드에서 오른쪽으로 꺾는 것만 기억해! 넌 할 수 있어!"라며 용기를 주는 직원 때문에라도 해내겠다는 말을 하며 나왔다. 일요일이라 한적했던 아를과는 달리 대도시 마르세유는 가게들이 문을 열든 닫든 차도 넘치고, 사람도 넘치고, 건물도 넘쳐 엄청나게 정신없다. 거리가 깨끗하지도 않고 온통 시끄럽고 까맣다. 흐려서인지 많은 것들이 뒤엉켜있어서 그런 건지 구분이 안 될 정도로.

저 멀리 항구가 보인다. 항구마저 없었다면 나에게 마르세유는 그저 큰 도시거나 사람과 차가 엉켜있는 도시로 남을 뻔했다. 이 도시에서 유일하게 붐비지 않고 제자리에서 자신만의 공간을 유지하고 있는 곳이 바로 항구가 아닐까 싶었다.

버스를 타고 올라가는데 뭣도 모르고 걸어갔다면 두 번째 포기 목록이 생길 뻔했을 정도의 길이었다. 거의 산 정상에 있다시피 한 '노트르담 대성당'에 도착했는데 여기도 사람이 너무 많다. 들어갈 때나 나올 때나 끊임없이 차와 사람들이 들어왔다 나갔다 하느라 대성당이 아주 바쁘다. 그래도 높은 곳에 있는지라 마르세유의 전경을 전부 볼 수 있던 기회. 그곳에서 본 마르세유는 온통 주황색 지붕으로 가득 찬 도시였다. 아래에서는 가늠할 수 없었던 바다도 사방을 제대로 감싸고 있었다.

항구로 다시 내려와 관람차를 보고 있는데 갑자기 맞은편에서 한 편의 추격전이 벌어진다. 소매치기다. 그 뒤를 경찰 두 명이 바짝 쫓고 있었다. 눈으로 쫓다 보니 육상선수를 코앞에서 보는 기분이 들 정도로 빨랐다. 저렇게 잘 달리는 능력을 어쩌다 소매치기하는 데 쓰고 있을까. 그의 손엔 빨간색 파우치가 들려있었는데 아마 노트북을 훔친 것 같다. 곧이어 멀리서 경찰차가 신경질적으로 달려온다.

마르세유가 치안이 좋지 않다는 소리를 어렴풋이 듣긴 했지만, 일부러 자세히 듣진 않았다. 사서 걱정하기 싫어서. 그러나 이렇게 오자마자 목격하게 된 생생한 소매치기 추격전은 나에게 긴장하라는 경고를 하는 듯하다.

'이게 아니다 싶으면, 저게 괜찮을 수도 있다'

대부분의 상점들이 문을 모두 닫은 일요일 오후에 잠시 즐긴 마르세유인지라 섣불리 결론지을 건 아니지만 일단 내 스타일은 아니다. 더러운 골목도 자꾸만 눈에 보였고, 소매치기도 봤고, 숙소에 돌아온 지 얼마 지나지 않아 비까지 내린다.

하지만 숙소에서 같은 층을 쓰게 된 사람들은 유독 정이 간다. 아르헨티나 한 명, 호주 한 명, 한국 한 명, 일본 한 명. 누가 먼저랄 것도 없이 자연스레 대화가 이어졌다. 저녁을 못 먹은지라 들어오는 길에 사 왔던 것들을 테이블 위에 올려놓으며 그들에게 "여긴 희한하게 방에서만 술을 먹으라고 한다, 공용공간에선 먹지 말래."라는 정보를 전하자 일본 여자는 "어제 누가 먹는 거 봤는데, 진짜야?" 라고 묻고, 아르헨티나 남자는 아까부터 들고 있던 물통을 갑자기 건넨다. 마테차를 무진장 즐기는 그는 자기 물통에 맥주를 담아서 먹으란다. 누가 물어보면 마테차라고 말하면 그만이란다. 마치 고등학생이 선생님 몰래 소주를 물병에 담는 듯한 제안에 오랜만에 웃었다.

안타깝게도 나에게 있어 마르세유라는 도시는 아직까지 별로다 싶지만, 다행히도 이곳의 룸메이트들은 편했다. 이 글을 쓰고 있는 와중에도 마테차를 틈틈이 권하는 아르헨티나 남자. 마테차가 유명한 일본에서 태어난 옆 침대 여자는 한 입 맛보더니 쓰다고 포기하는 모습이 귀여웠다. 게다가 나의 호주 생활을 새록새록 떠오르게 해주는 호주 여자 덕에 오랜만에 추억에 잠기기도.

여행을 왔다고 해서 꼭 그 도시가 내 마음에 들어야 할 필요는 전혀 없다. 그 도시도 내가 온 게 마음에 들지 않을 수도 있는데. 행여나 도시 자체가 별로더라도 그런 마음을 대신해줄 괜찮은 부분들이 어딘가엔 분명히 존재할 것이다. 그게 사람일 수도 있고, 엄청나게 맛있는 아이스크림일 수도 있다. 내가 생각한 것들에만 연연하지 말자. 의외의 지점에서 더 괜찮은 걸 느낄지도 모른다.

#36

액상 프로방스, 남프랑스의 한 조각

05/09

피곤했던 걸까. 간밤에 엄청 깊은 잠에 빠졌다. 마치 감기약을 하나 먹고 잔 것처럼 아침이 된 것도 모를 만큼 잠에 취했던 것 같다. 오늘 떠나는 그들의 움직임이 아니었다면 저녁까지 자 버렸을지도.

창밖을 내다보니 날씨가 별로다. 흐리고 복잡한 이곳에 있을 생각이 더 없어졌다. 바로 기차역으로 가 '액상 프로방스'로 가는 티켓을 샀다. 폴 세잔의 도시이기도 한 이곳은 그를 기념하는 동상부터 그의 작업실, 그림의 실제 장소 등을 찾는 관광객들이 많다. 곳곳에 분수대가 많아 '물의 도시'라는 애칭도 가진 예쁜 곳.

역에 내려 왠지 중심지일 것 같은 곳으로 향하는데 저 멀리 아니나 다를까 아주 큰 분수대가 맞이해준다. 때마침 작은 무대에선 전통춤 공연이 이뤄지고 있었다. 소년부터 할아버지, 젊은 여자부터 할머니까지 아주 다양한 연배의 공연자들이 함께하고 있다. 동작 하나하나가 가볍고 매너 있는 춤으로 가득 찬 그 공연은 본의 아니게 이제 갓 액상 프로방스를 밟은 나에게 아주 제대로 된 환영 인사가 되어주었다. 복장이나 음악이 알프스 산자락에서 마주할 법한 것들이었다. 그래서일까, 그 순간만큼은 무대 위 할아버지들은 어린 소년이었고, 할머니들은 수줍은 소녀셨다. 쉽게 볼 수 없는 전통춤이라 그들만의 작은 축제를 보는 기분으로 한참을 서 있었다.

액상 프로방스는 그 자체가 이미지가 되는 듯했다. 특별하게 유명한 곳이 있는 건 아니지만, 곳곳에 그들만의 흐름이 새겨져 있었다.

BREMOND
Confiserie
Brémond
Calissons d'Aix
Véritables

이 도시만의 특별한 디저트 '카리숑'도 빼놓을 수 없다. 멜론 시럽과 설탕이 들어가는 나뭇잎 모양의 디저트. 가게 점원이 맛보라며 권해준 카리숑 하나를 먹었지만 상상했던 것보다 놀라운 맛은 아니라 그대로 발길을 돌렸다. 그러나 그 뒤로도 곳곳에 보이는 카리숑 가게를 그냥 지나치지 못하고 결국 몇 개를 샀다. 내 혀는 맛있었나보다. 액상 프로방스의 또 다른 매력은 아틀리에가 꽤 많이 있다는 것이다. 주요 미술관 이외에도 곳곳에 작은 갤러리들이 있고 전시도 꽤 열리고 있다. 오늘 하루 동안 보고 나온 갤러리만 다섯 군데가 넘었다. 갤러리 외에도 성당과 미술관도 실컷 봤으니 그야말로 사방에 예술작품이 넘치는 곳이다.

우연히 들어갔던 미술관에선 안내데스크 할머니가 엄청 좋은 곳이 있다며 추천을 해주신다. 사진만 봐도 예쁜 정원이 있는 곳이었다. 작은 기념관과 정갈한 정원이 있던 'PAVILLONE de VENDOME'. 미술관 할머니가 이 정원이 생긴 데에는 어떤 러브스토리가 담겨있다고 하셨는데 그래서인지 달달한 내음이 풍기는 곳이다.

마지막으로 궁금했던 곳은 '폴 세잔의 아틀리에'. 그의 작업실이 바로 이곳 액상 프로방스에 있다고 하니 한 번쯤 구경해보고 싶었다. 굳이 그곳에 가보고 싶었던 건 반나절 동안 이 도시를 돌아다니며 이 도시가 그림에 담기에 상당히 예쁜 곳임을 느꼈기 때문이다. 죽기 전날까지 그림을 그렸다는 그가 담은 이곳, 혹은 남프랑스는 어떤 느낌일까가 궁금했다. 아틀리에를 찾아가는 길은 상당한 오르막을 거쳐야 했다. 사람도 거의 없는 길목인지라 오르고 오르다 보니 '뭐 이렇게 굳이 높은 곳에서 작업을 하셨나.'라는 불만이 나오기도 했다. 하지만 막상 아틀리에 근처에 올라서 보니 그가 왜 이곳까지 와서 작업하기로 마음먹었는지 단박에 알 수 있었다. 전경이 트여있고 북적이던 중심지에 비해 유일하게 새소리만

들리는 그런 곳이다. 심지어 그의 아틀리에는 아주 좋은 정원과 산책길이 있는 집이었고, 그 사이에 위치한 적당한 크기의 집은 그가 작업에 집중할 수밖에 없을 듯한 아주 고요하고 산뜻한 환경이었다.

세잔의 아틀리에를 나와 내려가는 길엔 커다란 나무들이 이어진다. 벌거숭이 같은 나무들과 자꾸만 들이닥치는 바람 덕에 늦가을 분위기까지 느껴지던 그곳.

'이름 모를 그들의 안내가 내 여행을 만들어주고 있다'

나도 내 계획을 알지 못하는 바람에 생각지도 못했던 도시를 갔다거나, 보통 당일치기로 왔다 가는 도시에 삼사일을 머물다 보니 의외로 얻을 수 있는 게 많았다. 그중에서 가장 큰 얻음은 바로 이름 모를 사람들의 안내였는데 그곳에 살고 있고, 그곳에서 일을 하고 있는 그들이 추천해준 곳들은 열이면 열 좋은 곳이었다.

특히 요즘은 작은 도시들을 틈틈이 다니다 보니 생각지도 못했던 곳까지 알게 되는 경우가 가끔 생겼다. 그들 덕분에 그 도시를 더 느낄 수 있었고, 더 새롭게 돌아볼 수 있었으니 다시 한번 고맙다. 길치인 내가 매번 길을 물어봐야 했던 것도 이름 모를 사람들이다. 길을 자세히 알려줬던 사람들 덕에 아직까진 기차도 놓친 적이 없고, 가고 싶은 곳을 제때 가지 못한 적도 없었다. 생각해 보니 단 한 번도 그들의 이름을 물어볼 생각을 하지 않았다. 내 용건만 딱 물어보고 대답을 듣고 나면 고맙다는 말과 함께 내 길을 가버릴 뿐이었다. 그저 '이름이 뭐야?'라는 단 한마디만 추가하면 될 텐데. 그렇다면 그들을 좀 더 기억할 수 있었을 텐데.

그들의 안내 덕에 내 여행이 좀 더 가치 있고 풍성하게 만들어져가고 있으면서 나는 돌아서면 그들은 잊고 그들이 안내해준 곳만 기억하고 있었다. 다음에 또다시 누군가의 안내, 혹은 내 질문에 대한 누군가의 답을 듣게 되는 상황이 온다면 이름까진 아니더라도 진한 악수나 포옹 한 번 나누고 헤어져야겠다. (그들이 원하지 않으려나?)

#37
마르세유는 그냥 마르세유다

05/10

마르세유를 떠나기 전, 너무 관심을 두지 않았다 싶은 마음에 한 바퀴만 더 돌아보기로 했다. 가게들도 이제 막 문을 열고 다들 출근 시간이라 더욱 바쁘다. 흐리고 바람만 왕창 불던 어젯밤까지와는 다르게 오늘은 날이 밝다. 여전히 차와 사람과 건물이 복잡하게 얽혀있는 풍경뿐이었지만 오히려 그 거리를 뒤로 한 채 바라본 항구와 바다는 거의 유일하게 정을 줄 수 있었던 곳이었다. 잠시나마 따뜻해진 이곳에서 한참을 앉아 있다가 기차 시간이 다 되어 갈 때쯤 몸을 일으켰다.

마르세유는 참 없는 게 없겠다 싶을 정도로 여러 가게가 넘치고, 관광지가 넘친다. 프랑스에서 두 번째 혹은 세 번째로 크다는 이곳이 나에겐 거쳐 가는 그저 그런 도시 중 하나로 남을 듯하지만, 확실히 크고 발달되었으며 먹고 살 수 있는 일이 많을 것 같은 도시였다. 기차 시간이 점심시간쯤이라 레스토랑에서 먹기엔 시간이 부족할 듯해서 숙소 옆에 있던 빵집에서 바게트를 하나 샀다. 50cm 정도는 될 듯한 바게트를 한쪽 팔에 낀 채 역을 향해 가는 내 모습은 파리지앵 느낌보단 노숙자 느낌이 난다.

60센트짜리 바게트. 가격에 비해 충분히 맛있어서 만족. 그러나 반 정도 먹었을 때쯤 나는 잠시 바게트에서 손을 놓았다. 잠시 후 다시 먹을 때쯤부턴 내 입이 바게트를 씹는 건지 종이를 씹는 건지 구분을 못 할지도 모른다는 생각이 들 정도였다. 역시 모든 건 적당히 즐겨야 한다.

낮 12시 반, '니스'행 열차에 오르다

미리 알아본 일기예보로 인해 흐린 니스를 각오했다. 영화 한 편이 끝나갈 때쯤 고개를 들었더니 창밖엔 어느덧 바다가!

'칸'을 지나 '니스'에 도착하는지라 내가 탄 기차가 '칸'역에 잠시 정차했다. 이곳에 숙소를 잡고 싶었으나 영화제 덕에 이미 한두 달 전부터 전부 예약이 끝났다. 멀지 않은 니스에 싼 가격의 숙소를 얻을 수 있었다는 것만 해도 감사할 뿐. 영화제 관계자도 아니고 영화 전문가도 아니면서 '칸'역에 멈춰서자 설레는 이유는 뭘까. 그토록 기다려왔던 순간이라 그런 걸까. '결국, 영화제 날짜에 맞춰 여기까지 왔구나.' 라는 성취감이 밀려온다.

드디어 니스에 왔다. 도시와 시골이 딱 반반씩 섞인 느낌. 도로는 새것처럼 깨끗한데 오래된 건물이 곳곳에 남아있는 곳이다.

니스에 왔으면 바다부터 봐야지! 배낭은 집어던지고 바다로 향했다. 평생 봤던 바다 중에 가장 맑고 파랗다. 거의 파도가 치지 않는다는 니스의 해변인데 내 눈엔 파도가 친다. 분명 바닷바람이 부는데도 춥단 느낌이 들지 않았다. 여긴 정말 말로 설명할 수도, 사진으로도 전혀 표현이 안 될 정도로 아름다웠다.

밤바다까지 보고 오고 싶었지만 어떤 아저씨의 말도 안 되는 추파로 인해 이내 숙소로 돌아와 버렸다.

체크인을 할 때 잠시 도와드렸던 중국인 할아버지가 인사를 건넨다. 영어 한마디 못하는 분인데 어떻게 우리가 대화한 걸까. 한참을 어떤 대화 같은 걸 나누고 방으로 들어갔더니 이번엔 파리에서 온 아주머니가 한 분 와계신다. 영어를 잘하는 분이라 (내가 분명 영어가 부족함에도) 본의 아니게 또다시 어떤 대화 같은 걸 아주 길게 나누게 됐다. 심지어 우리 대화 주제는 '과연 미의 기준은 무엇인가, 왜 한국인과 중국인은 하얀 피부와 큰 눈에 열광하는가?'와 같은 것들이었다. 하얀 피부와 큰 눈 대신, 까만 피부와 쌍꺼풀 없는 눈에 낮은 콧대를 가진 나는 생각보다 할 말이 많았던 것 같다. 미의 기준으로 치자면 나는 말 그대로 자연인이자 극도로 단순하게 생긴 얼굴인데 그게 그녀의 마음에 들었나 보다. 연신 "뷰티풀!"을 외치는 그녀. 그러나 우리 방은 크기에 비해 터무니없이 작은 전구 하나만 존재하는 그런 아주 어두운 방이다. 아마 얼굴조차 제대로 보이지 않았을 거다.

글을 마저 쓰려는데 이번엔 옆 침대의 아저씨가 코골이가 만만치 않아 밖으로 나왔다. 웬만한 소음은 나에게 별것도 아니었음에도 오늘 밤은 못 잘지도 모르겠단 예감이 든다. 유난히 프랑스 현지 아주머니들과 아저씨들이 많이 묵고 있는 듯한 이 숙소. 호스텔인지 가정집인지 모를 느낌을 뒤로 하고 니스에서의 첫날에 또다시 설렘을 얹어본다.

'드디어 혼자의 허전함을 느끼다'

바다가 너무 넓었다. 넓은 바다에 비해 사람은 많지 않았다.

눈 앞에 펼쳐진 니스 해변은 말이 나오지 않을 정도로 좋다. 이 순간을 혼자 느끼기엔 너무 아까웠다. 해변으로 이어지는 길은 산책하기에 너무 잘 만들어진 곳이라 혼자 걸어도 좋지만 허전한 게 좀 더 컸다. 휴양지라 그런 걸까, 오늘만큼은 혼자보단 같이 즐기고 싶다는 생각이 진하게 들었다. 다음에 다시 온다면 누군가와 꼭 같이 올 수 있길.

해가 지자 따뜻했던 기온마저 다시 낮아지고 바람도 꽤 부는지라 사람도 급격히 줄어들었다. 맘껏 즐기기엔 더 좋을지도 몰랐지만, 밤이 늦어질수록 돌아가야 할 것만 같았다.

혼자 여행을 시작할 때쯤 나도 내 자신에게 의문이었던 외로움의 부재. 이제야 좀 느끼는 걸지도 모르겠다. 느껴서 다행이고, 못 느껴도 다행이다. 허전함은 잠시지만, 혼자의 자유로움은 쭉 이어지고 있으니 앞으로도 틈틈이 허전해 하고 더 많이 자유로워하길.

#38

세계에서 두 번째로 작은 나라, 모나코

05/11

예감은 적중했다. 간밤에 심한 코골이를 하던 아저씨와 더위 타던 아주머니가 열어놓은 창문, 그리고 그로 인해 들어온 모기와의 전쟁까지. 잠 좀 들어볼까 했더니 시작된 새벽 공사. 조용해졌을 때쯤 다시 자려고 했지만 이미 아침이 되어 버렸다.

이왕 이렇게 됐으니 니스에서 한 시간 안팎이면 도착한다는 모나코에 가보기로! 당연히 기차를 탈 생각이었는데 어제 대화를 나눴던 중국인 아저씨에게 1.5유로에 버스를 타고 모나코까지 갈 수 있다는 정보를 얻었다. 시간이 좀 더 걸릴 뿐. 급할 거 없으니 당연히 버스를 타기로 했다.

일단 항구까지 트램을 타고 가서 100번 버스가 서는 정류장을 찾으랬다. 그러나 뭣도 모르는 나는 트램은 제쳐 두고 일단 걸었다. 이 좋은 니스의 해변을 굳이 왜 트램 타고 빠르게 지나가나!

어제와는 또 다른 길이었지만 결국엔 해변으로 향하는 길들이었다. 어제보다 더 흐려서 해변가엔 사람이 한 명도 나와 있지 않다. 삼십 분 넘게 걸으면서 본 바다와 항구는 마치 세 시간짜리 영화를 관람한 기분이었다. 아름다운 영상과 생동감 넘치는 음향효과가 어우러진 영화 말이다. 가도 가도 보이지 않던 정류장을 결국 찾아냈고 40분 만에 온 모나코행 버스에 무사히 탑승까지 했다. 정말 1.5유로를 내고 다른 나라를 가다니. 모나코도 나라인지라 국경을 지날 때쯤엔 차가 더 막혔다. 차가 거의 정지해 있는 동안 하늘을 보니 그냥 회색이다. 까짓거 흐린 날의 모나코를 즐겨보자.

극심한 정체로 두 시간은 걸려 도착한 모나코. 맥도날드는 단 두 곳, 스타벅스는 한 곳이 있다는 작은 나라에 드디어 도착한 것이다. (물론 그 외의 레스토랑은 넘치고 넘친다)

사방엔 건물들이 빼곡하게 세워져 있고, 항구 근처엔 며칠 뒤부터 이곳에서 일 년에 한 번 열리는 그랑프리 경기를 위해 한창 작업 중인 차들과 경기장 모습이 보였다. 멋짐이 폭발하는 차들을 보고 있자니 나도 여기서 F1 경기가 너무나 보고 싶었지만, 일정이 안 맞으니 포기할 수밖에. 경기장을 따라 걷다 보면 항구가 더 잘 보였다. 별 이유도 없이 항구를 좋아하는 나는 오늘 평생 볼 배를 몰아서 본 기분이 들 정도로 각양각색의 배들을 구경할 수 있었다.

항구를 따라 올라가면 박물관 표지판이 나온다. 생각보다 멀었던 길. 그러나 아무도 없는 그 길은 나에게 내 세상을 던져 준거나 다름없었다.

오른쪽엔 절벽, 왼쪽엔 바다, 그리고 가운데엔 오직 나 하나였다.

어딜 가나 시선 안에 늘 바다가 보이는 모나코는 제대로 힐링을 시켜주고 있었다.

모나코의 미니 열차를 탔다. 돌면서 느낀 거지만 '세계에서 두 번째로 작은 나라'라는 타이틀보단 '잘 사는 나라'라는 느낌이 가장 먼저 드는 곳. 유난히 건물들이 엄청나게 깨끗하고 깔끔하다. 먼지 하나 없는 거리까지. 낡은 걸 못 보는 성격인가 싶을 정도로 모든 게 다 새것 같다. 심지어 역사가 쌓였을 성당까지 새 건물 같다. 길거리의 화분까지.

니스로 다시 돌아가는 길에 올려다본 하늘은 바다와 구분이 안 될 정도로 가깝다. 안개가 도시 위에 잔뜩 걸려있고, 가로등 불빛도 하나씩 들어온다. 작은 나라임에도 잘 살 수 있다는 걸 온몸으로 보여주던 모나코. 다음에 다시 온다면 그랑프리 경기를 꼭 볼 수 있길.

'인간의 욕심은 끝이 없고, 같은 실수를 반복한다'

한동안 입에 달고 살았던 말이다.

몇 년 전 인터넷에서 유행했던 말이기도 한데 이게 어찌나 나한테 딱 들어맞는 말이던지. 또 그 말이 떠오르고 말았다.

드디어 '칸 영화제' 스케줄 표가 공식홈페이지에 떴다. 보고 싶던 한국영화를 찾아 헤매는데 아쉽게도 내가 떠나기로 마음먹은 날 바로 다음 날부터 상영하는 데다, 더 머물러도 표를 구하는 게 쉽지 않아 보였다. 순간 너무 아쉬운 마음에 한 시간 넘게 스케줄 표를 다시 보고 다시 본다. 보고 싶었던 영화가 보이지 않아 그걸 뒤지느라 또다시 시간 낭비. 결국엔 못 찾았다. 아마 일반인들은 볼 수가 없나 보다. 이래저래 아쉬운 마음에 밤바다를 보러 가려던 것까지 접고 풀이 죽어 자리에 앉았다. 혹시나 하는 마음에 자꾸 확인하게 되는 상영 스케줄 표. 그러다 문득 몇 주 전까지만 해도 '제발 칸 영화제 구경만 해도 좋겠다'는 말을 했던 내가 떠올랐다.

그랬다. 애초 영화를 보겠다는 목표보다 '세계 3대 영화제 중 하나'라는 이 대단한 영화제의 분위기, 그리고 예술적인 영화를 대하는 전 세계 다양한 사람들의 반응을 보는 것만으로도 만족하겠다는 생각이었는데. 어느덧 욕심 덩어리가 되어 보고 싶던 한국영화들을 어떻게든 보고 가겠다는 생각만 하고 있었다. 결국 불가능하다는 걸 알고, '내 갈 길이나 가자'라는 깨달음을 한참이 지나서야 얻는다. 원래 목표대로 내일 '칸'으로 가 정말 그 영화제의 분위기와 느낌만 실컷 즐기다 와야지. 그리고 내 욕심으로 인해 잠시 던져버렸던 니스의 밤바다를 내일은 꼭 마주하러 갈 생각이다.

인간의 욕심은 끝이 없다. 그러나 그걸 아는 것만으로도 욕심의 정도를 조절할 줄 아는 능력 또한 이미 가졌을 거라 믿는다.

그러니 끝이 없을 뻔했던 오늘의 내 욕심을 놓아버리기로 했다면, 지난 몇 시간에 대한 변명거리가 조금이나마 될 수 있을까.

#39

드디어 그곳으로

05/12

알람을 여러 개 맞춰 평소보다 일찍 일어나려 노력했다. 기다리고 기다리던 '칸'에 가기로 했으니. 그렇게 부지런 떨어놓고 버스 정류장으로 가는 길에 니스 해변에 빠져 뒤늦게 버스를 탔지만, 반갑게도 해변을 끼고 다시 달린다.

날씨는 아주 맑음. 하늘은 더 맑음. 컨디션도 굉장히 맑음.

기차로 30분이면 가는 곳이지만 좀 더 걸리더라도 1.5유로밖에 하지 않는 버스를 이용하는 게 당연한 나의 선택이다. 한 시간 반이 걸렸지만, 가는 길에 모르는 도시를 지나치며 구경도 하고 바다도 더 오래 볼 수 있다는 장점이 있었다. 창가에 앉았는데 여전히 따뜻하고 눈부시다. 일기예보에선 비바람이 몰아친다더니 이러면 내가 기분이 너무 좋아지잖아.

'드디어 칸 영화제를 보러 온 거다!'

역 근처 레스토랑부터 해변까지 이어지는 모든 골목에 사람들이 꽤 많다. 레드카펫 행사장 쪽으로 홀린 듯 다가갔다. 생각보다 철저한 경계로 펜스 앞에서 레드카펫과 영화제 포스터를 바라볼 수밖에 없었지만.

곳곳에 기자들과 영화 관계자들의 인터뷰 모습이 보인다. 외국인이니 더더욱 알 리가 없음에도 불구하고 살아있는 영화제 현장 분위기에 점점 빠져갔다. 레드카펫에서 사진 좀 남기려는데 한두 명씩 끼어드는 바람에 주춤거리고 있는데 어느 한국인 여자와 눈이 마주쳤다. 메인 레드카펫 앞에서 사진을 찍는 게 만만치가 않음을 느끼던 순간, 자연스레 서로를 찍어줬다.

둘 다 사진 찍는 걸 좋아했고 특히 언니는 인물을, 나는 풍경을 담는 걸 좋아했다. 목적지 없이 걷는 것도 비슷해서 영화제를 보다가 바다로 향했다. 어느 공원에서 점심까지 함께했다. 달콤한 와인 한 병과 맛이 어마어마했던 샌드위치까지 어우러지니 '칸'에서의 하루가 더 빛난다. 당일치기라 남은 시간이 아까웠던 우리는 영화제를 다시 구경하러 다녔다. 모르는 외국 배우들이지만 입장할 때 사람들 틈에 섞여 구경도 해보고, 곳곳에서 나눠주던 영화제 관련 잡지도 챙겼다. 파리로 가는 기차에서 읽어야지. (마침 박찬욱 감독의 영화가 표지에 실렸다. 괜히 내가 자랑스러운 기분이 들었다)

영화제가 한창 열리는 '칸'의 해변 중심을 벗어나 끝으로 걸어가다 보면 항구가 하나 나온다. 건물도 많이 없고 상점도 드문드문 있는 곳이라 바닷바람이 훨씬 강하게 부는 곳. 그래서 사람도 거의 없는 곳. 오히려 사람의 발길이 많이 닿지 않아서인지 자연스러운 바다의 모습을 제대로 감상할 수 있던 곳이었다. 홀로 보드 연습을 하고 있던 청년에게 '나 한 번만 타보면 안 될까?'라는 부탁을 하고 탈 줄도 모르는 보드를 아슬아슬 타 봐도 민망하지 않았던 그곳은 곧 나의 놀이터가 되었다.

해가 저물어가자 영화제 구경을 오는 사람들이 점점 더 늘어난다. 영화제에 오면 못 알아듣더라도 영화 한 편은 꼭 보고 가고 싶었는데 결국 이루지는 못했지만, 분위기는 충분히 즐길 수 있었다. 그들도 스타에 열광했고 마냥 기다리기도 했으며 어디든 디딜 수 있는 곳에 서서 사진을 찍어대느라 바빴다. 그 자체 또한 좋다. 우리가 영화 한 편을 보는 건 2시간 남짓이지만, 그 영화 한 편이 나오느라 저 수많은 슈트와 드레스를 입은 사람들이 필요했음을 제대로 깨닫게 되던 자리였다. (물론 보이지 않는, 더 많은 사람들이 있을 테지만)

입장하던 사람들조차 레드카펫 계단 위에서 엄청나게 몰린 인파들을 찍으며 기념하는 걸 보니 오늘 받은 스포트라이트는 그들에게도 상당한 자극제와 기념이 될 것 같다. 하루 종일 함께한 이곳은 여러모로 후회 없는 선택이었다. 좋은 경험이었고, 좋은 추억이 된 '칸 영화제'. 원하던 목표를 하나 이룬 기분이다.

니스로 돌아가는 길. 하마터면 마지막 버스도 못 탈 뻔했다. 부지런히 숙소로 돌아와 니스의 마지막 밤을 위해 맥주 한 병을 꺼내 든다.

'낭만적이었던 나의 상상 리스트, 그리고 성취감'

정말 오랜만에 제대로 느껴본 성취감이었다.

내가 세계 3대 영화제 중 하나를 방문해볼 수 있을 거라곤 상상도 못 했다. 기대도 못했지만 가고는 싶었던 그런 존재. 그걸 오늘 이룬 것이다. 사실 영화를 볼 수도 없었고, 아는 감독이나 배우를 만난 것도 아니었지만 '칸 영화제'를 내 생애 경험해 볼 수 있었던 것 자체로 이미 충분한 가치가 있었다.

'칸 영화제' 방문은 '버킷리스트'라기 보단 그저 '상상 리스트'에 가까웠던 항목이었는데 그걸 이루다니. 오늘을 기준으로 '상상 리스트'에나 들어갈 법한 항목을 하나 더 만들어봐야겠다.

혹시 모르니까. 언젠가 이렇게 이루어질지도.

'그'에 대하여

그는 여행 중이다. 늘 떠돌아다니는 게 아니라 중간중간 한 곳에 머물며 일을 하고 돈을 모아 다시 떠나기를 반복한다고 했다. 그런 그가 한참을 나에게 보여준 사진들은 그의 가족들. 정말 행복해 보이는 가족들 사이에서 가장 행복하게 웃고 있는 그가 3년째 집을 들어가지 않고 세계를 돌아다니고 있단다. 왜일까. 어른스러웠지만 소년스러웠으며, 여행자였지만 열심히 일하는 중이라는 그. 진심일까 싶었지만, 칼 한 자루 들고 숲을 돌 거란다. 또다시 〈인투 더 와일드〉라는 영화가 떠올랐다. 아니나 다를까 그 영화를 말하자마자 열광한다. 아무래도 제대로 영향을 받았나 보다. 칼 한 자루와의 여행이 끝나면 이탈리아와 그리스를 갈 거라는 계획도 있다. 이미 몇 년째 저러고 사는 걸 보니 허황된 계획이 아닌, 진심으로 갈 거라는 게 느껴진다.

그는 마주하는 사람을 경계할 수밖에 없는 날 이미 이해하고 있었고, 나의 모든 말을 차분히 그러나 자신의 소신도 얹어가며 들어주었다. 끝까지 말로 설명하지 않아도 같은 생각을 하고 있었다. 가치관이 비슷해서 공감이 이어진다. 미친 듯이 오버하지도, 미친 듯이 진지하지도 않은. 딱 적당한 그와의 시간은 아주 편안했고, 자연스러웠고, 좋았다.

체크아웃을 할 내일 아침, '너의 여행이 무사히 이어지길.'이라는 말을 서로 건네며 우린 각자의 길을 갈 것이다.

친구로서, 남자로서, 그리고 여행자로서 함께했던 그 순간이 따뜻한 기억으로 남기를.

#40

니스를 떠나는 날, 파리로 가는 날

05/13

4일째가 돼서야 숙소 바로 앞에 있던 성당이 니스의 대표성당, '바실리크 노트르담 성당'이었단 걸 알아챈 나는 체크아웃을 하고 나서야 그곳에 가봤다. 이른 아침이라 사람도 거의 없이 아주 조용했다. 은근한 붉은 빛이 돌던 성당. 지난밤에 제대로 잠을 못 잔 탓에 성당에 앉아 한참을 졸았다.

또다시 해변으로. 이제 진짜 마지막으로 볼 지도 모를 니스 해변. 다시 오겠다 마음먹으면 오겠지만 어쨌든 이번 여행의 마지막이 될 테니. 오늘도 여전히 날씨가 좋아 니스 해변과 한참을 함께했다.

이제 '파리'로 향해야 할 시점. 날씨도 좋고, 사람도 좋고, 햇빛도 좋아서 떠나기 슬픈 이곳, 해변에서 나에게 남은 시간을 전부 썼다. 해변가를 산책 중이던 아빠와 어린 아들의 모습을 마지막으로 눈에 담고 아쉽지 않은 척 해변을 나와 우체국으로 향했다. 오늘로써 나의 달콤했던 남프랑스는 마무리된다. 그 달콤함이 그대로 전해지길 바라며 이곳에서도 엽서를 보냈다.

게이트에 미리 와있던 기차에 앉아 숨을 고른다. 가방에서 어제 챙겨놨던 칸 영화제 잡지들을 올려놓고 출발을 기다렸다. 남부에서 위쪽으로 올라올수록 날씨가 점점 우중충해진다.

나 빼고 모든 사람들의 로망인 것 같은 '파리'로 향하는 길. 친구들도, 언니들도 꿈꾸던 그 도시. 아직 그 로망에 공감을 못하고 있지만 지내는 동안 제대로 느낄 수 있기를.

파리 도착

상당히 빠르다. 지하철도 신속하게 순환되고, 사람들이 그렇게 많음에도 엉키는 것 없이 제 갈 길을 분주히 잘 찾아간다. 뭐든 해결될 것 같은 편리함까지 느껴진다.

지하철을 기다리는데 어린 소녀가 자기 몸집만 한 배낭을 낑낑대며 바닥에서부터 매고 일어나려 하고 있었다. 순간 알 수 없는 공감을 한 나는 배낭을 어깨에 대주고 싶었으나 앞뒤로 배낭에 끼어 있는 내 처지를 이내 깨닫고 잠시 그 소녀와 눈을 마주치며 웃어줄 수밖에. '너를 보며 내가 다시 힘을 내야겠다.' 싶다. 너처럼 작은 아이도 너만 한 배낭을 열심히 메고 다니는데, 나라고 지칠 수 없지.

'여섯 시간의 의도치 않은 명상, 그리고 그동안 했던 생각들'

유심칩을 끼우고 싶지가 않았다. 프랑스에선 아예 쓰지 않기로 마음먹었다. 핸드폰을 내려두고 여섯 시간을 꼬박 타고 와야 했던 기차 안에서의 여정은 자칫 지루할 뻔했을지도 몰랐지만, 오히려 유심칩을 끼우지 않았기에 그동안 미뤄왔거나 하지 않았던 생각까지 하게 됐다. 챙겨뒀던 칸 영화제 잡지들도 기대 이상으로 볼 게 많았고, 잊고 있던 것들이 다시 떠올랐다.

* 운 좋게도 유명한 피디를 인터뷰했던 6개월 전의 녹음파일을 핸드폰 속에서 우연히 발견하고 차분히 되감아 들어보기.
* 창밖 풍경을 보며 오늘까지의 남프랑스 여정을 되감기해보기.
* 한국에 있을 사람들은 뭐하고 있을까 잠시 궁금해보기.
* 옆 사람은 왜 이리 고개를 내게 기대고 자는 건지 의아해보기.
* 이놈의 식빵은 너무 과하게 섭취하는 건 아닐까, 탄수화물 중독증이 오기 전에 다른 메뉴로 바꿔야 하는 건가, 잠시 고민하기.
* '파리'는 과연 나랑 맞을까. 아직 만나지도 않았으면서 의심부터 해보기.
* '파리'에 대한 로망을 의도적으로 키워보기.
* 여행일수는 며칠이 남았고, 어느 나라를 다음으로 정할까라는 생각을 하며 지도 훑어보기.

반 이상은 어쩌면 의미 없는 생각들이었을지도 모른다.

하지만 내가 여섯 시간 동안 핸드폰만 만지작거렸다면 그거야말로 의미 없는 시간이 아니었을까. 그 순간을 느끼기엔 더할 나위 없는 여정이었고, 덕분에 별의별 생각을 하느라 시간도 잘 갔으니 이 또한 괜찮은 여정이었을 지도.

#41

파리 모험기 1탄

05/14

숙소가 있는 파리 19구 동네는 화려한 파리의 이미지와는 상당히 다른 한적함이 느껴지는 곳이다. 사실 위험하기로 소문이 난 동네기도 해서 좋은 시설에 비해 가격이 착하다. (실제로 위험이 느껴지진 않는다) 이제야 제대로 된 파리 공기를 마시는 기분. 어젯밤엔 도착하기 바빠 '이게 파리구나.'라고 느낄 틈도 없었는데 의외로 낯설지 않은 건 왜일까. 낯선 게 익숙해진 걸까. 숙소가 중심지와 30분 이상 떨어진 곳이라 그런지 동네도 한적하고 강도 가까이 붙어있어 만족스러웠다. 조식을 먹을 때까지만 해도 이 핑계 저 핑계 대며 게으름을 부렸는데 얼른 나오길 잘했다.

목적지로 딱 하나 정해둔 '생 뚜앙 마켓'. 그러고 보니 오늘이 토요일이다. 어쩐지 지하철역에 사람이 미친 듯이 많더라니. 여기까지 와서 지옥철을 경험할 줄이야. 숙소 근처의 지하철 호선은 낡은 호선이라 아주 거친 매력을 뽐낸다. 다음 역에 완전히 정차하기도 전에 쿨하게 열리는 문.

시장 구경을 제일 좋아해서 가게 된 '생 뚜앙 마켓'은 내 기대에 미치진 못했다. '파리 최대의 벼룩시장'이라는 타이틀답게 그 규모만큼은 여태껏 본 시장들과는 비교도 안 되지만, 똑같은 물건을 파는 가게 수가 압도적인 곳이기도 했다. 시장에 있는 대부분의 크레페 가게들은 따뜻한 인상의 할머니 할아버지가 운영하고 계신다. 절로 크레페 하나를 사 먹게 될 정도로 정이 간다.

골목을 돌 때마다 분위기가 확확 바뀌던 그 큰 시장을 실컷 구경하고 무슨 배짱인지 아무 버스나 골라 탔다. 막상 자리에 앉아 한참을 가는데 혼란이 온다. '왜 그랬지?' 이 구역만 벗어나면 되겠지 라는 생각이었는데 막상 '파리'는 너무 크다는 걸 인지하기 전이었다. 늘 길을 헤매는 나에게 이곳은 수학문제 같은 도시였다. 이것저것 시도해보지만 결국 더 복잡해지고, 어떻게든 하면 되겠지 라는 생각으로 해결하려 하면, 이 또한 더 복잡해졌다.

모험은 그때부터 시작됐다. 전혀 그럴 생각이 없었지만. 아무 버스나 탔던 나는 내릴 때도 아무 데나 내렸다. 내린 곳은 '퐁네프 다리'. 아는 곳이다! 그림에도 많이 그려졌던 바로 그곳! 진짜 파리의 낭만이 바로 느껴진다.

유람선을 타기 위해 선착장을 지도에 쳐보니 에펠탑 근처인 듯했다. 시간도 꽤 남았겠다, '퐁네프 다리'에서 '에펠탑'까지 걸어가 보기로. 무작정 몇 시간을 강을 따라 걷다 보니 시간 가는 줄 모르고 어느새 파리에 빠져든다. 곳곳에 보이는 에펠탑의 모습을 좇아 따라갔다. 마치 숨은 에펠탑 찾기를 하듯. 하도 커서 웬만한 곳에선 에펠탑이 보이는지라 그걸 지도 삼아 간 셈이다. 우연히 샛길로 들어선 나는 에펠탑 뒤에 있는 작은 공원 같은 곳을 발견했다. 코앞에서 에펠탑이 보임에도 사람이 없었다. 다들 중앙광장에 모여 있나 보다. 이건 마치 모나리자를 아무도 없는 시간에 와서 혼자 감상하는 기분이랄까.

저녁으로 먹으려고 근처 슈퍼에서 사 온 빵을 뜯어 벤치에 앉아 에펠탑을 바라보며 먹고 있으니 내 손에 있는 싸구려 빵이 호텔에서 나오는 빵보다 나은 순간이었다. 그러던 와중 여지없이 기념품을 파는 흑인 한 명이 다가온다. 이 공원엔 그가 유일한 장사꾼. 다들 중앙광장에 있던데 나 같은 애를 노린 걸까. 갖고 있던 빵을 나눠 배고팠던 그에게 저녁으로 줬다. 빵 덕분인지 그에게서 에펠탑 열쇠고리를 좀 더 많이 받는, 거래 아닌 거래를 하게 됐다. 본의 아니게 주머니가 두둑해졌다.

해 질 무렵의 보랏빛 하늘까지 더해지니 에펠탑은 그야말로 잊을 수 없는 곳이 되었다.

유람선 시간이 가까워졌다. 날이 꽤 추웠지만 꿋꿋하게 바람을 맞아가며 갑판에 앉아 야경을 즐겼다. 화려하기 그지없던 밤의 파리. 바람과 싸워가며 눈에 담았던 그 야경은 절대 후회하지 않을 순간이다.

'이토록 하루 종일 파리와 함께했음에도'

'파리'는 분명 좋다.

왜 다들 파리에 대한 낭만을 가지는지 알게 되었고, 충분히 그럴만한 도시였다. 확실히 살기에도 좋을 것 같고, 특유의 느낌이 있는 파리만의 분위기가 있으며, 사람들은 생기가 돈다.

하지만 이 와중에도 아직까진 '니스'가 떠오른다. 정확히는 '니스의 그 해변'에 여전히 발을 두고 있는 느낌.

파리는 부족한 것 없이 완벽한 곳이다. 그러나 너무 바쁘게 돌아가는 도시였고, 너무 완벽해서 나에겐 과하게 넘치는 도시로 다가왔을지도 모른다.

지나치게 큰 도시라 여전히 정신없지만 그래도 이곳에 온 지 이틀째 밤이 된 지금, 그리고 내일쯤이면 '니스'보다 '파리'에 집중하길 바라본다.

#42

오르세 미술관 & 파리모험기 2탄

05/15

아무리 봐도 파리는 한 달 내내 열심히 돌아다녀도 절대 다 보지 못할 곳이다. 결국 나는 '몽셸미셸'이고, '베르사유'고, 가고 싶었던 근교 도시는 전부 포기하고 파리에 올인하기로 했다.

아침부터 꽤 긴 줄을 기다려 통합티켓인 '뮤지엄 패스'부터 샀다.

거대한 유리 천장을 가진 오르세 미술관. 다양한 시대의 그림 작품들을 실컷 감상할 수 있는 곳이다. 무조건 가장 위층으로 올라가 관람을 시작하는 나는 오늘도 가장 위로 올라간다. 폴 세잔, 모네 등의 작품이 여태껏 들렀던 미술관 중 가장 많이 전시되어 있다. 가장 설렜던 곳은 바로 '반 고흐' 전시관. 드디어 「별이 빛나는 밤에」를 마주했다! 그의 작품 중 가장 좋아하는 작품이기도 했고, 정작 '아를'에선 엽서에서만 볼 수 있었던 그 작품. (여기 있는 게 진품이 아니라는 말을 듣긴 했지만 그럼에도 불구하고) 직접 마주하니 영롱할 정도였다. 색감은 풍부하기 그지없고, 액자를 넘어서 사방에 은은한 별빛이 감도는 듯했다. 감색과 노란색의 조화가 이렇게 아름다울 수 있나 싶은 감탄과 동시에, 문득 '아를'에서의 지난 시간이 새록새록 떠오른다. 그곳의 평온함이 온전히 담겨있었다.

로댕의 「지옥문」 또한 인상 깊었던 작품 중 하나. 몇 년에 걸쳐 조각에 정성을 기울였으나 주문이 취소되고, 그럼에도 불구하고 완성을 하려 작품을 이어갔으나 결국 완성하지 못했다는 「지옥문」. 단테의 신곡을 바탕으로 한 이 작품은 「생각하는 사람」을 중심으로 여러 스토리가 곳곳에 조각되어 있다. 이 외에도 많은 작품이 기억에 새겨지고 내 메모장에 하나씩 기록되어 갔다. 확실히 그곳은 볼 작품이 넘쳤지만, 폐관시간이 가까워져 '밀레'의 작품을 끝으로 조금은 아쉬운 '오르세'를 마무리 지어야 했다.

파리 모험기 2탄의 시작

밖으로 나오자 어느덧 저녁. 오늘도 샌드위치를 챙겨온 나는 미술관 앞 광장에서 길거리 공연을 들으며 맛있게 배를 채웠다. 미리 알아봐 둔 대로 메트로를 타고 '퐁피두 센터'로 향하려는데 웬걸, 메트로 문이 닫혔단다. 다른 방법을 찾겠다며 가는 길에 버스를 탔는데 난데없는 동네까지 가버렸다. 나름 물어물어 탄 건데 어디서부터 잘못된 걸까. 지도를 켜보니 '퐁피두 센터'와 점점 더 멀어지고 있는 나의 위치. 오히려 반대방향으로 달리는 버스.

점점 더 멀어져 간다. 나의 퐁피두가~♪

창밖을 보니 갑자기 '파리 식물원'이 보인다. 곧이어 멀어서 가지 않기로 했던 '바스티유'도 보인다. 그곳은 13구. 못 보던 다리들도 여러 개 지나치고 못 보던 역들도 여러 개 지나치고 나서야 '아, 다른 수를 써야겠다.' 싶은 생각이 든다. 가까운 역에 얼른 내렸다. 다행히 역무원 아저씨가 친절히 종이에 환승역까지 적어주셔서 뒤늦게나마 목적지에 도착할 수 있었다. '파리 모험기'라도 찍듯 내 발은 어제오늘 혼자 그렇게 바쁠 수가 없다.

에펠탑처럼 처음 세워질 때 그 외관 때문에 많은 비난을 받았다는 현대미술관 '퐁피두 센터'. 이곳 또한 지금은 그 외관으로 인해 꽤 유명한 곳이 됐다. 전혀 예상되지 않는 작품들의 의도와 작품세계가 오히려 예측할 수 없는 재미와 흥미를 느끼게 해준다. 지극히 그들만의 세계지만 신선하고 창의적이다.

이왕 비싼 뮤지엄 패스를 샀으니 부지런히 돌아다니겠다는 마인드로 야경까지 도전. 여행 시작한 이래 가장 열심히 다닌 하루다. 역에서 올라오자마자 떡하니 서 있는 '개선문'. 입장 줄이 꽤 길다. 혼자가 익숙하다고 생각했는데 기다리는 시간이 길어지고 사방엔 대부분의 사람들이 각자의 동반자와 떠드느라 시끌벅적해서 살짝 외로울 뻔했다. 그러나 개선문 탑에 올라서자 외로움이고 뭐고 눈앞의 파리 시내에 넋을 잃는다. 올라오길 백번 잘했다 싶다. 넋 놓고 화려한 불빛 아래의 파리 시내를 보고 있는데 직원들이 이제 곧 문을 닫으니 내려가라고 손짓한다.

하루 종일 메트로를 타고, 버스를 타고, 걷기도 하면서 구석구석을 헤집고 다녔더니 보기만 해도 뇌가 더 꼬일 것 같던 파리의 노선이 눈에 꽤 정확히 들어오기 시작했다.

'나의 파리 낭만, 그리고 현실'

서류가방만 쥐여주면 딱, 일 많은 사업가처럼 바쁜 모양새였던 오늘의 나.

좀 더 보고 싶은 욕심에, 좀 더 담아가고 싶은 욕심에 평소 속도보다 훨씬 빠르게 다니며 하루가 지나가 버렸다.

나조차도 낯설 정도의 모습이었지만 파리는 그렇게 하루 종일 다녀도 부족할 만큼 완벽하고 매력적인 도시니까. 아마 내일도 바쁜 사업가 코스프레가 이어질 예정이다.

내가 가졌던 파리에 대한 낭만은 '몽마르뜨 언덕'에서 낮잠을 자고, '에펠탑' 아래 잔디에 앉아 맥주를 마시는 거였는데. 현실은 도저히 지나칠 수가 없는 '루브르'와 '오르세','퐁피두'를 이틀 만에 보러 다니느라 갑자기 발이 부지런해졌을 뿐이다.

파리의 어딘가에서 기다리고 있을 내 '낭만'과, 이미 하나씩 지나치고 있는 파리의 '현실' 사이에 서 있는 지금.

그래도 나는 꼭 '낭만'과 '현실'을 둘 다 적당히 잡고 파리를 뜰 생각이다.

#43

루브르 박물관 & 파리 모험기 3탄

05/16

파리에서의 하루하루가 너무 빠르게 흘러가서 다음 목적지에 대한 생각도, 준비도 못한 상태였다.

다음 도시로 갈 기차 티켓은 일단 미뤄두고 '루브르 박물관'으로 향했다. 분명 '루브르 역'이건만 역에서 바로 이어지는 박물관 입구까지 들어가는 데는 한참이 걸린다. 그만큼 넓다.

어제의 여파인 걸까, 컨디션이 살짝 좋지 않다는 걸 뒤늦게 깨달은 나는 입구에 도착한 것뿐인데 벌써 지쳤다. 입장하는 순간, 막막함부터 몰려오는 루브르의 규모. 제대로 다 둘러보려면 한 달은 걸릴 거라는 말이 사실이었다. 그런 곳을 하루 만에 볼 생각을 하니 엄두가 나지 않았지만, 발이 닿는 대로 차근차근 관람하기 시작했다. 주말에 갔던 친구는 「모나리자」를 제대로 보지도 못했다는데 나는 그나마 구경은 했다. 물론 여전히 사람이 많았지만. 꼭 보고 싶었던 것들을 머리에 기억해둔 채 전시실을 차례로 돌다 문득, 내가 여행을 시작하고 지금까지 너무 많은 걸 담아왔다는 생각이 들었다. 그렇게 기대하던 '루브르 박물관'에 왔건만, 좋지 않은 컨디션에 막막함까지 눈 앞을 가려 작품을 보는 것보다 여길 얼마나 볼 수 있을까 라는 딴생각도 자꾸만 든다.

마음을 가다듬고 다시 집중. 여태껏 봐왔던 관람 스타일과는 완전히 다른 방식으로 관람을 해보기로 했다. 유명하거나 사람들이 왕창 몰리는 작품에 집착하지 않기. 하나하나 눈에 담으려 하기보다는 물 흐르듯 지나치며 작품 보기. 이 두 가지를 기억하며 돌아다니다 보니 어차피 자연스레 유명한 작품들은 마주치게 되어있었다. 한참을 돌아다니니 점점 컨디션도 돌아온다. 아는 만큼 보이는 거라 했으니 아마 오늘 둘러본 '루브르'는 진짜 딱 내가 아는 만큼만 느꼈을 것이다.

'루브르'를 나와 '노트르담 성당'으로. 분명 문이 열려있을 시간에 도착했건만 굳게 닫혀있던 성당 탑. 아쉬웠지만 그마저 이해될 정도로 좋은 곳이다. 성당이 위치한 '시테 섬'은 우리나라로 치면 여의도와 같은 곳이랄까. 파리 속의 작은 섬과 같은 모양이다. 물론 사무실로 가득한 여의도와는 다르게 아주 낭만적이고 매력적이다.

다리를 건너려는데 다리 중간에서 콘트라베이스와 기타를 든 두 남자 때문에 한참을 그곳에 앉아있었다. 그들의 음악이 너무 좋아 앨범도 사고 팁도 주고 싶었으나 하필 동전 지갑을 숙소에 두고 왔다. 한참을 감상만 했던 나는 그들의 성공을 진심으로 기원하는 마음만 가진 채 자리를 떠날 수밖에 없었다. 내 귀만 호강시키고 당신들의 주머니에 도움이 되지 못해 미안하단 혼잣말과 함께.

파리에 오기 전까지 남프랑스에 푹 빠져있던 나는 다음을 기대하지 않고 이곳에 왔음에도 결국 그렇게 파리의 유혹에 빠져들었다. 하도 볼 게 넘치고, 갈 데가 넘치다 보니 여기선 매일 자정이 넘어 숙소에 돌아오는 위험을 무릅쓰고 있다.

'모든 것은 보이는 게 다가 아니다'

파리에 온 뒤로 항상 느끼는 게 있다.

유명한 장소도 아주 많고, 거리 곳곳에 낭만이 흘러넘치는 파리.

그럼에도 불구하고 자연스레 그런 파리의 장소들이 가진 진짜 모습들도 함께 보고 있다.

'에펠탑.' 그 자체만으로도 이미 예술인 그곳은 멀리서 보면 예술, 가까이서 보면 일 년 내내 북적이는 사람들로 몸살을 앓을 것만 같다. 술과 담배, 기념품을 파는 상인이 넘치고 사진을 남기기 위해 서로 좋은 자리를 차지하려는 수많은 관광객들이 존재한다. 에펠탑의 낭만을 꿈꾸고 왔으나 에펠탑의 몸살을 느끼고 가는 순간이다.

'루브르 박물관.' 사람들의 관심은 오직 하나다. '모나리자.' 오직 그 하나만을 향해 돌진하는 전 세계의 많은 사람들로 인해 굳이 찾을 필요도 없이 모나리자가 있는 전시실로 휩쓸려 들어갔다. 그렇게 유명하다는 그 작품은 인증샷을 남기기 위한 사람들의 전쟁으로 인해 멀리서 바라만 보고 나왔다. 기념품샵에 가서야 모나리자와 눈을 마주쳐 본다.

존재만으로도 '센 강'과 더불어 낭만 그 자체인 '퐁네프 다리'. 그러나 그 위엔 야바위꾼이 사기를 치고 있고, 이를 부추기는 파트너가 있다. 나를 향해 돈을 걸어보라며 꼬시는 그들. 저번에 만났던 언니에게 지나가는 말로 이 사람들 장난 아니니 조심하라는 말을 들었었다. 이미 당한 사람들도 꽤 많다고 하던데, 사람이 나도 모르게 뭔가에 홀리는 건 순식간이란 걸 누구보다 잘 알기에 눈길조차 주지 않았다. 이 낭만적인 다리 위에 야바위꾼이라니.

어마어마한 규모와 아름다움을 자랑하는 시테 섬의 '노트르담 성당'도 여지없이 그랬다. 사방이 예술적인 건축물로 이뤄진 성당과 광장을 좀 더 제대로 구경하고 싶었던 나에게 그곳은 지나가는 여자들에게 추근대는 나이 많은 아저씨들을 자꾸만 마주쳐야 하는 곳이었다. 크리스천은 아니지만 어쨌든 성스러운 성당 바로 앞에서 이런 아저씨들을 자꾸 봐야 한다는 건 더 별로였다.

#44

드디어 내 속도를 되찾다

05/17

드디어 뮤지엄 패스의 굴레에서 벗어났다. 이틀 내내 하루 종일 전투적으로 박물관, 미술관을 쫓아다닌 덕에 진이 다 빠졌었는데 이제야 좀 숨통이 트인다. '이대로 파리를 뜰 순 없겠다.' 라는 마음에 하루를 더 머물기로 했다. 오늘 여길 떠나면 내 기억 속 파리는 바쁘기만 했던 곳으로 기억될 테니까.

'칸'에서 만났던 언니와 몽마르뜨 언덕에서 피크닉을 즐기기로 했다. 이 얼마나 낭만적인 단어인가. '몽마르뜨 언덕에서 피크닉을.'

몽마르뜨 근처 기차역. 계단을 올라가는데 어떤 젊은 남자가 언니 뒤로 바짝 붙는다. '뭐지?' 싶어 나란히 걷던 내가 언니 뒤로 한발 물러나니 그 순간, 그의 손이 언니 주머니에서 나오는 게 보인다. 말로만 듣던 '파리의 소매치기'였다. 주머니도 없는 옷에 거의 몸만 나온 나에 비해 에코백과 트렌치코트를 입고 있던 언니가 목표물이 됐나 보다. 다행히 주머니엔 아무것도 없었지만, 충격받은 언니를 진정시킬 겸 근처 마트로 들어가 피크닉을 위한 와인 한 병과 초코푸딩을 샀다. (꽤나 진정되는 일이다)

사전 조사를 거의 하지 않는 언니와 나는 '몽마르트'를 검색해서 나오는 곳으로 무작정 향했는데 현지인들에게 물어물어 갔음에도 계속 같은 곳을 맴돌았다. 같은 자리에 돌아오기를 세 번째. 안 되겠다 싶어 마지막으로 지나가는 사람에게 다시 물어보기로 했다.

"몽마르트 아니?"라고 묻자,

"너네가 말하는 몽마르트는 지금 이 다리 아래에 있는 공동묘지야. 거길 왜 가게?" 라며 그가 웃는다.

와인병을 들어 올리며 '피크닉 즐기려는데 여기 절대 아닌 거 같아!'라는 몸짓을 했더니 그가 갑자기 "슈퍼 프리티"한 곳이 있다며 한 공원을 알려준다. 그곳이었다. 그제야 우리가 흔히 말하는 몽마르트 언덕은 공동묘지가 아닌 '사크레쾨르 대성당' 앞 언덕을 말하는 것이었음을 깨달았다. '슈퍼 프리티'를 외쳐준 그가 아니었으면 여전히 공동묘지 근처만 맴돌 뻔했다.

가는 길에 개성 있는 편집샵이 많아 들락날락거리느라 살짝 늦게 도착했는데 와…. 내가 상상했던 바로 그 낭만적인 언덕이다. 경사가 진 언덕 위엔 푸른 잔디가 깔려 있다. 곳곳에 사람들이 누워있는 걸 보니 나도 빨리 올라가 잔디에 몸을 기대고 싶어졌다.

몇 시간 동안 품에 안고 다녔던 와인을 드디어 내려놓았다. 아침에 챙겨온 햄과 치즈, 언덕 아래에서 사 온 1유로짜리 바게트, 그리고 디저트. 가장 중요한 건 지금 이 모든 걸 펼쳐놓은 곳이 바로 '몽마르뜨 언덕' 한가운데라는 거. 다 필요 없다. 물만 먹어도 좋을 곳인데 배터지게 먹을 식량까지 있으니 더 완벽한 피크닉이다. 게다가 파리에 도착한 이래 가장 맑은 날씨까지. 여기까지 오는데 남들의 몇 배의 시간이 걸렸지만, 그 길조차 새로운 곳들이 많았기에 전혀 아깝지 않았다. 잘 도착했으니 된 거다!

함께한 언니도 코드가 아주 잘 맞아서 언덕에 앉아 울고, 웃고, 소리치고, 흥이 넘치기를 반복했다. (둘 다 감수성이 어마어마하게 살아있었다)

마지막으로 에펠탑을 한 번 더 보러 가기 위해 언덕에 머물던 사람들이 다 사라질 때쯤 우리도 일어났다. 첫날에 잠시 들르고, 이틀 동안 바쁘게 다니느라 다시 오지 못할 줄 알았던 나와는 달리 아직 박물관과 미술관을 시작하지 않은 언니는 사흘 동안 에펠탑을 매일 왔던지라 나에게 아주 한적하면서도 멋진 포인트에서 에펠탑을 감상할 수 있게 안내해줬다. 밤 10시에 시작되는 조명 타임엔 오직 우리뿐인 강가에 앉아 에펠탑을, 11시 조명 타임이 되기 전엔 에펠탑 아래 잔디로 가 코앞에서 그 광경을 지켜봤다. 이 순간엔 맥주 만한 게 없다. 마지막 맥주 한 병을 부딪치며 이미 사랑에 빠진 에펠탑에 또다시 빠져든다. 잔디에 앉아 이곳의 야경을 보고 있자니 이건 나에게 참 과분하다는 생각이 들었다. 너무 아름답고 황홀할 지경이라 과분했고, 지금 내가 그 앞에 앉아 저걸 온전히 즐기기만 해도 된다는 것도 과분했다. 앞으로 정말 열심히 살아야겠다. 이런 황홀함을 느낄 수 있게 해줬으니.

'잊을 수 없는 소년의 눈빛'

낮에 만났던 소년이 생각난다.

언니의 주머니에 손을 넣었던 젊은 남자를 포함해 총 네 명의 남자가 한 팀을 이루어 우리가 내렸던 역을 오르내리며 지나다니는 거의 모든 사람을 노리고 있었다. 눈빛들이 어찌나 대놓고 날카롭던지. 남녀노소를 가리지 않고 노리고 있던 그들. 리더로 보이는 듯한 젊은이가 언니 주머니에 손을 넣었으나 아무것도 없었고, 뒤이어 세 명의 무리는 계속해서 우리를 쫓아오는 듯했다. 포기를 몰랐다.

사람들이 모여 있는 출구 쪽으로 향하는데 이번엔 다른 사람들까지 노린다. 엘리베이터를 타는 순간 네 명 중 가장 어려 보이던 한 소년이 내 뒤로 바짝 붙는다.

그 순간, 소년의 눈빛이 정말 잊혀지지가 않는다. 대놓고 너무 바짝 붙는 소년을 아주 뚫어지게 정면으로 노려봤건만 전혀 물러서지 않는다. '누가 뭐래도 나는 당당하다'는 그 눈빛을 보고 너무 안타까웠다. 고작 열다섯 살 안팎일 듯했는데 저런 눈빛은 어디서 배운 걸까 대체. 아직 너무 어린데 벌써 저런 눈빛을 가지면 어떡하나 라는 생각이 자꾸만 들었다.

언니는 우체국에서 나를 기다리는 동안 불안에 떨었지만 나는 불안 대신 누구보다 정확히 보고 말았던 그 소년의 눈빛에 대한 안타까움이 더 크게 다가왔다. 가능할까 싶지만, 부디 소년에게서 그런 눈빛이 지워지기를. 좋은 사람이 될 수 있는 기회가 주어지기를 바라본다.

#45

파리에서의 마지막 날, 마지막 프랑스

05/18

파리에서의 마지막 아침.

식사를 하러 일 층으로 내려갔다. 살짝 추워서 그동안 안에서만 먹었는데 이젠 발코니에 나가서 먹는 게 훨씬 좋을 정도로 날씨가 좋아졌다.

짐 싸는 게 어느덧 형식적인 일이 되어버린지라 여행 초반엔 짐을 넣는 데까지만 삼십 분 넘게 걸리더니 이젠 뭘 집어넣어도 이십 분 안에 가방 커버까지 씌울 수 있는 능력이 생겼다.

벨기에로 가볼까 한다. 갑자기 정한 목적지라 길을 헤맬지도 모르니 일찍 호스텔을 떠났다. 비싼 기차 티켓 대신 오늘도 싸고 좀 더 오래 걸리는 버스 티켓을 구했다.

벨기에로 향하는 동시에 파리를 빠져나가던 그 순간, 하염없이 창밖을 바라보며 다음을 기약해 본다.

지금처럼 언제나 아름답길. 나의 낭만을 채워준, 나의 프랑스여.

오랜만에 다른 나라로. 벨기에 브뤼셀

너무 크고, 화려하고, 뭔가로 가득 찬 파리에 있다 와서 그런 걸까. 모든 게 적당한 것 같은 이곳의 느낌에 마음이 편해졌다. 마음속엔 이미 벨기에 하면 생각나는 맥주, 와플, 초콜릿으로 가득 차 있다.

오늘 내가 지낼 방에는 호주 남자 한 명, 벨기에 남자 한 명, 그리고 자리엔 없었지만 한국인이라는 여자 한 명과 내가 머문다. 스타크래프트와 축구에 열광하는, 한국을 좋아한다는 호주 남자와 얘기를 나누다 저녁 식사를 하기 위해 밖으로 나왔다. 가게들이 문을 닫아 (분명 늦은 시간이 아니었지만, 유럽은 맘대로 열고 맘대로 닫는 가게들이 널렸다) 결국 마트로 향했다. 이것저것 사고 계산하려는데 눈길을 끄는 와플들.

마트표 디저트여도 좋다! 장바구니에 와플 한 세트 추가! 숙소로 돌아와 와플을 한 입 먹고, '르페' 맥주 한 모금을 마시는데 그게 그렇게 행복할 수가 없다.

'생존을 위해 이뤄진 나의 발견'

* 손빨래를 아주 빠르고 신속하게 해결한다.
* 믹스룸을 늘 쓰다 보니 처음엔 숨기거나 다음 숙소를 노렸지만, 속옷을 널어두는 것에 점점 뻔뻔해진다. 어쩔 수 없다.
* 분명 영어를 못하는데 어떻게든 끄집어내다 보니 나도 내 머릿속에 없는 줄 알았던 단어까지 나온다. 아마 초등학교 5학년 때쯤 수업시간에 넣어놨던 단어들인 것 같다.
* 분명 오르막을 거부하는 나였으나 점점 오르막도 길이요, 내리막도 길이요, 길이 아닌 곳도 걸을 수만 있다면 길이라는 마인드가 생겼다.
* 한평생 요리와는 담을 쌓고 살아왔다. 이젠 파스타와 샌드위치는 눈감고도 꽤나 괜찮은 맛과 비주얼을 만들어낼 수 있고, 오늘은 와플에 초코시럽으로 작품까지 만들 뻔했다. 친구 말을 빌리자면, '요리왕 비룡'이 돼서 돌아갈지도 모르겠다.
* 지치면 안 된다! 라는 생각으로 스트레칭도 알아서 할 줄 알게 된다.
* 테이블이나 의자가 더러워도 일단 사용하고 본다. 지금 내가 밥을 먹거나 뭔가 해야 하는데 당장 위험한 차도 위에 앉는 것보단 멀쩡히 한쪽에 설치되어 있는 더러운 의자에 앉는 게 확실히 나은 거다.
* 배낭을 풀고 다시 싸는 속도가 점점 빨라진다. 굳이 빨라질 필요는 없지만 계속해서 낑낑댈 필요도 없다. 지금쯤이면 이 위치에 이걸 넣고 저 위치에 저걸 넣으면 아주 효율적인 짐 싸기를 이루어낼 수 있음을 알 때가 된 듯하다.

#46

너는 내게 달콤한 디저트 그 자체

05/19

'브뤼셀'에서의 날이 밝았다. 아침이 돼서야 만나게 된 같은 방의 성격 좋은 언니와 오늘을 함께하기로! 어디론가 가는 길에 반갑게도 벼룩시장이 열리고 있었다. 마음에 드는 팔찌를 하나 골랐더니 가격도 내 맘대로 부르란다. 상인들은 마음대로 가격을 부르고 흥정을 오래 하지도 않는다. 주는 대로 받고, 부르는 대로 주는 게 이 벼룩시장의 매력이었다.

이곳에 사는 언니의 친구 덕에 자연스레 브뤼셀 한 바퀴를 돌 수 있게 됐는데 첫 번째로 간 곳은 관광지가 아닌 넓고 한적한 공원이었다. 푸른 잔디밭에 카메라 한 대를 사이에 두고 자유롭게 시간을 보냈다. 푹신한 잔디를 온몸으로 즐기며. 한참을 즐기다 브뤼셀의 주요 장소를 아직 보지 못한 나를 위해 '그랑플라스 광장'으로 향했다. 세계에서 가장 아름답다는 극찬까지 받았다는 이곳은 내일부터 시작하는 재즈 페스티벌로 인해 온통 트럭과 무대설치 장비로 가득 차있어 아무것도 볼 수 없었지만 전혀 아쉽지 않았다. 광장 주위엔 초콜릿, 마카롱, 케이크, 쿠키, 머랭, 그리고 와플, 아이스크림, 감자튀김 가게가 넘친다. 단 하나도 빠짐없이 내가 좋아하는 것들이다. 3유로가 조금 넘는 가격에 양이 어마어마했던 벨기에의 감자튀김은 맛이 최고다. '감자튀김이 다 똑같지'라는 생각에 먹어볼 생각도 하지 않았었는데 안 먹고 갔으면 정말 후회할 뻔했다.

골목이 온통 디저트 가게로 가득해서 지금 생각해보니 하루 종일 디저트 구경만 했다. 초콜릿을 봐도 예술, 마카롱을 봐도 예술, 머랭을 봐도 예술. 예술이 따로 있는 게 아니었다. 맛도 달콤한데 모양까지 달콤한 이 아이들을 보면서, 개인적으론 화려하고 종류가 너무 넘쳐 손이 가지 않던 파리에서의 디저트들보다, 적당한 종류와 정성이 넘치는 작품과도 같은, 가게마다 확실한 개성을 가진 벨기에의 디저트들이 훨씬 더 눈길이 가고 맛있게 보였다. 맛도 여러 개 봤었는데 그 이상의 달콤한 맛은 없을 것만 같았다.

한참을 디저트와 놀던 우리는 언니가 가고 싶어 했던 펍(pub)으로 향했다. 온갖 종류의 맥주가 다 있다는 규모가 큰 펍이었는데 각각 다른 맥주를 시켜 하나씩 맛보고 입맛을 다시며 나와 또다시 디저트를 노렸다. 거리에는 1유로짜리 와플가게가 엄청 많다. 눈에 보이는 집에 들어가 하나를 얼른 주문! 진.짜.맛.있.다! 방금 나와서 따끈따끈한 데에다 기본 맛임에도 달달하기 까지 한 마성의 와플.

'벨기에 와플은 사랑입니다.'

와플을 들고 마주한 브뤼셀의 포인트, '오줌싸개 동상'은 마치 루브르 박물관에서 '모나리자'를 보는 듯한 기분이었다. 내 상체보다도 작은 그 동상 앞엔 이미 사람들이 엄청 모여 있어서 인증샷 같은 건 찍을 수 없었다. 언니가 찍어준 사진 속 나의 모습은 마치 '윌리를 찾아서' 에서 '윌리'를 찾는 수준이었다.

골목을 돌아다니다 마음에 드는 골동품 가게에 들어갔는데 한눈에 반한 반지가 있었지만, 최소 이틀 치 숙박비는 되는 가격에 발길을 돌리기로 했다.

완전히 어두운 밤이 되자 언니와 나는 오늘 밤을 그냥 보내기 아쉬워 그랑플라스 광장의 야경을 보러 가기로 했다. 이미 자정이 다 되어가는 시간이라 같은 방에 머물던 삼촌뻘 남자에게 함께 가자고 제안을 했고 흔쾌히 따라나서 준다. 마침 그가 벨기에 사람이라 곳곳에서 설명까지 해주고 술 취한 사람들이 말을 걸어도 중재해준 덕에 안전하게 야경을 보고 브뤼셀의 밤거리까지 충분히 즐길 수 있었다.

정신없던 파리에서 넘어온 브뤼셀은 확실히 나에게 여유를 준 곳이다. 오래 머물기로 한 곳은 아니지만 오래 머문 듯한 느낌까지 준 이곳에서 이래저래 좋은 기억만 안고 간다.

'부르는 게 값인 벼룩시장처럼'

여행을 다닐 때 그 어떤 박물관이나 미술관보다 더 좋아하는 게 바로 현지에서 열리는 시장. 유럽을 다녀보니 특히 성당 앞 광장에서 열리는 경우가 대부분인데 그러다 보니 시장의 분위기가 여느 동네 시장과는 확실히 다르다. 뭐랄까, 하느님이나 성모 마리아의 시선 아래 열리고 있는 느낌이랄까.

식료품보다 중고품이나 골동품을 파는 시장이 최고로 재밌고 흥미로운데, 듣도 보도 못한 물건을 한 자리에서 구경하는 그 맛이 엄청 중독적이다. 게다가 보통 그런 시장엔 젊은 사람보다 나이 드신 할아버지, 할머니가 나오셔서 장사를 하고 계신데 이분들과의 사소한 대화 또한 그렇게 즐거울 수가 없다. 언어만 다를 뿐 그들의 눈빛이나 말투는 마치 옆집 할아버지, 할머니처럼 다정하고 따뜻하다. 결정적으로 부르는 게 값인 곳. 웬만하면 처음 부른 가격의 반의반 값에도 그냥 넘겨주는 상인들이 대부분이다. 파는 사람도 사는 사람도 가벼운 마음으로 주고받는지라 더할 나위 없이 좋은 광경이 이어진다.

더 팔려고 애쓰지도, 더 깎으려고 애쓰지도 않는 이 공간에서 나는 많은 걸 배우고 느낀다. 주인의 성향에 따라 그들의 매대는 상당히 다양한 것들로 채워지는데 낡은 카메라가 가득한 매대의 주인 할아버지는 돋보기안경에 멜빵을 차고 계셨으며, 마치 유럽의 옛날 사진관에서나 볼 법한 외모를 가지셨다. 액세서리나 구두가 많은 매대의 주인은 멋쟁이 할머니시다. 그녀의 곁엔 아들일 것 같은 청년이 서 있다. 고장 난 시계, 낡은 운동화 등이 놓여있는 매대의 주인은 조금은 자유로운 영혼을 가진듯한 중년의 남자다.

이런저런 사람 구경까지 동시에 하게 되는 벼룩시장. 그들과 아주 가끔 얘기를 하다 보면 장사보다는 이렇게 사는 재미로 시장에 나와 있는 게 느껴질 때도 있다. 부르는 게 값이고, 아직까지 정이 남아있는 곳. 곳곳에 자유로운 사람들도 넘치고, 물건들 또한 자유로운 상태 딱 그 모습인 곳. 소박함과 고귀함이 공존하는 곳.

이런 벼룩시장의 매력처럼 내가 세상을 바라보는 시선도 정이 넘치고, 자유롭고, 소박함과 고귀함이 공존하길 바라며.

#47
반갑단 인사는 나중에

05/20

물 흐르듯 자연스레 네덜란드 암스테르담으로 넘어가는 동안 브뤼셀 역에서 샀던 수제 초콜릿을 하나씩 음미한다. '어떻게 이럴 수 있지?' 싶을 정도로 아름다운 맛.

암스테르담에 도착했지만 '네덜란드' 하면 떠오르는 튤립 가득한 초원과 풍차는 보이지 않는다. 너무 밑도 끝도 없이 튤립을 찾았던 걸까. 어찌 됐든 '하이네켄'의 나라, 네덜란드에 왔으니 무조건 '하이네켄 기념관'부터 가야 한다. 나는 맥주를 사랑하니까.

짐을 내려놓으니 다섯 시 반쯤. 입장시간은 일곱 시까지. 기념관까지 가려면 삼십 분은 잡아야 했고, 온 지 한 시간도 되지 않은 이곳에서 빨리 가야 한다는 의지 하나로 본능적으로 트램 정거장을 찾아내고, 본능적으로 표를 끊고, 정류장 개수를 세어둔다. 인간의 능력은 정말 무한했다.

트램을 타고 가는 내내 창밖으로 본 간판 중 반 이상은 죄다 '하이네켄'이었는데 그 역사가 담긴 곳에 온 것이다! 입장료에 맥주 두 잔 포함. 아주 바람직하다. 자유로운 분위기가 가장 큰 매력인 그곳엔 곳곳에 있는 가이드들이 하나같이 너무 즐겁게 일하고 있다. 이곳뿐만 아니라 여행을 다니다 보면 진심으로 즐겁게 일하는 사람들이 많았다. 사소한 일이라도 말이다. 시급이야 어찌 됐든, 정규직이든 아르바이트든 그들은 그 순간 자기가 하는 일이 좀 힘들더라도 즐기면서 하려고 노력하는 게 보였다.

클럽 분위기의 공간을 지나 신나게 구경을 하고 나니 사방이 광고 영상으로 도배된 영상관이 나온다. 굉장히 넓은 곳이었는데 갑자기 어디서 한국인 두 분이 다가오더니 무제한 폭립 먹으러 갈 생각 없냐는 제안을 한다. 12유로에 무제한 폭립. 식당에 앉아 메뉴다운 메뉴를 먹은 지가 언젠지 기억도 나지 않고, 한 끼에 10유로가 넘는 음식을 먹은 게 뭐였는지도 기억나지 않는 이 시점에. 잠시 고민이 됐지만 가기로 했다. 기회가 생겼을 때 영양보충을 해둬야 앞으로 다시 빵만 먹는 한이 있더라도 유지가 될 것 같았다.

분위기 좋은 무제한 폭립 레스토랑에 자리를 잡고 앉았다. 엄연히 식당 손님인데도 화장실 이용료를 받는 이 정 없는 레스토랑에서 오늘 밤 나는 폭립 뼈 몇십 개를 쌓아올렸다. 더 먹을 수 있었으나 일행 중 한 명이 홍등가에 가고 싶다는 요청에 아쉬움을 남겨둔 채 일어났다. 대마와 성매매가 합법인 네덜란드. 오히려 그게 관광 사업으로 한몫하고 있었는데 사방이 빨간 불빛으로 넘쳐나고 유혹의 몸짓을 보내는 여자들이 넘쳐남과 동시에 가이드의 설명을 들으며 단체 관광을 온 사람들도 넘쳐나는 모습이 신선하다. 거리엔 대마초를 피는 사람들과 그 냄새가 가득했다.

홍등가 바로 앞엔 성당이 자리 잡고 있었다. 일행의 말에 의하면, 홍등가에서 한바탕 놀고 나온 사람들이 성당에 들러 그 죄(?)를 씻어낸다고 생각하며 그 자리를 떠난단다. 참 아이러니한 상황이다.

함께 했던 사람들 중에 우연히 같은 숙소에 머무르는 동생이 있어 든든하게 야경까지 구경하고 돌아왔다. 어쩌다 보니 암스테르담에 내리자마자 딴 걸 생각할 겨를도 없이 신나게 놀았다. 잠잘 시간이 돼서야 이곳에 대한 느낌을 되새겨 본다.

'나는 어디까지 이해할 수 있을까'

두세 시간이면 국경을 넘어다닐 수 있는 유럽 땅을 돌고 있다고는 하지만 엄연히 다른 국가들이 모여 있는 땅덩어리다. 그러다 보니 아무리 쉽게 국경을 넘고, 금세 다른 나라에 서 있게 되더라도 순식간에 달라지는 분위기는 늘 존재한다. 바로 옆 나라임에도 말이다. 땅이 큰 스페인이나 프랑스는 확실히 도시 이동만 해도 그 분위기가 더 확확 바뀌곤 했다. 문화는 대부분 나라별로 바뀌는 편이라 분위기만 바뀌는 거랑은 또 다른 차이가 있었는데, 여태껏 여행을 다니며 참으로 다양한 문화를 느끼고 있다.

우리나라가 아닌 곳을 여행 중이니 다른 문화들을 당연히 이해해야 하는 거라고 마음먹은 상태임에도 가끔 이해할 수 없는 것들도 있고. 오늘따라 특히 대마 문화가 나에겐 그랬다. 거리 곳곳에 눈이 풀리고 허공에 헛소리하는 사람을 어렵지 않게 마주하다 보니 이게 합법이어도 되는 이유는 뭘까 라는 의문이 든다. 두통이 오는 걸 보니 나랑은 맞지 않는 것 같은 대마. 물론 나름의 이유가 있어 합법이려니 생각하면서도 완전히 이해하진 못하겠다.

대부분의 손님이 여행객일 수밖에 없는 호스텔을 돌아다니다 보면 가끔 '자유와 개념의 경계는 어딜까'라는 생각이 들게 하는 경우도 있다.

오늘만 해도 호스텔 로비에서 만난 한국인에게 냉장고에 놔둔 햄과 치즈 한 덩어리가 없어졌단 소리를 들었다. 기분 나쁜 일인 건 분명하다.

대부분 여행자들이기에 생필품도 여유롭지 않고 배가 고플 수도 있겠지만, 그로 인해 당연하다는 듯 눈에 보이는 남의 물건들을 가져가는 건 자유로운 건지 이기적인 건지 구분이 안 된다. 여러 곳을 다니다 보면 이런 자유로움이라는 명목 아래 이해할 수 없는 행동을 하는 사람들을 자주 마주한다. 그들은 '그게 왜? 이게 어때서?' 라는 마인드를 가졌다. 내가 너무 보수적인 건가 하는 생각이 들 정도로 가끔 이런 마인드를 가진 그들을 마주할 때면 어디까지 이해해야 하는 건가 의문이 든다.

하루도 빠짐없이 눈앞에 펼쳐지는 별의별 상황을 두고 나는 여전히 이해할 때도, 하지 못할 때도 있다. 열에 아홉은 이해하고, 열에 하나 정도는 의심도 해가며 그렇게 나아가고 있을 뿐.

#48

암스테르담 반, 잔세스칸스 반

05/21

알고 보니 같은 방 맞은편 침대였던 동생 덕에 평소보다 부지런히 움직였다. 잠이 깨지 않아 침대에 멍하니 앉아있는 내 모습을 보며 조식 먹으러 가자고 말하기가 무서웠단다. 그럴 리가. 조식은 졸면서도 먹는걸. 얼른 먹고 빠르게 준비를 해본다.

'반 고흐 미술관'에 갈 거니까! 진짜 이런 곳이 암스테르담에 있다는 걸 모르고 그냥 지나쳤다면 평생 후회했을지도 모른다. 반 고흐 미술관이라니! 네덜란드 출신인 반 고흐의 초기 작품부터 죽기 직전의 작품까지 모두 볼 수 있는 곳이라 입장료가 전혀 아깝지 않았다. 전시실 한쪽에 앉아 「아몬드나무」를 재미삼아 따라 그리던 내 모습을 흐뭇하게 바라보며 엄지를 치켜세워주던 할머니, 할아버지는 나에게 좋은 기억을 더 얹어주셨다.

이곳을 다 보고 나온 우리는 '잔세스칸스'로 향했다. 네덜란드 하면 떠오르는 '풍차'와 '튤립'이 가득한 마을. 아쉽게도 튤립은 이미 모두 져서 단 한 송이도 볼 수 없었고, 풍차는 날이 흐려선지 생각보다 예쁘지 않았다. 그래도 '풍차의 나라 네덜란드'를 느끼기엔 암스테르담보다 훨씬 제격이다. 오히려 마을의 전체적 분위기와 풍경에 빠졌다. 함께 왔던 동생들이 예쁜 사진을 열심히 남기더니 문득 돌아가자고 한다. 이 정도면 충분하다는 것이었다. 왠지 모르게 별거 없는 이곳에 혼자라도 더 머물고 싶었다. 양해를 구하고 둘을 먼저 보낸 후, 제대로 '잔세스칸스'를 둘러보기 시작했다. 직진만 했던 처음과는 달리 이번엔 샛길이란 샛길은 다 들어가 봤다. 아주 조용히 흐르는 운하를 지났다. 완전한 연둣빛을 가진 풀들과 조용한 강물이 최고의 평화로움을 준다. 아기자기했던 수많은 집들은 반 이상이 기념관과 상점들이었다. 전부 다른 종류의 기념관들이라 흥미롭다. 각종 기념품, 네덜란드 전통 나무 신발, 치즈, 아이스크림 등을 팔고 있지만 주인의 취향대로 꾸며놓은 가게들을 구경하느라 시간 가는 줄 모를 정도로.

돌아가는 길에 부자지간으로 보이는 두 사람을 마주했다. 어린 아들의 손을 단 한시도 놓지 않는 아버지와 그런 아버지 옆에서 해맑게 즐거움을 떠드는 아들의 모습이 참 보기 좋았다.

암스테르담 시내를 더 보려다 그냥 숙소로 돌아와 다음 루트를 짜보려는데 영 집중이 되지 않는다. 옆에 있던 한국인에게 괜히 말을 걸어본다. 긴 여행 중이던 그녀의 말에 의하면 딱히 계획 없는 여행은 40일 정도가 넘어가면 한 번씩 이런 타이밍이 온단다. 뭔가를 알아보고는 있는데 답이 나오지 않는 타이밍. 그게 왔나 보다. 그렇다면 고민은 여기까지.

어릴 때부터 여행을 다녔다는 그녀의 에너지는 상당히 기분 좋았다. 나보다 어려도 어른스러운 그녀가 갑자기 사라지더니 하이네켄을 양손에 하나씩 들고 돌아온다. 자기도 많이 얻어먹어서 베풀고 싶다며. 얻어먹는 나는 미안했지만, 여행이 끝나갈 때쯤엔 '나도 누군가에게 꼭 베풀자'라는 생각으로 즐겁게 마시며 꽤 오래 그녀와 함께했다. 별거 없고 조금은 헐렁했을지도 모를 암스테르담에서의 시간들.

다음에 다시 온다면 나에게도 튤립을 보여주길.

'지금 생각해보면'이라는 말

'지금 생각해보면'이라는 말을 유난히 많이 쓴 듯한 대화였다.

이 말은 후회일까, 미련일까, 추억일까.

로비에서 함께 시간을 보냈던 우리는 그동안 갔다 온 여행지에 대한 얘기가 대부분이었다. 그녀와 나의 여행 얘기는 단순한 여행지 나열은 아니었다.

'어디 어디를 갔다 왔는데 어땠어요?'라는 문장보다는 '지금 생각해보면'이라는 말과 함께 지난 여행지에 대한 회상과 더불어 그로 인해 지금은 어떤 생각을 갖게 됐고 어떻게 변했는지에 대한 얘기였던 것 같다.

'지금 생각해보면'이라는 말에 확신을 담을 수 있게 해주는 게 나에겐 '여행'이다. 그것에 대해 옳고 그름의 판단은 필요 없다.

그저 그 말 안에는 이미 내가 변화했음이 담겨있고, 그 변화를 인지할 때도 간혹 있으며, 성장했거나 혹은 더 어려졌거나 등의 의미들이 담겨있다. 나는 아직 철도 제대로 들지 않았고, 남들보다 잘난 것도 없어서 뭔가를 깨닫는데 느리면 느렸지 빠르진 않을 것이다. 그래도 언젠가 시간이 흐르고 흘러 이렇게 문득 내 입에서 '지금 생각해보면'이라는 말이 나오는 그 순간엔, 확실히 한 단계 성장하거나 변화했다는 뜻이길 바랄 뿐.

#49

독일로 향하다

05/22

나 빼고 전부 남자였던 방의 장점은 여기가 '암스테르담'이었다는 점이랄까. 홍등가를 가는 건지 맥주를 마시러 가는 건진 모르겠지만, 저녁부터 새벽까지 사라지는 사람들 덕에 나름 편하게 방을 썼다. 아침에 눈을 뜨면 어느덧 그들이 들어와 자고 있었다.

여유롭게 기차역으로 들어와 간식거리를 사 들고 '독일'행 기차에 몸을 실었다. 여러 도시를 제쳐 두고 '프랑크푸르트'에 가기로 했다. 입석이라 여러 번 메뚜기가 되었던 나는 젊은 부부의 배려 덕에 어느 순간부턴 푹신한 의자에 안착했고 편하게 앉아 목적지까지 갈 수 있었다.

역에 도착하자 갑자기 작동하지 않는 핸드폰. 하필이면 이 타이밍에 왜 이럴까. 와이파이도 잡히지 않고, 숙소 이름을 쳐도 지도에 잡히지 않아 순간 당황스러웠지만 내가 할 수 있던 유일한 방법은 지나가는 사람에게 물어보는 것뿐이었다. 이곳에 사는 듯한 중국인 여자와 우연히 마주쳐서 그녀에게 지도 검색을 부탁했는데 메트로를 타란다. 여기 묵었던 사람의 설명도 들었었고, 어제 지도 체크까지 했었는데 분명 역에서 걸어서 십 분이 채 안 걸리는 곳이었다. 그러나 그녀가 알려준 건 사십 분이 넘게 걸리는 어딘가. 그 말만 듣고 갔다면 나는 지금쯤 어디에 있을까. 알고 보니 진짜 역에서 코앞이라 헤매느라 허둥댄 삼십 분가량의 시간이 민망할 정도였다. 다행히 다른 사람들의 도움으로 무사히 도착할 수 있었다.

헤매느라 잠시 고생한 내 어깨부터 다독여주고 아직 시간이 이르니 살짝 나가 보기로 했다. 로비에서 나갈까 말까를 고민하던 세 명의 한국인들과 자연스레 동행하게 되었다. 별 기대 없이 왔던 이곳은 생각보다 좋은 곳이었다. 사진으로 봤을 때나 사람들 말을 들었을 때는 그저 빌딩 많고 발달한 도시 정도구나 싶었는데 막상 와보니 운치 있는 강변에, 골목마다 세워져 있는 독일식 건물들도 멋지다. 게다가 마침 열린 주말 마켓까지. 날이 흐려서 빗방울이 떨어지다가도 소나기가 내리고 그치기를 반복했지만, 비 맞는 게 괜찮다 싶을 정도로 깔끔한 느낌까지 주는 곳이다.

비도 오고, 목도 마르니 펍(pub)에 들어가 자리를 잡기로 했다. 프랑크푸르트에 오면 '아펠바인(Apfelwein)'만큼은 꼭 마시고 가리라 다짐했었는데 오자마자 먹게 돼서 반갑다. 이 도시의 전통주라는 아펠바인은 사과로 만든 술이라 살짝 단맛도 돌고 술맛도 나는데, 과일주를 좋아하지 않는 내 입에도 착 감길 정도의 맛이다.

야외테이블에 앉아 한참을 떠들다 보니 문득 비가 내리고 있다. 천막 위로 떨어지는 빗방울 소리, 그리고 소신이 뚜렷한 그녀들의 얘기, 입맛에 잘 맞는 술까지. 프랑크푸르트에서의 첫날밤은 아주 매력적인 밤이 되었다.

그 도시는 재미없을 거라는 다른 사람들의 말에 팔랑거렸던 내 귀는 이렇게 매력적인 프랑크푸르트에서의 날을 단 하루로 정해버리게 했고, 다음을 미리 예약해버렸던 실수 아닌 실수를 하게 되어 아쉽지만.

'나의 경계, 그리고 미안함'

혼자 다니는 여행이었고, 생각보다 이상한 사람들이 많음을 느낀 나는 자동으로 경계심을 갖게 되었다. 내가 조심해야지 누가 조심해주는 거 아니라는 생각에 이전보다 좀 더 사람에 대한 경계를 의식적으로 하게 됐다. 그러나 오늘은 이런 내가 아쉬웠다. 분명 좋은 사람이 더 많은 세상이지만 그런 세상이려니 하면서도 경계심을 가질 수밖에 없었으니.

기차역에 내려 아무것도 할 수 없는 상황에서 나를 도와줬던 건 평소 내가 경계하던 아랍계 남자들이었다. 역이라 그런지 바쁘게 제 갈 길 가는 사람들로 가득했고, 그나마 겨우 물어봤던 중국인 여자는 아무리 봐도 이해가 되지 않는 루트를 알려주고 떠난지라 다시 막막해졌다. 일단 그녀가 알려준 방법밖엔 내가 가진 정보가 없으니 역으로 내려갔는데 어디에도 역무원은 보이지 않고, 하필 여행자가 많아 딱히 물어볼 사람이 없었다. 그렇게 몇 분을 멍하니 서 있는데 여기 사람인 듯한 커플이 티켓 발매기 앞에 선다. 여자에게 다가가 조심스레 호스텔 주소 좀 검색해줄 수 있냐고 물었더니 지하철 시간이 다 되어 가서 안 될 것 같다고 딱 잘라 대답한다. 물론 지하철 시간은 중요하지만 간절했던 나에겐 그 순간 지나치게 단호하다고 느껴질 뿐이었다. 그리고 다시 부탁한 사람 또한 하필이면 여행자. 오늘따라 도움을 청하기가 쉽지 않겠다 싶었는데 근처에 서 있던 아랍계 커플 중 남자가 다가오더니 자신의 핸드폰을 주며 검색하라고 말해준다.

사실 아까부터 내내 근처에 있던 커플이었는데 인상이 좀 무서워 망설이다 이내 다른 사람에게 묻기로 했었던 거였는데. 오히려 어떤 사람은 핸드폰 좀 빌릴 수 있을까라고 부탁하면 의심의 눈빛으로 자판만 내밀기도 했는데, 이 사람은 오히려 너무 쿨하게 핸드폰을 넘겨주며 친절하게 지도까지 켜준다. 고마운 마음을 가득 안고 검색해봤더니 아니나 다를까 역 근처가 맞다. 그가 다시 한 번 위치 확인을 해주고 사진도 찍어가라며 배려해준다.

처음부터 이들에게 부탁했으면 덜 막막했을 것을. 그들을 잠시 경계한 것에 대한 미안함이 올라왔다. 어쨌든 그렇게 사진을 찍어서 다시 역 밖으로. 막상 지도를 찍었음에도 방향이 잡히지 않아 조금 헤매는데 역 주위에도 물어볼 사람은 여전히 없었다. 그나마 서 있는 사람은 아랍계 아저씨 두 명뿐. 이번엔 아저씨만 둘이라 진짜 경계해야겠다고 생각했다. 그러나 도저히 지나가는 사람이 없었던지라 '설마 이 넓은 기차역 앞에서 무슨 일이 일어나겠어?' 라는 심정으로 다가갔다. 오히려 내가 말을 걸자 당황하던 그분들. 괜히 경계부터 한 거였다. 내 물음에 능글거림 하나 없이 차분히 대답해주고 방향과 건물까지 알려주신 아저씨 덕에 무사히 숙소까지 들어왔다. 어느덧 굳이 가지지 않아도 되는 경계심까지 가지게 된 것 같아 아쉽기도 하고, 미안하기도 하다.

몇 년 전 다녔던 여행에선 경계심이 너무 없어 지금보다 더 자유롭게 즐기고, 자유롭게 현지인들과 떠들었던 것 같은데. 세상이 하도 흉흉해서일까, 내가 변한 걸까. 조심할 건 조심해야겠지만 경계심은 좀 풀어야겠다는 생각이 드는 날이다.

#50

어느덧 여행의 반

05/23

비가 추적추적 내리고 있었다. 개운하게 일어나 발코니에 나가본다. 코앞엔 우뚝 선 높은 오피스 건물이 있다. 그곳엔 이미 출근한 사람들이 각자의 책상에 앉아 뭔가에 집중하고 있었다. 오랜만에 보게 된 광경. 거리는 조용하고 사람들의 움직임은 부지런했다. 나도 모르게 내가 서 있는 발코니에서 아주 잘 보이는 그 오피스 건물 안 사람들의 모습을 한참을 바라보며 멍하니 서 있다. 돌아가면 나도 저러고 있으려나. 나쁘지 않다. 지금 이러고 있는 것도, 나중에 저러고 있는 것도.

프랑크푸르트에 있는 재래시장에 독일식 전통 소시지를 파는 가게가 있다고 하여 맛보러 가기로 했다. 자매처럼 보이는 두 할머니가 환상의 조합을 자랑하며 작은 가게에서 소시지를 팔고 계셨다. 장사하는데 얼마나 합이 완벽하시던지. 소시지보다 그분들의 손짓에 더 눈이 갈 정도였다. 이미 아는 맛이지만 은근히 만나기 어렵다는 독일 전통방식으로 만들어진 소시지라니 괜히 더 맛있는 기분으로 먹고 시장을 한 바퀴 돌아본다. 빌딩이나 거리만 깨끗한 줄 알았더니 시장마저 너무나 깨끗하다. 비가 온 뒤엔 좀 더러워질 법도 한데. 시장 사람들도 유난히 친절하고 깔끔하다. 꽃과 과일, 빵을 실컷 구경한 우리는 밖으로 나와 괴테거리로 향했다. 프랑크푸르트의 자랑이라는 소설가 '괴테'. 아쉽게도 그의 유명한 작품들을 하필이면 죄다 부분적으로만 읽어본지라 거리를 걸으며 마냥 감탄할 순 없었지만 대신 돌아가면 반드시 그의 소설을 완독하겠다고 다짐해본다.

'뮌헨으로'

새삼스레 미리 예약했던 '뮌헨'을 향해 가벼운 마음으로 떠나기로 했다. 기차가 출발하고 사람들이 전부 칸 안으로 들어가자 복도에 애매하게 자리 잡았던 내 공간이 더 편해진다. 비록 출입문 앞에 눕힌 커다란 배낭 위에 앉아 있는 모자 눌러쓴 내 모습이 조금은 없어 보일지라도.

창문으로 지나치는 풍경은 더할 나위 없이 푸르고, 소중한 배낭 덕에 엉덩이와 다리는 아주 편한 휴식을 취하고 있으니.

시간이 좀 지나자 사람들이 많이 내린다. 자리가 많이 여유로워져 의자에 앉아 밖을 보는데 빨간 지붕의 독일식 집들이 넘친다.

'저기는 어떤 곳일까?'라는 여러 번의 호기심. 고즈넉한 숲에 차분히 지어진 독일식 가정집들을 바라보고 있자니 비 오는 것마저 더 좋다.

‘프랑크푸르트’역과 똑같은 구조 덕에 이번엔 헤매지 않고 숙소까지 왔다. 오랜만에 4인실이라 기분 좋게 들어갔더니 웬 아저씨 한 분만 계신다. 이 작은 방에서 저 아저씨와 단둘이 며칠을 써야 한다는 건데 물론 아무 일 일어나지 않는다는 걸 알지만 짐 정리 하는 내내 뭐가 궁금한 건지 자꾸만 쳐다보고 있는 덕에 불편한 기분을 떨칠 수가 없었다. 얼마나 머무느냐고 했더니 나보다 더 오래 머문다. 그나마 내가 할 수 있는 방법이라고는 최대한 늦게 들어가 최대한 일찍 나오는 것. 기분은 찜찜했으나 배부터 채우기로 하고 마트로. 맥주와 감자칩, 그리고 사랑스러운 납작 복숭아까지.

맥주를 마시며 메신저로 친구와 얘기를 하고 있는데 체크인 중이던 어떤 사람과 눈이 마주친다. 그러려니 했는데 어쩌다 다시 눈이 마주쳤고 역시나 한국인이었다. 오늘따라 내 방의 아저씨가 부담스러웠던 나는 친구라도 있으면 마음이 좀 편해질까 싶었는데 마침 동갑내기였다. 결국 친구가 있는 방으로 옮기기로 했고, 유난을 떤다 싶을지언정 안심하고 머물 수 있게 됐다.

밤이 되자 친구가 가기로 한 술자리에 계속 같이 가잔다. 막무가내라 거절도 통하지 않아 결국 외출. 겸사겸사 야경도 보고, 펍(pub)은 마감 5분 전이라 왜 온 건지 모르겠다 싶었지만 시원한 밤공기는 실컷 마시고 들어왔다.

자려고 누우니 방 바꾼 게 천만다행이라는 생각. 아마 바꾸지 않았다면 괜히 불편한 기분에 잠을 설쳤을지도 모른다.

'생색'의 심리

가끔 이런저런 사람과 인간관계를 맺다 보면 온갖 유형의 사람들이 있다. 코드가 잘 맞는 사람도 있으며 맞지 않는 사람도 있고, 밝은 에너지가 있는 사람이 있으면 조금은 우울한 에너지가 있는 사람도 있다. 절대 어느 한쪽도 잘못된 게 아닌 그저 다른 유형의 사람들이다. 나도 누군가에겐 유난스러운 유형일 수도, 혹은 이기적인 유형이 될 수도 있을 테고. 다양한 유형의 사람들을 만나면서 다른 무엇보다도 나와 맞지 않았던 유형은 생색내는 사람이었다.

평소에도, 그리고 그 순간에도 늘 고마워하고 있는데 생색을 내는 순간, 아까울 정도로 그 고마움이 싹 사라져 버렸다. 본인이 베풀었던 친절에 대해 끊임없이 알아주기를 바라는 모습을 이해할 수 없었다.

심리에 관련된 책을 나름 뒤져봤지만, 생색에 대한 심리는 나와 있지 않았다. 그런데 도저히 이해가 되지 않았던 그 '생색'이 어느 순간부턴가 조금은 이해가 되기 시작했다. 생색이 습관이던 사람을 처음으로 마주했을 때보다 그런 사람을 여러 번 마주해온 지금, 내가 내린 '생색'의 심리에 대한 나름대로의 분석은 이랬다.

첫 번째로 억울한 일이 많은 사람. 이야기를 하다 보면 그동안 왜 그리 억울한 일이 그렇게 많았는지. 진심으로 베풀었던 친절에 돌아온 건 뒤통수 맞은 적이 한두 번이 아니란다. 그러다 보니 자연스레 고맙단 말이 집착하거나 뭔가를 바라는 경향이 생긴 게 아닌가 싶다.

두 번째로 인정받지 못한 사람. 평소에 인정을 받지 못한 사람들이 특히 생색을 냈다. 자신은 뭔가 열심히 해왔고 성실히 대했지만 그걸 사람들이 알아주지 않음을 굉장히 답답해하다 보니 점점 태연하게 자신의 선행을 직접적으로 드러내게 된 건 아닐까.

세 번째로는 친근함의 느낌을 잘못 인지하고 있는 것 같은 사람.

친할수록 더 당연해지고 쉬워지는 게 생색이었다. 그러다 보니 친해졌다 싶으면 초콜릿 하나 주면서도 농담 반 진담 반이 들어간 생색이 오가곤 한다. 오히려 반대여야 하는 거 아닐까. 친근한 사이일수록 내가 주는 베풂은 자연스러운 거고 우러나오는 것일 테니 어떤 대가도, 뭘 알아주기도 바라지 않아도 될 텐데. 상대방은 분명 말하지 않아도 마음에 고마움을 꼭 담아두고 다음에 보답할 테니까. 물론 그렇지 않은 사람들이 너무 많은 바람에 '생색'이란 수단도 생겨났을 거다.

어쩌면 그들이 느끼기엔, 엄청난 고마움을 표현하지도 못했고(나름 표현했다고 생각했지만), 늘 고마운 상대라 그들이 베풀었던 순간들을 하나하나 기억하진 못하는 나에게 서운하기도 했을 거고 얄밉기까지 했을지도 모른다. 지금 이 순간부턴 '아, 저 사람 진짜 생색내는 거 좋아한다.' 라고 생각했던 사람들에겐 앞으로 '고맙습니다.'라는 말을 좀 더 많이 해야겠다는 다짐을 해본다.

#51

하루 종일 비 내리는 뮌헨에서

05/24

모두가 자고 있던 새벽쯤, 물대포가 왕창 쏟아지는 듯한 비가 내리더니 아침까지 계속 이어졌다. 중간에 깬 나는 비가 오니 흘러가는 대로 내버려두고 싶은 마음에 일찍 일어나려 저장해뒀던 알람을 꺼버렸다. 오랜만의 늦잠을 즐기고 숙소를 나왔지만, 여전히 비가 많이 내린다. 비를 핑계로 오랜만에 카페로 들어갔다. 커피가 너무나 마시고 싶은 날씨지만 마실 수 없는 나는 오늘도 밀크티. 평소 마시던 곳들보다 약 두 배 정도의 가격이었지만 양도 두 배. 느긋하게 앉아 여유 부리기 딱 좋을 정도의 양이었다. 이곳에 도착한 날부터 겨울처럼 추운 날이 계속됐는데 오랜만에 따뜻한 차를 푹신한 소파에 앉아 마시고 있자니 피로가 싹 풀린다. 게다가 유리벽으로 내리는 비까지. 함께 먹은 초코 과자는 다른 그 무엇보다도 달콤했다.

어둑어둑한 거리, 우산과 비옷으로 무장한 사람들, 그리고 안락함에 빠진 내 모습까지 보고 있자니 한없이 풀어진다. 뭔가에 긴장했던 걸까 아니면 답답했던 걸까. 오랜만에 느끼는 풀어짐에 몸은 완전히 소파에 늘어졌다.

뮌헨에서 가장 큰 교회라는 '프라우엔 교회'를 들러보기로 했다. 선명한 주황색 지붕에 꽤 높은 쌍둥이 첨탑이 있는 건물이라 거리 곳곳에서 그 모습이 보인다. 교회는 안팎으로 소박했다. 규모는 정말 컸지만 빛바랜 붉은 벽돌이 외벽을 이루고 있었고, 단조로운 벽과 천장이 존재했다. 좀 더 느긋하게 보고 싶었으나 갑자기 온 화장실 신호에 급히 밖으로 나왔다. 사발 그릇 같던 컵에 마셨던 밀크티가 떠올랐다. 비는 계속 오는데 주변엔 명품샵 혹은 브랜드샵들 뿐이라 화장실이 보이지 않는다. 다행히 '마리엔 광장'을 지나 우연히 들어간 곳에서 그토록 찾던 화장실을 만났다. 함박웃음을 지으며 들어가는데 먼저 들어와 있던 아주머니가 웃으며 쳐다보신다. '제가 좀 급했어요, 사실.' 정말 두 손 모아 감사한 마음으로 화장실을 사용하고 나왔다.

다시 찾아온 평화에 내 시야도 같이 평화로워진다. 지도를 켜보니 바로 근처에 광장이 하나 더 있다. '오데온 광장'이란다. 광장에 세워져 있는 건물에는 유난히 좋아하는 사자상이 양옆에 세워져 있다. (지나가는 무리에서 어렴풋이 들려오는 가이드의 말을 주워듣기로는) 마리엔 광장과 더불어 뮌헨에서 가장 아름다운 광장으로 손꼽힌다고 한다.

산책하기 좋은 공원들도 곳곳에 있어 혼자 놀기엔 제격이다. 비가 내려 사람도 거의 없고 사방이 자연이라 온몸이 힐링 되는 느낌. 비가 와서 오히려 더 맑아져 버린 공원엔 이미 반해버렸다.

아직 아무도 들어오지 않은 조용한 방으로 돌아와 창문을 열고 음악을 틀고 따뜻한 컵라면을 하나 먹고 있자니 으슬으슬했던 몸이 싹 녹는다.

'자연스레 발견되고 있는 나의 성향 혹은 가치관'

* 어울리지 않게 개미를 포함한 모든 벌레를 무서워해서 풀이나 나무가 많은 곳을 좋아할 거란 생각은 못 했다. 그러나 여행을 다니며 마주하는 수많은 벌레에 대한 무서움을 이길 수 있던 건 바로 그 벌레들이 살고 있는 자연이었다.
  자연을 이토록 좋아하는 사람이었다는 게 나조차도 어색하지만 제일 좋아하는 것임을 알게 됐다.

* 이젠 어리지도, 많지도 않은 어정쩡한 나이를 가진지라 여행 중엔 오히려 내 나이보다 많은 사람과 적은 사람을 골고루 만나게 됐다. 그러다 보니 어린 사람들과 있을 땐 '아, 나도 저 나이엔 저런 생각이나 행동을 했었는데….' 혹은 '좋을 때다, 저렇게도 생각할 수 있겠구나!'라는 마음으로 바라보고 있다는 걸 느꼈고, 나보다 나이가 많은 사람들과 있을 땐 '나도 나중에 저렇게 생각이 변할까?' 혹은 '아, 저런 생각도 해야 하는구나.'라는 마음으로 바라보고는 했다.
  한 마디로 예전엔 누군가와 대화를 하면 별생각 없이 그 순간에만 집중했다면 요즘은 대화를 하면서도 가끔 내 경우에 대입해 보기도 하는 버릇이 생긴 듯하다.

* 도저히 노력해도 되지 않던 '정(情)' 주기 조절.
  나보다 훨씬 더 정이 넘치는 사람들을 보고 있자니 어쩌면 이미 내가 지나치게 조절했던 걸지도 모른다는 생각이 든다.

* 지독한 개인주의자처럼 들릴 수도 있겠지만, '너는 너고, 나는 나니 서로의

단점이나 부족함을 탓하지 말자.'라는 생각이 더 확실해졌다. 어차피 특별히 잘난 것도 없는 평범한 내가 굳이 왜 다른 사람의 뭔가를 재거나 평가하리. 아무리 내 눈에 못나 보여도 상대는 상대일 뿐이고, 상대 눈에 내가 못나 보여도 나는 나일 수밖에 없다.

* 가족에 대한 존경과 애정. 이것만큼은 애썼고, 변화했다고 생각한다.
몇 년 전까지만 해도 지금보다 더 무뚝뚝했던 나는 부모님께 안부 인사 한 번 먼저 하지 않는 딸이었고, 가족의 역할과 소중함에 대해 굳이 의미를 부여하지도 않았었다. 그러나 시간이 흐르고, 하고 싶은 대로 하고 먹고 싶은 대로 먹으며 살다 보니 내가 이토록 행복할 수 있는 건 반 이상이 가족 덕분이라는 확신을 하게 된다. 아마 앞으로도 이 확신은 분명 쉽게 변하지 않을 것이다.

지금 나는 혼자 어떻게든 나아가야 하는 상황을 의도적으로 만든 여행을 하는 중이다. 그러다 보니 지금 이 순간까지도 전에 없던 가치관이 생기기도 하고, 갖고 있던 가치관이 부서지기도 한다.

앞으로 어떤 가치관이, 어떤 성향들이 생겼다, 사라졌다를 반복할진 아무도 모르지만, 그 반복을 통해 좀 더 단단한 가치관이 성립되길 바라며 오늘 하루도 안녕.

#52

뮌헨에서 베를린으로

05/25

샌드위치와 간식이 담긴 봉투를 품에 안고 플랫폼으로 향했다. '베를린'으로 향하는 중. 머리를 굴리다 갑작스레 선택한 도시.

역시나 크다. 뮌헨도 나에겐 이미 큰 곳이었지만 베를린은 더 컸다. 미리 알아둔 기차 플랫폼이 바뀐 것 같아 지나가던 독일인 부부에게 물어봤더니 주머니에서 돋보기안경까지 빼시며 어떻게든 알려주시려 한다. 정보를 얻진 못했지만, 그들의 친절은 이미 더 큰 가치를 느끼게 해줄 정도였다.

안내소에서 제대로 된 플랫폼을 확인하고 다시 내려오는데 갑자기 어떤 여자가 다급히 계단을 올라온다. 알고 보니 나를 향해 올라온 것이었다. 아래엔 아저씨가 발을 동동 구르고 계셨다. 나와 헤어진 후, 내가 물어봤던 열차를 목격하셨나 보다. 자신들이 미처 알려주지 못했던 그 열차가 마침 출발하기 직전이라 나를 찾고 계셨던 거다. 사실 5분에서 10분에 한 대씩 있는 열차라 여유있게 내려가고 있었는데 괜히 나 때문에 뛰어다닌 부부에게 미안하고 고마웠다.

열차를 탔는데 옆 칸에 몹시 조급한 상태의 눈빛을 한 여자와 눈이 마주쳤다. 너무 지쳐 보여 왠지 모르게 말을 걸고 싶었다. 알고 보니 같은 숙소. 이런저런 이유로 기차역에서만 한 시간 넘게 허둥대느라 정신이 없다고 했다. 여행을 시작한 지 일주일 정도 된 이 친구는 그렇게 나의 룸메이트이자 베를린 동행자가 됐다. 나는 무덤덤해져 버리고, 그녀는 지쳐버렸지만 해가 늦게 지는 유럽이라 우리는 궁금함에 결국 시내를 한 바퀴 돌고 오기로. 알고 보니 베를린에 대해 공부를 엄청 해온 그 아이 덕에 들를 곳은 어렵지 않게 찾아다닐 수 있었다. 어찌나 꼼꼼하게 공부를 해왔던지 가려는 장소에 대해 모르는 게 없는 상태였다. 그 덕에 베를린에 대한 이해도가 높아졌다.

높은 빌딩들과 넘치는 간판들. 누가 봐도 '내가 대도시다!'를 외치는 베를린이었다. 곳곳에 놓인 장벽의 흔적들을 따라 구경도 하고 좀 더 볼거리가 모여 있다는 곳으로 향했다. 기억에 남는 거리 풍경 중 하나는 수도관. 공간미술을 전공 중이라는 동생이 가장 궁금했던 베를린의 모습이라고 한다. 그녀의 설명에 의하면 베를린에선 수도관을 지하에 설치하지 않고 지상에 높게 설치한다고 하는데 그렇게 하면 물이 새도 바로바로 고칠 수 있고 여러모로 유용하다고 한다. 외관상으로 좋지 않다는 의견도 많았지만, 오히려 배수관을 색색으로 칠하고 긍정적인 이유들을 내세움으로써 나름의 도시 스타일로 각인시켰다고.

계속 걷다 도착한 한 기념관. 높낮이가 다른 수많은 조형물 사이를 걸어 다니며 많은 생각을 했다. 실제로 마주한 그곳은, 더 좋은 사진을 찍기 위해서라면 유대인을 추모하기 위해 만든 조형물 위에 올라서는 게 자연스러운 곳, 워낙 미로를 이루고 있다 보니 애정행각이 벌어지기도 하는 곳, 그리고 소매치기가 있는 곳이었다. 우리도 여지없이 소매치기를 마주했다. 손에는 장애인을 도와주자는 서명서를 들고 다녔는데 건달 같은 사람 둘이 그걸 들고 다니며 자꾸 건드리는 거다. 무시하려 했지만, 자꾸 몸을 건드리니 화가 난 나는 만지지도 말고, 말 걸지도 말고, 아무것도 하지 말라고 단호히 외쳤다.

"하지 말라고!!!"

상황 종료.

브랜드샵도 많고 길거리에 그래피티 작품들도 넘치는 베를린. 비싸지 않은 집세와 자유로운 예술 환경이 존재하는 곳이라 예술가들이 좋아하는 도시라고 한다.

해가 거의 다 질 때쯤 '베를린 돔'에 도착했는데 별 기대가 없던 나는 이곳에서 잠시 얼어붙고 말았다. 어두워질 때쯤이라 으스스한 기분까지 줄 정도였던 그곳은 완전히 내 시선을 빼앗아 버렸고, 바로 옆으로 흐르는 강은 그 시선을 더 빠져들게 만들었다. 빗방울이 한 방울씩 떨어지고 어둑어둑한 베를린 돔 앞에서 묵묵히 연주 중이던 바이올린 할아버지와 피아노 할머니까지. 마음 한구석에 깊게 새겨질 멋진 순간이다.

이제야 인사를 건넨다. 반갑다, 베를린.

'정체기라는 핑계로'

정체기라는 말이 자꾸만 떠올랐다. 아니 일부러 떠올린 게 더 가까울 수도 있겠다. 독일로 넘어온 날부터 거의 하루도 빠짐없이 비가 내렸고, 그럼에도 불구하고 잘 돌아다녔지만 뭔가 흥이 나진 않았다. 뮌헨에서 만났던 한 동생이 말하길, "유럽 여행 다니다 보면 은근히 맞지 않는 나라가 하나씩 있대요. 전 오스트리아가 그랬어요."라고 했었다.

그 말을 들어서인지, 아니면 뭔가 미지근해진 요 며칠을 정체기라고 묻어두고 싶었던 건지 어찌 됐든 그렇게 꾸물대며 독일 곳곳을 한 걸음씩 나아가고 있다. 여행한다는 자체는 너무나 즐겁고 행복한 일이지만, 뭔가를 늘 생각하고 행동해야 한다는 건 조금은 지치는 일이기에 나는 조만간 정체기라는 명목의 휴식일을 꼭 가질 생각이다.

볼 게 너무 많은 것 같은 베를린에선 패스지만.

#53
베를린, 그리고 그들의 흔적

05/26

하루도 빠짐없이 아침 일곱 시에 일어나 나갈 준비를 하는 부지런한 동생과 아홉 시가 넘어서야 눈을 뜨기 시작하는 게으른 내가 만나면 어떤 하루가 시작될까. 일곱 시에 여지없이 눈을 떠 씻고 나온 동생은 아침 식사 시간이 되기 전까지 묵묵히 나를 기다렸고 잠결에 그걸 느낀 나는 평소보다 일찍 일어나 준비를 했다.

함께 아침밥을 먹고 있는데, "언니, 오늘은 언니 속도에 따라가 보려고요. 이런 날도 있고 저런 날도 있는 거죠 뭐." 라는 말을 한다. 오히려 내가 먼저 얼른 나가자고 말할 참이었는데 여태껏 자기가 너무 바쁘게 다닌 기분이란다. 이런들 저런들 어떠하리. 어딜 가나 좋으면 그만이다.

급할 거 없이 떠오르는 곳부터 가기로 했다. 길을 좀 헤매느라 오히려 다른 골목들을 거치게 됐는데 그래피티 작품들도 실컷 보고 작은 마켓도 거쳐 갔으니 헤맨 게 훨씬 잘한 짓이었다.

장벽의 일부가 저 멀리 보였다. 동독과 서독을 나누고 있던 콘크리트 벽은 이제 베를린 곳곳에 놓여있거나, 수많은 기념품샵에서 손가락 한 마디 사이즈부터 손바닥만 한 사이즈까지 쪼개져 다양한 크기로 팔리고 있다. 문득 우리나라가 통일이 되면 철조망을 뜯어다 저렇게 팔려나 싶은 생각도 든다.

들어가지 말라고 쳐놓은 장벽 앞 안전대를 넘어 활짝 웃으며 사진을 찍고 있는 한 아저씨의 모습을 보고 있으니 조금은 씁쓸하다. 장벽 사이로 난 틈으로 보이는 반대편의 최신식 건물과 최신식 차들은 장벽의 묵묵함과는 정반대의 분위기를 보이고 있었다.

베를린에서 유일하게 가야겠다고 마음먹었던 '유대인 박물관'. 건물이 굉장히 독특하고 짙은 회색빛이라 멀리서도 눈에 띈다. 가장 먼저 마주한 건 유대인 가족들의 편지와 물건들. 그들의 사연은 가지각색이지만 공통점은 유대인의 삶이었다는 것과 그게 얼마나 치열했었는지를 담고 있다는 것이었다. 그들의 흔적은 어둡기만 한 건 아니었다. 비록 비극적이었으나 그들도 결국 평범한 사람들이었음을 알려줬다.

'이스트사이드 갤러리.' 이곳 또한 장벽의 일부가 남아있는 곳. 역에 내리자 좀 전까지와는 완전히 다른 분위기다. 황량하고 좀 더 자유로운 느낌이랄까. 기찻길이 놓인 바닥은 잡초가 무성했고 마리화나가 적힌 박스 조각도 굴러다닌다. 하늘까지 어두우니 이 분위기는 뭘까 싶다. 사람들도 좀 더 자유로웠고 물가까지 싸졌다. 어제 먹었던 4유로짜리 케밥이 여기선 2유로 정도. 지하철만 타고 이동해왔을 뿐인데 너무 다른 분위기에 어리둥절하면서도 흥미롭다.

동독과 서독의 경계가 형식적으로는 없어졌지만 아직은 확실히 남아있는 듯했다. 물론 형식적으로 사라진 것만 해도 우리 입장에선 대단한 일이지만. 역 계단을 나오자마자 보이는 작은 공간에선 한 여자의 노래가 울려 퍼지고 있다. 체구가 작은 그녀는 술에 취해 성가시게 구는 아저씨와 여자를 웃음으로 넘기며 노래에 집중한다. 어두운 도시 분위기, 지고 있는 해, 그리고 작은 체구와는 달리 거친 목소리로 노래를 부르는 그녀까지. 역 앞에 꽤 오래 머무르며 그녀의 노래를 오래 듣게 됐다. 큰 차가 들락날락, 술 취한 사람이 하나둘씩 왔다 갔다, 다른 아티스트의 자리 요구까지. 울상을 짓다가도 이내 웃으며 그런 상황들을 모두 상대하는 그녀가 대단해 보였다. 마지막 곡까지 모두 들은 후에야 우리는 이스트사이드 갤러리로 향했다. 이곳이 그 유명한 '형제의 키스'가 있는 곳. 분단 국가의 국민이라서 일까. 하루 종일 돌아다니며 곳곳에서 본 장벽의 흔적들과 기념관들, 그리고 박물관, 마지막엔 이 작품이 포함된 이스트 사이트 갤러리까지. 도시 자체가 역사의 중요한 흔적인 듯한 베를린을 보며 새삼스럽게 존경스럽기도, '우리는 어떻게 될까'라는 걱정도 하게 된다.

강변을 따라 쭉 올라간 우리는 중간에 합류하게 된 사람들과 맥주 한 잔을 하러 가기로 했다. 밤길은 위험하나 여자 네 명이 모이면 그래도 훨씬 강해진다. 간만에 새벽까지 놀았더니 에너지가 솟는다. 함께한 사람들이 너무 좋아서 하루 더 있을까 했지만 그러기엔 독일에서의 내 하루하루가 왠지 복잡한 기분이라 이쯤에서 베를린을 기분 좋게 마무리하기로.

'나의 에너지 원천은 맥주인가, 사람인가'

독일에 있는 내내 춥고, 비가 오고, 기분은 다운되길 반복했다.

그러나 그와 동시에 기분이 좋아지고, 비가 오는 걸 즐기고, 추우면 방에 좀 더 머무는 것 또한 반복했다. 이것들을 반복하면서 늘 함께했던 건 딱 두 가지. 사람 또는 맥주. 혹은 사람과 맥주 둘 다였다.

유난히 한국인들을 계속 마주치던 독일에선 내내 한국인들과 함께 다닐 수 있었고, 그 덕에 낯설기보단 좀 더 익숙한 여행이 되었을지도 모른다. 다음을 결정하는 것에 손을 놔버린 순간, 나를 잡아주기도 했고.

자기 전에 늘 챙긴 맥주 또한 내 에너지 유지에 큰 역할을 해줬다. 독일이니 맥주 맛은 말할 것도 없고, 종류도 많았으니 고르는 순간조차 즐거웠다.

사람 많은 곳을 좋아하지 않지만, 사람을 좋아하는 나에게,

술을 잘 마시진 못하지만, 술을 좋아하는 나에게,

독일에서 만난 사람들과 맥주들은 그렇게 내 에너지의 원천이 되어줬음이 분명하다.

새롭게 마주할 많은 곳에선 또 어떤 것들이 내 에너지의 원천이 되어 줄까.

#54
독일의 마무리는 드레스덴에서

05/27

5유로를 주고 '드레스덴'으로 가는 버스 티켓을 샀다. 독일에서의 마지막 도시가 될 예정. 독일을 너무 빠르게 끝내는 것 같아 아쉬운 마음에 한 군데 더 들러보고 싶어 고른 곳이기도 했다. 베를린이 워낙 커서 그보단 작은 도시일 거란 생각으로 온 이곳의 중앙역은 아주 체계적이고 넓고 완벽한 역이었다. 뮌헨에서 만났던 친구와 에어 비앤비 숙소를 함께 예약한지라 유심도 없던 나는 역에서 마냥 기다리고 있을 친구가 신경 쓰였다. 다행히 버스에 내리자마자 연착 정보를 듣고 정류장까지 나와 기다려준 친구를 무사히 만났다.

여행 중 처음 시도한 에어 비앤비. 드레스덴은 호스텔도 거의 없고, 대부분 호텔이라 비용절약 차원에서 함께 하기로 했다. 역에서 버스를 타고 삼십 분은 가야 나오는 외진 동네에 위치한 집이었다. 거리가 먼 건 문제가 아니었다. 외곽으로 들어갈수록 거세지는 빗줄기가 문제. 여행을 시작한 이래 가장 많이 퍼붓는 비였다. 우산은 배낭 속 어딘가에 박혀 있을 터. 좀 더 가면 멈추려니 하고 있는데 좀 더 가니 더 온다. 짐만 놔두고 다시 중심지로 나오려고 했던 우리는 계획 따윈 다 취소하기로 했다. 이렇게 비가 오는데 나갔다간 홍수 나는 걸 구경하고 올 듯했다.

여전히 비는 퍼붓지만, 방도 깨끗하고 좋겠다, 그냥 여기서 놀자! 오 분 거리에 마트가 있는 걸 오는 길에 봐둔 나는 짐을 대충 풀고 우산을 움켜쥐고 장부터 보러 나갔다. 최소한의 도구로 최대한의 만찬을 즐길 궁리를 한다. 부족한 비타민 보충을 위해 납작 복숭아 한 팩. (맛은 분명 똑같은 복숭아임에도 유럽에서 많이 나온다니 자꾸만 손이 가는 존재다) 독일에서의 마지막 도시가 될 테니 이미 너무나 잘 아는 맛이지만 굳이 소시지 한 팩. 그리고 옆 나라를 가도 어차피 넘칠 테지만 그래도 독일 땅에서 먹는 독일 맥주 또한 마지막일 테니 맥주도 한 팩.

돌아오는 길엔 언제 비가 왔냐는 듯 하늘이 개고 있다. 동네가 너무 한적하고 완전히 주거지역인 곳이라 문득 호주에서 살았던 동네가 떠올랐다. 진짜 노동의 피곤함만 빼고는 평화로움과 한가로움의 극치였던 시절이었는데. 추억팔이는 뒤로 한 채 오자마자 일단 씻고 만찬을 준비했다. 같이 머물기로 한 친구의 노트북에 영화와 예능프로그램이 가득 들어있어서 우린 마치 한국의 내 집에서 주말을 보내는 듯한 기분으로 먹고, 마시고, 웃으며 밤을 지새우기로 했다.

'친해질 수 없는 존재, 비바람'

아무리 매사 태연히 넘어가려고, 날씨에 영향을 받지 않으려 애를 써도 안되는 게 비바람이다. 덥거나 추운 건 옷을 벗거나 입으면 되지만 비도 모자라 바람까지 함께 오는 날씨는 아무것도 소용없으니. '언제 이런 날씨에 여기에 와 보겠어!' 라는 생각이 비바람을 마주할 때마다 들지만, 한편으론 허무하기도 한 존재다. 보려던 것들은 반도 제대로 못 보고, 내 기분도 반으로 줄어들고, 숙소에 돌아오면 온몸은 젖어버린 상태가 되어버리는걸.

한 번은 비바람도 날씨의 한 종류이니 차별하지 말고 있는 그대로 받아들여 보자는 난데없는 도전 의식으로 나갔다가 녹초가 되어 들어온 적도 있다. 안 그래도 날씨 영향을 쓸데없이 많이 받는 성격인데 비바람이랑 친해져 보려던 내 도전은 아주 자연스레 실패했다. 그러다 보니 어떨 땐 그저 그런 날씨임에도 그마저 감지덕지해 마치 햇빛이 왕창 내리쬐는 것처럼 흥이 오르는 날도 있다.

사람과의 관계도 비슷했다. 싫은 사람 만들 필요 없고, 미운 사람 담아둘 필요 없음에도 꼭 어쩌다 한 번은 생겨버리는 그런 사람. 마음에 들지 않거나 맞지 않으면 그 사람을 만나지 않거나 함께 시간을 보내지 않으면 그만이지만 그럼에도 마주쳐야만 하는 사람은 그조차도 시도 할 수 없는 존재다. '이런 사람도 만나보는구나'라는 생각으로, 경험으로 묻어두려 해도 어쩔 수 없이 인상이 찌푸려지기도 하고. 그래도 그런 사람에게 '어디 한 번 맞춰보자'라는 오기로 도전했다가 완전히 질려버린 적도 있다. 그러나 그렇게 은근슬쩍 시간이 지나면, 그 사람 덕에 웬만큼 이상한 사람과 마주했을 때 전혀 감정의 미동이 없을 수 있는 순간이 온다.

고작 좀 전에 비바람 좀 맞고 왔다고 정리도 되지 않은 채로 튀어나온 이런 말도 안 되는 비유의 결론은, 비바람이든 나와 맞지 않았던 사람이든 어쨌든 전부 필요한 존재라는 거다.

그런 존재가 없었다면 나는 거기서 거기인 감정과 그게 그거인 사람에서 멈췄을지도 모르니까.

#55

인스턴트 음식을 먹는 듯했던, 나의 마지막 독일

05/28

새벽까지 영화를 보다 잠이 들었다. 간만에 10인실에선 느낄 수 없던 자유를 부린 셈. 마지막으로 봤던 영화가 아마도 〈베를린〉이었을 거다. 베를린에서 막 넘어와 본 그 영화는 영화관에서 봤을 때보다 장면 하나 하나가 더 와 닿았다. 살짝이라도 그 장소에 갔다 와서였을까. 아무튼, 그 여운을 마지막으로 새벽 늦게 잠에 들어 늦잠을 자고 있는데 갑자기 아주머니가 문을 두드리며 체크아웃 시간이 지났단다. 무슨 말이지. 어제 분명 아저씨가 아무 때나 나가랬는데. 그녀의 재촉이 조금 거슬렸지만, 어차피 제대로 보지 못했던 드레스덴을 보기 위해 부지런히 숙소를 나올 생각이었다.

그토록 퍼붓던 비는 흔적도 없이 날씨가 아주 좋다. 이렇게 대놓고 매번 날씨가 변덕을 부리면 나까지 변덕쟁이가 될 것만 같다. 확실히 외곽 동네인 데에다 마침 토요일이라 지나다니는 사람도, 차도 없던 곳에서 우리는 멍하니 중심지로 나가는 버스를 기다린다.

저 멀리 보이는 버스. '오긴 오는구나.'하는 반가움에 손도 흔들어준다. 시골 마을에서 한 시간에 한 대 정도 오는 마을버스를 기다리시는 할머니의 마음이 이런 느낌일까. 어제까진 이곳에서 하루를 더 머물고 갈 생각이었지만 이쯤에서 독일을 깔끔하게 마무리하고 떠나자는 마음이 들어 함께 짐을 싸서 나왔다. 분명 좋은 나라지만, 이유 없이 혼란스러웠던 독일을 벗어나고 싶었다. 기차역으로 들어와 와이파이를 연결해 '프라하' 행 버스와 숙소를 예약했다. 저녁 버스로 예약해놨으니 남은 시간 동안 드레스덴을 돌아볼 생각이다. 야경과 건물이 특히 멋지다는데 본의 아니게 인스턴트 음식을 먹듯 빠르게 돌아보고 가게 된 도시. 친구가 핸드폰에 주요 장소들을 찍어둔 덕분에 효율적인 동선이 만들어졌다. 아직 반팔, 반바지가 익숙하지 않을 정도로 날씨의 변덕에 적응하지 못하는 바람에 아래위로 긴 옷을 입고 나왔더니 은근히 덥다. 더우니까 유명한 아이스크림 하나 정도는 먹어줘야겠다 싶어 초코 아이스크림도 냉큼 손에 쥔다.

복원을 열심히 했다더니 오래된 건물들이 멀쩡한 모습으로 도시 곳곳에 자리 잡고 있었다. 수박 겉핥기로 돌아다녀서 드레스덴에 대한 제대로 된 감상평은 없지만 대신 절대 잊지 못할 장면을 얻었다. 그 장면의 키워드는 '군인, 피아노, 광장'. 이 멋진 장면 속에 멀뚱히 서 있던 나는 그 순간, 피아노를 치던 그에게 무작정 반했다. 연주하던 곡들도 어찌나 잘 어울리던지. 한참을 그곳에 서 있었다. 친구가 끌고 나갈 때까지.

마침 퀴어 축제가 열리고 있어 퍼레이드도 보고, 어린이 축제도 열리고 있어 비눗방울도 실컷, 아이들의 웃음도 실컷 봤던 곳이 내가 즐긴 '드레스덴'이다.

강가에 앉아 친구와 별의별 얘기를 하는 사이 시간이 꽤 흘렀다. 트램 길도 따라 걷고, 중간중간 가게 구경도 하며 중앙역으로 다시 향하는 길. 날씨도 좋고, 괜찮은 친구도 함께했으니 이 정도면 꽤 괜찮은 여정 아니었을까. 어쩌면 가이드북이 안내해준 그런 곳들을 제대로 파헤쳐 보진 못했지만, 오히려 단 하나뿐인 '드레스덴 일정'을 만들어낸 셈이기도 하니까.

동유럽의 첫 도시, 체코 프라하

버스를 타고 두 시간 정도를 달려 도착한 '프라하'. 독일 내에서 이동하는 시간보다도 더 짧은 국경 너머의 도시라니. 여전히 편리한 유럽의 '국경 넘기'다.

오늘 프라하에 와서 한 거라고는 버스터미널에 내린 것과 ATM에서 체코 돈 뽑기, 좀 헤맸지만, 생각보다 오르막이 심했던 숙소까지 잘 찾아온 게 전부다. 환전을 본의 아니게 두 배로 하고 직원들도 살짝 거칠고, 버벅거리며 차를 탔음에도 오늘도 난 처음 만난 새 도시에 푹 빠져버렸다.

프라하 성에서 가깝단 글만 읽고 예약한 숙소는 알고 보니 숨이 차서 넘어가기 직전에 보이는 산 중턱의 약수터와 같은 지대에 있었지만 '예뻐서 참는다'는 말이 절로 나오는 거리를 지나게 해줬다. 해 질 녘에 도착해 더 아름답던 프라하의 모습을 첫 장면으로 담게 되는 바람에 이곳에 계속 빠져들었다.

지나쳐온 강도, 지나쳐온 다리도, 지나쳐온 오르막도 죄다 예쁘고 설레는 곳이다.

베를린에서 같은 방을 썼던 언니와 시간이 맞아 자정쯤 마치 신데렐라처럼 다리 위에서 만났다. 이미 너무 늦기도 했고, 한인민박에 머무는 언니는 통금이 있는지라 깔끔하게 맥주 한 병만 마시고 헤어졌다. 나도 숙소가 꽤 위에 있는 곳이라 위험하진 않을까 걱정했는데 야경이 대단한 건지, 여기 사람들이 원래 밤늦게까지 노는 건지 다행히도 구경하는 사람들이 많아 전혀 불안함 없이 돌아올 수 있었다. 밤까지 안전한 프라하라니.

'좋은 거였구나, 설렘이란 거'

설렌다는 감정을 여행하면서 참 자주 느끼고 배운다.

첫사랑이나 첫 출근만 설레는 줄 알았던 단순한 나였는데, 알고 보니 여행 중에 정해지는 다음 목적지에 대한 설렘이란 것도 존재했다.

가끔은 생각보다 별로였던 도시를 밟으며 느끼지 못할 때도 있었지만 느낄 때가 더 많았던 '설렘'들. 그걸 잠시 잊고 있었는데 처음 밟게 된 프라하에서 다시 만나 반갑기 그지없다.

할 수만 있다면 이 '설렘'들을 이번 여행이 끝나도 평생 잊지 않고 담아가고 싶다. 한국으로 돌아가 다시 내 생활에 들어갔을 땐 여행이 끝났다며 아쉬워하기보다는 여행 중에 정했던 '다음 목적지'라는 빈칸에 '다음 사랑, 다음 직장, 다음 영화' 등을 대신 채워가며 그때 그 설렘에서 느꼈던 좋은 감정들을 여전히 이어갈 수 있길.

#56

의도적 휴일

05/29

밖에 나가지 않기로 했다. 좋지 않은 컨디션을 핑계로.

여행 자체가 휴식이기도 하지만 가끔은 몸 자체를 가만히 놔두고 싶을 때가 있다. 열심히 돌아다니는 사람들의 모습을 보며 나 또한 그러기 위해 은근히 애썼을지도 모른다. 비교라는 게 상당히 불편한 것임을 누구보다 잘 안다고 생각했는데 어쩌다 보니 내 여행 속도에 남의 여행 속도를 자꾸 비교해 버렸나 보다. 잠시 좀 쉬어도 될 것을.

개운하리만큼 잤지만, 꼼짝없이 침대에 누워 핸드폰을 보며 한참을 뒹굴댔다.

밀린 사진 정리를 해두기로 했다. 이게 뭐라고 얽매이나 싶었지만, 얼마 전 누군가 나에게 여행 정보를 물어봤을 때 내 기억력보다 이 글과 사진들이 도움이 많이 됐고, 나 또한 그때 그 느낌을 온전히 느낄 수 있음을 깨달아 열심히 기록해두지 않을 수가 없어졌다. 의외로 지난 여행에 대한 기억이 벌써 조금씩 희미해져 가고 있는 게 충격이었다. 오랜만에 그동안 보지 않던 TV 프로그램도 재방송으로 보고, 먹을 것도 든든히 먹어주고, 자지 않던 낮잠도 잔다. 이층 침대 윗자리를 배정받은 나는 그렇게 공중 아닌 공중에서 하루 종일 숨쉬기, 먹기, 자기만 하며 하루를 보냈다.

내일이 오면 이미 공기만으로도 매력적인 이곳, 프라하를 헤집고 다닐 생각을 하며.

#57

하루 종일 사랑한 프라하

05/30

프라하에 온 지 이틀째가 돼서야 동네를 내려왔다. 우연히 팁 투어를 알게 되어 가보기로 했다. 아침 일찍 숙소를 나선 나는 삼십 분이면 갈 거리를 한 시간이 넘어서야 도착했다. 골목들이 너무 예뻐서 딴짓하느라. 건물도 너무 예쁘고, 밝은 날의 '까를교'도 아름답고. 몇 발짝 가다 멈춰 서고 다시 가기를 반복할 정도였다. 아침 일찍 나온 터라 아직 사람이 북적이지도 않았고, 가게도 띄엄띄엄 문을 연 상태. 공기도 상쾌하고 어제 푹 쉰 덕에 정신까지 멀쩡해서 약속 장소까지 가는 내내 가벼운 발걸음으로 걸어갈 수 있었다.

가는 길에 이제 막 문을 연 '뜨레들로' 집에 들어가 방금 나온 빵 하나를 샀다. 이게 프라하에서 유명한 빵이라는 건 모르고 와도 어차피 알게 될 수밖에 없을 정도로 길거리에서 흔하게 보인다. 계핏가루와 설탕이 발린 소라모양 빵 안에 아이스크림이나 초콜릿 등을 넣어 먹기도 하는데 나는 무조건 기본으로 골랐다. 기본이 맛있어야 뭘 넣어도 맛있다는 믿음 아래. 알고 보니 그냥 아침 일찍 문을 열어서 들어갔던 집이 맛있다고 소문난 집이었다. 좋다 좋아.

자연스레 아침 식사를 하며 골목을 아주 천천히 걸어가다 보니 어느덧 약속시간이 코앞이다. 약속 장소였던 '프라하 시민회관' 앞으로 갔더니 사람들이 많이 모여 있다. 누가 봐도 여기가 약속 장소구나 싶어 그쪽으로 갔고 곧이어 투어 시작.

시민회관을 시작으로 프라하의 많은 장소를 알려주고 자세한 설명까지 들을 수 있어 도움이 많이 된 투어였다. 체코의 국훈이라는 '진실은 승리한다.'라는 말을 마음에 새겼다.

'까를 대학교'도 잠시 들러보고, 모차르트의 〈본 조반니〉가 초연된 공연장도 들러본다.

그다음엔 '바츨라프 광장'. 체코 시민에게 있어선 함께 싸우고 공산세력에 맞섰던 자랑스러운 곳이라고 한다. 그 유명한 '프라하의 봄' 혁명이 발생한 곳이고, 일주일 간격으로 까를 대학 철학과 학생 세 명이 '체코의 부활'을 외치며 분신자살을 했던 곳이기도 한 역사 깊은 장소. 귀로는 혁명 당시의 상황을 듣고, 눈으로는 바로 앞에서 펼쳐지는 비눗방울 쇼를 보고 있자니 묘한 조화가 이뤄진다.

오래된 전통시장, '하벨 시장'도 거친다. 규모가 아주 크진 않지만, 이곳에선 싼 가격에 다양한 것들을 살 수 있다고 하니 내일 다시 올 생각이다. 물론 싼 가격이니 품질이 좋은 건 아니지만, 굳이 고급을 찾을 이유도 없으니.

곧이어 나온 '구시가지 광장'. 천문시계가 정말 인상 깊다. 두 개의 커다란 원과 인형들이 있는데 매 정각마다 인형들이 움직이고 종이 울린다.

돌아다니는 내내 이곳 사람들이 공산주의를 격파하기 위해 얼마나 노력했었는지 곳곳에서 느껴졌고, 음악을 사랑하는 것도 느껴진다. 그리고 이상하게 불친절했던 그들의 모습 또한 지난 역사의 아픔이 전제되어있음을 알게 되어 새삼스레 이해해야겠다는 생각까지. 하지만 이해할수록 점점 궁금해지는 프라하다.

'블타바 강'이라 불리는 까를교 아래 강변을 지나 '존 레논 벽'을 마주했다. 사진으로만 봤던 그곳은 생각보다 소소했지만 많은 생각을 안겨준다. 체코 출신도, 체코에 온 적도 없다는 존 레논을 이곳에 담은 건 그의 노래 때문이라고 한다. '평화'와 '사랑'을 외치고 자유를 노래했던 그의 일생은 공산주의를 없애고 자유를 외치던 체코의 젊은이들에게 많은 공감을 주었던 것 같다. 벽에는 수많은 낙서와 그림들이 뒤섞여 있고 한가운데엔 존 레논의 얼굴, 그 근처엔 평화 마크 등이 그려져 있다.

"IF YOU LOVER, IF YOU HATER, IF YOU TROUBLEMAKER, WE LOVE YOU ANYWAY."

여러 곳을 거친 후 도착한 '프라하 성'. 진짜 와보고 싶었는데. 프라하 성은 살짝 등산 느낌이 날 정도의 오르막을 거쳐야 하는데 사실 내 숙소에서 5분도 걸리지 않는 곳이라 이미 익숙한 오르막이었다. 올라오자마자 펼쳐지는 프라하의 전경은 붉은 지붕과 나무들이 뒤섞여 동화책 속 그림 같은 곳이 펼쳐지고 있었다.

프라하를 더 사랑하게 된 나는 베를린에서 만났던 동생과 저녁 약속을 잡고 다시 '까를교'로 향했다. 묘한 매력이 있는 그곳. 그냥 걸으면 오분도 채 걸리지 않을 길이인데 한쪽 끝에서 반대편까지 가는데 늘 이십분 이상이 걸린다. 강과 다리가 내 눈을 이끌고, 저 멀리 보이는 프라하의 전경도 매력적이라서.

꼭 먹어 보라던 코젤 흑맥주와 꼬치구이를 먹었다. 물가가 싸니 지갑은 이미 봉인 해제가 됐다. 알게 모르게 답답했나 보다. 아끼겠다고 마트에서 빵 사 먹고, 식당가서 먹을 생각은 하지도 않으며, 시원한 생맥주보다 캔맥주를 애용하다 보니. 여기에 와선 시원한 생맥주 정도는 마시고 싶을 때 마실 거다. 도착한 날 실수로 체코 돈도 넉넉히 만들어버렸으니. 맛있는 거 많이 먹고, 예쁜 거 많이 보고, 좋은 거 많이 듣고!

야경을 제대로 보기 위해 다시 찾은 천문 시계탑은 단연 최고였다.

얼른 날이 밝아 또다시 이곳을 돌아다닐 생각에 지금 이 순간에도 설렌다. 다음날이 기대되는 프라하.

참 좋다, 여기.

'아마 아직도 나는, 나를 모를지도'

여행을 하면서 나는 나를 조금씩 알아간다고 생각했다. 물론 맞는 말이라고 믿는다. 의외인 면도 있었고, 역시나 싶은 면도 있었는데 프라하에 오고 나니 문득 내가 조금 불쌍해졌다. 그동안 얼마나 참았던 걸까. 다른 나라에 비해 싸진 물가를 보며, 이전에 머물던 나라에 비해 좋아진 날씨를 보며, 그리고 며칠 전에 비해 좋아진 내 컨디션을 느끼며. 이래저래 뭔가를 너무 꽉 움켜쥐고 있었음을 깨달았다. 아니, 깨닫긴 한 걸까.

여유를 부리겠다고 매일같이 외쳐 댔지만, 귀국일이 코앞으로 다가올까 봐 점점 빨라지는 여행속도. 돈을 남겨간다면 첫 일을 구하고 월세부터 내야겠다는 생각에 아낄 수 있는 만큼 아껴보자 싶은 마음가짐. 그리고 비바람이 오거나 컨디션이 좋지 않아도 무조건 돌아다녔던 날들까지. 얼마 전부터 정리되지 않던 내 여행의 평정심을 깨트린 원인이 꽤나 많았음을 이제야 알아챘다. 가고 싶은 곳을 다 가려면 포기해야 한다는 것도 이미 알고 있었으면서 자꾸만 생기는 욕심은 또다시 내 눈앞을 가리고 있었다. '다시 오면 되지, 못 가면 안 가면 되지.'라는 말을 너무 쉽게 내뱉어온지라 진짜 그런 줄 알았는데…. 나는 나를 아는 척을 했지만, 결국 모르고 있었다.

프라하에 오고 이곳에 자꾸만 빠지고 있는 순간, 다른 곳을 포기하면서까지 더 머무르고 싶다는 걸 느끼고 나서야 단순하던 내 여행이 어느 순간 복잡해질 수밖에 없던 게 온전히 내 욕심 때문이었음을 또다시 깨닫는다.

오늘의 욕심은 내일의 혼란을 낳는다. 지금 이 순간에 다시 집중하자.

며칠 뒤의 여행지를 생각하며 이곳에 머물기엔 프라하가 아깝고, 내 현재가 더 아깝다.

#58

뭘 해도 좋은 이곳에서

05/31

프라하에 하루 더 있기로 했다. 하루씩 연장하기를 세 번째. 마음 같아선 아예 눌러앉고 싶지만 이젠 진짜 마지막 연장이라는 생각으로.

이곳에 온 후부터 나는 아주 완벽하게 내 여행을 다시 찾았고, 마음도 돌아왔다. 적당히 사람을 만났고, 적당히 혼자 시간을 보냈다.

박물관도 있고 미술관도 있지만, 그보단 모든 게 예쁜 프라하의 길거리 위에서 시간을 보내고 싶었다. 창문 밖으로 손을 내밀어 보니 기온도 따뜻하고 하늘도 맑다.

드디어 가벼운 옷을 입을 수 있는 건가! 라는 마음으로 옷을 챙겨 입고 나왔다. 한 5분 정도 내려갔을까. 뭔가 낌새가 이상하다.

창문으로 봤던 그 하늘과 밝기가 아니다. 언제 어두워진 건지도 모를 정도로 급작스레 흐려진 하늘. 빗방울이 떨어지기 일보 직전이다. 얼른 다시 올라가 우산을 가지고 내려왔더니 이미 내리기 시작한 비. 단단히 각오하고 길을 나섰다. 10분 정도 내려가고 있는데 우산 위로 내리치는 빗줄기가 생각보다 어마어마하다. 분명히 좀 전까지 아무렇지도 않았는데…. 이러기야? 이렇게 세찬 비라면 분명 금방 멈출 거라는 믿음으로 마침 보이던 카페로 일단 들어갔다. 배도 고팠으니 겸사겸사 오늘도 '뜨레들로'. 하루에 하나씩만 먹을 생각이다. 비가 좀 그칠 때까지 자리에 앉아서 먹고 가기로 했다. 좋아하는 계핏가루 왕창 묻은 뜨레들로와 아이스티 한 잔. 그리고 건물 안에서 들리는 빗소리까지. 완벽한 이 상황에서 딱 하나 아쉬운 점은 보기엔 다 똑같아 보였던 뜨레들로 맛이 가게마다 천지 차이였다는 점. 둔한 혀를 가졌음에도 별로다 싶을 정도의 맛이었지만 다행히 배가 고파서 남김없이 잘만 먹었다. 삼십 분 정도 지나자 비가 멈추기 시작한다. 좋았어! 살짝 내리는 비 정도는 문제 될 게 없으니 얼른 카페를 나온다.

중심지에서 꽤 멀리 떨어진 숙소 덕에 매일 '까를교'를 건너야 하는데 그래서 더 좋다. 프라하에서 내가 가장 좋아하는 곳이니까. 이젠 프라하 안에서 길을 찾을 때 내 지표가 되어주기도 하는 곳이다. 오늘도 여전히 평화로운 다리 아래로 흐르는 블타바 강을 바라보며 걷는 행복을 누린다. 진심으로 까를교 위에 서 있을 때가 이 도시에 있는 순간 중 가장 감동적이다. 비가 한 차례 제대로 내린지라 조금 축축한 느낌의 거리들은 지나다니는 빨간 트램들과 화분들로 인해 영화 같은 분위기를 만들어내고 있다.

어제의 뜨거움과는 정반대의 선선한 공기를 느끼며 온전히 혼자만의 프라하를 걷기 시작했다.

이 도시엔 유난히 같이 여행 온 모녀나 가족이 많다. 나는 이 와중에 혼자만 예쁜 걸 보고 있는 딸이 된 것 같아 미안했지만.

어느덧 비의 흔적이 완전히 사라졌다. 땅도 모두 말랐고 건물들도 언제 그랬냐는 듯 밝아진 느낌. 막 돌아다니다 우연히 공원 하나를 발견했는데 반가운 마음에 들어갔으나 앉아있던 사람들의 반 이상이 이상한 소리를 질러대는 노숙자들이었던 바람에 얼른 나올 수밖에 없었다. 뭔가 그들만의 영역이라는 느낌이 들어서.

조용한 골목이 많은 프라하의 곳곳엔 손을 꼭 잡고 천천히 벽을 따라 걷는 노부부, 아빠 뒤를 아장아장 쫓아가는 씩씩한 표정의 아기, 사진기를 들고 찬찬히 위를 향해 오르는 아저씨, 너무나 유쾌한 웃음을 지으며 걸어가시는 아주머니와 같은 사람들을 틈틈이 마주친다. 그때만큼은 나도 모르게 먼저 그들과 모두 눈인사를 나눴을 정도로 편안하고 고요한 순간이었다.

'까를교'로 다시 돌아가기로. 아침에도 봤고, 한낮에도 봤고, 밤에도 봤지만 해 질 녘의 까를교를 아직 못 봤다! 가는 길에 뜨레들로를 하나 더 산다. 이번엔 크림과 딸기로 안을 가득 채웠다. 빵순이가 될까봐 '1일 1뜨레들로'만 하기로 다짐했건만 '1일 2뜨레들로'로 바꿔야겠다. 다리 어딘가에 자리를 잡고 강을 바라봤다. 제대로 해가 지고 있을 때쯤이다.

하, 이 예쁜 장면에 내가 서 있다니! 손에는 달콤한 크림과 딸기가 가득한 '뜨레들로'가, 눈앞엔 해 질 녘의 '블타바 강'과 저 멀리 '프라하 성'이 펼쳐지고, 귀에는 몽롱한 음악 소리까지 들린다. 이런 곳에 누가 빠져들지 않을까. 열 번이고 스무 번이고 빠져든다.

해가 완전히 사라져버리고 조용한 하늘과 강만이 남아있다. 하염없이 바라보던 나는 갑자기 '존 레논 벽'에 다시 가고 싶어졌다. 설마 했는데 다리 내려가는 것까진 기억해놓고 그다음부턴 길을 기억하지 못했다. 괜찮다, 길은 찾으라고 있는 거니까. 물어물어 다시 마주한 그곳. 어제와는 다른 문구가 보였다! 분명히 없던 문구다. 어제 찍었던 사진과 비교해 봐도 없었던 게 확실한 그 문구.

지독하게 공감되는 말이다. 마치 처음 온 것처럼 또다시 그렇게 벽에 붙어 많은 문구를 읽어 내려갔다. 자유와 사랑을 외치는 메시지가 많아서 읽다 보면 나도 모르게 가슴이 뛴다.

어느덧 하늘은 어두워지고 있었다. 맥주를 한잔할까 했지만, 은근히 배부른 뜨레들로의 여파로 인해 패스. 살짝 추워서 숙소로 향했지만, 어느덧 내 발은 숙소를 지나쳐 '프라하 성'으로. 중심지에서 은근히 멀고, 오르막을 지나야 해서 그런 건지 꽤 괜찮은 야경을 볼 수 있음에도 사람들이 많지 않다. 한적하게 야경을 즐길 수 있어 좋았던 곳, 하루의 마무리로 머물기엔 더할 나위 없던 곳이다.

'변덕의 상징, 유럽 그리고 나'

방금 전까지 쨍하니 해가 떠 있었다.

잠시 후 밖을 나왔더니 어두워지고 비가 내릴 기세다.

방금 전까지 비가 퍼부었다.

빵 하나 먹고 나왔더니 해가 다시 뜰 기세다.

유럽 여행을 다니는 내내 마주했던 변덕스러운 날씨 얘기다.

익숙해지긴 해서 이젠 비가와도 그러려니, 흐려져도 그러려니 하지만 해가 뜰 때만큼은 반가움을 숨길 수가 없다. 비가 와서 나가기 싫다가도 어느 날엔 비가 와서 나가고 싶을 때가 있다. 해가 뜨면 반가워서 당장 나갈 때가 있다가도 그럼 또 북적북적할 테니 저녁때 나가야겠다 싶을 때도 있다.

아침에 눈을 떴을 땐, '점심으로 빵이나 먹어야지.' 했는데 돌아다니다 보면 '그래, 오늘은 면을 먹어야겠어.'라고 메뉴를 바꿀 때도 많다.

이걸 사려고 갔지만, 난데없이 저걸 사올 때도 있다.

이걸 보려고 갔지만, 갑작스레 저걸 보고 올 때도 있다.

하루에 기분이 몇 번을 왔다 갔다 하기도 한다.

이건 내 얘기다. 내가 유럽 날씨의 변덕스러움을 보며 전혀 불만을 품을 수가 없는 이유다. 나 또한 변덕이 어마어마함을 알기에.

아무튼 여전히 변덕스러운 유럽날씨임에도 나는 여전히 잘 지내고 있다.

변덕이 죄는 아니잖아. 혼자 다니는 여행에선 변덕 또한 특권이라면 특권이다. 아주 좋은 특권.

#59

오늘도 프라하에 머물 수 있음에

06/01

프라하에 와서야 엽서 쓸 생각이 다시 든 걸 보니 확실히 이곳에서 다시 여유를 찾았나 보다. 펜을 들어 자연스레 엽서를 채워 나가다 보니 기분까지 차오른다.

프라하는 우체국마저 고풍스럽고 예뻤다. 오랜만에 우표를 사고, 엽서를 보낸다. 내 자연스런 일과 중 하나가 된 기분.

오늘도 '까를교'로. 매일 이곳을 지나다니는 게 여전히 행복하다. 시시때때로 다른 모습을 보여주는 이곳에 끊임없이 홀림을 당하는 건 어쩔 수 없다. 다리 위엔 항상 몇몇 연주자들이 있는데 개인적으론 바이올린 소리가 이곳과 특히 잘 어울린다.

이제 비는 확실히 멈췄다고 말해주듯 강 위엔 하늘과 구름이 아주 선명하게 담겨있다.

가볍게 '무하 박물관'을 구경하고 나와 문득 떠오른 곳은 '바츨라프 광장'. 체코의 자유를 외치며 투신자살을 했다던 까를 대학교 학생들에 대한 추모가 이어지고 있다는 그곳에 가보고 싶어졌다. 아쉽게도 공사 중이라 발길을 돌릴 수밖에 없었지만.

'하벨시장'을 다시 들렀는데 무심히 올려져 있던 사과 하나가 얼마나 예쁘게 생겼던지. 프라하는 사과도 예쁘다. 딸기도 예쁘고, 앵두도 예쁘다.

체코의 다른 도시들을 포기하고 이곳에만 머물기로 한 게 전혀 아쉽지 않을 정도로 나는 프라하에 푹 빠져있다.

아는 동생을 만나 흑맥주 한잔과 사슴고기 굴라쉬 하나를 시켜 기분좋게 먹고 나왔더니 빗방울이 또 떨어진다. 날씨가 왜 이럴까. 그렇게 쨍쨍하더니 저녁이 되자 다시 흐려졌다. 그 덕에 하늘은 묘한 청색을 띠고, 그 하늘빛에 섞인 성당건물들은 어제와는 또 다른 모습을 보여줬다. 예쁜 데 멋있기까지 하다니.

어느새 봤던 곳을 수십 번 지나칠 정도로 이곳이 익숙해졌다. 아까 가볍게 먹었던 '굴라쉬'는 잊고 '꼴레뇨' 요리가 맛있다는 집으로. 우리나라로 치면 족발 같은 음식이다. 그리고 핫 윙까지 꼭 먹으랬다며 추가로 주문. 의외로 고기를 많이 못 먹는 나 대신 친구와 동생은 두 배로 즐긴다. 프라하에 와서야 레스토랑에 앉아 제대로 된 음식들을 맘껏 먹고 있다.

저녁을 먹고 나오자 아까보다 더 많이 내리는 비. 우산도 없고, 우비도 없고, 내 손엔 오직 낮에 산 화장품 가게 비닐봉지. 그걸 우산 삼아 우리는 또다시 까를교로. 동생과 나의 마지막 프라하 밤이기에. 둘 다 동상 만지는 걸 깜빡했기에. 다른 건 몰라도 프라하에 다시 오게 해준다는 동상만큼은 만지고 싶었다.

이곳에 머물면서 이른 아침, 오후, 밤, 새벽, 비 오는 날, 햇빛이 강한 날, 흐린 날, 안개 낀 날 등 정말 다양한 배경의 까를교를 전부 봤다. 그 모두가 내 마음속엔 한 폭의 그림들로 박혀있다.

안녕, 마지막 밤의 까를교. 내일 아침에 다시 보러 갈게.

'순간의 말 한마디'에 대하여

말 한마디만큼 비싼 것도, 싼 것도 없다.

내 입에서 나온 말 한마디에 비싼 사람이 되기도, 싼 사람이 되기도 하니까. 남 또한 그렇다.

아무리 내가 편견 없이, 한결같은 마음으로 보려 애써도 그 사람에 대한 인식이 확 변하는 건 말 한마디다.

나도 그렇고 남도 그렇겠지만, 손가락 하나를 어떻게, 어디에 쓰냐에 따라서 달라지기도 하고.

손가락을 빵 집는 데 쓰느냐, 지나가는 사람 지적하는 데 쓰느냐에 따라.

이 사실을 언제부터 알게 된 건진 모르겠지만 알게 된 그 시점부터 어느새 쉽사리 내 얘길 하지 않게 됐던 것 같다. 수다는 떨고 있으나 듣는 게 더 편하고 좋았던 나는 그렇게 '나를 드러내고 싶지 않은 사람'이 되어버린 거다. (물론 어느새 쉽게 파악 당해버리긴 하지만. 어쩔 수 없는 치명적 단순함 때문일까)

순간의 말 한마디가 주는 위력을 느껴버렸기에. 그리고 그걸 내가 남에게 느끼게 하고 싶지 않았기에. 입이 무거울수록 사는 게 편해졌다고 믿고 있는 나에게, 누군가 넌 너를 너무 드러내지 않으려는 게 보인다고 말한다. 그게 잘못된 거라고 말한다.

잘못된 것도 아니고, 잘하고 있는 거라 확신하지도 못한다.

하지만 나는 아직도 믿는다.

말 한마디 조심하면 더 나아지는 것들이 말 한마디 실수했을 때보다 훨씬 많다는 것을.

#60

프라하에서 오스트리아 빈으로

06/02

프라하에 머무는 내내 너무 편했던지라 침대 밑 서랍을 열었더니 펼쳐져 있는 짐들이 이삿짐 수준이다. 십 분이면 짐을 싸던 나였지만 은근히 늘어버린 짐은 삼십 분 동안을 낑낑대게 했다. 다행히도 다들 배낭에 잘 들어가 준다. 깜빡하고 예약하지 않았던 다음 숙소도 얼른 예약하고 길을 나선다. 숙소에서 쭉 내려오면 정류장이 바로 있었지만, 마지막으로 까를교를 한 번 더 보고 싶었던 나는 길을 살짝 틀어 다리로 향했다. 오늘따라 사람이 더 많던 그곳 어딘가에서 잠시 정지해 작별인사를 한다.

'안녕, 꼭 다시 만나러 올게.'

배낭을 짊어진 채 터미널로 가는 버스까지 타니 이제 진짜 프라하와 안녕이다 싶다. 좋은 기억만 안고 가서 더 아쉽지만, 미련 없이 떠나게 해준 곳. 나에게 이곳은 그런 존재가 되었다.

일회용기의 성능이 얼마나 놀랍던지 삼십 분 전에 터미널에서 포장해 온 쌀국수가 아직도 뜨겁다. 갑자기 내리는 빗방울을 바라보며 버스 한편에 앉아 먹는 쌀국수 국물은 맛이 없을 수가 없다. 이쯤 되면 프라하에서의 나는 호강에 겨운 사람이었다. 예쁜 것들만 봤으니 눈 호강, 좋은 음악 많이 들었으니 귀 호강, 떠나는 그 순간까지 맛있는 것들만 먹고 가니 입 호강까지. 그렇게 만족을 느끼던 중, 내 운동화가 눈에 들어온다. 사실 오늘 아침에 태어나서 처음으로 운동화를 꿰맸다. 여행을 하며 거의 한 운동화만 신고 다닌 데다 돌길이 많은 동유럽 바닥에 은근히 치였나 보다. 싸든 비싸든 워낙 운동화를 깨끗하게 신는 성격이라 처음으로 운동화에 난 구멍을 보며 당황하는 것도 잠시, 일단 꿰매 보기로 결심했다. 의외로 내가 가져온 물건들 중 가장 자주 꺼내 쓰는 게 반짇고리가 됐다. 양말들도 틈만 나면 구멍이 나고(새 양말도 소용없었다), 배낭 커버도 찢어졌었고, 백팩 귀퉁이도 조금 찢어졌었다. 이 모든 걸 무조건 내 형편없는 바느질 실력으로 꿰매는 중이다. 한국에 돌아갈 때쯤이면 바느질 실력 하나는 확실히 좋아져 있을 거다.

아무렇게나 꿰매진 운동화를 보고 있자니 아무렇게나 다니던 내 걸음걸이가 떠오른다. 샌들도 하나 샀으니 이제 운동화를 틈틈이 쉬게 해줘야겠다.

유럽은 정말 생각지도 못했던 타이밍에 수시로 마음에 드는 곳이 나타나는 땅이다. 오스트리아 '빈'으로 가는 길, 바깥 풍경이 너무 좋아 천천히 도착했으면 좋겠다는 생각을 했는데 그걸 기사 아저씨가 듣기라도 하신 걸까. 예상보다 꽤 늦게 도착했다. 숙소까지 가려면 삼십 분을 걷고 버스를 삼십 분 또 타야 한단다. 좋아, 딱 한 번, 처음이자 마지막으로 택시를 타자. 차로 오는데도 꽤 멀어서 타길 잘했다 싶었다. 오는 동안 기사 아저씨에게 아이스크림 가게도 추천받고, 동유럽 얘기도 좀 하다 보니 어느새 도착. 이렇게 외진 곳에 있을 줄이야. 그래도 바로 옆에 마트가 있고 방 창문엔 성당건물이 아주 잘 보인다. 위층이라 하늘도 가깝다. 오늘 밤엔 오스트리아에 대해 공부를 한 번 해볼까.

'최소한의 만족을 알기까지'

내가 여행을 좋아하는 이유 중 하나는 나도 모르게 매사 최소한의 만족을 느낄 줄 알게 된다는 것이다. 구멍 난 양말을 잘만 꿰매어놓고 보면 몇 번 더 신을 수 있다는 만족이 차오르고, 어깨가 좀 무겁긴 하지만 다행히 가방 지퍼를 닫을 수 있을 정도의 짐이었다는 것에 만족한다.

생각 없이 걷다 보니 다리가 좀 아파 왔는데 그 날 밤에 다리를 뻗고 누울 침대가 있는 것도 만족. 돈을 펑펑 쓰진 못하지만, 마트나 시장이 늘 우연히 눈에 보여 굶을 일은 없다는 것도 만족. 영어는 부족해도 바디랭귀지를 할 잔머리는 굴러간다는 것에도 만족. 그 와중에 상대방과 나누는 가벼운 웃음과 기분 좋은 대화는 덤.

빨래는 돈 주고 돌리기엔 무게가 턱없이 가벼워 무조건 손빨래. 세제 대신 매번 샴푸와 바디워시를 사용해서 이게 제대로 빨리고는 있는 건가 싶지만 빨았다는 사실 하나만으로도 느껴지는 만족. 햇빛까지 좋은 날엔 건조가 잘 될 테니 또 만족. 그냥 일상생활을 하면서 쉽게 느낄 만족들은 아니었을 거다.

구멍 난 양말은 그때마다 버리고 새 양말을 샀을 테고, 무거운 짐은 차로 옮기거나 수레를 끌면 그만일 거다.

생각 없이 걷지도, 이십 분 이상 어딘가를 향해 걷지도 않는다. 당연히 다리가 아플 정도로 걸을 일도 만들지 않는다.

침대는 그저 잠잘 때 누워있는 공간에 그칠 뿐.

걸어서 이십 분이면 가는 마트도 웬만하면 뭔가를 타고 갔을 거고, 시장에선 굳이 당장 먹을 것도 아니면서 맛있어 보인다 싶은 건 일단 담고 봤겠지. 세탁기가 있으니 손빨래를 해야 하는 것들도 무조건 세탁기로.

별거 아닌 거 같음에도 이런 최소한의 만족을 알기까지 상당한 시간이 걸렸다. 물론 다시 돌아가면 또 잊어버릴지도 모른다.

괜찮다.

다시 떠나와서 최소한의 만족을 또 느끼고, 돌아가기를 반복하다 보면 어느새 사소한 만족도 내 일상의 한 부분이 되어 있을 테니.

#61

오스트리아 빈

06/03

숙소를 나오자마자 택시 아저씨가 추천해주셨던 아이스크림 집으로 향했다. 어렵지 않게 찾아간 그 집은 이미 사람들로 꽉 차 있다. 진짜 유명한 집인가 보다. 메뉴판에 영어가 하나도 적혀있지 않아 무작정 줄부터 섰다. 내 차례가 되었고 눈치껏 아이스크림 하나를 주문하고, 맛은 알아서 골라달라고 했다. 단돈 2유로. 세 가지 맛이나 주는데! 친절한 이모 같았던 직원이 준 아이스크림을 행복하게 받아들었다. 유명한 이유가 바로 수긍될 정도의 맛과 양이었다. 굿!

'24시간 대중교통 이용권'을 끊어 마음대로 돌아다녀 볼 생각이다. 일단 '쇤부른 궁전'부터. 오스트리아에 왔으니 합스부르크 왕가의 흔적은 보고 가야 할 것 같아서. 지하철 노선도를 손에 꼭 쥔 채 무사히 궁전까지 도착했다. 관광객이 워낙 많아 무리만 따라가면 나온다. '쇤부른 궁전'은 여태껏 구경해왔던 궁전 중에 가장 소박하면서도 그들의 취향이 제대로 느껴졌던 곳이다. 황제였던 프란츠 요셉의 집무실이 가장 인상 깊었다.

"사람은 지쳐 쓰러질 때까지 일해야 한다."라는 나에게 있어선 약간 무서운 말을 남긴 그는 새벽 5시부터 짜여진 일정대로 꼬박꼬박 하루를 보내는 사람이었다고 한다. 그의 집무실에는 화려한 장신구나 사치품 대신 가족들이 그려진 그림이나 사진들로 채워져 있었다. 다양한 방들을 구경하고 나오자 기다렸다는 듯 위치한 기념품샵. 출구로 나가려면 지나칠 수밖에 없어 둘러보는데 모차르트 초콜릿이 압도적으로 채워져 있다. 누가 그러길 오스트리아에 가면 모차르트가 음악가인지 초콜릿 공장 사장인지 모르겠다던데 진짜였다.

'슈테판 대성당.'

미사 시간이 겹친 건지 대부분의 공간을 제한하기 시작해서 한 바퀴 정도만 둘러볼 수 있었지만 아주 단순하고 깔끔한 모자이크형식의 스테인드글라스가 마음에 들었던 곳이다.

오스트리아 국민 과자를(우리나라로 치면 웨하스와 비슷한) 품에 안고 골목을 정처 없이 걷기 시작했다. 귀족의 도시라는 게 곳곳에서 느껴진다. 곳곳엔 골동품 가게와 보석상점이 가득하고 물건들 또한 고급스럽거나 뚜렷한 개성을 갖고 있다. 건물들 또한 고급스럽다 못해 비싸 보인다.

'호프부르크 왕궁'. 마차가 줄지어 서 있고, 안으로 들어가면 넓은 광장이 반겨준다. 광장을 지나면 국립도서관이 있었는데 흐린 하늘 덕에 건물이 장엄해 보이기까지 했다. 한 번 들어가 볼까 했지만 이미 닫은 문. 대신 도서관 앞 광장에서 비눗방울 퍼포먼스를 구경하며 아쉬움을 달랬다.

빗방울이 떨어질까 말까 하는 찰나에 마주친 모차르트 동상. 동상 앞엔 높은음자리표가 빨간 꽃으로 만들어져 있다.

'모차르트, 음대생, 오페라 하우스'. 이 세 가지는 내가 느낀 '빈'의 대표적 키워드다. 지도를 보다 문득, 지난번에 이곳에 먼저 왔다 간 동생이 추천했던 오페라 하우스 공연이 떠올랐다. 마침 근처이기도 했고, 아까 성당 앞에서 수많은 모차르트들을 봤던 나는 (아저씨들이 모차르트 분장을 하고 공연 티켓을 팔고 있다) 국립오페라 극장으로 갔다. 티켓은 물론 예약하지 않았다. 입석 티켓은 5유로 이하의 가격으로 구할 수 있대서 그걸 노리고 일단 가보기. 공연시간이 몇 신지도, 어떤 공연인지도 모르고 일단 티켓 창구를 찾아가려는데 입구에 서 있던 직원이 나를 보고 곤란해 했다. 아침에 숙소를 나올 때만 해도 오페라 공연을 볼 거란 생각을 하지 않았던 나는 반바지를 입고 있었던 것이다. 얌전한 옷차림이어야 하는 그들의 공연 관람 문화를 알고 있었지만, 즉흥적으로 왔으니 할 말이 없었다.

일단 갖고 있던 남방으로 치마를 만들었다. 얼추 점잖아졌다 싶어 입구에 서 있던 다른 직원에게 말을 걸었다. 단추를 완전히 채워가며 제스처를 취하자 그가 웃으며 입에 손가락을 갖다 대며 비밀이라는 표시를 한다. 통과시켜 주신 거다. 어렵게 공연 십 분 전에 오페라 공연 입석 티켓 구입! 가장 싼 구역 티켓 밖에 남지 않았었지만, 공연을 보러 들어갈 수 있다는 것만으로도 신이 났다. 급하게 티켓을 사게 되서 들어가자마자 불이 꺼지고 공연이 시작됐는데 생각해보니 제목도 모르고 보게 된 거였다. 오케스트라 연주단이 위에서 전부 내려다보이는 위치에서 넋 놓고 1막을 감상했다. 입석이라 한 시간 넘게 서서 무대를 보다 보니 살짝 지친 나는 쉬는 시간에 잠시 바닥에 앉아서야 내가 보고 있는 이 공연의 제목을 검색했다.

〈장미의 기사〉. 로맨틱 코미디. 1900년대 독일에서 가장 인기가 많았던 오페라. 줄거리까지 머릿속에 넣고 나니 2막부터는 더 재밌었다. 대사를 알아듣진 못했지만.

공연이 끝나고 밖으로 나오니 어느덧 밤 11시. 숙소가 외진 곳에 있으니 부지런히 가야겠다 싶어 메트로를 탔다. 하루 만에 익숙해진 노선 덕에 헤매지 않고 컴백.

'의도적 평화주의자'

언제부턴가 외치던 말. '나는 평화주의자다.'

무슨 일만 생기면 편부터 가르려는 사람들 틈바구니에서 나는 그게 무서워 평화주의를 선언했다. 처음엔 중립을 지키는 게 의도와 다르게 흘러가 오히려 내가 피해를 보기도 했지만 그러기를 몇 년째. 피해를 봐도 평화주의를 실천

할 거라며 애쓰던 내 고집이 통한 건지 아니면 그냥 포기한 건진 모르겠지만, 주변 사람들도 나에게 선택을 강요하지 않기 시작했다.

'중립'과 '평화'그 애매한 선 위에 위치하던 나는 그렇게 평화주의자인척하는 평화주의자가 되었다. 화를 내도 지치는 건 나였고, 욕을 해도 기분이 풀리지 않는 건 나였다.

욱하는 성격의 소유자였던 나는 평화주의를 외치면서도 화를 다스리지 못하는 건 여전히 남아있지만, 시간이 지날수록 기운이 빠진 건지 허무함을 느껴서인지는 몰라도 '화를 내봤자'라는 마인드가 더 편해져 갔다. 순간적으로 욱하긴 해도 이내 화내봤자 결과가 달라질 일이 아니라면 감정 낭비일 뿐이라는 걸 여러 번에 걸쳐 깨닫게 된 것이다.

앞으로도 쭉 의도적이든, 자연스럽게든 나는 '평화주의자'로 살기 위해 애쓸 생각이다.

화도 내고 싶지 않고, 욕도 웬만하면 내뱉고 싶지 않고, 나의 감정을 흔드는 사람에게 마구잡이로 흔들리고 싶지도 않다.

평화주의자인 척하는 평화주의자의 단점은 이렇게 살다 보니 사람을 바보로 보는 경우도 있다는 정도.

장점은 해결책이 빨리 떠오르고, 마음이 빨리 진정되며, 나중에 맞이하게 될 어떠한 결과에서도 꽤 합리적으로 넘어갈 수 있다는 정도다.

#62

빠르게 작별한 빈, 빠르게 친해진 부다페스트

06/04

교통편 때문에 크로아티아 동행을 구하게 됐던 나는 가고 싶었던 도시 몇 군데를 포기해가며 오스트리아 빈까지 부지런히 넘어왔다. 뭔가 찜찜해서 '크로아티아'행 버스 티켓 사는 걸 미루고 있었는데 아니나 다를까 일방적으로 약속을 깨버린 그들 덕에 하마터면 내 여행이 살짝 흔들릴 뻔했다.

'부다페스트'까진 예약을 해버렸으니 '빈'을 떠나긴 해야 했다. 추천받았던 아이스크림을 먹었고, 음악이 흐르는 골목을 실컷 거닐어 보고, 오페라 하우스에서 공연을 볼 수 있었다는 것 자체만으로도 충분히 만족스러운 곳이라 하루 만에 떠나도 미련은 남지 않는다. 감당이 될랑말랑 하는 배낭을 짊어지고 체크아웃.

헝가리, 부다페스트

금방 도착한 부다페스트. 몇 시간 사이에 나라가 휙휙 바뀌어도 전혀 어색하지 않은 곳이 바로 유럽이다.

싼 가격을 보고 별 고민 없이 예약한 숙소라 기대하지 않고 들어갔는데 생각보다 만족스럽다. 세상의 대부분은 대가를 치른 만큼 가져가게 되어있다. 나는 내가 낸 가격에 어울리는 숙소에 왔다는 걸 인정할 정도의 시설이니 그럼 된 거다. 차라리 싼 가격에 오히려 더 자유로운 분위기와 허술한 룰이 있는 호스텔이 마음은 더 편하니까. 자유분방한 직원 언니에게 체크인을 하고 옷만 갈아입고 '성 이슈트반 대성당'으로 향했다. 가는 길에 세 군데 정도 환전소를 들렀는데 가는 곳마다 환전 금액이 천차만별이라 황당할 정도였다. 마지막으로 들어가 본 환전소가 체계적이기도 했고, 손님도 꽤 있는 곳이라 그곳에서 환전을 했다. 그러고 보면 저번에 프라하에선 묻지도 따지지도 않고 환전을 했으니 아마 꽤 손해 봤었을 거다. 얼마였는지 기억도 나지 않지만.

성당 앞에서 누군가의 결혼식 피로연도 보고, 흥겨운 분위기의 공연도 구경하느라 시간 가는 줄도 몰랐다. 도시를 이동할 때마다 이런 공연 같은 걸 보면 괜히 나 혼자 환영받는 느낌이라 같이 즐겁다.

맥주 한 잔과 굴라쉬 한 그릇을 간단히 비운 후, '세체니 다리'에 들렀다 가기로 했다. 분명 아까 나올 땐 더웠는데 다시 추워지는 바람에 덜덜 떨면서. 그래도 '부다페스트' 하면 '야경'이니 의지를 불태우며 다리를 건넜다. 가까이 다가설수록 생각보다 큰 다리의 규모에 감탄했다. 다리만 건넜다 올 생각이었지만 저 멀리 보이던 국회의사당 건물이 너무 아름다웠다. 꽤 멀리 있었는데 도저히 돌아가는 발걸음이 떨어지지 않아 저기까지만 딱 찍고 가기로! 해가 서서히 지고 있어 잘하면 제대로 된 야경도 볼 수 있을 듯했다. '도나우 강'을 옆에 끼고 한참을 걷다 보니 콧노래가 절로 나온다. 좋은가보다.

국회의사당을 목표로 쭉 걷다 보니 선상 레스토랑도 보이고, 큰 배들도 보인다. 선상 레스토랑 위엔 한 노부부가 특이하게도 야경이 멋진 국회의사당을 뒤로 한 채 반대편을 향해 앉아 있는 걸 보고 '이쪽도 야경이 멋진가?'라는 생각을 하며 쳐다보니 교회 건물 야경 또한 꽤 멋지다. 그렇게 부다페스트는 불이 들어올수록 사방이 아름다운 도시가 되어가고 있었다.

어느덧 국회의사당이 정면으로 보이는 자리까지 도착! 아직 완전히 어두워지기 전이라 불이 들어올 듯 말 듯할 때쯤이었다. 배를 묶어두는 기둥에 앉아 야경을 맞이할 마음의 준비를 했다. 밝을 때의 국회의사당 건물도 정말 예술이다. 점점 어두워지자 사람이 하나둘씩 내가 서 있는 곳 근처로 모여든다. 다들 좋은 카메라 한 대씩 손에 들고. 보통 눈으로 보는 게 사진에 담기는 것보다 훨씬 더 아름답긴 한데, 부다페스트의 야경은 그 자체가 너무 아름다워서 사진 또한 아름답게 담길 정도다.

지나가는 한 소녀에게 사진 찍어달란 부탁을 했던 나도 만족스러운 사진을 얻었다. 불이 하나둘씩 들어올 때부터 완전히 불빛으로 뒤덮인 모습을 바라보고 있자니 까만 하늘마저 밝아 보인다. 맥주 한 병 사 왔으면 딱이겠다 싶은 순간. 내일은 맥주와 함께 와야겠다.

나도 모르게 사진을 너무 많이 찍어댔던 걸까. 카메라도, 핸드폰도 전원이 꺼졌다. 이런…. 집으로 가는 길은 온전히 내 기억력에 의존해야 하는 상황이 되어버렸다. 길치 인생의 위기였다. 다행히 거의 다 와서 잠시 헤맨 것 말고는 잘 찾아왔다. 삼십 분은 걸리는 길이었는데 잘 찾아온 내 자신에게 박수를!

'기대의 유무'에 대하여

습관적으로 웬만한 일엔 기대를 하지 않으려 하는 편이다. 기대가 높아질수록 실망이 커진다는 걸 여러 번 경험한 뒤로는. 반대로 기대가 낮을수록 만족감이 커지기를 여러 번.

기대의 유무에 따라 마인드도 달라지곤 했다. 충분히 만족할 정도면서 기대했던 일에 대해선 웬만큼 만족이 차오르지 않아 당황스러웠다. 그런 나를 보며 사람이 참 치사하다 싶을 때도 있었고. 반면 기대를 하지 않고 마주했던 일들은 열이면 열 만족도가 엄청나게 올라갔다.

'생각보다 좋은데?'라는 말이 떠오른다는 건 결국 마음에 든단 말이나 다름없었다. 예를 들면 여행 중 예약한 숙소들이 있다.

어떤 날은 후기도 보고 위치도 봐가며 고르고 골랐건만 막상 도착해보니 내 노력에 비해 별로라 실망했던 숙소. 후기도 필요 없고 그냥 '침대 하나만 잡자'라는 생각으로 3분 만에 예약했던 숙소는 생각보다 좋은 시스템에 '어라? 괜찮은데?'라며 만족했던 숙소. 사실 객관적으로 봤을 땐 따져가며 예약한 숙소가 좋은 곳이다. 내 기대에 따라 바라보는 마인드가 달라진 것이다.

사람을 대할 때도 그랬다.

몇 번의 충격을 받은 뒤로는 사람을 너무 잘 믿어버리던 내가 의식적으로 사람에 대한 기대를 0으로 만들고 대하기도 했는데 그러다 보니 그에 대한 상처도 자연스레 줄어들기 시작했다.

물론 남에게 무관심하다고 오해받는 부작용이 있긴 하지만, 그 부작용을 뛰어넘을 정도로 별 기대 없이 사람을 대하는 건 정신건강에 꽤 좋았다. 매사 기대가 없다는 게 설렘까지 가져가 버리는 건 아니니까. 매사 기대를 하면 새로 마주하는 것에 대한 감동이 약간은 줄어드는 기분이다. 그래서 여행을 하면서도 가끔 '여기는 꼭 가 봐야지' 하고 별표를 쳐 놓으면서도 일부러 자세히 알아보진 않는다. 기대로 채우는 대신 조금 있다가 직접 마주할 때의 감동으로 채울 공간을 좀 더 마련하고 싶은 마음에.

사람 사이도, 여행 중에도, 사는 중에도.

섣부른 기대보다는 마주했을 때의 감동으로 마음이 더 채워지기를 바란다.

#63

반가움의 연속

06/05

눈을 떴다. 완전 당황. 방이 엄청 어둡다. 커튼을 쳐놨더니 햇빛이 하나도 들어오지 않아 방은 그야말로 암전 상태. 시계를 보니 이미 해가 중천일 시각. 6인실인데 나를 포함해 여섯 명 모두 숙면 중이었던 거다. 지난밤에 엄청 깊은 잠을 잘 수밖에 없었던 이유가 이거였던 건가. 이런 방은 처음이다. 누군가 움직이는 소리에 은근슬쩍 잠에서 깨거나 햇살에 어쩔 수 없이 깼었는데. 오늘만큼은 기절하듯 푹 잤고, 그들도 그러는 중이다. 다 같이 늦장 부리는 방이라니. 좋다!

평소 같았으면 마트에 들어가 당장 과자와 초콜릿부터 집어 들었을 테지만 이틀 전부터 당분간 그것들을 끊기로 했다. 피부가 엉망진창이 돼서 로션만 발라도 따가울 정도다. 고픈 배를 잡고 슬픈 걸음을 걷고 있는데 골목 안쪽에 인도 식당 한 곳이 열려있었다. 행복하게 치킨 커리를 먹고 나오는데 어느새 비가 오고 있다. 잠시 멈칫했으나 이 정도는 맞고 다닐 수 있겠다 싶어 이내 길을 나선다. 걷다 보니 산책길도 잘 되어 있고, 비도 분위기 좋을 정도로 내리고(물론 내 몸이 좀 축축할지언정), 사람도 없어서 길 전체를 전세 낸 것처럼 걷는다. 그러다 문득 눈에 들어온 현수막 하나. 박물관도 미술관도 모두 쉬는 날이지만 유일하게 열었던 그곳에선 마침 한국 사진작가들의 작품을 모아놓은 전시회가 열리고 있었다. 유별난 애국자도 아니면서 전시회를 보는 내내 가슴이 벅찼던 건 왜일까. 자랑스럽기도 했고, 반갑기도 했고, 여기까지 와서 한국적인 주제로 전시회가 열리고 있는 걸 보니 괜히 찡했다.

이틀 정도 막 돌아다니니 이 길이 저 길이고, 저 길이 이 길일 정도로 이곳의 길은 어렵지 않았다. '어부의 요새'를 지나쳐 식물원까지 보고 성당 앞으로 돌아오자 딱 맞춰 나타난 아는 동생과 언니. 마침 동네 축제 같은 걸 하고 있어 지나가는 길에 유심히 보는데, 오랜만에 느끼는 정겨운 광경이었다.

마치 시골 초등학교를 개조한 듯한 분위기의 펍(pub)에 자리를 잡은 우리는 시원하게 맥주 한 잔씩 들이킨다. 진짜 유럽은 맥주가 어딜 가나 맛있고 가격도 착해서 매일 마셔야 한다.

자리에서 일어나 또다시 찾아간 곳, 매일 밤 빼놓지 않고 봤던 그곳은 세계에서 세 번째로 큰 국회의사당이었다.

강변에 앉아 바람을 쐬기 전, 꼭 맛보기로 했던 '토카이 와인'을 사러 갔다. 가는 날이 장날이라고 하필이면 가는 데마다 제대로 된 게 없어 꽤 먼 슈퍼까지 들러 가며 어렵게 구했다. 과자와 초콜릿을 끊었다는 나를 위해 아이스크림으로 안주를 삼기로 한 우리는 와인과 아이스크림을 품에 안고 드디어 강으로! 그냥 관광 상품이려니, 유명하니까 먹어보자는 생각으로 사 온 '토카이 와인'은 절대 그냥 넘어갈 맛이 아니었다. 집에 당장 싸가고 싶을 정도의 맛이다. 한참을 강가에 앉아 야경을 보던 우리는 눈앞의 다리로 무작정 올라가기 시작했다. 우리가 오른 다리에선 국회의사당도, 가장 인기 많은 세체니 다리도, 그리고 섬도 보였다. 시간이 늦은지라 사람도 거의 없었고, 야경은 눈에 차고 넘치며, 음악 취향도 비슷해서 마음에 드는 노래를 들으며 감성을 폭발시켰다. 밤새 앉아있고 싶을 정도의 야경과 공기였지만 우린 내일도, 모레도 다른 곳을 향해야 하는 사람들이기에 발길을 돌린다. 좋은 밤이었다. 함께 했던 토카이 와인도.

'이 와중에 그리운 소주'

향신료도 아주 좋아하고, 아무거나 다 먹는 나는 다른 나라를 돌아다니면서도 한식이 그리운 적은 없었다. 그래서 단 한 번도 한국 컵라면을 챙겨가거나 고추장을 넣어가진 않았다. 그걸 빼도 짐이 넘치기에. 웬만해선 아시아 마켓에서 구할 수 있기도 하고.

이번 여행 또한 한식 한 번 그리워하지 않으며 잘 먹고 잘 다니고 있다. 그러나 딱 하나. 소주가 조금 그립다. 워낙 맥주와 와인이 좋은 곳이라 그것들만 먹어도 충분한 줄 알았는데 이 와중에 은근히 소주까지 보고 싶다. 결론은 맥주, 와인, 소주 모두 골고루 먹고 싶은 거다. 엄마가 술 욕심 같은 건 부리지 말라고 했는데. 소주가 그립다는 건, 사실 친구와 가족이 보고 싶은 거다.

엄마아빠랑 마시던 소주 한 잔이.

친구들과 마시던 소주 한 잔이.

언니오빠동생들과 함께 마시던 소주 한 잔이.

그런 게 살짝 그리운 요즘이다.

돌아가면 나는 아마 밥보다 그들과 함께 소주 한 잔부터 할지도 모르겠다.

#64

부다페스트에서 신선놀음하기

06/06

온천을 먼저 갔다 왔던 동생이 아침 일찍 가야 물도 깨끗하고 사람도 많이 없대서 반드시 일찍 일어날 생각이었다.

그러나 오늘도 우리 방은 암전. 알람은 어느새 진동으로 바뀌어 있고 새벽에 잠이 든 내 눈은 아직 앞이 깜깜하다. 계획했던 시간만큼 일찍 일어나진 못 했지만, 어차피 온천에 갈 거라 옷도 아무거나 입고 부스스하게 숙소부터 나왔다.

나름의 기준을 가지고 그 많은 온천 중에 '루다스 온천'을 골랐건만 이게 웬일. 오늘은 남자만 온천에 입장할 수 있단다. 설마 딱 그 요일에 걸릴 줄이야. 온천 직원이 실망하는 나에게 다른 온천으로 가는 방법을 친절하게 알려준다. 본의 아니게 강변을 따라 달리는 시원한 트램을 타고 그곳으로 향했다. '오늘 안에 몸을 담그려나….'라는 생각으로 도착한 다른 온천. 헝가리어라 확실히 읽을 순 없으나 주워듣기엔 '키라이 온천'이었다. 분위기가 완전히 동네 목욕탕이다. '루다스 온천'이 작은 규모의 워터파크 느낌이었다면 여기는 더도 말고 덜도 말고 그냥 동네 목욕탕. 규모도 작고, 입장료도 다른 데에 비해 싸고, 들어오는 손님도 대부분이 할아버지 할머니시다. 제대로 온 건가 싶었지만 이내 할아버지 할머니가 오시는 거면 나한테도 좋겠지 라는 생각으로 입장. 이 온천은 '왕의 온천'이자 터키식 목욕탕이 그대로 남아있는 곳이라고 들었다. 진짜 왕이 혼자 쓸 만한 딱 그 규모다. 지금 와서 달라진 게 있다면 아마도 혼자 썼을 그 탕에 여러 명이 들어가 온천을 즐긴다는 것뿐. 건물도 엄청 낡았고, 탕도 낡았고, 샤워실마저 낡은 이곳은 들어가서 앉은 지 오 분이 지나도

록 제대로 온 건지 의심만 더 커져갔지만 시간이 지날수록 확실히 좋은 게 느껴진다. 유황 냄새가 살짝 풍기는데 거부감이 들기보단 딱 적당한 정도.

둥근 모양의 탕, 그리고 그 위를 덮고 있는 둥근 천장. 천장엔 여러 개의 구멍을 냈는데 이 구멍을 통해 탕으로 햇살이 들어온다. 터키 전통방식으로 지어진 온천이라더니 진짜 제대로인 것 같았다. 팔다리가 좀 부드러워진 것 같은 건 기분 탓일까. 시간이 지날수록 좋다 싶은 이곳에서 마냥 머물기엔 내 몸이 점점 더 물에 불어가고 있었다. 따뜻한 햇살을 온몸으로 받으며 마당에서 즐겼던 일광욕은 정말 호텔 옥상이 부럽지 않을 정도였고.

밖으로 나왔더니 기분이 너무 개운해서 날아갈 것만 같다. 괜히 비비크림도 잘 먹은 것 같고, 피부도 좀 진정된 느낌.

산뜻한 기분으로 강을 따라 걷다 보니 자꾸만 보트들이 눈에 띈다. 부다페스트엔 유람선이 굉장히 많다. 강가에 앉아있으면 거의 하루 종일 유람선들이 왔다 갔다 할 정도로. 배 타는 걸 엄청 좋아하는 나도 한 번 타볼까 싶어 발품을 팔아 좀 더 싸면서도 루트가 괜찮은 곳을 선택했다. 이틀 동안 배를 무제한으로 탈 수 있는 티켓! 배를 타기 전에 '중앙시장'에 먼저 갔다 오기로 했다. 시장을 그냥 지나칠 순 없지. 기차역을 개조한 듯한 느낌의 '부다페스트 중앙 시장'은 입구에서 봤을 땐 '이게 뭐야?'라는 소리가 나올 정도로 별게 없어 보였지만 안으로 들어갔을 땐, '우와, 대박!'이라는 소리가 나왔던 곳이다. 지하부터 2층까지 빼곡하게 차있던 가게들. 그리고 어마어마한 규모. 아래층은 식료품, 위층은 기념품 가게. 다행히 내가 살 건 없었지만, 구경거리는 확실히 많았다. 여기서 샀던 엽서가 나중에 밖에 나와 길거리를 걷다 보니 3분의 1도 안 되는 가격에 팔리고 있다는 걸 알았을 땐 씁쓸했지만.

시장을 실컷 본 후 일곱 시쯤 출발하는 배를 타러 선착장에 왔다. 한 시간이 조금 넘는 시간 동안 강을 돌면서 나는 온천에서 썼던 타올이 없었으면 얼어 죽을 뻔했다. 밤낮의 온도 차가 아직도 적응이 안됐던지라 타올로 온몸을 감싼 채 강을 즐겼다. 어찌 됐든 유람선은 늘 옳았다.

방으로 돌아왔더니 어제의 사람들은 가고 새로운 사람들이 들어와 있다. 나보다 더 많은 짐을 지고 여행 중인 그들과 잠시 얘기를 나눈 후 이 글을 쓰고 있다. 내 아래 침대에 들어온 남자가 짐이 너무 많아 뭐라도 버려야 할 것 같은데 뭘 버려야 할지 모르겠다며 울상 짓는 모습을 보며 심하게 공감하는 중. 나도 뭘 버려야 할지 모르겠다.

'내가 가진 쓸데없는 습관들'

인생을 살다 보면 누구나 성격도 바뀌고 습관도 바뀐다. 심지어 외모도 바뀌고. 그럼에도 불구하고 아직까지 바뀌지 않은 습관이나 버릇들이 꽤 많다.

고치려고 애를 써본 것도 있고, 고칠 필요를 못 느낀 것도 있으며, 당장 때려치우라고 한 소리 들은 것도 있다.

*물건 버리기.

제일 고치고 싶은 습관 중 하나. 물건을 못 버린다. 다 써도 못 버린다. 그러다 보니 이것저것 모으는 게 자연스레 취미가 됐다. 맨 처음 모았던 물건은 운동화 박스. 내가 아끼는 운동화들의 집과도 다름없는 거니까 하나도 버리지 않고 쌓아두었다. 부모님이 뭐라 하시든. 그러나 내가 없는 사이 우리 집은 이사를 갔고, 그렇게 몇 년을 모은 내 운동화 박스는 가차 없이 버려졌다.

여행 중에도 일부러 버릴 만한 옷을 들고 오는데 거의 다 다시 가져온다. 그럴 거면 처음부터 멀쩡한 옷 챙겨가서 멀쩡하게 입고 다니다 오면 될 것을 나는 아직도 매번 '버릴 거야, 버리고 가볍게 올 거야'라는 생각을 한다. 그렇게 지금도 버리지 못하고 새로 산 티셔츠만 더해지고 있다. 게다가 여행 중에 챙긴

팸플릿은 보지도 않을 거면서 일단 다 집어넣고 본다. 엄청 많아졌다. 그나마 영수증은 버리는 게 다행이다 싶다.
화장품이나 문구용품을 다 써도 버리는 게 아깝다. 가끔 엄마에게 대신 버려 달라 하기도 한다. 내 손으로 버리기엔 정든 시간이 떠올라서. 버려야 새로운 걸 맞이할 수 있다는 걸 잘 알지만, 나에겐 아직도 어려운 일이다.

*일찍 잠들기, 일찍 일어나기.
습관이 제일 무섭다. 의도적으로 고칠 수 있는 일도 몇 안 되는데 이건 의도적으로 애를 써도 고쳐지지가 않는다. 생체리듬을 바꾸는 게 물건 버리기보다 어렵다. 일찍 일어나는 새가 벌레를 잡는다 했거늘 어쩌다 보니 늦게 자서 늦게 일어나는 게 자연스러운 나에겐 너무 어려운 일.
일찍 일어나는 새에게 벌레를 양보하는 게 더 빠를 듯하지만, 언젠간 고쳐지길 바라고 있다.

*군것질 참기. 건강하게 먹기.
사실 이건 고칠 필요를 못 느꼈지만, 주변 사람들과 내 몸이 아우성을 쳐서. 밥 안 먹어도 좋으니 군것질은 하루 종일 할 수 있었으면. 반찬은 편식을 좀 하지만 군것질은 편식하지 않을 자신 있는데. 엄마는 여전히 건강한 음식을 강요하지만 철없는 딸은 여전히 건강하지 않은 음식에 손을 댄다.

#65

천천히 헤어지다

06/07

아침부터 정신없었다. 어제 잠들기 전에 큰 결심 하나를 했기에. 한국으로 소포를 보내기로 했다. 같은 방에 있던 남자와 대화를 나눈 후 갑자기 내 짐도 고민이 된 거다. 결국 두꺼운 옷과 쌓여있는 팸플릿, 엽서들을 집으로 먼저 보내기로 했다. 얼마가 나올지 예상도 되지 않았지만 일단 빼고 싶은 걸 빼고 나니 후련하다. 버릴 순 없으나 들고 다니기엔 무거운 것들이었다. 일어나자마자 빼놓은 짐을 들고 숙소 근처의 우체국으로 향했다. 거의 일주일 치 방값에 달하는 큰돈을 내야 했지만, 여태껏 아껴왔던 돈을 여기다 쏟아 붓게 된 셈이라 치기로 했다. 앞으로 남은 내 여행이 좀 더 가벼워질 수 있는 유일한 방법이니까.

숙소로 돌아와 짐을 싸는데 짐 싸는 게 세상에서 제일 쉽게 느껴진다. 심지어 공간도 남는다. 매번 위에서 누르고 아래에서 누르던 내 스킬이 필요가 없어진 순간. 비록 돈은 왕창 나갔을지언정 만족스럽다.

짐을 맡겨두고 유람선을 한 번 더 타러 가기로 했다. 어제와는 또 다른 느낌으로 처음 타는 것처럼 강 위의 바람을 마주했다. 이번엔 다리로 연결된 '부다'와 '페스트'의 중간에 있는 작은 섬을 끼고 돌았다. 배에서 내려 이제 진짜 헤어질 이곳의 강과 다리에게 속으로 안녕을 외친다.

시간이 꽤 걸리는 먼 길이기도 했고, 국경을 넘는 일이기도 하니 오늘은 기차를 특히나 잘 타야 했다. 마침 누가 봐도 여행자 같은 커플이 올라오길래 목적지를 물어봤더니 같은 곳이다. 됐다. 잘 올라왔다. 안내방송이 나오는 동안 딴짓을 하던 나는 집중해서 안 듣고 있다가 아까 그 커플이 바로 옆 플랫폼으로 바뀌었다고 알려줘서 무사히 탑승할 수 있었다. 정신없이 기차에 몸을 싣고 나니 갈증이 난 나는 마지막 남은 헝가리 돈을 털어 맥주 한 병에 투자했다. 그동안 마셨던 맥주 중 내 갈증을 가장 완벽히 해소시켜줬던 맥주였다.

몇 시간이 흘렀을까. 꿀잠을 자고 있는데 기차가 꽤 오래 서 있단 기분이 들어 눈을 떴다. 아! 이게 말로만 듣던 국경 넘는 그 순간인가. 크로아티아 국경을 넘을 때는 기차임에도 경찰들이 올라타 한 명, 한 명 확인하고 여권에 도장을 찍어준다. 나름 엄격하고 까다롭대서 얼마나 그러려나 궁금했는데 까다롭긴커녕 자리에 가만히 앉아 여권만 주면 알아서 처리해주고 끝이다. 대신 여권 검사를 하는 동안은 아무도 그 칸을 벗어나지 못하게 한다. 갑자기 화장실이 급하다는 남자를 끝까지 못 나가게 한 걸 보면 말이다. 경찰들이 내리고 잠시 후 다시 달리기 시작하는 기차. 지도를 보니 이제 막 국경을 넘어선다.

크로아티아!

말 많고 탈 많던 크로아티아에 드디어 입성했다. 엄두도 내지 않았던 나라였는데 어쩌다 보니 이곳에 와있다.

나의 첫 크로아티아는 수도인 '자그레브'. 유난히 배낭 여행자가 많아 신기하다. 여태껏 들렀던 여러 도시 중 가장 많은 배낭을 봤던 곳. 중앙역에 내려 밖으로 나오자 파란색 트램이 내 앞을 지나친다.

좀 늦긴 했지만, 주변도 돌아볼 겸 바로 산책을 나갔다. 직진만 했는데 광장이 나와서 반갑다. 도시가 작긴 작은가보다. 한여름 밤의 공원처럼 잔디 곳곳에 앉아있는 사람들 덕에 도시에 대한 첫인상이 낯설지가 않다. 마트도 갔었는데 그제야 내가 크로아티아 환율도 모르고 있음을 깨달았다. 가격표를 봐도 숫자는 숫자요, 종이는 종이일 뿐. 대충 먹고 싶은 걸 골라 일단 계산대에 서 있는데 근처에 한국인이 보인다. 얼른 따라가 환율을 물어봤는데 싸다. 방심하지 않을 거다. 크로아티아는 아래로 내려갈수록 물가가 비싸진다고 들었다. 나는 가장 위에 있는, 가장 싼 도시에 와있을 뿐. 그러나 이미 내 지갑은 활짝 열렸다.

'차라리 잘 된 걸지도'

약 6시간 동안 기차를 타고 오면서 문득 이건 운명이라는 생각. 렌트 동행이 어그러진 게 잘됐다 싶었다. 아침 7시에 버스를 타 새로운 사람과 낯선 대화를 이어가고, 돈 문제도 끝없이 생각해야 했을 테고, 이런저런 것들을 신경 써야 했을 거다. 그러나 지금 나는, '자그레브'행 기차에 여유롭게 올랐고, 낯선 사람과 대화를 이어갈 필요도, 돈 문제로 머리를 써야 할 것도 없다. 혼자 여행하는 게 편하단 걸 알면서도 좀 더 많이 보고 싶은 마음에 구했던 동행이었는데 아마 하늘이 나에게 딴 생각하지 말고 하던 대로 혼자 잘 놀아보라고 한 것 같다.

일해보고 싶었던 회사의 모집공고가 여행 중에 우연히 눈에 띄었다. 일부러 찾아본 것도 아닌데 하필이면 눈에 띄어버려서 며칠 동안 신경이 쓰였다. 이력서조차 넣어보지 못하다니.

한동안 그렇게 신경이 쓰이더니 이내 이 또한 '차라리 잘 된 걸지도 모른다'라는 결론이 내려졌다. 어정쩡한 경험, 어정쩡한 지식으로 갑자기 들어가느니 좋아서 온 이 여행이나 즐기자는 마음. 대학을 졸업하고 몇몇 친구들은 이미 회사생활 몇 년 차에 접어들기도 한 이 시점에 나는 아직도 가끔 차라리 지금 떠나온 게 잘한 짓일지도 모른다는 생각을 한다. 조금만 더 늦었어도 아마 떠나겠단 욕심을 부리긴커녕 내가 가지고 있는 것들을 더 꼭 움켜쥐느라 떠나지 않았을 거다.

'차라리 잘 된 걸지도'라는 말 안에는 아마 '아쉽긴 하지만'이라는 전제가 깔려 있긴 할 거다. 약간의 미련이 남아있단 말이기도 한 건데 그럼에도 잘 된 거란 생각이 든다는 건 어찌 됐든 만족스러운 선택이었다는 뜻이 아닐까.

그럼 된 거다.

#66

알찬 도시, 자그레브에서

06/08

'자그레브'는 매력이 넘치는 도시다. 볼 것, 먹을 것, 살 것, 들을 것, 느낄 것들이 너무 많았다.

비몽사몽 샤워를 하고 방으로 들어오는데 세탁 서비스 가격표가 보인다. '어라? 너무 싼데?' 이게 웬 떡이냐 싶을 정도의 가격이라 냉큼 배낭에 있던 옷들을 전부 바구니에 담아냈다. 얼마만의 세제 빨래던가. 역시나 제정신이 아니었나 보다. 저녁에 돌아와 빨래비용을 지불할 때쯤, 내가 10분의 1 가격으로 생각했음을 깨달았다. 10,000원인데 1,000원으로 보고 맡긴 거다. 어이없는 실수에 웃음만 나왔다. 오랜만에 맡게 된 빨래 세제 향이 반가워 넘어가기로.

근처에 있던 환전소에 들러 환전부터 했다. 한동안 크로아티아에 머물 테니 가지고 있던 유로를 전부 바꿀 생각이었다. 역시나 돈을 바꾸고 나오면 내가 이용한 환전소보다 나은 곳들이 보이는 건 무슨 법칙일까. 이젠 억울하지도, 아깝지도 않다. 하도 반복되는 법칙이라. 당장 쓸 돈을 쥔 거에 만족하고 찜해둔 카페로. 그곳의 크림케이크와 아이스크림은 감동적이었다.

아, 날씨가 심하게 좋다. 이대로 쭉 가자! 따뜻함과 뜨거움 그 중간쯤을 느끼게 해주던 크로아티아에서의 첫 시작이 아주 마음에 든다.

대성당을 향해 걸어가는데 여기도 시장이 열렸다. 온통 기념품 상점들로 가득했던 그곳보다 나무 너머로 보이는 성당이 더 궁금해서 바로 그곳으로 들어갔다. 두 개의 탑 중 한쪽이 공사 중이라 아쉽긴 했지만 그래도 예뻤던 성당. 여태껏 꽤 많은 성당들을 봐왔지만, 자그레브 대성당은 그중에서도 마치 내가 상상하는 따뜻한 할머니의 품처럼 안정된 기분을 주었던 곳이다. 낡았다기보단 깊어졌다는 말이 더 어울릴 듯한 성당. 내가 만약 나이가 들면 이런 분위기가 풍겼으면 좋겠다 싶은 생각까지 들었다.

성당을 나와 바로 근처에 있던 '돌락 시장'으로 향했다. 유명한 시장인 것 같았다. 과일이 좌판에 흘러넘친다. 두 바퀴 정도 돌아보니 시세가 어느 정도 감이 온다. 첫 번째로 들렀던 좌판엔 아저씨가 담배를 피고 있던 손으로 과일을 넣었다 뺐다 하는 걸 보며 사지 않고 싶어졌다. 두 번째로 간 좌판엔 인상 좋은 할아버지가 반겨주신다. 일단 청포도를 한 송이 담는다. 이 시장에선 모두가 추를 이용한 저울을 사용하고 있어 정겹다. 할아버지가 작은 추를 올렸다 내렸다를 하시더니 2.5쿠나만 달라신다. 500원 정도. 우와! 신나게 받아들고 가려는데 옆에 있던 체리가 걸린다. 맛보라고 하나 주셨는데 맛이 제대로 들었다. 체리도 조금 달라고 한다. 손에 쥐어져 있던 동전액수만큼. 양손 가득 담아주시고 가져가신 돈은 3.5쿠나. 오늘도 양손 가득 뭔갈 사고 나서야 시장을 나온다.

골목을 돌아다니다 우연히 박물관을 하나 발견했다. 굳이 해석하자면 '이별 박물관' 정도? 헤어진 관계에서 남게 된 물건들을 전시해놓은 곳인데 신선했다. 아직도 제대로 된 진짜 사랑을 해보지 못했다고 생각하는 나는 호기심이 생겨 관람해보기로 했다.

아주 일상적인 물건들을 전시해놨으나 그 설명을 보다 보니 어느덧 나도 모르게 빠져있었다. 연인과의 이별, 부모와의 이별, 친구와의 이별을 지나오며 남은 물건들은 저마다의 사연을 갖고 있었다. 그 사연들을 하나하나 읽어보고 있자니 나까지 서글퍼진다. 결국엔 눈물이 났다. 부모와의 관계에 대한 전시에서였다. 자식은 뒤늦게야 고마움을 전하고, 부모 또한 죽을 때까지 자식에게 사랑을 전하던 물건들과 편지. 좋은 딸이 되고 싶다면서 좋은 딸이 되지 못하고 있는 것 같아 늘 서글펐는데 그 생각이 다시 들었다.

스쳐 지나간 인연들과의 추억이 담긴 물건들도 있었다. 그러고 보니 나도 그런 물건이 꽤 되는 것 같은데 집에 돌아가 다시 들춰봐야겠다. 별 의미 없었는데 돌이켜 보니 의미가 있었던 것들이었다. 이런저런 감정이 섞인 채로 나와 또다시 발이 가는 대로 돌아다닌다. 기분이 가라앉았다. 확실히 사람 관계는 복잡하기도, 어렵기도, 힘들기도 하다. 그러나 다행히 박물관을 나오면서 생각이 좀 바뀌었다. 더 이상 여태껏 맺어온 관계에 얽힌 사람들을 후회하지도, 두려워하지도 않기로. 앞으로의 관계에 대한 기대도, 설렘도 없었지만, 전시를 보며 지나온 내 관계들이 아주 행복했고 썩 괜찮았음을 깨달았다.

'알고 보면 허술하기 짝이 없는 여행 중'

지금 나는 나름 잘 먹고 잘살고 있다.

굳이 가끔 빵으로 때우는 식사를 알리거나, 크게 바뀌지 않는 옷들을 티 낼 필요가 없으니 다들 '다행히 제대로 여행하고 있구나.'라고 한다. 아마 그들은 내가 의외로 별 탈 없이 잘 지낸다고 생각하는 것 같다.

하지만 사실 엄청 허술하다. 탈도 없을 리가 없다. 단지 그냥 그렇게 흘려보내고 있을 뿐. 오늘만 해도 10,000원을 1,000원으로 착각하는 짓을 했고, 환율 확인도 깜빡하고 하지 않은 채 무작정 환전을 했으며, 왔던 길을 다시 되돌아가는 중임에도 마치 새로운 길을 걷는 듯한 기분은 하루도 빠짐없이 느낀다. 얼마 차이도 안 나는데 좀 더 싼 걸 먹으려다 정말 맛없는 빵을 먹은 적도 있고, 그 덕에 더 비싼 음료수를 사 먹기도 한다. 어젠 잘만 썼던 영어 단어가 오늘은 갑자기 생각나지 않아 더듬거릴 때도 있고, 마음가짐은 하루가 다르게 변하는 데다 어떤 날엔 3만 보도 가볍게 걷더니 어떤 날엔 만 보만 걸어도 뻗을 때가 있을 정도로 몸까지 변덕이 심하다. 돈 계산 엄청 못하고, 사람 구분 전혀 못 하며, 계획 짜는 것도 물론 못한다.

어떻게 두 달 넘게 여행 중이냐고 가끔 묻는 사람들이 있었지만 사실 그 질문을 하는 사람과 나는 다를 것 전혀 없는 비슷한 여행자인 것이다. 어쩌면 더 부족 할 수도 있을 테고. 그저 나는 느려서, 게을러서, 기간이 좀 더 필요했을 뿐. 그나마 아무 데서나 잘 자고, 잘 먹는 게 특기라면 특기인지라 다행히 이렇게 허술한 와중에도 이 여행을 즐기고 있을 수 있음에 감사하고 있다.

#67

만남과 헤어짐, 다른 '안녕'

06/09

일부러 오후 버스 티켓을 사놨으니 급할 게 없던 나는 아침에 가방을 맡겨둔 채 잠시 빈둥거리다 모아뒀던 빈 병을 들고 숙소를 나섰다. 빈 병 값을 챙겨보려고. 고작 몇백 원이지만 빈 병들이 자꾸 쌓여가는 걸 보다 결심했다. 마트에 들어가니 공병 수거 기계가 떡하니 놓여있다. 기계에 빈 병을 넣었더니 오백 원 정도의 돈이 책정된다. 그 돈으로 흐뭇하게 요거트를 샀다.

어제도 충분히 봤던 대성당으로 다시 향했다. 가는 길에 일부러 돌락 시장을 거쳐 갔다. 새벽부터 여는 시장이었는데 끝날 때쯤 갔던 어제와는 분위기가 확실히 다르다. 어제의 두 배는 더 열린 좌판들. 파는 것들은 비슷하나 가격은 조금씩 다른 좌판들을 보며 사이사이를 가로질러 다니다 보니 어느덧 성당이 보인다. 안으로 들어가 한참을 앉아있다 나온 나는 시내로 향하는 방향이 아닌 반대방향으로 길을 나섰다. 정말 아무것도 없는 골목이 이어진다. 정확히는 이곳 사람들이 사는 집과 학교만 보이는 골목. 지나다니는 사람도, 관광객도 하나 없는 곳. 어쩌다 보니 여기로 흘러들어오게 됐지만 조용하니 매력적이다. 열린 창문으로 새어 나오는 수업 소리도 괜히 들어보고 돌란 시장을 한 바퀴 도셨는지 장바구니 가득 담아 들고 가시는 중년 여자의 뒷모습도 바라본다. 대성당 뒤쪽으로 이어진 골목이라 한동안은 성당 기념품과 물품을 파는 가게들이 쭉 이어지더니 이윽고 소박하고 칠이 벗겨져 낡은 건물들이 보인다. 조금만 나가도 또렷하게 칠해진 알록달록한 건물들이 많았는데. 길거리 구경이 절대 질리지 않는 건 이렇게 길 하나만 건너도 못 봤던 것들이 계속 보인다는 점 때문이다.

관광지로 유명하면서도 잘 발달한 도시들을 거치다 보면 좋은 점 중에 하나가 아이들을 많이 볼 수 있다는 점이다. 어릴 때 방학숙제 때문에라도 관광지를 돌아다녔듯, 여기 아이들도 간혹 손에 종이와 펜을 든 채 성당이나 박물관을 왔다 갔다 하는 모습이 보인다. 어느덧 나는 그런 아이들을 흐뭇하게 바라보고 있는 어른이 되었고.

어제 반했던 그 아이스크림을 먹으며 짐을 찾기 위해 숙소로 돌아왔는데 벨을 여러 번 눌러도 대답이 없다. 청소 중인 걸까. 현관문 앞에 아까부터 쪼그려 앉아있던 사람을 힐끗 봤더니 핸드폰 액정에 한글이 보인다. 한국인이다 싶어 혹시 열쇠 있냐고 물었더니 그냥 친구를 기다리는 사람이었다. 잠시 후, 다른 층에 사는 사람이 열어준 문을 통해 들어갈 수 있었던 나는 짐을 찾고 버스터미널로 가기 위해 나왔는데 아까 쪼그려 앉아있던 사람과 그의 친구가 기다리고 있다. 자기들도 버스터미널 가는 길이니 같이 가자며. 나야 심심했던 차에 반가웠다. 걸어가는 길에 이런 저런 얘기를 하다 보니 셋 다 비슷한 지역에서 왔음을 알게 됐다. 반가운 마음이 배가 되어 떠들다 보니 은근히 멀었던 버스터미널도 금방 도착. 셋 다 목적지가 다른지라 우리는 그렇게 헤어졌다. 먼 나라에서 같은 나라 사람 만나는 것도 반가운데 같은 고향 사람까지 만나니 서로가 신기할 뿐. 좋은 여행이 되시길.

'플리트비체'로 향하는 길

크로아티아가 대중교통이 편리하진 않다는 걸 듣긴 들었지만 그게 직원들이 불친절한 것도 포함될지는 몰랐다. 할 말만 하고, 들을 말만 듣는 기사를 보며 그러려니 하고 일단 버스를 탔다. 그래, 불친절하면 어때, 안전하게 목적지에 내려다 주면 그만이지.

생각했던 것보다 더 깊은 산속에, 굉장히 휑한 곳에 나를 내려준다. 내리자마자 보이는 숲에 당황했던 마음은 이내 신이 났다. 자연인이 된 것처럼 공기부터 마셔보니 엄청 맑다! 오는 길에 픽업 요청을 했었는데 운 좋게도 바로 답장이 와서 어렵지 않게 숙소까지 왔다. 숙소 앞으로 펼쳐지는 전경은 여행 중 가장 놀랍고 멋졌다. 불이 모두 꺼진 한밤에 건물 밖으로 나와 발코니에 서서 하늘을 바라보는데 드문드문 별이 보인다. 얼마 만에 별구경을 하는 건지. 쏟아질 만큼은 아니었지만 흐린 날임에도 별구경을 하게 해줘서 고마울 뿐.

'여전히 존경하고 사랑합니다'

와이파이가 잘 터지지 않던 숙소를 연이어 가다 보니 부모님과 통화한 지도 꽤 된 듯해서 와이파이가 잘되던 버스터미널에서 연락을 드렸다. 요일 감각도 없는데 시간 감각이 있을 리가 없던 나는 혹시나 주무시진 않을까 했지만, 다행히 아직 주무시기 전이었다. 그래도 나름 자주 연락했다고 생각했는데 마치 몇 달 만에 듣는 목소리인 것처럼 여전히 반가워 해주는 우리 엄마아빠. 부모님이 아니면 누가 날 이렇게 반가워 해줄까. 연락하지 못했던 만큼 쌓였던 이야기들을 하다 보니 한 시간이 금세 간다. 한참을 떠드는데 오늘따라 아빠가 변했다는 게 새삼스레 느껴지는 말을 하신다.

"아빠 친구들이 딸 혼자 멀리 여행 보낸 거에 대해 왜 그랬냐고 한마디씩 하더라. 그런데 아빠는 이제 그 사람들한테 당당하게 말할 수 있어. 딸한테 관심 없어서 그런 것도 아니고, 위험한데 무릅쓰고 보내는 못난 아빠도 아니라고. 우리 딸 행복하게 해주려고 보낸 거니까 나도 행복하다고. 돌아오면 얼른 소주 한잔 하자. 아빠는 그거면 더 행복해."라고.

사실 몇 년 전까지만 해도 아빠와 은근한 갈등을 여러 번 겪었었다. 대학교에 전혀 흥미를 느끼지 못했던 나는 학기 중에 갑자기 여행을 가버리거나 아예 다른 수업을 들으러 다니거나, 통학시간이 너무 길다는 말도 안 되는 핑계로 땡땡이를 치기도 했다. 그러다 방학이라도 하면 아예 몇 주를 떠나버리니 아빠는 그런 나를 전혀 이해하지 못하셨고, 철없는 나도 이해해주지 못하는 아빠를 이해하지 못했었다.

대놓고 큰 사고를 치는 건 아니었지만, 은근히 고집 센 딸 덕에 참 많이 속상해하셨다. 장문의 편지도 주고받고, 그걸 찢기도 하셨고, 한동안 대화도 끊겼다. 그러던 어느 날부턴가 우리는 둘 다 변하기 시작했다. 귀찮다는 핑계로, 쉬려고 떠나왔으니 좀 내버려둬 달라는 핑계로 연락조차 자주 하지 않던 나는 거의 매일같이 연락할 줄 아는 딸이 되었다. 여자애라는 이유로, 아직 혼자라는 이유로, 아빠의 하나뿐인 딸이라는 이유 등으로 내가 떠날 때마다 매번 내키지 않아 하던 아빠는 무엇이 나를 행복하게 만들어주는지를 점점 깨달아가는 아빠가 되셨다. 그렇게 우리는 지금의 우리가 되었다. 오늘따라 그렇게 조금씩 변해온 아빠의 마음이 진심으로 가깝게 다가온다. 여전히 나에게 있어 가장 존경하고 사랑하는 존재는 아빠다. 물론 엄마도.

#68

말로 설명할 수 없는…

06/10

현관문만 열고 나오면 스위스 저리 가라 할 정도의 풍경이 펼쳐지는 이 숙소에서 따뜻한 차 한 잔으로 하루를 시작할 수 있음에 오늘도 여전히 행복하게. 두고두고 아껴보고 싶은 풍경이다.

숙소에서 '플리트비체 국립공원'까지는 차로 꽤 나가야 했다. 주인아저씨가 아침 일찍 한 번, 저녁에 한 번 픽업을 해주셔서 다행이었다. 같은 방을 쓰던 독일 여자의 제안으로 그녀의 차를 타고 함께 공원에 가기로 했었지만 새벽 일찍 나가는 그녀를 결국 따라가진 못했다.

티켓을 사고 본격적으로 트래킹 시작. 아침 일찍 나온 덕에 간만에 느끼는 상쾌한 공기가 낯설면서도 좋다. 티켓을 사면 거기에 공원 지도가 있을 테니 걱정말랬는데 막상 받아들고 쳐다봐도 잘 모르겠다. 나만 이해를 못 하는 걸까. 화살표와 곡선이 가득한 그 지도를 끝내 이해하지 못하고 입구부터 찾았다. 의외로 코스를 따르지 않고 막 가는 사람이 많았다. 내가 가는 길이 곧 코스인 거다.

하루 종일 말로 설명할 수 없을 순간들을 마주했다. 현기증이 날 정도의 아름다움이었다. 느릿느릿, 한 걸음 한 걸음을 제대로 밟아가며 길을 나섰다.

할 말이 없어질 정도로 감동적인 하루를 보낸 날.

숙소에 돌아와 세어보니 거의 8시간 정도를 걸어 다닌 셈인데 지치긴 커녕 오히려 기운이 넘친다.

인터넷이 거의 되지 않는 곳. 그래서 다음 목적지로 갈 버스 티켓도, 다음 숙소 예약을 할 수 있을는지도 모르겠는 곳. 샤워를 할 때면 찬물인지 따뜻한 물인지 알 수 없는 온도의 물이 나오는 곳. ATM기가 딱 하나라 차 타고 나가야만 하는 곳. 그래서 최소한의 현금을 쥐고 있어야 하는 곳. 슈퍼도 차를 타고 나가야 하는 곳. 주변엔 집보다 나무가 더 많은 곳. 추운 게 제일 싫은데 살짝 추운 곳.

그럼에도 불구하고 하루를 더 연장하기로 했다. '그럼에도 불구하고'를 나오게 한 저 이유들 때문에.

아침에 따라나서지 못했던 그녀가 만들어준 파스타로 저녁을 함께 하고 있는 지금, (모든 재료를 손수 다듬어 만들어낸 수제 소스였지만 혀가 아릴 정도로 짜다. 그래도 그녀의 정성이 고마워 바닥까지 싹싹 긁어먹고 나니 배불러서 좋다. 지금 그녀는 내 옆에서 소금을 더 쳐서 먹고 있다. 대단하다….) 수박을 쟁반에 담아 탁자 위에 올려주는 주인아저씨. 여기서 사는 게 부럽다고 했더니 빨래하고 청소하는 것만 매일 하고 싶으면 너도 여기 살 수 있다고 하신다. 그래 볼까. 열심히 빨래하고 청소까지 하고 난 후, 따뜻한 차를 손에 들고 집 앞마당에 앉아 탁 트인 하늘을 바라보고 있는 걸 며칠이나 이어갈 수 있을까.

'외국어 능력'에 대하여

내가 방문하게 되는 나라의 언어를 못해도 크게 상관없다고 생각해왔다.

영어 공부는 수능의 기억 때문에라도 더 이상 손대고 싶지 않아 남들 다하는 토익조차 따지 않았다. 그 나라에 가서 오래 살거나, 공부를 계속하거나, 어떤 좋은 회사를 들어갈 게 아닌 이상 굳이 해야 되나 싶기도 했다. 한국어 하나 잘하기도 어려운데 방문하는 나라의 언어들까지 공부하려면 머리도 아플 테고. 어차피 사람은 어떻게든 통하게 되어있다는 믿음도 굳건하고, 바디랭귀지란 게 있지 않은가. 그런데 하루하루 지날수록 가끔 아쉬운 게 생긴다. 물론 대부분의 사람들은 하루 이틀 마주하고, 몇 마디 나누다 헤어지기 때문에 내 기억 속에서도 곧 사라지곤 하지만 그와 반대로 어쩌다 가끔 연장을 하거나 숙소에 있는 시간이 길어질 때면 한두 명씩 하루의 꽤 긴 시간을 함께 하게 되기도 한다. 그러다 보니 더 깊은 얘기를 나누고 싶거나, 뭔가 서로 하고 싶은 말이 있는데 한계에 부딪혀 침묵해 버릴 때도 있었다. 양쪽 다 어정쩡한 영어 수준을 가졌을 땐 더 심하다.

애매한 영어 수준으로 대화하다 헤어지고 나면, 애매하게 아쉬운 이 기분은 뭘까.

독일어를 배워야 할까.

스페인어를 배워야 할까.

프랑스어를 배워야 할까.

아니면 그들에게 한국어를 쉽고 빠르게 가르쳐 줄 수 있는 능력을 키워보는 게 나을까.

#69

다시 한 번 더 그곳으로

06/11

주인아저씨의 배려 덕에 방값을 오후에 드리기로 한 나는 한 번 더 국립공원에 가기로 했다. 어차피 돈을 뽑으려면 국립공원을 가야만 한다. 플리트비체의 유일한 ATM 있는 곳. 한 대라도 있어 다행이다 싶을 지경이다. 그것마저 없었으면 다음 도시로 발길을 돌려야만 했을 테니까. 국립공원 자체가 너무 아름다운 곳이라 한 번만 갔다 오기엔 발길도 떨어지지 않거니와 어제와는 다른 코스를 가볍게 돌아보고 오고 싶었다.

아침 식사로 드넓은 풍경을 메인메뉴로 삼고, 사이드메뉴로 빵과 따뜻한 차를 먹고 있는데 옆에 있던 주인아저씨와 한 남자의 대화가 들린다. 숙소 주변에 돌아볼 만한 데가 있겠냐고 묻는 남자의 말에 아저씨는 물론이라며 뒤에는 차가 다니지 않는 길이라 산책하기 좋은데 원한다면 자전거도 빌려주겠단다.

"그 자전거 나도 빌릴 수 있을까?"

"물론이지!"

단 두 마디로 상황은 끝났다. 남자는 오늘 떠날 예정이라 자전거까지 빌릴 생각은 전혀 없어 보였다. 그렇게 자전거는 내 품으로. 생각보다 많이 높은 안장 덕에 십여 분을 낑낑댔다. 뒷마당에 이불 널러온 아저씨가 '자전거 탈 줄은 아냐'라는 눈빛으로 쳐다본다. 기어이 공중에 뜬 듯한 기분을 받으며 올라탄 나는 내리막을 쌩하니 달렸다.

우와아아아아아아아아. 엄청나게 신은 났지만, 국립공원에 무사히 도착해 땅에 발을 내딛었을 땐 높은 안장으로 인해 말로 설명할 수 없는 고통을 느꼈다.

다시 간 그곳에선 어제보다 카메라를 내려놓고 눈으로 더 즐길 수 있었다. 주말이라 유난히 많이 보였던 한국인들. 지나가면서 들려오는 어른들의 대화는 주로 전세 얘기, 아는 사람이 쓰러진 얘기 등이었다. 벤치에 앉아 카메라를 세워둔 채 홀로 사진을 찍고 있는 나에게 다가온 한 아저씨. 한동안 대화를 나눴는데 '대학교 졸업은 한 거냐' 부터 시작하셔서 '일 안 하고 이러고 있어도 되는 거냐, 취업은 안하냐' 까지 도착하신다. 그럴 수 있다.

아주 태연하게 "일이야 돌아가면 해야죠, 뭐."라고 대답했고, 그 말에 아저씨는 "그래, 돌아가서 일하게 되면 이렇게 못 나오니까 이러고 있는 거지?"라고 하신다. 그 말에 나는 웃으며 "아니요, 다시 이러고 있으려고 일하러 가는 거에요."라고 말했다.

아저씨는 무리를 따라가셔야 해서 더 많은 대화를 할 순 없었지만 내 대답에 고개를 갸우뚱거리며 그게 그렇게 되는 거냐고 물으시며 급히 떠나신다. 어찌 됐든 여행 잘하라는 말도 함께 해주시며.

상류에서 하류로 건너와 잔디 위에 위치한 단조로운 식당가에서 감자튀김과 맥주 한 잔을 시켰다. 별거 아닌데 호수가 보이는 넓은 잔디에서 먹고 있으니 만찬을 즐기는 기분이다.

와이파이가 잘되는 걸 알게 된 나는 이때다 싶어 주인아저씨에게 다른 손님을 픽업할 때 같이 좀 데려가 달라고 부탁하는 메일을 보냈다. 자전거를 다시 타고 돌아가기엔 생각보다 더 큰 고난이 올 것 같았다. 혹시나 안 되면 끌고라도 가야지 싶었는데 다행히 그에게 알겠다는 답장이 왔다. 고통을 줄일 수 있게 됐다.

약속시간은 5시. 오늘은 분명 짧고 가볍게 돌아보고 올 생각이었는데 돌다 보니 안 가본 데도 가고, 봤던 데는 또 보느라 점차 방향 감각을 잃어가기 시작했다. 분명 표지판이 곳곳에 잘되어있음에도 출구를 못 찾다니. 그렇게 공원 안에서 길을 잃었다. 물론 사방에 사람이 넘쳐 조난당할 일은 없지만, 목적지까지 가는 게 문제인 거다. 선착장만 바꿔 타면 될 것을 뭐에 홀린 건지 굳이 산길로 들어가는 바람에 살짝 헤매고 급하게 뛰기도 했다. 그래도 애쓴 덕에 5분 전에 도착! 자전거를 들고 아저씨를 기다리고 있던 내 모습에 빵 터지신 아저씨는 "내 자전거…."를 중얼거리시며 트렁크에 실으셨다.

슈퍼로 다시 나가기엔 에너지가 부족해 남은 파스타 면을 끓일 동안 빵에 치즈 하나를 끼워 저녁을 먹기 시작한다. 떠난 사람들이 두고 간

소스를 이것저것 막 섞어 넣었는데 태어나서 만든 파스타 중 세 손가락 안에 들 정도로 맛있게 만들어졌다.

차를 한 잔 끓여 바깥에 앉아있는데 점점 추워지는 기분. 어제보다 더 춥다. 아래는 덥다던데 산은 산인가 보다. 거실마저 점점 추워지자 방으로 슬금슬금 올라와 좀 이른 시간이지만 침대에 누워본다. 내일이 마지막 날이네. 마음 같아선 더 있고 싶지만 이곳이야말로 더 머물수록 욕심 날 곳이다. 게다가 이젠 떠나라는 듯 점점 추워지기도 하고.

'보르도 벼룩시장에서 샀던 나의 사랑스러운 워커에게'

나의 사랑스러운 워커야.

내 손에 들어온 뒤로 갑자기 많이 낡아버려 미안한 워커야.

플리트비체 공원을 구석구석 헤매게 되면서 더 고생시켜 미안한 워커야.

단돈 오천 원에 넘어와 거의 두 달째 내 배낭 양옆에 매달려 나와 함께 해주고 있는 워커야.

덕분에 오르막도, 나무다리도, 진흙 바닥도 전부 헤쳐나갈 수 있었네.

운동화 신고 맨바닥에서도 잘 넘어지는 내가 한 번을 넘어지지 않고, 한 번을 휘청이지 않고 많은 곳을 밟을 수 있었던 것도 전부 네 덕분이야. 한눈파는 동안 내 발을 단단히 붙잡고 있어 주더구나.

앞으로 남은 여행도 잘 부탁하고, 네가 있어 늘 든든한 거 알지? 소포로 같이 보낼까 말까, 잠시 고민했었는데, 안 보내길 백번 잘한 것 같아. 날이 더워지고 있어서 네가 쉬는 날이 점점 많아질 것 같지만 늘 잊지 않고 널 챙기고 있단다. 귀국 날까지 잘 버텨주길. 한국 가서도 잘 버텨주면 고맙겠지만, 그것까진 바라지 않을게. 단지 내 욕심이야 그건.

#70
또다시 안녕

06/12

어젯밤에 잠시 잠에서 깼을 때 눈앞에 낯익은 사람이 움직이고 있었다. 밤 11시가 넘어서 들어온 사람이었는데 다름 아닌 자그레브 숙소 앞에 쪼그려 앉아있던 그 사람이었다. 잠결에 본 그 얼굴이 너무 당황스러워 자던 잠이 확 깼다. 이게 무슨 인연이야. 둘 다 잠에서 깬 김에 밤하늘을 보며 차 한잔을 했다. 그제야 통성명을 한 우리는 알고 보니 동갑내기 친구였다. 그렇게 갑자기 생긴 친구와 흐린 밤하늘을 보며 시간을 보냈었다. 날이 확실히 추워지고 하늘에서 번개가 치는 걸 봤었으니 오늘 아침에 비가 오는 게 이상한 건 아니었다.

버스 정류장으로 가는 차는 아침 일찍 딱 한 번만 가능해서 어쩔 수 없이 첫차를 타고 가기로. 이제 좀 가라는 듯 아침부터 비가 엄청 쏟아진다. 그 와중에 작디작은 버스 정류장에서 쪽지 같은 모양새의 '자다르'행 티켓을 샀다.

쏟아지는 비를 보며 그저께와 어제 국립공원에 갔다 오길 정말 잘했다는 생각이 들면서도 한편으론 이런 날에 비옷을 입고 걸으며 보는 호수는 어떨까 싶기도 했다. 같은 숙소에 머물렀던 한 남자가 나에게 오늘 하루 종일 비가 왔으면 좋겠단다. 비를 맞으면서 걷고 싶다고. 나도 그러고 싶어질 정도의 설렘 가득한 표정이었다.

안녕, 머무는 내내 행복했던 나의 플리트비체.

이곳은 자다르

하루만 머물기로 한 자다르. 터미널엔 사람이 좀 있었지만, 숙소로 가는 길엔 사람이 점점 사라지고 가게들은 전부 문을 닫았다. 그랬다. 오늘은 일요일. 호스텔에 도착했을 땐, 친절을 뛰어넘어 친구 같은 여자가 반갑게 맞이해주더니 다짜고짜 "너 오늘 운 좋게도 여기에 아무도 없어!"라고 말을 건넨다.

무슨 말인가 싶었는데 진짜 예약한 사람이 더 이상 없었다.

'아니 그럼 몇십 명이 들어가는 이 호스텔에 오직 나만 있다는 거야?' 게다가 그녀마저 저녁에 퇴근한단다. 이게 무슨 상황인가 싶었지만, 배가 고팠던 나는 호스텔 직원의 설명을 듣고 일단 단돈 2,000원에 얼굴보다 더 큰 피자를 먹을 수 있다는 집에 열심히 찾아갔다. 아니나 다를까 굳게 닫힌 문. 겨우 문을 연 레스토랑을 찾아 피자 한 판과 맥주 한 병을 주문했다. 어제까지 산속에 지내면서 마트가 멀어 최소한의 식량들로 먹었던 지라 자다르에 도착하자마자 터져버린 식탐. (산속에서도 분명 잘 먹었으면서)

플리트비체에서 출발할 땐 거센 비가 내리더니 여긴 뜨겁다. 어제 잠도 좀 설쳤고 배도 부르니 숙소에 있다 해가 좀 지면 나가기로 했다. 방에서 쉬고 있는데 아까 그 여자 직원이 들어온다. 오늘 진짜 아무도 없는 거냐고 다시 물어봤고, 그녀는 아주 밝은 목소리로 "걱정 마, 오늘 밤 너는 여기서 뭘 해도 상관없는 거야! 즐겨!" 라고 답한다. 의도치 않은 독방이다. 아니, 독채다.

해가 좀 지고 숙소를 나와 자다르의 유일한 볼거리라는 '바다 오르간'으로 향했다. 바닷가에 있는 파이프를 파도가 치면서 소리를 내는 곳인데 말 그대로 바다가 연주해주는 오르간인 셈이다. 비가 올 거라는 호스텔 여자의 말을 듣고 챙겼던 우산은 바다 오르간에 도착할 때쯤 갑자기 쏟아지기 시작했을 때 유용하게 꺼내 들었다. 비가 우산을 두드리는 소리와 바다 오르간의 묘한 소리가 뒤섞였다. 게다가 마침 일몰 시간. 나도 모르게 집중했던 순간이었다. 언뜻 들으면 쇠를 긁는 듯했는데 가만히 듣고 있으면 바다에 빨려 들어갈 것만 같던 그 소리가 지금도 귓가에 맴돈다. 일요일이라 사람보기 정말 어려웠던 자다르에서의 짧은 하루. 늘 사람이 붐비는 걸 피하고 싶어 했지만, 막상 가는 데마다 사람이 하나도 없으니 그게 더 이상했다. 관광객도 거의 보이지 않고 드문드문 열려있던 바는 동네 아저씨들의 놀이터에 가까웠다.

통 크게도 건물 한 채를 전세 낸 셈이 되어버린 나는 오늘 밤 이 방에서 두 다리를 아무 데나 올려놓고 오랜만에 영화나 볼 생각이다. 그 전에 또다시 구멍 난 운동화부터 꿰매야겠지만.

'어느덧 한 달이 남은 이 시점에'

날짜를 굳이 세진 않았지만, 매일같이 기록하다 보니 모를 수가 없는 내 여행 일수. 오늘이 70번째 기록이라니. 진짜 딱 한 달 정도 남은 셈이다.

대충 생각한 루트에도 없던 크로아티아에서 시간을 보내고 있는 지금, 나는 그동안 어떤 걸 얻고 어떤 걸 잃었을까.

딱히 잃은 건 없다. 몇 가지 물건을 잃어버린 것 외에는.

얻은 건 아주 많다.

사람, 배짱, 바디랭귀지 실력, 물건을 더 이상 잃지 않겠다는 의지력 등.

한 달 뒤에 한국으로 돌아가면 해야 할 일들을 무의식적으로 나열해보기 시작했다. 여행이 끝나면 생각하고 싶었건만 자꾸만 미리 떠올리게 되는 건 어쩔 수 없는 걸까.

집 구하기.

일 구하기.

고장 났던 컴퓨터 구해주기.

밀린 서류 정리하기.

구할 게 참 많다. 지극히 현실적인 것들뿐이지만 그중에 가장 자주 떠올리는 건, 다음 목적지.

바로 집으로 돌아가면 좀 허무할 것 같아 아직 한 달이나 남아있음에도 귀국하면 제주도로 갈지, 서울에 좀 더 머물지, 기차여행을 갈지 등을 고민해본다. 나름 마음에 드는 고민들을 일부러 만들어가면서.

#71

어제와 달랐던 이곳에서

06/13

막상 큰 건물에 혼자 있다고 생각하니 살짝 무서워서 못 잘 줄 알았는데. 혼자 사물함을 세 개나 쓰고 의자를 독차지하고 노래를 맘껏 틀어놓고 아무 데나 퍼질러 있는 게 좋기는 한데, 한편으론 애매하게 무섭기도 해서 웃으려고 예능 프로그램을 틀었다가 재미없는 편을 고른 덕에 오히려 아주 잘 잤다.

오늘은 월요일이니 사람들이 많아졌겠지, 가게들이 문을 열었겠지 라는 생각을 하며 길을 나선다. 성당과 바다 오르간을 최종 목적지로 두고 골목을 돌아다녔다. 어제는 비가 와서 우산을 쓰고 다닌 데다 저녁에 나가는 바람에 못 봤던 것들이 많았음을 깨달았다. 규모는 작지만 꽤 번화

한 곳이었고 반가운 시장도 보인다. 꽃에 관심이 전혀 없던 나도 유럽 시장들을 돌아다니면서는 늘 있던 꽃에 자연스레 익숙해졌다. 한 다발 꼭 쥐고 가는 할머니나 할아버지를 보면 나도 모르게 기분이 좋아진다. 저 분들이 집에 가서 꽃을 정리하며 행복해할 모습을 상상하며.

어제의 다섯 배 정도 볼거리가 늘어났다. 수많은 기념품샵과 핸드메이드샵들을 돌아다니다 보니 어느새 다시 나타난 바다 오르간. 구름이 심하게 예뻤던 오늘, 다시 마주한 그곳은 여전히 묘하다.

골목을 돌고 돌며 봤던 곳들을 차례로 다시 마주칠 때쯤 발길을 돌렸다. 여전히 아무도 없는 숙소에서 마지막으로 짐을 정리하고 버스터미널로. 몇 시에 차가 있는지도 모른 채 갔지만 마침 출발 5분 전인 버스 티켓을 살 수 있었다. 굿 타이밍!

가는 내내 창밖으로 보이는 날씨가 아주 변화무쌍하다. 한여름처럼 뜨거웠다가, 가을처럼 바람이 불었다가, 장마처럼 억수비가 쏟아졌다가를 반복한다. 십 분 단위로 바뀌는 듯한 광경을 또다시 보고 있자니 마치 사계절을 빨리 감기라도 해서 보고 있는 것 같다.

픽업해주겠다고 먼저 연락을 준 숙소 사장님 덕에 '스플리트'에 도착해선 헤맬 일이 없어졌다.

버스 터미널에 내리자마자 온몸으로 느껴지는 휴양지 분위기. 항구가 바로 앞에 보이고 큰 배부터 아주 작은 배까지 가득 차 있다. 사람도, 배도, 가게도 북적북적한 곳이지만 바다를 제대로 끼고 있는 도시라는 것만으로도 충분한 곳이다.

한 골목에 ATM이 서너 대씩 있고 24시간 슈퍼도 있으며, 차도 많고 없는 게 없는 곳. 그러나 문득 이 모든 게 부족하던 '플리트비체'가 다시 떠오른다. 부족해도 부족함 없었던 곳이었는데.

의도치 않게 오늘도 일몰에 맞춰 바닷가로 나오게 된 나는 세상에서 제일 황홀한 표정으로 주황빛 하늘을 보고 있었던 것 같다.

그.러.나.

하늘에 빠지는 것도 잠시, 갑자기 쏟아지기 시작한 비는 멈출 생각을 하지 않는다. 생각보다 오래 내리는 바람에 건물 지붕 아래에서 기다리는 걸 포기하고 비를 홀딱 맞으면서 숙소로 돌아왔다. 손에 쥔 카메라만 아니었으면 더 제대로 맞으며 돌아다녀 볼까도 싶었다. 비 맞는 걸 싫어했던 나는 어느덧 '비 좀 맞으면 어때'라는 사람이 되어있었다. 그래도 내일은 비가 오지 않기를.

'먹고 살겠다고 요리도 곧잘 하고 있으니'

길을 가다 보면 마주치는 많은 것들을 보면서 늘 이건 배워보고 싶은데, 저것도 해보고 싶은데 라는 욕심 아닌 욕심을 부릴 때가 있다. 길거리 공연에 빠져있다 보면 피아노를 좀 더 열심히 배울걸, 플루트를 계속 배워둘걸, 기타도, 콘트라베이스도 도전해볼걸. 게다가 유럽은 워낙 건물들이 아름다운지라 곳곳엔 늘 뭔가를 보며 스케치 중인 사람이 많다. 그걸 보면 또 '아, 돌아가서 그림을 배워볼까..'심지어 꽃꽂이를 해볼까라는 생각까지.

핸드메이드 가게를 운영 중인 사람을 봐도 그 욕심은 사라지지 않는다. 유람선을 탈 때마다 여기서 아르바이트하면 잘할 수 있겠다 싶고, 호스텔 아르바이트도 열심히 할 수 있을 것만 같았다. 그 정도로 쓸데없이 욕심만 많은 내가 한결같이 관심 두지 않는 건 '요리'였다. 식당에 앉아 요리하는 주방을 아무리 쳐다봐도 저 사람이 대단해 보일 뿐 그걸 배우고 싶다는 욕구는 전혀 들지 않았다. 그만큼 요리의 '요' 자에도 흥미를 느끼지 못하던 내가 어느덧 먹고 살겠다고 요리를 하고 있었다.

물론 누군가에겐 고작 파스타지만 나에겐 '파스타씩이나?'가 된다. 즉석식품과 패스트푸드로 보냈던 내 짧은 자취인생에 비하면 아주 큰 발전이다. 언제부턴가 돈을 생각 없이 쓰기도 했거니와 크로아티아는 도시 이동할 때마다 매번 드는 돈이 은근히 많아서 현금인출을 자주 했다. 그래서 어쩔 수 없이 만들어 먹기로 한 거지만, 이쯤 되면 사람이 한번 마음먹으면 못할 게 없겠구나 싶다.

쓸데없이 센 고집으로 나는 여태껏 내가 하기 싫은 일보다 하고 싶은 일을 더 많이 해왔다고 생각한다. 앞으로도 그럴 확률이 높겠지만 적어도 스스로 먹고 살 거면 무조건 하고 싶은 일만 고집하는 건 무리임을 잘 알고 있다.

내가 하고 싶은 일을 하되, 하기 싫은 일도 무난하게 해낼 줄 아는 사람이 되길 바라며.

먹고 살겠다고 그 흥미 없던 요리도 하고 있으니 앞으로 인생을 살아감에 있어서도 가리지 않고 더 많은걸, 더 다양한 걸 시도하길.

#72

따뜻함과 뜨거움의 어디쯤

06/14

유난히 냉방에 신경 쓰던 호스텔 사장님 덕에 밤새 추위에 떨었다. 아침에 일어났는데 이 더위 속에 감기 기운이 느껴질 정도였으니. 나오자마자 느껴지는 따뜻한 공기에 몸이 녹는다.

달콤한 아이스크림을 먹으며 바다 쪽으로 쭉 내려가 본다. 샛길로 새버렸다가 우연히 마주친 시장. 크로아티아는 가는 도시마다 시장을 늘 쉽게 마주쳐서 동네를 돌아다니듯 편안한 나라다. 시장을 한 바퀴 돌고 다시 바다를 따라 걷는데 이번엔 '라바 거리'라 불리는 중심 거리에 줄지어 나와 있는 기념품 가게들이 눈길을 끈다. 이미 여러 개의 팔찌가 있음에도 자꾸만 사고 싶다. 등대모형도 사고 싶고 마그네틱도 사고 싶었지만 지금 사면 짐이 될 뿐이니 또다시 마음을 다스린다.

스플리트에 대해 유일하게 알고 있는 정보였던 '디오클레티안스 궁전'으로 향했다. 이 도시를 사랑했던 왕이 제대로 된 자신의 휴양지를 만들고 싶어서 지었다는 곳이다. 성벽에 난 창으로는 스플리트의 바닷가가 한눈에 들어온다. 궁전 안을 몇 바퀴 도는데 자꾸만 바깥으로 통하는 골목을 지난다. 이 골목으로 들어가면 저쪽으로 나오고, 저 골목으로 들어가면 이 골목으로 나오기를 몇 번 반복하다 이내 입구로 나와 반지하 정도에 위치한 기념품 가게들을 구경했다. 성의 내부를 꾸며서 만든 공간이라 길가에 있는 기념품 집들과는 또 다른 분위기다.

도시 자체가 미로 같은 골목이 많아서 어떤 출구엔 기념품집이, 어떤 출구엔 숙박시설이, 어떤 출구엔 바다가, 어떤 출구엔 레스토랑이 모여 있다.

기념품 품목들을 줄줄 외울 수 있을 정도로 돌아다니다 보니 어느새 도시 전체가 점점 뜨거워진다. 시원한 과일맥주 한 병과 프레첼을 사와 바닷가 벤치에 앉았다. 오프너를 들고 다닐 순 없으니 여태껏 비상용 라이터로 매번 따왔었는데 오늘따라 잘만 따던 병뚜껑이 쉽게 따지지 않는다. 혼자 고개를 파묻고 낑낑대고 있는데 갑자기 드리워지는 그림자. 고개를 들었더니 한 아주머니가 언제부터 보고 있으셨던 건지 시니컬한 표정으로 "내가 따줄까?"라고 말을 건넨다. 고개를 세차게 끄덕이며 병을 건넸다. 무심히 병을 따주고 손을 흔들며 사라지시는 아주머니. 그 타이밍에 떡하니 나타나 준 그녀가 엄청나게 고마웠다.

영수증 뒷면에 낙서도 끄적이고, 새파란 바다도 눈에 가득 담아본다. 여태껏 날씨 운이 지지리도 없었던지라 갑자기 뜨거워진 날씨가 많이 낯설다.

지도를 보지 않고 길을 나섰다가 처음 보는 곳으로 들어가 버렸다. 관광객 하나 없는 어느 외딴 구역이 나타났지만, 워낙 작은 도시라 무조건 바다로 향하면 그만이었다. 초등학생 때 봤던 딱 그 느낌의 동네미용실과 동네 문방구가 있었고, 씽씽이를 타고 공놀이를 하는 아이들이 있던 곳. 우리나라 시골 마을 입구처럼 큰 나무와 집 몇 채가 어우러진 곳을 지나면서 살짝 과거로 돌아간 기분은 덤이었다.

오늘도 일몰과 함께. 시끌벅적한 라바 거리를 뒤로 한 채 바다만 바라보고 앉는다. 이어폰을 귀에 꽂자 완전히 멀어지는 시끌벅적함. 밤이 되도 활기찬 이 도시의 한가운데에서 혼자만의 고요함에 점점 빠져들었다.

'아이스크림을 먹고 있는 중년의 부부 혹은 할머니 할아버지를 보며'

날이 지날수록 점점 더워지고 있는 유럽. 그중에서도 바다를 끼고 있는 남부지역으로 내려갈수록 태양은 더 뜨겁게 다가오는 것만 같다. 젤라또의 나라 '이탈리아'에 가기 전까진 내 혀에 전해질 감동을 더 극대화시키기 위해 일부러 아이스크림을 가끔씩만 먹기로 했으나 절대 그걸 지킬 수 없을 정도의 온도다. 그러다 보니 나뿐만 아니라 길거리에 있는 대부분의 사람들 손에는 아이스크림이 들려져 있다.

여행 초반에 언젠가 나도 모르게 길을 걷다 흐뭇한 미소가 나왔던 적이 있었는데 바로 백발의 노부부가 아이스크림콘을 너무 맛있게 먹고 있는 모습이었다. 우리나라에선 할머니 할아버지뿐만 아니라 아주머니 아저씨들이 아이스크림콘을 들고 다니며 먹는 모습을 보는 게 흔치 않아서 나도 모르게 시선이 갔던 것 같다. 정말 보기 좋았다.

직접 고른 맛이 마음에 들었는지 흐르는 한 방울까지 놓치지 않으며 행복한 웃음을 짓고 계신 모습이. 각자 들고 있는 아이스크림 색이 다르듯, 그들의 행복한 표정 또한 전부 달랐다. 나도 저렇게 행복하게 먹고 있으려나.

한국의 어른들은 건강 때문인 건지, 입맛이 변하신 건지 군것질을 자제하는 경우가 많은데 유럽의 어른들은 너나 할 것 없이 디저트를 즐기고 초콜릿이나 아이스크림을 먹으며 곁에 있는 손자와 똑같이 해맑은 웃음을 짓고 계신 걸 자주 본다.

돌아다니다 아주 가끔 한국 관광객들의 대화 소리가 들리곤 하는데 한 번은 아이스크림이 먹고 싶다는 아저씨와 이를 말리는 아주머니의 대화가 들렸다. 몸에 안 좋다고. 참으라고.

사실 한국에서 먹고 피는 술 담배가 몸에 더 안 좋으면 안 좋았지 여기서 몇 번 먹는 이 아이스크림이 안 좋을 거 같진 않았다. 한 번쯤은 생각을 바꿔보면 어떨까. (굳이 그래야 하는 건 아니지만) 한국과는 다른 환경에 놀러 온 순간인 만큼 이곳의 여느 아저씨들, 할머니들처럼 맘 편하게 아이스크림도 먹어주고 어릴 때처럼 군것질도 해가며. 쓸데없는 물건 산다고 면박부터 주는 것 대신 추억 삼아 그 쓸데없는 물건도 한 번 사보고.

늘 자식들 뒷바라지에, 가정에 대한 책임만 지고 살았던 우리 어머니 아버지들이 좀 더 아이처럼, 한국에서와는 조금은 다른 사람처럼 그 순간을 즐기시길 살짝 바라본다.

#73

크로아티아의 마지막 도시로

06/15

스스로 잘 먹고, 바다와 잘 놀고, 질릴 만큼 기념품을 구경할 수 있었던 스플리트를 떠나는 날. 머무는 내내 마주했던 일몰의 순간만큼은 부디 오랫동안 내 기억 속에 남아있어 주길.

여전히 기념품들이 넘치는 북적북적한 '라바 거리'를 지나 바닷가 벤치에 도착. 배낭에 기대 누우니 여기가 그냥 내 침대다. 하염없이 누워있고 싶었건만 선글라스를 끼고 있어도 창으로 찌르는 듯한 햇살에 결국 두 손 들고 버스터미널로 향했다.

먹고 자고를 반복하는 와중에도 한참을 달리는 버스. 스플리트에서 출발할 땐 사람이 꽤 차있더니 어느 순간부턴가 텅텅 비어있다. 한참을 자다 일어났더니 내 앞엔 버스 기사 아저씨들뿐. 뒤를 돌아봤더니 단 두 명이 있다. 이 큰 버스에 기사 아저씨 세 명, 승객 세 명이 타고 저 아래에 있는 도시까지 내려가고 있는 거였다. 먼 길을 가고 있긴 한가보다.

버스에 탄 지 다섯 시간이 넘어설 때쯤, 버스는 또 쉬어간다. 기사가 세 명이나 계시건만 필요 이상으로 자주, 게다가 길게 쉬는 아저씨들 덕에 도착시간은 이미 지난 것 같고 몸이나 쭉쭉 펴준다. 긴 시간을 버스 안에서만 보낸 하루였지만 확실히 좋았던 건 크로아티아의 산수경관, 아니 평생 볼 산수경관을 한꺼번에 몰아서 본 기분이 들 정도의 시간을 보냈다는 것이다.

드디어 마주한 '두브로브니크'. 느낌이 딱 온다. 여긴 무조건 좋은 곳이다. 언덕을 가득 채운 집들이 그림처럼 펼쳐진다.

예약해둔 숙소는 언덕이 꽤 가파르다는 걸 알고 왔던지라 스스로를 응원하며 열심히 올라온 결과, 도시 전경이 꽤 잘 보이는 집 앞에 도착했다. 친절한 아주머니가 반겨주시고 머무는 내내 3인실을 혼자 쓸 수 있다는 소식이 기다리고 있었다. 게다가 아기자기한 마당이 딸려 있어 마음에 든다.

이미 시간은 밤을 향하고 있었다. 숙소에서 꽤 먼 시내로 나가는 것 대신 에너지 충전을 위해 맥주 한 잔만 하고 일찍 자기로. 2분 거리에 있다는 마트로 가는데 마치 우리 동네 뒷골목 걸어가는 기분이 들 정도로 익숙한 풍경이다. 물론 저 멀리 시선을 두면 바다가 멋지게 펼쳐진다는 것만 빼면. 그렇게 도착한 마트는 10여 분 전에 문을 닫았다. 아쉽지만 어쩔 수 없으니 계단을 내려오는데 올라가던 어떤 사람과 눈이 마주쳐 인사를 하게 됐다. 동네 주민인 듯해서 혹시 슈퍼 있냐고 물었더니 방금 내가 갔다 온 슈퍼를 알려준다. 닫았다고 알려줬더니 다른 슈퍼를 알려주며 같이 가잔다. 멀지 않은 곳에 있던 다른 슈퍼에서 맥주를 사는데 아까 그 사람이 맥주를 들어 올리며 친구 집에서 축구 보며 마실 건데 같이 가자고 제안한다. 워낙 조용한 동네라 살짝 심심했던 차라 콜! 프랑스와 알바니아의 재미없는 흐름의 경기를 보며, 새로 생긴 두 친구와 이런저런 얘기를 하며 어느덧 이곳에 마음을 내려놓기 시작했다.

'여행하며 밟게 되는 곳들에 대한 첫 느낌을 좋게 만드는 나만의 방법'

*일몰 시간쯤에 도착한다.
하늘의 색이 아름다운 시간대에 도착하면 무조건 그곳은 좋은 곳.

*바다 혹은 산, 둘 중에 하나는 제대로 끼고 있어야 한다.
즉, 자연에 가까울수록 그곳 또한 좋은 곳.

* 근처 슈퍼부터 들러본다.
지극히 개인적인 경험을 기준으로 했을 때, 슈퍼 직원이 친절하면 대부분 그 도시 사람들도 친절한 편이었다. (당연히 아닐 수도 있다)

* 어느 곳의 어느 땅이 되었든 일단 내 기분이 제일 중요하다.
기차나 버스에서 내리기 전에 무조건 기분을 up 시킨다.
그러고 난 후 밟게 된 곳은 콩깍지가 씌인 것처럼 모든 게 좋아 보인다.

* 그곳에 사는 할머니나 할아버지, 아이들이 많은 골목부터 찾아본다.
인자한 성품을 가진 할머니 할아버지에 대한 로망이 있는지라 그런 곳을 지나다 보면 어느덧 기분이 좋아진다.

#74

마당에 빠지다. 두브로브니크에 빠지다

06/16

바닥을 쓰는 소리에 눈을 떴다. 기지개를 켜며 문밖으로 나가보니 제일 먼저 눈에 들어오는 건 마당이었다. 주인 할머니와 가벼운 인사를 하고 마당에 있는 의자에 앉았더니 딱 내 자리처럼 편한 기분. 나뭇잎들이 그늘을 만들어주고, 작은 돌담은 다리 얹어놓기 딱 좋은 높이. 방금 사온 시원한 사이다 한 병까지. 눈앞엔 정겨운 느낌 왕창 주는 바가지 안에 담긴 레몬들과 감자들, 작은 텃밭이 보인다. 볕 좋은 위치엔 건조대까지. 오랜만에 내 옷들도 제대로 된 건조를 할 수 있게 됐다. 늘 침대맡에서 겨우겨우 말리던 것들이 오늘은 몇 시간 만에 바짝 마른다.

내가 꿈꿔오던 마당과 아주 흡사한 곳이었다. 그곳에 앉아 엄마와 꽤 오래 통화를 하고 있으니 주인 할머니가 오가며 쳐다보신다. 곧이어 이 집 아이들도 수줍게 인사를 건네며 지나간다. 시골집에 대한 로망이 있는 나에겐 더없이 예쁜 순간들이다.

글도 마저 쓰고 친구들과 연락도 했다. 게으름 부리며 마당에 늘어져 있는 게 소문나기라도 한 걸까. 오늘따라 유난히 다양한 사람들과 연락이 닿았다. 내일 필리핀으로 떠난다는 동생, 취업과 대학원을 두고 고민 중인 동생, 공무원 시험이 이틀 뒤인데 자꾸 헛소리하는 내 절친, 취업에 성공한 기특한 친구, 얼른 돌아와 서울에서 놀아야 한다는 보고 싶은 친구, 제주도에 일하러 간 건지 즐기러 간 건 지 모를 만큼 예쁜 사진이 걸린 선배 언니 등등. 나를 포함해 각자 달라도 너무 다른 상황에 놓인 그들을 보며 새삼스레 신기하다.

마당에만 빠져 있으려고 스플리트에서 두브로브니크까지 다섯 시간 넘게 달려온 건 아니지만 그래도 좋다.

엄마에게 "나 지금 이러고 있어도 되는 걸까?"라고 물었다. 다들 바쁘게 돌아다니는데 이러다 나는 아무것도 안 보고 돌아가는 거 아니냐고. 역시나 쿨한 엄마는 "그게 뭐 어때서?"라고 한마디 툭 던진다. 그래 뭐 어때.

하루 종일 가만히 있을 태세였지만 해가 지자 선선하다 못해 산책하기 딱 좋은 온도가 되자 마음이 바뀌었고, 결국 나가기로 했다. 난 변덕쟁이니까. 길을 걸으며 보이는 무시무시할 정도로 가파른 계단들을 보며 '아, 내가 머물고 있는 숙소로 올라가는 길은 정말 편한 길이었구나'라는 깊은 깨달음도 얻었다.

딱히 길을 아는 건 아니었지만, 쭉 걷다 보니 어느새 내 위치는 주요 관광지 근처였다. 마치 컴퓨터 배경화면 같던 성벽을 끼고 수많은 레스토랑과 기념품샵들이 가득했다. 아무래도 오늘 저녁은 제대로 된 레스토랑에서 생선을 먹어줘야 할 것 같다.

좀 더 깊숙한 골목으로 들어가 보는데 어느 순간 한적해진다. 작은 편집샵 하나를 마지막으로 가게도, 사람도 없는 곳과 마주하게 됐다. 그리고 곧이어 나타난 성벽 길.

내일 갈 생각이기도 했고, 여차하면 패스할 생각이기도 했던 나는 그렇게 운명처럼 성벽을 걷게 됐다. 마치 '여기까지 와놓고 성벽을 안 걸어보고 갈 생각이라니 말도 안 돼!!'라는 무언의 이끌림이라도 있었던 것처럼. 입장료는 대문짝만하게 적혀있는데 입장 시간이 4분 전에 끝났다. 그러나 활짝 열려있는 입구. 내 앞뒤로 몇 명의 관광객이 들어가는 걸 보니 아마 그 시간엔 그냥 들어갈 수 있었나 보다.

낮 시간에 왔으면 북적거리는 사람들 사이에서 사진 남기랴, 성벽을 오르랴, 뜨거운 태양까지 함께 하면서 진땀을 뺐을 것 같다. 거의 혼자라고 해도 과언이 아니던 성벽 길을 걸으니 제대로 '두브로브니크'의 품 안에 들어온 기분이다.

이미 어두워졌지만 사람들은 여전히 많고, 레스토랑은 여전히 북적인다. 밝게 이어진 가로등 불빛들이 거리를 더 예쁘게 비추고 있었다. 마음에 드는 레스토랑을 골라 자리를 잡고 앉았다. 생선을 먹기 위해! (나에겐 스테이크보다 생선구이가 더 매력적인 메뉴다)

설레는 마음으로 맞이한 오늘의 저녁 메뉴는 최고였다. 적절한 간, 적절한 생선의 크기, 적절한 강도의 와인까지. 내 메뉴를 만들어주고 맞은편 테이블에 앉아 쉬고 계신 주방 아주머니에게 엄지손가락을 들어 보인다.

여전히 불빛과 사람이 가득한 곳이지만 아까와는 비교도 안 될 정도로 어두워져 남은 동전을 털어 버스를 타기로 했는데 이게 웬걸, 심술이라도 부리는 건지 동전지갑에 함께 넣어뒀던 맥주 뚜껑에 동전들이 제대로 끼어버려 나오질 않는다. 몇 번이고 동전을 빼려 했으나 기다리는 사람이 밀리기 시작할 때쯤 결국, 버스에서 내려야 했다. 걸어야 할 운명인

가보다. 좀 걱정스럽긴 했지만 어쩔 수 없으니 일단 길을 나선다. 옆에 있는 새까만 밤바다 소리를 들으며 걷다 보니 생각보다 빨리 숙소까지 왔다. 신데렐라처럼 자정이 되기 1분 전에 대문을 열고 들어온 나는 아무도 없는 독채와도 같은 방에 대자로 뻗었다가 벌떡 일어나 내일을 위해 배낭 정리를 제대로 하기로 했다. 잠도 오지 않고 부스럭대도 미안할 사람 하나 없으니. 배낭 속에 쓰레기가 이렇게 많을 줄이야. 쓸데없는 영수증, 비닐봉지, 종이 등을 버리고 나니 훨씬 가벼워진 기분이다.

'보는 게 좋고, 듣는 게 좋고, 맡는 게 좋지만, 말하는 게 멀어져간다'

세상 구경하는 게 너무 재밌어서 이러고 있다.

뭔가 대단한 걸 보고 싶어서 여행하는 건 아니고, 내가 가는 그곳에 살고 있는 사람들은 어떤 걸 좋아하는지, 어떤 생각을 하는지 알고 싶은 마음에.

어쩌다 들어가게 된 골목 곳곳에서 마주치는 화분과 자전거를 보면 반가움을 느낄 수 있게 되는 단순한 정신 상태가 되기도 하고.

그렇게 혼자 유럽 여행을 하는 게 작은 꿈들 중 하나였던지라 지금 이러고 있는 건데 아무래도 여러 가지 영향을 받고 있는 것 같다.

지겨울 정도로 펼쳐지는 산을 보는 것도 좋고, 바다를 보는 것도 좋고, 관광객이 아닌 그곳에 사는 사람들을 보는 것도 좋다. 길거리에 울려 퍼지는 노랫소리를 듣는 것도 좋고, 바로 옆에서 들려오는 파도 소리를 듣는 것도 좋고, 뭐가 그렇게 좋은지 그야말로 꺄르륵 거리는 소리를 내는 아기의 웃음소리를 듣는 것도 좋다. 곳곳에 퍼지는 피자 냄새도 좋고, (평소엔 향수 냄새를 싫어하지만) 우연히 스쳐 가는 누군가의 옅은 향수 냄새도 가끔은 좋다.

늘 눈을 뜨면 뭔가를 보고 있으며, 귀는 열려 있고, 코도 당연히 살아있으니 그야말로 제대로 기능을 하고 있는 셈인데 내 입만큼은 먹는 역할을 아주 충실히 하는 것 말고는 점점 조용해져 간다.

여행 초반엔 맛있는 걸 먹고 나면 주인아주머니에게 내가 아는 영어 중 최고의 표현을 쏟아내며 극찬을 쏟아냈었는데, 지금은 그저 더 맛있게 먹을 뿐이고 한국인을 만나면 반가운 마음에 서로 막 떠들기도 했는데 점점 한국인도 그냥 지나칠 뿐이다. 길거리에서 말을 트게 된 사람이 있으면 이런 저런 얘기를 하며 흥이 올랐었는데 요즘엔 할 말만 하고 헤어지는 기분이다.

고마우면 고맙다고 기분을 표현하고, 신나면 신난다고 기분을 마구 표출하던 나는 어느덧 차분하다 못해 얌전해졌다. 오랜만에 연락했던 친구가 말투가 변한 거 같다는 말을 한다. 갑자기 확 차분해진 느낌이란다. 굳이 핑계를 대자면 좋은 것들을 끊임없이 보고 듣다 보니, 말까지 많이 하기엔 내 다른 기능들이 너무 바쁘다.

어느 순간부터 말수가 줄어들긴 했지만 마음은 여전히 평화롭다. 한국으로 돌아가 사람들과 떠들 에너지를 충전하고 있는 걸 수도 있다.

부디 말하는 걸 까먹은 게 아니길.

#75

또다시 아무것도 하지 않기

06/17

체크아웃 시간이 되자 살짝 압박이 들어온다. 밤 10시에 배를 타고 이곳을 떠나는데 오전 10시에 체크아웃이니 12시간을 밖에서 놀아야 하는 셈이다. 배낭을 맡겨두고 일단 밖으로 나왔다.

어제 미처 보지 못했던 항구 근처의 시장을 구경하고 공원 벤치에 늘어져 잠도 잤다. 깊게 잠이 들었다가 문득 눈을 떴더니 어느새 사방이 할머니 할아버지. 아이스크림 드시는 할머니와 샌드위치를 베어 물고 계시는 할아버지가 보인다. 조금만 더 멍하니 벤치에 앉아 있었다.

항구로 들어가 배를 운전하는 아저씨와 잠시 잡담도 하고 배 구경도 했더니 어느새 오후. 숙소에서 배낭을 들고 나와 항구에서 남은 시간을 보내기로 하고 오르막을 오르는데 마음에 드는 돌담이 보여 또다시 앉아 있었다. 체력이 바닥날 일도 없고, 어제까지만 해도 잘 돌아다녔건만 자꾸만 몸이 가만히 있으려고만 한다. 숙소를 내려와 배낭과 함께 작은 교회 앞 벤치에 또다시 앉았다. 아니 눕는다. 배낭을 베개 삼아. 나무를 지붕 삼아. 할 것도 없고 시간도 엄청나게 남았으니 찢어진 가이드북을 꺼내 내일부터 가게 될 이탈리아를 공부해 보기로 했다. 꽤 집중이 된다. 사람도 없는 이 동네에서 오랜만의 글 읽기란 의외로 수월했다. 그러나 빈 병을 모은 봉지를 들고 다가온 할아버지 덕에 내 얕은 집중력은 안녕. 호스텔을 운영하시는 듯했는데 오늘 떠난다고 해도 자꾸만 자신의 집에서 머물라고 하시던 막무가내 할아버지. 지갑에서 주소를 적어 고이 접어두신 메모지를 꺼내 건네주신다. 떠나야 하는 나는 정중히 인사를 하고 그 자리에서 일어났다. 아직 시간이 많이 남았지만 계속 있으면 결국엔 할아버지 집까지 가게 될 것 같았다.

여객터미널로 들어와 이 글을 쓰고 있는 순간까지도 내 몸은 정말 아무것도 하지 않고 하루를 보내고 있다. 누군가한텐 배부른 소리겠지만 놀기만 하는 것도 어려울 때가 있다. (물론 믿기지 않겠지만) 그래서 아무것도 하지 않는 날이 필요한 거다.

아무도 없던 여객터미널에 두 사람이 들어왔다. 배 시간이 많이 남아 직원조차 없는 이곳에 사람이 들어오니 오히려 혼자 있을 때보다 낫다. 하마터면 테이블 위에 덩그러니 놓인 사과 한 알 마냥 고요히 존재할 뻔했다.

한참을 대화하던 둘. 그중 여자가 갑자기 슬금슬금 나에게 다가온다. 설문 조사를 해야 하는 데 도와줄 수 있겠냐고. 할 일도 없는 나는 노트북을 덮고 열심히 대답해주기로 했다. 알고 보니 두브로브니크 대학생들이었는데 전공 과제로 시장 조사를 나온 거였다. 여행객들이 크로아티아에 와서 얼마 정도를 소비하고 가는지에 대한 조사였다. 현금은 얼마를 썼고, 숙박비와 식비 그리고 기타 경비는 얼마를 썼는지에 대한 질문들이었는데 전혀 계산하지 않고 써오던 나는 그 덕에 이곳에 머무는 동안 내가 얼마를 썼는지 새삼스레 알게 됐다. '이 정도면 괜찮은 가격이지'라는 생각으로 쓸데없는 것들도 샀고, 과자는 끊었지만 그 외의 군것질은 언제나 함께였고, 맥주는 물보다 더 자주 사 마신 정도. 그랬다. 생각보다 많이 썼다. 그래도 머무는 내내 아주 행복했으니 전혀 아깝지 않다. 친절했던 사람들과 아름다운 아드리아 해의 가치는 그 이상이었으니까.

드디어 이탈리아로 향하는 배가 왔다! 여객 터미널에 사람들이 모이기 시작한다. 여덟 시부터 탑승 시작이지만 참으로 여유로운 여기 사람들 덕에 삼십 분이 지나서야 열린 문. 오늘따라 꽉 찬 달과 저 멀리 보이는 큰 배가 내 발걸음에 또다시 힘을 실어준다.

그동안 정들었던 크로아티아! 이제 진짜 안녕! 다음에 다시 올 수 있기를!

기대 반 걱정 반이었던 갑판 좌석은 내가 상상했던 갑판이 아니었다. 레스토랑 자리 아무 데나 잡으면 된단다.

'이렇게 안락한 소파에? 정말?' 5인용은 될 법한 이 넓은 소파에 그냥 머물면 된다니. 생각보다 편한 밤이 될 것 같아 만족스럽다. 갑판 위에서 밤바람에 밤새 떨 줄 알았는데 안락한 소파에 편히 누워서 축구경기도 보고, 음악도 들으며 가게 된 셈이다. 무사히 이탈리아로 가보자. 출항시간은 이미 지났지만 조급하긴커녕, 몸과 마음이 그저 편한 이 순간을 기억하며.

#76

이렇게까지 설렐 줄이야

06/18

아침이 되자 하나둘씩 레스토랑으로 커피와 빵을 먹으러 오는 소리에 잠에서 깼다. 커피 향이 너무 좋아 한참을 마실까 말까 고민했다. 저걸 마시면 또다시 식은땀과 빨라지는 심장박동을 겪을 텐데. 일단 몸을 일으켜 간단히 씻고 가벼운 옷으로 갈아입고 나니 점점 실감이 나기 시작했다. 이탈리아 땅에 다 와 간다니. 챙겨왔던 바나나와 빵을 보니 아무래도 커피를 한 잔 마셔야겠다 싶다. 라떼를 만드는 직원의 손길이 마치 동네 다방처럼 대충대충이었지만 그 맛은 여행하는 동안 맛본 몇 안 되는 커피 중 최고였다. 창밖엔 온통 바다와 하늘뿐. 지도를 보니 한 시간이면 이제 정말 이탈리아 땅에 닿는다. 유럽 여행을 처음 꿈꿨을 때 가장 가보고 싶었던 나라 중 하나가 이탈리아였는데. 드디어 그 날이 온 거다.

오전 여덟 시. 이탈리아 '바리' 도착. 출항 시간은 늦어졌으나 도착시간은 정확했다. 항구에서 나와 핸드폰으로 '나폴리'행 버스를 예약했다. 문제는 이 광활한 항구에서 버스가 서는 위치를 도저히 찾을 수가 없었다는 것. 버스 타는 데가 어디냐고 물어보면 대부분 시내버스 정류장을 알려줬고, '나폴리'라는 단어만 듣고 어느 한 곳을 알려준다. 버스 그림이 손바닥보다도 작게 그려진 간판이 있던 허허벌판의 어느 한 지점이었다. 아무리 봐도 여기서 탈 수 있을 것 같지가 않아 마침 그곳에 홀로 앉아계시던 할머니에게 '나폴리'행 버스를 여기서 타는 게 맞냐고 여쭀더니 자신도 그곳에 가신다며 반가워 해주신다. 안심하고 옆에 앉아 기다리는데 아무래도 지워지지 않는 이상한 느낌. 방금 온 예약 확인 메일을 다시 천천히 읽어 내려가 본다. 지도 아래 아주 작은 글씨로 버스 정류장 주소가 있었다. 검색해보니 걸어서 한 시간을 가야 한단다.

'응? 나 지금 삼십 분 남았는데?'

혼란스러워진 나는 자리를 박차고 일어나 사람이 모여 있는 항구 앞으로 다시 갔다. 다들 택시를 타라고 했지만 비싼 택시를 탈 생각은 전혀 없었다. 버스는 40분은 걸릴 거란다. 당장 타도 못 간다. 점점 망했다 싶은 생각이 드는 순간 한 남자가 무슨 일이냐며 다가왔다. 내 상황을 듣고는 걱정하지 말라며 자기 친구가 태워 줄 거라며 항구 밖으로 데려간다. 걷는 내내 걱정 말라는 소리만 열 번을 하던 그 남자는 어느 레스토랑 쪽으로 가더니 그중 한 아저씨에게 몇 마디 말을 한다. 아저씨 표정은 '택도 없는 소리 하지 마.'라는 표정. 아마 내가 지금 당장 가진 유로가 10유로도 안 되는 데다 시간도 없어 빨리 가야 한다는 말을 전했을 거다.

그가 또다시 걱정 말라며 이번엔 할아버지 한 명을 부른다. 그는 귀찮아하면서도 다행히 허락해주셨다. 알고 보니 택시가 아니라 아는 사람에게 부탁하는 거였다. 뒷좌석에 배낭도 제대로 실어주고는 악수를 하며 자기 친구를 믿어보란다. 어쨌든 해결! 처음 보는 할아버지의 차에 앉아 한숨 돌리며 얘기를 나누는데 속도가 장난 아니다. 시간이 없다는 걸 인지하셨는지 제대로 달려주신다. 그 와중에 할 말은 다 하시는 걸 보니 대단한 할아버지다.

티켓이 이미 있다고 몇 번을 말했으나 그건 알아듣지 못하셔서 나를 위해 티켓 오피스 앞에 세워주신 할아버지 덕에 내려서 삼 분 정도는 정말 죽도록 열심히 뛰어야 했지만 결국 출발 직전에 버스를 탔다. 이탈리아 신고식을 치룬 기분이었지만 숨을 헐떡이던 그 와중에도 마냥 설렜다.

'맛집은 믿지 않는다.'가 내 신념이지만 가는 동안 버스 안에서 내가 한 일은 나폴리 피자 맛집 찾기. 지도에 3대 피자 맛집이라는 가게 세 곳과 호스텔 하나, 딱 네 군데만 찍고 나폴리에 도착했다. 현금부터 뽑기 위해 인출기 앞에서 순서를 기다리고 있는데 앞에 서 있던 할아버지가 내 차례가 되자 연신 조심하란 손짓을 하신다. 눈 똑바로 뜨고 주변 살피라고. 돈 뽑는 나를 주의시켜야겠다고 생각하신 것 같다. 나폴리가 치안이 좋지 않다고 듣긴 했는데 아까부터 만나는 사람들마다 조심히 다니란 말을 하는 걸 보니 진짜 조심하긴 해야겠다 싶다. 체크인을 하는데 호스텔 사장님도 연신 조심하라고, 가방은 안고 다니라고 여러 번 강조하신다. 범죄도시에 온 기분이다.

오늘은 꼭 '그 피자'를 먹어야 한다. 내일 문을 닫으니까. 정말 좋아하는 〈먹고, 기도하고, 사랑하라〉라는 영화에서 줄리아 로버츠가 피자를 한 입 크게 베어 물던 바로 그 집이다. 가게 앞에 도착했더니 이미 줄이 어마어마하게 길다. 줄인지 뭔지도 모를 가게 앞의 무리 사이에 일단 어정쩡하게 들어가 잠시 지켜본 결과, 다들 번호표를 받고 기다리고 있었다. 나도 번호표를 받으러 갔더니 혼자 왔으면 바로 들어가란다. 오예! 혼자 여행의 장점이 다시 한 번 발휘되는 순간. 아무 데나 앉아 피자를 기다리는데 아, 정말 첫사랑 기다릴 때보다 더 설렜다. 빨리 들어와 앉을 수 있긴 했으나 피자를 만나는 데는 한참이 걸렸다. 삼사십 분이 넘어가고 인내심의 한계를 느낄 때쯤 피자가 나온다. 방금까지 차올랐던 나의 한계를 나무란다. '암요, 기다려야지요, 이런 피자가 나오는데 삼십 분쯤은 더 기다려야지요.' 접시보다도 큰 피자를 보며 입이 다물어지지 않는다. 마르게리타 피자가 이렇게 아름다워 보일 수도 있는 건가?

영화에서 이 가게에 앉아 바로 이 피자를 먹던 줄리아 로버츠의 대사가 생각났다.

"나 피자와 사랑에 빠진 것 같아. 지금 난 피자와 연애 중이야!"

딱 그 심정이다. 맛있다는 말보다 피자와 사랑에 빠진 것 같은 심정으로 한 판 정도는 가뿐히 먹어준다. 시원한 맥주와 꼭 함께 먹어야 한다. 전투적으로 피자를 먹고 나온 나는(합석한 부부가 순식간에 피자를 해치우는 바람에 속도가 같이 빨라졌다. 내가 피자의 4분의 1을 먹는 동안 그들은 이미 4분의 1이 남았다. 동시에 나온 피자였는데) 소화도 시킬 겸 '누오보 성'에 한 번 들러 보기로 했지만, 하필 결혼식이 열리는 중이라 상당히 어수선했던 그곳을 벗어나 시티투어 버스를 기다리게 됐다. 그러다 우연히 마주치게 된 한국인 여행자 두 명. 괜찮으면 자신의 차를 타고 같이 돌자는 제안에 반가운 마음으로 함께 하게 됐다. 한 명은 직장인, 한 명은 교환학생, 그리고 한 명은 백수(는 바로 나). 뚜렷한 목적지도 없던 우리는 즉흥적으로 나폴리 구경에 나섰다. 차를 타고 위로 계속 올라갔다. 아무 데나 내렸는데 공원도 있고 상상 이상의 전망이 보이는 곳이었다. 나폴리 시내가 훤히 보이는 위치. 관광객들보단 여기 사는 사람들의 쉼터 같았다. 바람도 적당히 불고 푸른 잔디 덕에 눈도 정화된다. 게다가 유쾌한 동행자들까지. 잔디밭에 누워 잠시 머물다 일몰을 보러 반대편 언덕으로 향하기로 했다. 포인트가 딱 정해진 건 아니지만 동쪽, 서쪽만 구분해서 언덕으로 올라만 가면 보이는 게 일몰이지 뭐. 추측으로 올라간 곳은 역시나 최고였다. 타이밍도 어찌나 정확했던지 올라서자마자 타오르던 태양이 천천히 사라져 가고 있었다. 여행 내내 정말 다양한 곳에서 일몰을 봤지만, 이곳의 일몰이 최고였다. 온갖 하늘의 색을 봤었는데 오늘 본 색은 말로 표현도 되지 않고, 카메라에도 전혀 담기지 않던 황홀한 색이었다. 우연히 함께하게 된 사람들 덕에 이런 구경도 하고 운이 좋다.

배가 고파진 우리는 언덕을 내려와 피자를 먹으러 가기로 했다. 그렇다. 피자만 두 판째다. 돌길에, 엄청난 오르막에, 좁디좁은 수많은 골목을 자랑하는 나폴리 한가운데에서 차를 다루기란 정말 쉽지 않은 일이었다. 막힌 골목으로 인해 어려웠던 순간엔 어디선가 갑자기 나타나 차 빼는 걸 도와주던 이탈리아 아저씨들. 손짓만 몇 번 해줬는데 차가 정말 잘 빠져나왔다. 운전대를 잡은 오빠 말에 의하면 이 정도 길이면 저 사람들이 운전을 못 할 수가 없겠다며 혀를 내둘렀다.

돌고 돌아도 찾을 수 없던 주차공간으로 인해 한 시간 넘게 헤매던 우리는 결국 맛집 대신 내가 머무는 호스텔 근처에서 피자를 먹기로 했다. 알고 보니 그 집 또한 맛집. 나폴리는 피자가 정말 어딜 가나 맛있나 보다.

'다양하게 생각할 줄 아는 사람이 되고 싶었는데'

글에도 여러 번 써왔지만 나도 사람이면서 사람 많은 곳을 싫어한다.

일단 웅성웅성하거나 시끌벅적하면 웬만해선 가지 않는다. 오늘 낮에 갔던 피자 가게도 내가 정말 좋아하는 그 영화가 아니었다면 바로 포기하고 다른 가게에 갔을 거다.

많은 사람들을 한꺼번에 만나는 건 내 능력상 힘들기도 하고, 부담스럽기도 하고, 좋아하지도 않지만, 지나가다 한두 명 스치듯 함께 하게 되는 만남들은 나에겐 전부 귀한 인연이고 좋은 순간들이다.

그중에서 오늘 만난 동행들은 유난히 다양한 경험을 많이 했던 사람들이었는데 얘기를 듣다 보니 그 짧은 시간 동안 내 기억에 새겨진 것들이 많았다. 확실히 경험이 많은 사람들은 할 말도 많겠지만 들을 말도 많다는 게 느껴진다. 그들에게 확실히 배운 점은 다양한 부분에 관심을 두고 있다는 것. 그게 정치, 경제와 같은 부분뿐만 아니라 사람, 음악, 여행 등에 둔 관심이었다는 것.

한 명은 법대를 나왔으나 게임회사에 다니고 있고 노래 부르는 걸 취미로 한다. 다른 한 명은 영국에서 교환학생을 하고 있으나 기타를 잘 치고 한인민박 운영을 한 때 꿈꿨다. 그리고 나는 대학교 졸업은 작년에 했으나 아직 뚜렷한 직업도 없이 여행 중이다.

셋 다 다른 상황이다 보니 비슷한 상황의 사람들끼리 만났을 때 나오는 그런 주제의 대화보다는 좀 더 다양한 얘기들이 나왔다. 관심 없는 주제엔 말을 거의 꺼내지 않는 편인데 그들은 그걸 끌어내는 것에 능숙했다. 얘기하다 보니 관심 없는 줄 알았던 분야에도 말이 나오고 흥미롭지 않았던 것들에 대한 얘기도 자연스레 나온다.

나는 항상 다양한 생각을 할 줄 아는 사람이 되고 싶었고, 다양한 시각으로 세상을 볼 줄 아는 사람이 되고 싶었다. 물론 지금도 그렇게 되길 바란다. 그러기 위해선 다양한 사람들 만나고 다양한 얘기를 나누는 것만큼 좋은 방법이 없다는 걸 알고 있었고.

그러나 현실의 나는 얘기를 나누기보단 듣는 게 좋다는 핑계로 대화가 아닌, 일방적으로 귀만 열고 있었던 건 아닐까. 이미 다양한 생각을 만들어낼 수 없는 짓을 하고 있으면서 그렇게 되길 바라기만 했다는 걸 오늘에서야 의심해본다.

#77
폼페이 그리고 소렌토까지

06/19

'폼페이'만큼은 꼭 가고 싶었다. 몇 년 전, 우리 집 한구석엔 『폼페이』라는 책이 아주 오랜 시간 가만히 놓여만 있었다. 두껍기도 하거니와 크기도 컸던 그 책은 누가 산 건지도 모르고(혹시 내가 샀던 걸까) 누구도 손대지 않던 책이었다. 한가하다 못해 몸이 쑤시던 어느 주말, 나는 그 책에 드디어 손을 대게 됐다. 두꺼워서 부담스러웠던 처음과 달리 첫 장을 시작하자마자 단숨에 다 읽어버렸었는데 '폼페이' 화산 폭발 전후의 모습을 아주 생생하게 그려낸 소설이었다. 아마 그때부터 막연히 관심을 가졌을지도 모르겠다.

이탈리아에서 손에 꼽을 만큼 화려했던 도시였으나 베수비오 산의 폭발로 하루아침에 잿더미가 되어버린 그곳이 세상에 다시 드러났을 땐 어떤 모습을 하고 있었을까. 보는 것도 느리고 이해하는 것도 느린 편이라 가이드 투어와는 맞지 않는 나는 혼자 폼페이로 향했다. '이건 뭐지?' 싶을 정도로 낡은 플랫폼과 열차를 보며 많이 놀랐지만 '언젠가 목적지에 내려는 주겠지'라는 마음으로 출발. 미리 챙겨둔 폼페이 관련 글을 읽으며 혼자만의 탐방을 준비해본다.

부지런히 출발해 오전부터 돌기 시작했음에도 해는 이미 뜨거워졌다. 한때 아주 잘 살고, 화려했고, 많은 것들이 존재했다는 이곳은 생각했던 것보다 더 크고 넓은 골목들로 가득한 도시였다. 처음엔 미로 같은 골목과 휑한 집터들을 보며 가이드 투어를 했어야 했나 싶었지만 걷다 보니 미리 읽어둔 장소들이 곳곳에 보였고 시간이 흐를수록 폼페이의 모습을 상상하며 돌아다니는 것에 익숙해져 갔다. 유적지에 온 거지만 나폴리라는 도시를 돌아다녔듯 지금은 폼페이라는 도시를 구경하고 있는 기분으로.

가장 선명하게 남는 기억은 환경 그 자체였다. 정말 다 무너져버린 집도 있었고 꽤 많이 보존된 집도 있었는데, 어딜 가나 그 주위엔 파릇파릇한 잔디와 나무들이 또다시 무성하게 자라고 있었다. 자연과 폐허가 된 도시의 모습은 쉽게 섞이지 않았지만 많은 생각이 들게 했던 장면이었다.

폼페이를 돌면서 마주한 더위에 살짝 지쳤지만, 소렌토를 포기할 생각은 없었다. 나폴리-폼페이-소렌토 순으로 이어지는 열차가 다니는 길을 따라 그곳으로 향했다.

그야말로 절벽이 아름다운 휴양지였다. 레몬이 유명한 도시라 곳곳엔 레몬을 파는 가게들이 넘친다. 레몬, 레몬 슬러시, 레몬 사탕, 레몬 술,

레몬 시럽 등등. 온통 레몬빛깔이다.

바다를 보러 갈 생각이었는데 자꾸만 골목으로 새는 바람에 코앞에 있던 바다가 점점 멀어지고 있었다. 한참을 재밌게 구경하는데 떨어지기 시작하던 빗방울. 비 온다는 소리는 못 들었지만, 언젠 뭐 듣고 다닌 것도 아니기에 그러려니 하며 가던 길을 갔다. '이 정도야 맞고 다닐 만하지!'라며 계속 구경하는데 하늘에 갑자기 구멍이 난 것도 아니고 누가 양동이에 담긴 물을 퍼붓는 것도 아닐 텐데 비가 심하게 쏟아진다. 가게마다 천막을 급하게 내리고 좌판을 서둘러 치운다. 빠른 걸음으로 근처 가게에 들어가 주위를 둘러보니 서점이었다. 금방 멈출 비 같아 여유롭게 책 구경을 하다 보니 어느덧 약해진 빗줄기.

비가 엄청나게 내리고 나자 하늘도, 땅도, 눈앞도 흐려졌다. 덩달아 기분도 갑자기 흐려지기 시작했지만, 열심히 보러 간 소렌토의 해안과 절벽은 날씨가 좋지 않아도 아름다웠다.

여기까지 왔으니 저녁을 먹고 가기로. 뇨끼 한 그릇을 먹고 있는데 여태껏 잘 먹던 혼밥이 오늘따라 허전하다. 날도 흐리고, 사방엔 온통 가족 여행객들이 넘치고, 마침 레스토랑엔 좋아하는 노래가 흐른다. 쓸쓸한 척하기 딱 좋았다.

나폴리로 돌아오는 길. 남들은 가방을 붙잡고 조심하며 앉아있던 그 낡은 기차 안에서 나는 고개를 뒤로 넘겨 가며 깊은 잠을 자다 하마터면 중앙역을 지날 뻔했다. 가방이 아니라 정신이라도 붙잡아야 할 텐데. 열 시간을 넘게 걸었더니 피곤이 몰려온다. 몸이 그대로 땅으로 꺼질 것만 같다.

'과거를 대하는 우리의 자세'

'폼페이란' 곳은 가기 전에도, 갔다 와서도 많은 생각을 들게 한 도시다.

도시 전체가 과거에 멈춘 듯했던 느낌. 레스토랑과 기념품 가게들, 관광용 버스들이 줄지어 있음에도 안으로 더 들어가는 순간 확실히 과거에 멈춰있다. 아직도 복구 중인 곳이 존재하는 곳. 지금보다 더 많은 곳이 복구되고 드러나면 폼페이는 또 어떤 과거를 세상에 알려줄까.

도시 자체를 보면서도 새삼스러운 기분이 들었지만, 그 도시를 구경하러 온 많은 사람을 보면서도 새삼스러운 기분이 들었다. 과거의 모습에서 멈춰버린 도시를 구경하고 있던 현대의 우리. 분명 화산재에 뒤덮혔고, 그곳에 살던 수많은 사람과 동식물이 순식간에 굳어버린 아주 비극적인 도시임에도 그 한가운데에서 우리는 웃음을 지으며 부서져 버린 건물과 동상 앞에서 사진을 찍기 바빴다. 무너져버린 천장, 황폐한 건물 사이사이로 자꾸만 다시 자라나는 푸른 나무들. 그걸 그저 과거의 어느 날이려니 하고 지나가고 있는 나와 사람들. 과거를 대하는 우리의 자세는 생각보다 단순했고, 생각보다 태연하다. 씁쓸하긴 하지만 그곳에서 눈물을 흘리기엔 어딘가 오버스럽다.

내 과거는 어땠을까. 그조차 궁금하지 않았을 정도로 나는 과거에 대해 상당히 무덤덤하다. 1분 전이 됐든 10년 전이 됐든, 잘한 일이든 못한 일이든 어쩔 수 없다고 생각해버렸다. 불과 몇 년 전까지만 해도 과거에 대해 자주 후회하고, 혼자 자책하고, 내 자신에게 화가 나기도 했던 것 같은데.

그에 비해 한 친구의 과거를 대하는 자세는 나와 정반대다. 과거를 두고두고 새겨두며 같은 실수를 반복하지도, 후회하지도 않는 똑똑함을 가졌다.

어느 쪽도 옳은 건 없다. 단지 우리가 과거를 대함에 있어서 뭐가 됐든 생각보다 단순하게, 태연하게 지나친다는 게 의외로 더 괜찮은 미래를 만들지도 모른다는 게 느껴진 달까.

#78

'로마'로

06/20

흐린 날씨 때문에 '카프리 섬'으로 가는 배가 출항하지 않을지도 모른다는 소식을 듣고 기차 시간을 앞당겨 로마로 일찍 올라가기로 했다.

'나폴리'를 떠날 시간. 오랜만에 정말 잘 먹었다 싶은 도시. 이탈리아 땅에 다시 온다면 나폴리만큼은 꼭 올 거다. '피자와 야경, 항구'. 이 세 가지면 올 이유는 이미 충분하니까. 가기 전에 피자 한 판 더 먹고 가면 좋으련만 내 큰 배낭을 들고 그 작은 가게에 들어가기엔 민폐다 싶어 포기했다.

숙소를 예약하려는데 웬일인지 마음에 드는 호스텔이 쉽게 보이지 않는다. 역시 로마는 비쌌다. 시설대비 가격이 착하지 못한 호스텔들을 보며 고민이 된다.

로마에 가는 게 살짝 겁이 났다. 볼 게 너무 많아서. 분명 그걸 다 못 볼 텐데. 사람이 너무 많다던데. 어디부터 가야 할까. 괜히 가기도 전에 막막한 생각들부터 떠오른다.

나폴리도 나에겐 정말 큰 도시였는데 로마는 말도 못하게 크고, 사람도 많아서 더 정신없다.

거의 처음으로 도전해본 한인민박은 (물론 개인마다 다르지만 나에겐) 적응하기 어려운 곳이었다. 답답했고 까다로웠다. 같은 방 사람들은 너무 좋았으나 나머지가 전부 나와 맞지 않았다. 샤워시간 제한, 통금시간, 식사시간 등등. 그래도 숙소에서 제공해주는 야경투어 만큼은 반가웠다. '성 천사성'을 시작으로 '판테온'을 거쳐 '콜로세움'까지 여러 장소를 들르며 깔끔한 설명과 함께였지만, 왠지 모르게 다들 급하다. 조급함을 떨쳐보고

자 같은 방 사람들과 콜로세움에서 숙소까지 천천히 걸어오기로 했다. 골목골목을 지나 어느덧 숙소 앞. 내일 떠나는 같은 방 언니의 기부로 우리는 방에서 소주와 와인을 마실 수 있는 행운을 얻었다. 새벽까지 목소리를 낮춰 수다를 떨며 로마에서의 첫날밤이 지나간다.

'나도 선물을 사고 싶다'

한인민박에 와봤더니 전부 기념품 사러 다니느라 바쁜 모습이다.

혼자 다니느라, 그리고 가득 찬 배낭이라 기념품 사는 걸 매번 참고 넘기는 게 이젠 당연한 게 됐고 아쉽지도 않을 지경이 된 줄 알았는데 막상 그들이 치약을 몇십 개씩 사고, 화장수를 몇 통씩 사가는 걸 보며 문득 나도 선물을 주고 싶은 사람들이 하나둘씩 떠오른다.

한국 사람의 정이란 게 참. 아마 누군가에게 선물로 주기 위해 매장에 나와 있는 물건들을 전부 쓸어 담아가는 건 한국인이 가장 많지 않을까 싶다.

도시마다 사고 싶은 게 있고, 갖고 싶은 게 있었지만 늘 넘어가는 나로선 살짝 부럽기도 했다.

짧지 않은 여행을 갔다 왔음에도 항상 나를 응원해주던 사람들에게 제대로 된 선물 하나 못 줄 것 같은 내 사정에 그들이 서운해하지 않길 바라며 오늘도 기념품 사는 걸 다음으로 넘겨본다.

#79

로마는 로마다

06/21

새벽 여섯 시 반부터 먹어야 하는 아침밥. 도저히 눈을 뜨지 못하다 일곱 시쯤 부엌으로 나갔다. 아무것도 남아있지 않았다. 새벽같이 바티칸 투어를 나가는 사람들이 이미 휩쓸고 간 아침 밥상. 바나나도 죄다 썩

어서 먹을 게 없고. 안되겠다 싶어 체크아웃을 하고 새로운 숙소를 예약했다. 기분이 좋지 않았지만 새로 옮긴 숙소가 기대 이상으로 마음에 들어 다행이었다.

여전히 이곳엔 차도 많고 사람도 너무 많지만, 거리를 걷는 내내 곳곳에 떡하니 자리 잡은 수많은 유적지에 입을 다물지 못했다. 로마는 로마였다. 굳이 관광지가 아니어도 이미 도시 자체가 역사고, 흔적이었다.

아침을 부실하게 먹은지라 파스타를 한 그릇 먹기로 하고 광장 근처에 있던 한 가게로 들어갔다. 파스타를 하나 주문하고 앉아있는데 와인을 주겠다는 아저씨. 아직 오전이었지만 오는 와인을 막진 않았다. 아쉽게도 나의 첫 파스타는 실패였다. 맛있게 보였던 사진과는 달리 즉석식품처럼 특징도 전혀 없던 파스타. 맛있는 곳을 얼른 찾아야겠다.

광장이 많은 로마 시내에서 나는 더위와 싸워가며 여러 광장을 지나치기 시작했다. '콜로세움'도 감격적이고, '판테온'도 믿을 수 없을 만큼 잘 만들었고, '트레비 분수'도 그 특유의 에메랄드빛이 정말 예뻤다. 그러나 그보다도 사방에 사람이 너무 많아 그들과 내가 내뿜는 공기는 안 그래도 더운 로마를 더 덥게 만들고 있었다.

콜로세움에선 내 몸 하나 던져둘 바위 정도는 찾을 수 있었지만, 판테온과 트레비 분수는 카메라를 들면 사람밖에 잡히지 않을 정도로 붐볐다.

'진실의 입'에 손도 넣었다. 원래 맨홀 뚜껑이었다던데 지금은 수많은 관광객의 손을 받고 있는 그곳에 손을 넣는 순간 살짝 긴장됐던 건 왜일까.

살짝 험난하긴 했지만 어느덧 꽤 많은 곳을 돌아보고 있었다. 콜로세움은 그중에서도 단연 최고다. 어느 방향에서 봐도 박수가 절로 나온다. 이탈리아 사람들의 복원실력은 세계에서도 알아준다는데 이들은 복원할 때 일부러 다른 색으로 티가 나게 복원한다고 한다. 복원하는 순간 그마저 새로운 역사의 시작이란 생각으로.

동남아에서도 하루 종일 돌아다니는 체력을 지녔으니 '로마가 더워 봤자 얼마나 덥겠어'라며 자신만만했으나 내가 졌다. 저녁이 되어 이제야 막 시원해질 참이었으나 결국 방전된 나는 오늘따라 너무 필요하다 싶었던 수박을 사서 숙소로 돌아왔다. 수분이 아주 필요한 순간이다.

오늘은 여기까지. 실신하기 전에 침대에 파묻히자.

'고대인들의 대단함을 느끼고, 현대인들의 대단함도 느끼다'

로마는 살고 있는 사람도 워낙 많지만, 관광객이 더 많은 도시인 것 같다. 이곳에서 마주하게 되는 건물과 땅을 볼 때면 고대인들의 대단함을 느끼지 않을 수가 없는데, 기둥 끝까지 섬세한 조각이 새겨져 있기도 하고 몇 천 년이 지난 지금까지도 너무 멀쩡히 존재하고 있는 건물들의 위용에 놀라지 않을 수가 없다. 현대에도 설명할 수 없는 과학적 원리가 담긴 것들까지.

이래저래 존경스러울 지경인데 이 와중에 더 존경스러운 건 그것들을 보기 위해 전 세계에서 날아온 수많은 관광객들. 사람이 붐비든, 태양이 뜨겁다 못해 불타오르는 듯하든, 하루 종일 걸어서 지치든 개의치 않고 끝없이 고대인들의 흔적을 보기 위해 열정적인 그들과 그 사이에 있는 나를 보며 이 또한 대단하다 싶었다.

현대인인 내 입장에서 고대인들을 존경할 수 있는 매개체는 지금까지 남아있는 흔적들을 보고 느끼는 게 전부일 수밖에 없지만, 같은 현대인을 존경할 수밖에 없는 이유는 너무나 많은 것 같다.

우리도 나중에 역사가 되고 고대인이 되겠지만, 지금 이 순간만큼은 아무리 대단한 건물을 세우고, 대단한 예술을 남긴 고대인들이어도 그걸 보기 위해 어떤 고단함도 무릅쓰는 현대인들이 조금은 더 대단하지 않을까 싶었다.

고대인들은 그 자리에서 자기가 가장 잘하는 일을 해냈지만, 그걸 보기 위해 몰려온 현대인들은 자기 자리가 아닌 이 도시까지 날아와 체력을 뛰어넘으며 많은 것들을 담아가고 있으니.

그들이 있기에 역사가 있고, 그걸 지켜보는 우리가 있기에 그 역사가 빛을 발하고 지켜질 수 있는 걸 테고.

어찌 됐든 고대인도 대단하고, 현대인도 대단하단 걸 제대로 느꼈다.

#80

소설 속 그곳, 바티칸에 가다

06/22

유럽여행 중 3대 박물관만큼은 꼭 가고 싶었는데 바로 그 마지막 박물관이 '바티칸 박물관'이었다.

학생 때 온 마음을 뺏길 정도로 재밌게 읽었던 한 소설로 인해 '바티칸'이라는 도시도 막연히 상상하곤 했었는데, 오로지 종교만으로 독립을 유지하고 있다는 그곳이 궁금했다. 박물관 예약은 역시나 하지 않았으니 줄을 서야 한다. 새벽에 일어나 아침 일찍 박물관 근처에 도착했더니 아니나 다를까, 부지런한 한국인들이 대부분이다. '제대로 왔구나, 늦진 않았구나.' 라는 안심을 하며 줄을 섰다.

입장 시간 한 시간 전부터 줄을 섰던 노력의 대가로 문이 열리자마자 바로 티켓을 사고 들어갈 수 있었다. 오늘 하루 내 동반자가 되어줄 오디오 가이드를 꼭 쥔 채 이집트 전시실부터 들어갔다. 역시나 미라는 언제,

어디서, 어떻게 봐도 신기한 문화다. 이집트를 시작으로 수많은 전시관이 이어진다. 그리스 양식을 따온 로마 예술품들도 넘치고 어떻게 새겼나 싶을 정도로 정교한 조각품들도 곳곳에 보인다. 넓기도 넓거니와 바티칸은 투어를 해야 할 거라는 사람들의 말을 뒤로한 채 혼자 다니는 걸 고집한지라 제대로 볼 수 있을까 싶었는데 의외로 안내도 잘 되어있고 오디오 가이드가 든든하게 옆을 지켜준다.

한참을 도는데 뭘 보고 싶어도 엄청난 인파에 계속 치이느라 정신이 없긴 했다. 드디어 들어오게 된 '최후의 심판'이 그려진 성당. 정말 와보고 싶던 곳이었지만 기대를 너무 했던 걸까. 아쉬움만 한가득 남았다. 미켈란젤로의 작품은 말 그대로 어마어마했다. 눈에 다 담을 수 없을 정도의 규모인 데다 도대체 저 넓은 천장을 어떻게 저만큼 사실적이고 웅장하게 채운 건지 믿기지가 않을 정도다. 그러나 그보다 더 믿기지 않았던 건 계속 밀려들어오는 사람 덕에 어디 한 군데 서서 그림을 감상할 수가 없었다는 것. 결국, 내쫓기듯 밀려 나온 나는 그 허무함에 한동안 할 말을 잃었다. 눈에 제대로 담지도 못했는데. 자리 하나 차지하지 못한 내 탓도 하며.

생각해보면 종교의 '종'도 모르고, 성경이나 예수에 대한 것도 제대로 모르는 내가 바티칸 박물관을 받아들이기엔 그곳이 너무 대단했던 것 같다. 물론 종교가 아닌 '로마' 그 자체의 예술품도 굉장히 많았지만 갈수록 많아지는 종교 관련 예술품에 집중력을 잃은 건 사실이었다. 몇 시간 만에 밖으로 나오자 한낮의 더위를 다시 실감한다. 그래도 아침 일찍부터 부지런히 바티칸까지 왔는데 박물관만 보고 갈 순 없다는 생각으로 다시 한 번 의지를 다진다. 박물관에서 멀지 않은 곳에 위치한 '성 베드로 성당'. 「피에타」를 보기 위해 힘을 냈다. 몇 번이고 공격당했던 마리아상이 거의 완벽하게 복원되었고 지금은 유리벽 너머로만 볼 수 있게 된 피에타. 종교적 이유를 떠나서 성스러운 이유만으로도 마주해보고 싶던 조각상이다. 성 베드로 성당으로 들어가기 위해 정말 긴 시간을 기다려야 했다. 뜨거워 미칠 것 같은 태양 아래 기다리기를 몇십 분. 물품 검사대를 지나 들어간 성당은 두 달 넘게 봐오던 성당과는 비교도 되지 않을 만큼 웅장했고, 화려했고, 어마어마했다. 성당보다는 마치 코엑스 전시장에 온 것만 같았다. 잠시 넋을 놓고 그곳을 둘러봤다. 왠지 모르게 어수선하다 싶었는데 알고 보니 수요일엔 바티칸 교황의 공개미사가 있는 날이라 특히 사람이 넘치는 거였다. 어쩐지 하루 종일 사람을 보고 있는 건지, 작품을 보고 있는 건지 도저히 구분이 안 됐었는데. 미처 그걸 몰랐던 나는 더 붐비기 전에 로마로 돌아가는 버스를 타기로 했다. 이십 분 걸린다던 버스는 결과적으로 한 시간이 넘게 걸렸다. 생명의 위협을 느낄 정도로 사람들로 차고 넘치던 버스. 창문도 없고 에어컨도 없으며 분명 발 디딜 틈도 없는데 자꾸만 올라타는 사람들. 숨은 어디로, 어떻게 쉬어야 할지 모를 정도로 답답한 버스였다. 차가 엄청나게 막혀 도로 위에 거의 서 있다시피 했고, '이건 로마 시내 투어다, 버스 투어다, 못 가본 곳도 보게 해주는 투어 버스다'라며 최면을 걸어봤지만 정말 힘든 여정이었다. 거의 튕겨져 나오다시피 내린 버스 정류장에서 고개를 세차게 저으며 숙소로 향했다.

'로마'로 넘어와 많은 사람들이 열광하는 곳에 갔고, 기대했던 곳도 가게 됐지만 정작 내 마음에 새겨진 건 손에 꼽을 정도였다.

저녁을 먹고 유명하다는 젤라또 가게를 찾아갔다. 끝이 보이지 않던 번호표를 들고 마음을 비운 채 기다리니 그래도 내 차례가 오긴 온다. 쌀이 들어간 맛과 피스타치오 맛을 주문. 위에 생크림까지 얹어주는데 신의 한 수다. 이 집은 꼭 들러야 할 곳이다. 로마에 더 머물렀다면 하루에 두 번씩은 왔을 텐데. 지금 당장은 로마를 뜨겠다는 마음뿐이라 이걸로 만족해야 할 듯하다.

'괜히 이탈리아가 아니다'

그렇게 아끼고 아끼더니 이탈리아에 들어오고 나서부터는 물가가 어찌 됐든 내 지갑 사정이 어찌 됐든 일단 먹고 본다. 골목 곳곳엔 보기만 해도 맛있게 생긴 것들이 넘친다.

젤라또, 피자, 파스타는 기본이요, 그 외의 것들도 전부 맛있게 생겼다.

〈먹고 기도하고 사랑하라〉라는 영화에서 왜 그 많은 나라 중 이탈리아가 '먹고'의 부분을 차지했는지 단번에 이해가 된다.

그래 일단 먹고 보자. 내일 한 치수 큰 청바지를 사더라도. (영화에서 줄리아 로버츠가 피자를 먹으며 했던 대사 중 하나다)

지금 당장 이탈리아의 저 음식들과 사랑에 빠지더라도.

행복하면 그만이고, 맛있으면 그만이다.

#81

한 박자 느리게

06/23

정신없이 바빴던 로마. 아직 보지 못한 게 많이 남은 듯했지만, 욕심부리며 더 머물고 싶은 도시는 아닌지라 이쯤에서 떠나기로.

한숨 돌리기 위해 선택한 곳은 '친 퀘테레'. 다섯 개의 마을이라는 뜻을 가졌다는 이곳은 해안가에 모인 마을들로 이뤄진 곳이다. 사진으로만 봐도 한적함이 느껴졌던지라 당장 이곳에 가기로 했다.

로마에서 처음으로 여유롭게 길을 나선 나는 곧바로 기차역으로 향했다. 티켓을 아직 사지 않았는데 창구에 줄이 꽤 길다. 번호표를 받고 아무 데나 앉아 차례를 기다렸다. 다행히 출발 삼십 분 전에 살 수 있었던 기차 티켓. 이제 로마도 안녕이다.

오전 11시 57분, '로마' 출발. 예상 도착시간 오후 3시 30분.

지금 나는 기차 안이다. 현재 시각 오후 6시 30분. 그렇다. 연착은 둘째 치고 기차가 한 시간 넘게 레일 위에 멈춰있다.

지도상으로는 분명 삼십 분 이상 더 가야 하는데 더 이상 움직일 생각을 하지 않는다. 오직 이탈리아어로만 나오는 안내방송. 지나가는 직원에게 물어봐도 시스템상의 문제라 기다려야 한다는 말만 되돌아온다.

따져 봤자 별수 없고, 발을 동동 굴러 봤자인 상황이라 마냥 기다렸다. 인터넷을 통해 알 수 없는 이 상황에 대한 이유를 알아봤다. 하필 오늘과 내일이 파업이란다. 이미 기차를 탄 시점에 이걸 어떻게 대처해야 하는 건지 답을 알 순 없었다.

'언젠간 움직이겠지…?'라는 믿음만 가질 수밖에.

문제가 하나 있다면 지금 가고 있는 '친 퀘테레'가 깊은 산 속 마을인지라 버스가 일찍 끊긴다는 것. 저녁 여덟 시가 막차라는 것 같던데 그것마저 타지 못하면 어떻게 가야 할까. 그래도 생각보다 불안하지도, 화가 나지도 않던 나는 이미 그 상황에서 해탈한 듯했다. 생각해보면 두 달이 넘는 지난날들 동안 꽤나 순탄했으니. 이런 일을 겪을 때가 된 건가 싶기도 하고. 더 가만히, 더 평온하게 기다려보자. 오늘 안엔 다시 달리겠지. 간식이라도 배급해주면 더할 나위 없이 좋으련만 그 정성이면 벌써 도착지에 데려다줬을 거라는 아는 동생의 말에 공감했다. 가끔 직원이 들어와 상황 설명을 아주 자세하게 설명해주고 갔지만 도통 무슨 말인지 하나도 알아듣지 못했다.

한참을 머물렀던 곳은 "Sarzana"라는 역. 몇 시간 째 역 이름이 보이는 기찻길 위에 가만히 앉아있자니 어딘지도 모르는 이곳에 정이 들 것만 같다. 그렇게 우리의 시간은 그 자리에서 멈췄다. 승객들의 불만이 점점 커지던 그때, 드디어 기차가 움직였다!!! 달리는 기차가 너무나도 반가웠다. 중간에 터널에서 한 번 더 멈추더니 우여곡절 끝에 '라 스테치아'역에 이르렀다. 세 시간 넘게 지연되는 바람에 예상 도착시간을 알 수가 없어서 하마터면 제때 내리지 못할 뻔 했다. 멍하니 창밖을 보다 갑자기 나온 역 이름을 보고 듣고 있던 이어폰을 황급히 빼고 부리나케 기차에서 내렸다. 그래도 잘 도착했으니 됐다!

'친 퀘테레'는 산 위에 있는 마을이기에 버스를 타고 한참을 올라가야 한다. 비싼 택시비 대신 마지막 버스를 탈 수 있었다는 것에 충분히 감사할 뿐. 버스가 드디어 오고 대학생 이후로 오랜만에 앞 창문에 바짝 붙어갈 정도의 만원버스를 타며 산길을 올랐다. 한적한 산길과 마을 전경들이 보이기 시작하자 아침까지만 해도 정신없던 마음이 한결 트이고 여기 오길 잘했다는 생각만 들기 시작했다.

조니 뎁을 닮은 잘생긴 남자가 숙소로 들어서는 나를 맞이해준다. 어제 만난 친구처럼 농구공 던지듯 열쇠를 건네며.

꽤 깊은 산속에 위치한 이 호스텔의 전경은 끝내주고, 주방 어딘가에서 흘러나오는 음악들은 완벽했다.

해가 지자 오랜만에 마주하는 별이 박힌 밤하늘이 눈에 들어온다. 어디선가 나무를 태우는 듯한 향이 바람을 타고 오고 있었다. 제대로 산속에 와있는 기분. 편안하니 참 좋다. 맥주병 뚜껑을 모으는 나를 눈치챈 레스토랑 직원이 어느덧 다가와 다른 종류의 뚜껑을 하나 더 건네준다.

'화내서 뭐하리'

여행을 좋아하는 또 다른 이유. 감정이 단순해진다.

화를 내봤자 소용없고, 짜증 내봤자 소용없고, 조급해 봤자 소용없다는 걸 그 어느 때보다도 잘 알고 있어야 하기에.

이런 마음가짐이 한국으로 돌아가서도 이어지면 참 좋으련만 매번 사라져버린다.

참 많이 배운다. 여행을 하고 있으면.

욱하던 성질도, 급하던 성질도 전부 사라진다.

떠날 줄 몰랐다면 아마 나는 여전히 욱하고 성질 급한 사람이었을 거다.

그래서 계속 떠날 셈이다.

'화'를 모르는 극도의 평화주의자가 되는 그 날까지.

(그런 날은 없을 테니 여행도 평생 다니겠단 말이나 다름없다)

#82
선물 같았던 하루

06/24

로마에 치여 급작스레 이곳으로 오게 됐지만 오지 않았다면 두고두고 후회했을 곳. 트래킹 코스가 있단 소리에 도전하려 했으나 오늘도 기차가 파업이라 가장 먼 마을까지 가기 위한 수단이 배를 타고 가는 방법뿐이었다. 기차가 가장 쉬운 방법이었는데 배를 타고 돌아가라는 설명을 듣고 있자니 혼란이 온다.

일단 직진. 시작부터 갈림길을 마주하게 되어 고민하는 와중에 앞서가던 중국인 모녀가 보였다. 너무 막막했던 나는 모녀와 동행하게 되었고, 친절하고 따뜻했던 그녀들 덕에 점점 이곳에 녹아들기 시작했다. 알고보니 그녀들도 길을 아예 모르고 있었다. 이왕 이렇게 된 거 우리는 그냥 즐기자는 마음으로 길을 따라 걸어 내려갔고, 여자는 원래 사진 찍는 걸 좋아한다며 부탁하지 않아도 정성스레 사진을 찍어주신다. 그 덕에 풍경 사진만 담기던 앨범에 간만에 내가 나온 사진도 저장됐다.

한참을 돌고 돌며 마을과 바다 구경도 하며 연신 감탄을 금치 못했다. 정말 아름답고 소박한 마을이었다.

'마나롤라'라는 마을은 관광객이 가장 많이 찾기도 하고, 시내 아닌 시내가 있는 곳이다. 며칠 전 왔던 비로 인해 트래킹은 불가능했고 파업까지 겹쳐 제대로 즐기지 못할 것만 같았는데 저 멀리 보이는 색색의 집들과 푸른 바다를 보고나니 이미 충분했다.

이곳의 집들이 알록달록한 이유는 옛날에 어업을 하고 돌아오던 어부들이 해안절벽에 위치한 자신의 집이 물안개나 구름에 가려 구분이 되지 않아 선명하고 뚜렷한 색으로 집을 칠하고 멀리서도 알아볼 수 있게 하면서 시작되었다고 한다. 지금은 그 덕에 어디서 바라봐도 예쁜 마을이 되었고.

오전에 활기차던 모녀는 점점 더워지는 날씨에 지쳐가기 시작했고 운행을 다시 시작했다는 기차를 타고 돌아가기로 했다. 그녀들과 함께한 시간은 정말 소중했고, 감사했다. 마치 작은 딸이라도 된 기분으로 발맞춰 걸었고, 토마토를 건네주던 그녀를 잊지 못할 것만 같다. 마지막까지 그녀들을 배웅해주고 다시 마을로 들어왔다. 그때 우연히 마을 입구 레스토랑에서 식사를 마치고 나오던 같은 방 친구들과 눈이 마주쳤다. 내가 가려던 마을과는 아예 반대방향으로 트래킹을 갈 거라는 그들의 계획을 듣고 다음에 함께 하기로 했었는데. 왜 여기 있냐고 물었더니 길을 잃어버렸단다. 서로가 반가웠는지 이내 바로 함께하기로 했다. 마을 한 바퀴만 돌고 바다에 들어갈 생각이란다. 안 그래도 길을 걸을 때마다 아래로 보이던 바다가 너무 깨끗하고 시원해서 수영도 못하면서 뛰어들고 싶다는 생각만 백 번은 했었는데. 덥기도 더웠고 물이 너무 좋아 보여서 들어가고 싶었던 참이었다. 아무 준비도 해오지 않은 나에게 한 친구가 수영복까지 빌려줬다. 이 성격 좋은 아이들은 나를 데리고 바다에 들어가 수영까지 가르쳐주었다. 놀라운 건, 많은 사람들이 나에게 수영을 가르쳐주다 포기했는데(심지어 엄마도) 그들이 그걸 이뤄냈다는 것이다. 처음으로 바다에 떠볼 수 있게 된 나는 믿기지 않았고, 나보다 더 기뻐하는 그들 덕에 꽤 오랫동안 바닷속에 머무를 수 있었다. 지금 생각해도 그 순간은 나에게 기적이었다. 물론 아주 어설픈 실력이니 유난히 짠 바닷물도 엄청 먹었다. 내장기관과 목구멍이 소독되는 기분이 들 정도로.

물놀이를 하고 나니 배가 고파진 우리는 돌아가는 대로 와인파티를 하기로 했다. 나의 성공적 수영과 그들의 가르침을 기념하기 위해! 이미 '친 퀘테레'에 머문 지 며칠이 지난 그들 덕에 골목골목에 위치한 가게들도 많이 알게 되고 전경이 좋은 곳도 보여준다. 그들과 함께하지 않았으면 아마 마을 한 바퀴만 돌고 왔을 텐데 이곳을 훨씬 더 제대로 보고 갈 수 있게 된 것 같아 고맙다. 길가에 옹기종기 앉아 젤라또를 먹고 있으니 어느새 이 친구들과 있는 시간이 물 흐르듯 자연스럽다. 나보다 네 살이나 어린 그들은 부족한 내 영어실력을 위해 기초문장으로 대화를 해주는 배려를 발휘하고 있었고, 그런 그들의 배려에 고마움을 느끼며 오늘 하루가 낭만적으로 채워져 가고 있었다. 기회가 된다면 한국에 꼭 놀러 왔으면 좋겠다는 초대도 잊지 않았다.

짜디짰던 바닷물부터 씻어내고 호스텔 식당에 앉아 와인과 과일을 펼쳐 놓는다. 워낙 전경이 좋은 식당 덕에 분위기가 제대로 산다. 파스타도 주문했는데 세상에나, 그건 정말 내 인생 파스타였다. 씨푸드 파스타를 주문했던 우리는 먹는 내내 바다에 다시 와있는 것 같다며 야단법석이었다.

고맙게도 그들은 내가 하루 더 머물길 원했고, 나도 그들과의 시간과 '친 퀘테레'에 빠져버려 그러고 싶었지만 이미 예약이 꽉 찼다. 알고 보니 내 자리도 원래 예약이 되어있었는데 당일에 취소가 되었고, 내가 그 자리에 들어오게 됐음을 지금에서야 알게 됐다. 이곳으로 넘어오던 날 아침에 숙소 예약을 했던 나는 그렇게 운 좋게도 이곳에 와서 좋은 사람, 좋은 음식, 좋은 풍경을 얻게 된 거다.

좋을 때 떠나는 것만큼 깔끔한 게 없다는 것 또한 알기에 그들과의 만남도, 이곳과의 만남도 다음을 기약하며 마지막 밤까지 달콤하게 보냈다.

'좋은 사람을 만난다는 건'

저마다 느끼는 '좋은 사람'의 기준이란 게 다를 것이다.

일반적으로 친절하거나, 잘 웃어주는 사람 정도면 좋은 사람으로 보일 것 같다. 나에게 있어 '좋은 사람'은 편한 기분을 느끼게 해주는 사람. 물론 친절하고 잘 웃어주면 좋지만, 그렇게 해도 편하지 않은 사람이 있다는 걸 알게 되었다. 목적에 의한 친절과 습관화된 웃음은 하는 사람도 보는 사람도 지치게 만든다는 것 또한.

그와 반대로 많은 대화를 하지 않아도, 형식적인 조사와도 같은 질문을 주고받지 않아도 충분히 공감을 형성했던 사람들과는 기대 이상의 편안함과 행복을 나눈다.

오늘 하루 동안 나는 좋은 사람을 정말 많이 만났다고 생각한다.

무조건 어디까지 가야 한다는 생각보다는 지금 내가 걷고 있는 이곳에서 보이는 걸 즐기면 된다고 했던 큰언니 같던 중국인 여자, 조용히 걸으며 사진을 찍다가도 가파른 골목이 나타나면 먼저 나서서 확인하는 걸 두려워하지 않던 그녀의 어머니, 가장 어렸지만 아주 어른스러워서 바닷속에서 내가 느끼던 두려움을 지워줬던 대단한 친구 린, 까만 피부가 너무나 매력적이고 어른스러우면서도 여느 스무 살 여자의 모습을 전부 가졌던 야야, 그리고 음악 취향도 비슷하고 편안한 대화를 할 줄 알았던 랜디, 가벼운 제스처와 또박또박 말해주던 영어 덕에 맘 편히 머물 수 있게 해준 호스텔 직원, 첫날 도착해서 맥주를 마시며 뚜껑을 달랬더니 나중엔 다른 종류의 뚜껑까지 틈틈이 가져다주던 식당 직원까지.

그 밖에도 곳곳에서 가볍게 스쳐 지나갔던 여러 사람들이 아직까지 머릿속에 떠오른다. 그들을 만난 건 내게 큰 행운이다. 좋은 사람과 만날 수 있다는 것만큼 큰 행운은 없음을, 그런 큰 행운을 계속 만나기 위해선 나도 좀 더 좋은 사람이 될 수 있어야 함을 상기시켰다.

낯을 가린다면서, 사람 만나는 게 부담스럽다면서 징징대던 나의 모순은 오늘도 이렇게 계속된다.

#83

긴 하루. 피사, 그리고 피렌체까지

06/25

가장 좋을 때 떠나란 말을 괜히 되뇌며 '친 퀘테레'와 마지막 인사를 나눴다. 파업으로 인해 기차 운행을 하느니 마느니 하는 상황이었는데 아침에 확인해보니 움직일 거 같긴 하다. '움직이지 않으면 이곳에 더 머물고, 움직이면 떠나자'는 마음이었는데 떠나라나 보다. 마을버스를 타고 산길을 쭉쭉 내려와 기차역에 도착했다. 파업이 잠시 풀린 건지 제시간에 출발해주는 기차.

최종 목적지는 '피렌체'지만 중간에 '피사'에 들렀다 가기로 했다. '피사의 사탑'은 꼭 봐야지. 역에 내리니 태양이 어마어마하다. '친 퀘테레'에 있을 때도 살짝 덥긴 했지만, 워낙 산속이라 시원한 곳도 많았는데 다시 내려오자 더위가 달려든다. 배낭까지 짊어지고 있자니 땀이 나기 시작했다. 피사의 사탑 입구에 도착해도 보이지 않던 짐 보관소는 미뤄두고 근처에 있던 가게에서 시원한 레몬 슬러시와 파니니 하나부터 먹었더니 살 것 같다.

배낭은 바닥에 내던져두고, 사람이 많아도 너무 많아 나만의 피사의 사탑을 남기기엔 너무 어려운 그곳에서 열심히 흔적을 남겨본다. 피사의 사탑은 상상했던 것보다 훨씬 거대했고, 더 많이 기울어져 있다. 그러나 상상했던 것보다 더했던 건 또 있었으니. 바로 더위. 열심히 피사의 사탑을 구경하고, 열심히 사진을 찍고, 빠르게 돌아 나가기로 했다. 그 정도면 충분하다.

배낭 드는 걸 도와준 동생들이 고마워 레몬 슬러시를 대접했다. 별건 아니지만 더울 때 맞이한 레몬 슬러시는 꿀맛이다.

피렌체로 향하는 기차를 탄 순간부터 우리는 급격히 지치기 시작했다. 에어컨은커녕 창문조차 제대로 열리지 않았던 그 기차에서 더위를 제대로 맞이했고 한 시간 넘게 각자의 의자에 뻗어 말을 잃어가고 정신을 잃어가고 있었다. 너무 더웠다. 가만히 있어도 덥고, 서 있어도 덥고. 창문조차 열리지 않아 공기도 덥고. 그렇게 인고의 시간을 보낸 우리는 기차에서 내리자마자 느껴지는 해방감에 소리를 질렀다.

밤에 먹기로 했던 티본 스테이크를 당장 먹으러 가기로. 밀실 같던 기차에서 지치기도 했거니와 저녁 6시까진 세트메뉴를 먹을 수 있다는 정보를 기차 안에서 알게 됐다. 라자냐와 티본 스테이크 두 개, 함께 나오는 와인까지 행복하게 즐기고 나자 정신이 든다. 시원한 에어컨 아래에서 잘 구워진 티본스테이크와 꽤 괜찮은 와인을 함께 하고 있자니 이곳이 또 천국이다.

젤라또를 먹으며 동생들과 헤어진 나는 예약해둔 숙소를 찾아갔다. 아침에 대충 보고 예약했던 잘못일까. 여행 내내 숙소를 못 찾아서 진이 빠진 적은 없었던 것 같은데 오늘이 딱 그 날이었다. 위치도 사이트에 올라온 것과는 달리 난데없는 곳에 있었고, 체크인 시간도 일분 단위까지 정확하게 지키는 덕에 주구장창 기다리느라 힘이 다 빠질 지경이었다. 호스텔 사장과 서로 불편한 마음으로 첫인사를 나눴지만 둘 다 애써 미소를 짓는다.

그의 안내를 따라 방으로 들어갔는데 이건 또 무슨 상황? 개조한 건지 침대는 부엌 싱크대로 쓰였을 듯한 곳 앞에 붙어있다. 물론 싱크대를 없애긴 했지만 누가 봐도 부엌인데. 한 번도 예약했던 호스텔을 환불해야겠다는 생각을 한 적이 없었는데 오늘은 그 생각이 여러 번 든다. 당황스러운 광경에 잠시 할 말을 잃고 있자 사장이 다른 침대 두 군데를 더 보여줬으나 이내 이곳이 가장 나은 침대였음을 인지한 나는 해탈한 표정으로 배낭을 내려놓았다. 사장에게 아무리 봐도 싱크대 같은 곳을 가리키며 "내 전용 책상이야?"라고 가볍게 한 마디 던졌더니 널 위한 거라며 마음대로 다 쓰란다. 넓은 책상 하나 생겼다 치고 머물러야겠다.

의도치 않게 숙소에서부터 엉키는 바람에 조금 지치긴 했지만 지친 걸 미뤄둘 정도로 이곳은 확실히 매력 있는 도시였다.

'피렌체'의 '두오모 성당'은 여태껏 봐왔던 성당과는 전혀 다른 모습이다. 섬세한 조각상들이 벽을 채우고 있었고, 성당 탑과 지붕은 그 크기와 아름다움에 넋을 잃게 만들었다. 게다가 마침 들려오던 길거리 연주까지.

하늘이 점점 어두워져 갈 때쯤 동생들을 다시 만나 함께 향한 곳은 '미켈란젤로 언덕'이었다. 이틀 먼저 이곳에 머물고 있던 그들이 알려준 야경 명소다. 맥주를 한 잔씩 나눠 마시며 언덕 아래를 보고 있으니 피렌체가 한눈에 들어온다. 열에 여덟이 한국인이라 순간 남산공원에 와있는 듯 익숙했던 그곳.

유난히 길었던 하루다. 그래도 확실한 건 '피렌체'가 내 스타일이라는 것.

'차분해진 척, 변한 척'

'로마'에서 만난 동생들과 '피렌체'에서 다시 만나 시간을 보낼 정도로 그들이 좋았고 편했다. 한 살 차이라 친구에 가깝기도 했고. 그러다 보니 어느새 잊고 있던 한국에서의 내 본모습이 나오고 있었다.

그랬다. 나는 차분해진 척했던 거였고, 뭔가 변한 척했던 거였다.

편한 친구를 만나면서 드러난 내 본모습은 여전했다.

손톱만큼은 들었겠지 싶었던 철은 여전히 들지 않았고, 차분해졌다 싶었던 성격은 여전히 산만했다.

뭔가 많이 배우고 있다고 생각했는데 얘기하다 보니 딱히 별것도 없었다.

괜찮다.

하루하루 여행을 이어가면서 좀 더 발전하고 싶은 욕심은 있지만 변화하고 말겠다는 욕심을 무조건적으로 부릴 필요는 없으니까.

오히려 매사에 지나치게 차분해져 버린 건 아닐까 싶었던 내 모습이 그저 지나갈 모습이었다는 게 다행일지도 모른다.

#84

돌고 돌아 두오모, 돌고 돌아 젤라또

06/26

어제까지만 해도 당황스러웠던 침대와 방을 보며 과연 제대로 쉴 수 있을까, 이 공간에 적응하려나 싶었었는데 푹 자고 일어난 걸 보니 인간이란 무서울 만큼 적응의 동물인 것 같다.

벨기에에서 만났던 언니와 오랜만에 다시 만나기로 한 날. 일부러 약속 시간보다 일찍 나와 여기저기 구경을 했다. 건물이 빼곡하게 줄지어 있어 자연스레 골목도 많은 이곳에서 저마다 다른 스타일의 가게 구경만 해도 재밌을 정도다.

별 계획 없이 돌아다니는 게 일상인 우리는 아이스크림부터 떠올렸다. 말린 장미 꽃잎이 뿌려진 아름다운 아이스크림을 입에 물고 바로 옆에 있는 젤라또 가게로 향했다. 늘 사람이 많은 이유를 분석해보기 위해 줄을 섰다. 역시나 사람이 끊이지 않을 맛.

오랜만에 만나 할 얘기도 넘치고 걸음 속도도 딱 맞는 우리는 그렇게 피렌체의 구석구석을 하루 종일 돌아다녔다. 우연히 들어가게 된 작은 교회에서 마침 시작되고 있던 작은 연주회. 소박한 공간에서 제대로 울려 퍼지는 바이올린과 콘트라베이스, 비올라의 화음이 다른 세상을 만들어내고 있었다. 그 순간에 푹 빠져있던 우리는 공연이 끝나고 힘찬 박수를 보내며 잠시나마 다른 세상에 와있던 것만 같던 기분을 내려놓은 채 밖으로 나왔다.

어느덧 어둑어둑해진 피렌체. 프랑스에서 빽 하면 보이던 회전목마가 오랜만에 보인다. 여전히 타고 싶었지만 그건 아이들 몫이니까.

아무 레스토랑에 들어가 자리를 잡았다. 이탈리아에 들어오고부터는 이상하게 먹어도 먹어도 또 먹고 싶다. 피자를 먹으면 젤라또가 먹고 싶고, 젤라또를 먹으면 파스타가 먹고 싶고, 파스타를 먹으면 피자가 먹고 싶은 욕심의 반복.

정말 먹으러 이 나라에 왔다 해도 과언이 아니다. 이탈리아는 끊임없이 먹을 수밖에 없는, 심하게 맛있는 나라다.

혼자면 살짝 무서웠겠지만, 언니와 함께여서 좀 늦은 시간에도 더 멀리, 더 구석구석 돌아다녔다. 강 건너 동네도 가고 유명하다는 다리도 지나친다. 어딘지 모르고 봐도 아름답고, 알고 봐도 아름다운 피렌체의 곳곳은 밤이 될수록 더 아름다웠다. 가로등 불빛과 새까만 하늘, 그리고 그걸 담고 있는 강을 따라 걷고 있자니 문득 오랜만에 남프랑스의 '아를'이 살짝 생각난다. 여전히 잊혀지지 않는 곳이다.

새벽 두 시가 다 되어갈 때쯤 숙소 근처에 도착했는데 바로 옆 건물 바(bar)에서 담배를 피우고 있던 호스텔 사장. 첫날엔 서로 얼굴 붉힐 뻔했으나 어느새 친해진 우리는 가볍게 하이파이브를 하며 숙소로 들어온다.

'생각보다 생각이 더 많았다'

언니와 나는 신기하게도 귀국일이 똑같다. 물론 아웃하는 도시는 다르지만, 출국날짜도, 한국에 도착하는 날짜도 똑같은 인연인 셈. 그러다 보니 둘 다 '돌아가면 뭐부터 해야 할까'라는 얘기를 할 수밖에 없었다. 혼자 생각하다 보면 도중에 멈춰버리거나 잊어버리기 마련이었는데 언니와 얘기하다 보니 의외로 나는 생각이 엄청나게 많았다. 많은 줄은 알았지만 그 이상이었다.

1만 생각하는 줄 알았던 건 2, 3, 4까지 생각하고 있었고 1부터 5정도까지 생각한 줄 알았던 건 이미 10까지 생각하고 있었다.

잡생각이 많은 건지, 제대로 된 생각이 많은 건지, 아니면 둘 다 많았던 건지.

간호사였던 언니와 방송일을 했던 나는 지금 이렇게 피렌체 어딘가에 앉아 각자의 길을 고민 중이었다. 더 이상 어리지만은 않은 나이기에. 더 늦기 전에 더 많은 여행을 할 생각인 우리기에.

남은 기간 그저 여행만 즐기기엔 이미 생각이 어마어마하게 많아졌음을 알게 된 나는 언니와 수다를 떨며 그 생각들을 피렌체 바닥에 조금은 털어놓고 들어왔다. 여행은 여행이고, 일상은 일상이지만 그걸 조절하기엔 아직도 요령이 부족한 듯하다. 더군다나 이제 정말 귀국일이 머지않은 기분이라. 과연 내가 귀국일에 맞춰 비행기를 타야 할 도시에 갈 수는 있으려나 싶은 생각도 들고.

#85

관광보단 마실 나온 듯한 이곳에서

06/27

며칠 내내 골목만 쑤시고 다녔더니 지독한 길치임에도 얼추 동네 마실 다니듯 지도를 놓고 다닐 수 있게 됐다. 보통 사람에겐 하루면 익숙해질 도시일지도 모르겠지만 나는 꼬박 이틀을 돌고 돌아 익숙해졌다. 그래도 여전히 새로운 골목이 넘친다.

'피렌체 중앙시장'으로 가는 길엔 인형극이 열리고 있었는데 가벼운 음악 소리에 맞춰 움직이는 인형을 보고 있자니 마치 어린아이가 된 것만 같았다. 작은 무대 뒤에서 인형을 움직이고 있던 여자는 인형과 비슷한 복장을 하고 있다. 무대 뒤에서 나와 구경 중이던 어린아이에게 다가가던 그녀의 표정이 너무나 행복해 보여 그 자리에 있던 나도 같이 행복한 기분이었다.

기대를 안고 간 중앙시장은 상상했던 모습은 아니었지만, 눈이 즐거운 곳이다. 가게마다 거의 중복 되지 않는 다양한 메뉴를 선보이고 있어 골라 먹는 재미가 있다. 파스타, 햄버거, 튀김, 케이크, 아이스크림, 빵, 핫도그 등 흔한 메뉴임에도 절대 흔하지 않은 비주얼을 가진 가게들이 이어진다. 게다가 TV에서만 보던 그 귀하다는 '송로버섯'도 떡하니 놓여있다. 역시 이탈리아.

쫀득한 식감의 파스타를 맛있게 먹고 그곳을 나온 우리는 자연스레 젤라또 집을 찾아간다. 진한 초콜릿 맛이 혀에 전달되는 그 순간을 어찌 잊으리. 젤라또를 먹으며 이곳에서 유명한 가죽시장으로 갔다. 질이 좋거나 가격대가 비싸기보다는 관광객들 상대로 기념품 정도의 품질을 가진 가죽 제품들을 파는 골목에 가깝다.

구매 욕구를 누르며 구경만 하고 있는데 골목 끝에 있는 마지막 가게에서 무너졌다. 여태껏 들른 가게들은 거의 같은 것들만 팔고 있었는데 여기는 조금 다른 문양과 묘한 색을 가진 팔찌까지 있다. 원하면 이름도 새겨준다. 팔찌가 볼수록 마음에 들어 기분이 좋아진 우리는 잔뜩 흥 오른 발걸음으로 다시 길을 걸었다. 오늘은 아마도 이탈리아 전체가 들썩들썩한 날이었을 거다. 다름 아닌 스페인과 이탈리아의 축구경기가 있는 날. 아예 가게 밖으로 TV를 내놓고 다 같이 축구를 관람하고 있는 모습도 보인다.

나는 지금 이탈리아 땅을 밟고 서 있으니 이탈리아를 응원한다. 행여라도 지면 오늘 밤 이 거리 분위기가 어떻게 될지 모르니. 다행히 오늘의 경기는 이탈리아의 확실한 승리. 가게마다 아저씨들의 표정에서 웃음이 넘쳤다. 길거리엔 이탈리아 응원가를 부르는 젊은이들이 넘친다. 노랫소리가 끊임없이 들려오는 바람에 어느새 내가 흥얼거리게 될 정도였다. 술병 깨지는 소리를 들을 일은 없을 것 같은 날.

여전히 그림 같은 '두오모 성당'을 그냥 지나치자니 발길이 떨어지지 않았다. 바이올린 소리가 들려오던 성당 앞에 앉아 한참을 머물렀다. 분명히 같은 공간에 있는 건데 아무리 봐도 종이 위에 그려진 그림 같은 성당이 여전히 신기하다.

'오랜만에 꿈을 꾸다'

언니와 어제 너무 진지할 정도로 미래에 대한 얘기를 했나 보다. 정말 오랜만에 꿈이란 걸 꿨는데 어찌나 울었던지 아침에 일어나자 눈이 시릴 정도였다. 아주 생생하게 기억나던 꿈. 자그마치 하루에 연이어 세 번이나 면접을 보러 다니던 꿈이었다. 그것도 지금 함께 하고 있는 내 배낭까지 짊어지고 다니며.

첫 번째로 찾아갔던 엔터테인먼트 회사.

대표와 일대일 면접을 보게 된 나는 평범한 멘트를 내뱉으며 평범한 이력서를 들고 있었다. 사람이 부족하고 급했는지 몇 분가량의 대화만 나눈 후 당장 출근하란다. 이 회사가 될 줄 몰랐던 나는 크게 당황을 했고, 이내 당장 출근하기엔 집도 구해야 하고 준비할 시간이 필요하단 말을 전했다. 이쯤 되면 미룰 법도 한데 그럼 준비가 되는 대로 바로 나와 출근을 하란다. 갑자기 나타난 유명 여가수의 '언니 여기서 일 할 거죠? 일해요~'라는 애교와 함께. 일단 인사를 하고 나온 나는 다음 회사로 향했다.

두 번째로 찾아간 곳은 외주 제작사.

이 회사에서 만들고 있는 프로그램에 들어갈 수만 있다면 정말 열심히 하고 싶었고, 잘하고 싶은 욕심이 컸던 곳이었다. 그러나 어찌된 일인지 면접을 담당한 여자는 나를 마음에 들어 하지 않았다. 여행을 마치고 바로 면접을 보러 온 건 지 나는 반바지에 반팔티 차림이었고, 거대한 내 배낭은 면접을 보기 위해 앉은 책상 옆에 떡하니 앉아있다. 그래도 어필을 해보려고 그 자리에 앉아 할 수 있는 말을 한마디라도 던져보려 애를 썼는데 이내 그 여자는 '뭐, 그건 그거고'라는 식의 말을 할 뿐 나를 쳐다보지도 않는다. 뭐가 마음에 들지 않았을까. 너무 대놓고 티를 내는 그녀로 인해 여기서도 당황하는데, 근처에 있던 젊은 직원이 넌지시 귓속말을 한다. "아무래도 면접에 반바지는 좀…." 그때서야 아차 싶었던 나는 그녀에게 죄송하다고, 여행에서 바로 오느라 급한 마음에 제대로 준비하지 못하고 와버렸다는 변명을 하더랬다. 그러나 그녀가 나를 마음에 들어 하지 않는 건 복장뿐만이 아닌 듯했다. "일단 알겠으니 다음에 연락 드리겠다." 라는 아주 형식적이고도 슬픈 말을 듣고 건물은 나온 나는 그 자리에서 펑펑 울었다. 아마 이 장면이 자면서 눈물을 왕창 흘렸던 순간인 듯하다.

세 번째로 찾아간 건 사무실도 아닌 어느 카페. 카페에서 면접을 보기로 했는데 어쨌든 영상 일을 하고 있는 사람이었다. 30대 초반 정도로 되어 보이던 그는 안경을 쓰고 있었고 살짝 산만해 보였다. 몇 마디 나누지도 않았는데 "일단 일하러 가시죠." 라는 말과 함께 나를 어딘가로 데려간다. 무슨 원룸 같은 곳에 가게 됐는데 그 안에는 내 또래의 여자 한 명과 남자 한 명이 모니터를 바라보며 일을 하고 있는 듯했다. 당장 일을 시작할 상황이 아니었던 것 같은데 왜 거기까지 따라간 진 모르겠지만 일단 자리에 앉은 나는 그 공간을 한 바퀴 둘러본다. 여자는 인터넷 검색 같은 걸 하고 있었고 남자는 아무것도 하지 않고 있었다. 면접을 봤던 그는 이 공간에서 굳이 따지면 대표인 듯했는데 이내 오락기를 집어 들더니 가장 좋아 보이던 TV 화면을 틀고 의자에 기대앉아 게임을 시작한다.

'내가 여기서 무슨 일을 하면 되는 거지?' 라는 생각을 하게 하던 곳.

그렇게 꿈은 끝이 났다.

그렇게 눈은 떠졌다.

그렇게 서글픈 마음으로 몸을 일으켰다.

일이야 구하면 되고 안 구해지면 아르바이트를 구하고, 그것도 안 되면 시간을 두고 기다려보자는 게 내 생각이었는데.

막상 앞으로 어떻게 살 건지 너무 자세하게 얘기를 나눴던 걸까. 이런 꿈을 꿀 줄이야. 돌아가면 자연스레 취업난에 빠져 허우적대겠지만 지금 이 순간만큼은 그걸 잊겠다고 외쳐왔는데. 아무리 외쳐도 먹고 살 길에 대한 생각은 언제나 존재할 수밖에 없나 보다.

그래도 아직은 세상에서 제일 편하고 행복하다고 자부할 수 있는 지금 이 순간들을 꼭 쥐고 있고 싶다.

#86

낡은 매력을 보다

06/28

언니 덕에 생긴 '시에나'행 왕복 티켓을 들고 기차역 근처에 있는 버스 정류장으로 향했다. 근교도시를 유난히 좋아하던 내가 로마에서부터는 워낙 정신없이 지내느라 아예 갈 생각도 하지 않았었는데 이렇게 표가 생겼으니 감사히 갔다 올 수 있게 됐다.

피렌체에서 한 시간 조금 더 걸리는 거리. 토스카나 주에 속한 도시인 피렌체와 시에나는 같은 듯 다른 느낌의 도시였다. 토스카나 하면 떠오르는 노랗고 푸른 벌판을 달리고 달려 도착한 그곳. 중세시대의 흔적이 많이 남아있고, 광장 또한 옛 모습 그대로 남아있다.

멀리 보이는 성당을 기준으로 발걸음을 옮기기 시작했으나 오늘도 성당은 점점 멀어진다. '캄포 광장'과 '푸블리코 왕궁' 건물은 넓기도 하고 오늘따라 태양이 뜨겁기도 해서 오히려 사람이 많이 없었는데, 골목을 지나는 동안은 북적이는 사람들을 피하느라 벽에 붙어 걸어가기도 해야 했다. 해마다 경마 경기가 열리는 캄포 광장은 시즌이 아니라 사람이 거의 없어 휑했다. 그저 광장 한가운데에 기념품 리어카만 세 군데 정도 있을 뿐. 들어와 있는 사람 수가 열 명이 채 되지 않는 그곳에 들어가 우뚝 솟은 궁전과 수많은 골목이 모여 있는 방향 쪽을 바라본다. 정말 도시의 중심에 나 혼자 덩그러니 서 있는 느낌. 덩그러니 존재하는 그 느낌이 의외로 흥미로워 가만히 서 있어본다.

광장을 나와 골목 곳곳에 표지판이 붙어있던 '시에나의 두오모 성당'도 가봤다. 이탈리아에서 아름답기로 손꼽힌다는 성당이라고 들었는데 과연 그럴만했다. 창문과 대리석에 비치는 선명한 하늘이 성당을 더 아름답게 만들어주고 있었다.

우연히 들어갔던 건물 안에는 우물이 하나 있었는데, 뭔가 싶어 내려다보니 우물을 막아놓은 철창 사이로 많은 사람이 동전을 던져 놨다. 아마도 소원 비는 곳이겠지. 더 자세히 쳐다보니 우물 바닥 중심에 네모난 공간이 있다. 딱 봐도 저기 안에 동전이 들어가게 해야 할 것만 같았다. 동전 하나를 꺼내 들고 속으로 한결같은 나의 소원을 빌어본다. 내 손을 떠난 동전은 정확하게 네모 안으로 들어가 주었다. 뭔지도 모르는 곳에서 던진 동전이었지만 쏙 들어간 동전 덕에 알 수 없는 성취감까지 느꼈다.

여러 박물관과 가게들을 지나치며 도시 한 바퀴를 다 돌아갈 때쯤 마주한 '산 도미니코 성당'. 뭔가 낯익다 했더니 처음 내렸을 때 목적지로 잡았던 그곳이었다. 돌고 돌아 이곳에 오게 될 줄이야. 성당 바로 앞에는 전경이 꽤 잘 보이는 벤치가 있고, 아이들이 공놀이하며 뛰어놀던 잔디밭이 있었다. 시에나에서 가장 마음에 들었던 장소였다. '시에나 두오모 성당'이 '관광'이었다면, '산 도미니코 성당'은 '휴식'이었다. 한쪽엔 성당을 그리고 있는 젊은 남자가 있고, 그 앞엔 큰 개와 함께 할아버지 한 분이 앉아 계신다. 산책 나온 가족과 공놀이에 집중 중인 아이들이 있고, 한쪽에 가만히 앉아있는 나까지. 그곳엔 나를 포함해 딱 그만큼의 사람이 전부였다. 잔디밭을 사이에 두고 머물렀던 그 공간과 시간을 꽤 오래 잊지 못할 거다.

밤이 되어 다시 정류장으로 돌아갔다. '피렌체'행 버스가 자주 와서 별 기다림 없이 버스를 타고 돌아올 수 있었다. 그림 같은 두오모 성당도 아쉽지 않을 만큼 쳐다봤고 절대 못 외울 것만 같던 피렌체 골목들도 어느덧 잘 찾아다닌다. 관광보다는 동네 놀러 다니듯 돌아다녀서 더 익숙해진 도시. 이곳엔 유명한 관광지도 많지만, 더 매력적인 건 곳곳에 숨겨진 레스토랑과 골목시장을 구경하는 것이었고, 두 손 들어 만족을 외칠 만했다. 해가 질 때쯤 곳곳에 보이는 성당이나 교회 계단 아무 데나 앉아 골목 사이로 변해가는 하늘을 바라보는 것도 좋다.

숙소로 돌아와 맥주를 마시며 뉴스를 훑는데 이스탄불에 테러가 일어났다고 한다. 2주 뒤면 가야 할 그곳에서. 지금 내가 누리고 있는 평화와는 너무나 대조적이라 마음 한편이 씁쓸해진다.

'어쩌 됐든, 언제라도 나 또한 서 있어야 할 사회라는 곳이기에'

여행이 편한 이유 중 하나는, 내가 속해있던 사회에서 일어나고 있는 혼란스러움이나 불미스러운 것들을 잠시나마 모르고 있어도 된다는 것이다.

여행자라는 신분은 가끔 내가 서 있는 이 도시에서 이방인 취급을 받기도 하지만, 어떻게 보면 그렇기 때문에 그 사회에서 일어나고 있는 골치 아픈 정치문제를 포함한 사회 문제에 직접적인 관심을 두지 않아도 괜찮은 신분이기도 하다.

내가 사는 사회로 돌아가면 나 또한 자연스레 뉴스를 자꾸 보게 될 테고, 그 사회에 속한 사람으로서 화가 날 일이 없을 수가 없다. 가끔은 핏대를 세우며 잘못됐다고 어느 술집에서 얕은 분노를 내뱉고 있을 수도 있고, 간만에 좋은 소식이 들리면 '내가 이런 사회에 살고 있다니'라며 웃고 있을 수도 있다.

어느 나라 사람이든, 어디에 살게 되든, 어느 곳에나 사회는 존재할 수밖에 없고 이를 부정할 수는 없다. 사회가 존재하기에 내가 존재할 수 있고, 그렇기에 여행도 할 수 있는 셈이니.

테러가 틈만 나면 발생하고 안팎으로 불안한 못한 소식들도 끊임없이 들려오지만, 그곳도 결국 사회고 세상의 일부분이었다. 그런 세상을 겁내기보다는 그 와중에도 아직 남아있는 제대로 된 세상을 발견하고 반가워할 모습을 그리며 '세상 구경'을 이어나갈 생각이다.

#87

엉켜버린 실타래처럼, 그 와중에 반짝이는 바늘처럼

06/29

오랜만에 도시이동. 첫날에 숙소 때문에 불만을 쏟을 땐 언제고 정이 많이 든 피렌체를 떠나는 날이다.

체크아웃을 하는데 전형적인 이탈리아 남자였던 사장은 아니나 다를까 특유의 눈빛으로 이마에 키스를, 깊은 포옹을, 머리 쓰담쓰담을 하는 삼단 콤보를 보여준다. 연신 여행 조심히 다니라며 꼭 잡은 손을 한동안 놓지 않았다. 분명 우린 며칠 전 첫 만남에서 싸우기 직전까지 갔던 사이다.

오래 걸리지 않아 '베네치아'에 이르렀다. 가격이 싼 숙소를 예약하느라 베네치아 본섬이 아닌 육지 쪽으로. 버스로 십 분에서 십오 분이면 본섬으로 갈 수 있으니 상관없었다. 방에 들어서는데 '뭐지 이 엄청난 쾌적함은? 이 시원함은?' 넓고 깨끗한데 에어컨까지 있는 방이다. 가만있어 보자, 여행 내내 에어컨 있는 방에 머물렀던 게 언제더라…. 기대 이상으로 좋은 호스텔 환경을 뒤로 한 채 사과를 한입 베어 물었다. 테러가 일어났다는 이스탄불 대신 다른 도시에서 돌아갈 항공권과 그리스로 향하는 페리 티켓을 구하는 게 최대 고민거리가 되어 내 온 신경을 가져갔다. 한참을 그렇게 고민만 하다가 자리를 박차고 일어난다. 가장 뜨거운 시간도 살짝 지났으니 지금 베네치아 본섬에 가면 가볍게 한 바퀴는 돌 수 있을 것 같았다. 물론 그 생각은 그곳에 도착하자마자 바뀌었지만. 생각보다 엄청 넓고 크고 복잡해서.

처음 만난 베네치아는 이상형을 만난 듯 딱 내 스타일이었다. 굳이 어디로 가지 않아도 사방이 물인 도시. 버스 대신 배가 교통수단인 도시,

진짜 베네치아에 왔다!

일단 페리 티켓부터 구하기 위해 열심히 돌아다녔다. 여러 사람에게 물어봤지만 내가 마주친 베네치아 사람 중 '그리스'행 페리의 존재를 아는 사람은 딱 두 명이었다. 심지어 알려주는 항구도 다르다. 항구가 너무 많은 도시여서일까. 사람 하나 없고 크기만 했던 항구에서 얻은 건 허무함과 좌절뿐. 아, 이 얼마 만에 맛보는 좌절감인가. 아무 데나 주저앉아 한숨을 쉬고 있자니 문득 베네치아를 보지 못하고 있는 게 더 슬프다. 이대로 숙소로 가기엔 내가 밟고 있는 이곳의 매력이 차고 넘친다!

모든 고민을 접어두고 '어디 한번 돌아보자'라는 마음으로 지도를 켰다. 이렇게 복잡한 도시에서 지도가 없었으면 아마 또 다른 혼란을 낳았을 것만 같다. 수상버스까지 제대로 알려주는 덕에 처음 온 베네치아를 차근차근 알아갔다. 배 타는 걸 아주 좋아하는 나는 머무는 동안 이걸 지겹도록 타기로 마음먹었다.

'산 마르코 광장'으로 가는 길. 골목들이 장난 아니다. 피렌체와는 비교도 안 될 정도의 좁은 골목들로 이루어져 있다. 한 사람이 겨우 지나갈 수 있을 폭의 골목부터 넓은 골목까지, 직선으로 뻗은 골목부터 발걸음이 꼬일 정도로 구불거리는 골목까지. 벽 한쪽에 드문드문 붙어있는 번지수와 화살표를 보며 '아, 이걸 보고 찾아다니는구나' 싶었다. 안내판마저 정겹게 느껴지는 베네치아의 골목들. 지도 덕에 어렵지 않게 산마르코 광장을 찾았는데 여태껏 지나온 좁은 골목들과 연결이 안 될 정도로 넓고 웅장한 광장이 나타난다. 진짜 넓다. 물이 고여 있던 성당 앞에는 저물어가는 하늘이 함께 하고 있다.

자리를 잡고 앉아 광장을 채운 사람들과 건물들을 보며 잠시 생각에 잠겼다. 일단 베네치아에 왔으니 여기에 빠져들고 싶은데 그 전에 뭐라도 하나 해결됐으면 좋겠다. 복잡하지만 언젠가 길이 나오는 베네치아의 골목들처럼 내 고민에도 길이 보이길 바라본다. 엉켜버린 실타래처럼 쉽게 풀어질 것 같지가 않지만, 그 와중에도 내 눈에 들어오는 베네치아는 실타래에 꽂혀있는 바늘처럼 반짝인다. 좀 더 여유로운 마음으로 마주했다면 아마 지금쯤 난리가 났을 텐데.

내일부턴 이곳에 집중할 수 있길 간절히 바라며.

'내 뜻대로 된다는 것은'

나도 안다. 두 달이 넘어선 내 여행은 그동안 매우 순탄했다는 걸.

숙소 예약을 하지 못해 길바닥에서 잔적도 없고, 배고파 죽겠는데 음식을 먹지 못한 적도 없다. 차를 놓친 적도 없고 그 흔한 소매치기를 당한 적도 아직 없다. 위험하거나 야경이 멋진 도시에선 좋은 동행을 만나 제대로 그곳을 즐길 수 있었고, 가끔 물건을 잃어버리긴 했지만 내 배낭과 몸뚱이는 잃어버리지 않았다. 여태껏 거의 다 내 뜻대로 잘 흘러왔다는 말이 되기도 한다.

귀국이 2주 정도 남은 이 시점에, 그 많은 도시 중에 하필 내가 아웃하는 도시에서 터진 테러를 시작으로(물론 테러는 어디에서든 절대로 일어나선 안 되지만) 뜻대로 구해지지 않는 '그리스'행 페리 티켓까지. 여행 중 거의 처음으로 막막했던 날이기도 했다.

어떻게든 될 거란 걸 누구보다 잘 알면서도 머리에선 지금 당장 이 문제들을 해결해버리고 싶다는 강한 욕구가 자리 잡았다.

새삼스레 내 뜻대로 된다는 게 얼마나 쉽지 않은 일인지 다시 느낀다.

살면서 내 뜻대로 됐던 일들이 몇 번이나 있었을까. 자연스레 흘러가며 살아왔다고 생각했고, 그 '자연스레'라는 것 자체가 이미 내 뜻대로 살아왔다는 걸 포함하고 있을지도 모르지만.

그래도 사는 내내 내 뜻대로만 흘러가길 바란다는 건 정말 도둑 심보일지도 모른다. 세상에 나 혼자 사는 게 아닌 이상, 수많은 변수와 수많은 상황들을 마주하고 살아야 하는 이상, 내 뜻대로 흐를 때가 있으면 그렇지 않을 때도 있어야 하는 게 당연한 거겠지.

자, 순탄한 내 여행의 지난날에 감지덕지하며 잠시 마주한 혼란을 잠재우고 해결해보자. 어찌 됐든 사람 사는 세상에서 지금 내 머릿속을 채우고 있는 이 걱정은 별것도 아닌 그런 문제들이니까. 어떻게든 해결될 그런 것들이니까.

내 뜻대로 된다는 건 분명 쉽지 않다, 그래도 이 정도면 됐다. 충분하다.

#88

물감으로 가득 채워진 팔레트처럼

06/30

알록달록한 집으로 유명한 '부라노 섬'에 갈 생각으로 딱 한 번 꺼내 입었던 새하얀 원피스까지 입고 나왔다. 이곳에서만큼은 나도 예쁘게 사진을 남겨야겠다는 다짐으로. 배에서 내려 그 길로 아무 골목이나 골라 방향을 잡았다가 골목 중간에 있던 유리공예 가게에 들어가게 됐다. 보자마자 특이한 모양을 좋아하는 엄마 생각이 난다. 영상통화를 걸어 가게에 있는 물건들을 보여주니 화질이 좋지 않은 와중에도 원하는 걸 너무나 잘 골라내는 엄마의 능력에 새삼스레 감탄했다. 좀 비싸긴 했지만, 여태껏 열심히 아끼기도 했고 돌아갈 때가 됐으니 제대로 된 선물 하나쯤은 사가고 싶은 마음에 설레는 마음으로 포장을 부탁했다. 부디 엄마와 잘 어울리길.

가게를 나와 사방이 알록달록한 건물들 사이를 걸어 다니기 시작했다. 마치 무지개를 진하게 펼쳐 놓은 것 같다. 집집마다 창가엔 꽃까지 꽂아놓으니 섬 전체가 화사하고 예쁘다. 무조건 가진 옷 중에 가장 하얀 옷을 입고 가라던 누군가의 조언을 잊지 않은 덕에 마음에 드는 사진을 꽤 건질 수 있었다. 오늘 내 사진을 남겨주신 지나가던 여러 명의 여행자들에게 감사를 표한다.

좁은 골목들까지 조용히 돌아다니며 더 자세히 섬 구석구석을 볼 수 있었는데 은근히 매력 있었던 건 이 색색의 건물들 사이사이에 미처 칠하지 못했거나 잘 보이지 않는 면이라 그냥 놔둔 벽들을 보는 거였다. 인위적일 수도 있던 건물들 사이에서 오히려 자연스러워 보였달까.

한편으론 샛노랗거나 새파란, 마치 유치원 건물에나 쓰일 법한 색들을 가진 건물에 살고 계시는 할머니 할아버지의 모습을 보니 마치 소녀와 소년처럼 보이는 효과까지 있었다.

돌다 보니 어느새 반나절이 지나 수상버스를 타고 돌아가는데 '무라노 섬'에 정차한 순간, 은근슬쩍 내려버렸다. 갑작스레 내려 마주한 '무라노 섬'은 저녁이라 가게들이 반 이상 문을 닫기도 했거니와 북적북적하던 '부라노 섬'과는 완전히 다른 분위기였다. 부라노에 비해 훨씬 조용하고 차분했지만 탁 트이고 넓은 섬이었다. 좀 전까지 색색의 건물들을 보다 와서인지 갑자기 단순해진 건물색이 낯설다. 무라노의 건물들은 벽돌색, 시멘트색, 벗겨진 연한 노란색 등으로 이어졌다. 그래도 유리공예에 있어서만큼은 베네치아나 부라노 섬보다 개성 있고 볼거리가 많다. 나밖에 없던 다리 위에서 한적하니 여유도 부렸다. 아깐 다리 위에 사람이 넘쳐 겨우 건널 수나 있었는데. 해가 질 때쯤이라 조용한 강 위에 채워진 노란빛 하늘도 그렇게 차분할 수가 없다.

베네치아 본섬으로 돌아와 파스타를 먹으러 갔다. 싸고 맛도 괜찮은 컵 파스타 집이 있단 정보를 들은 터였다. 가게 간판은 따로 없지만, 그 좁은 골목 귀퉁이에서 많은 손님을 끌어들이는 걸 보니 인증된 셈이다.

사방에 물이 있는 이 도시에선 가로등이나 가게에서 나오는 불빛들이 물 위를 비추며 내는 분위기가 특히나 아름답다. '좋다'라는 말을 수십 번도 더 중얼대며 강을 따라 걷는데 하늘에서 자꾸 천둥 번개가 친다.

빗방울이 하나씩 떨어질 때쯤 발걸음을 돌리기로 했다.

숙소로 돌아와 다시 시작된 고민 끝에 일단 그리스로 가는 페리 티켓부터 찾기로 했다. 거듭되는 검색 끝에 티켓을 예약할 수 있는 사이트를 찾았고 아직까지 어딘지도 모르겠는 항구를 뒤로한 채 예매를 했다. 잠시 뒤 날아온 예약 메일에 주소가 쓰여 있으니 그곳에 '그리스'행 페리가 날 기다리고 있길 바라는 수밖에.

아, 하나라도 해결하니 속이 시원하다 못해 날아갈 것 같다. 가볍다 가벼워. 노트북을 붙잡고 공용공간에 앉아있는 나에게 다가와 어느새 내 옆자리에 얼굴을 파묻고 엎드려있는 호스텔의 검은 고양이를 보며 웃음을 지었다.

하루가 끝나는 게 점점 빨라져 가는 것만 같은 요즘이다.

'25살 혹은 26살인 내 나이라는 게'

흔히 말하는 빠른 생인 나는 그냥 '26살'이라고 말한다.

언니, 오빠와 같은 호칭이 필요한 우리나라인지라 우연히 동행이 생기거나 마음 맞아 여러 번 다시 보는 사람이 있어도 나이는 어쩔 수 없는 질문이다. 빠른 생이라고 설명하기도 그렇고, 여러 명 있을 땐 은근히 꼬여서 어쩔 수 없었다. 어쨌든 내 친구들도 26살이고 나도 그들과 같은 학년을 보낸지라 정신연령(?)이나 공감대는 25살보다 26살이 더 확실한 셈이다. 물론 나이가 중요하다는 건 아니다.

지금 내가 이 글에 적어두고 싶은 건 25살이든 26살이든, 어찌 됐든 지금의 내 나이에 갖고 있는 어떠한 생각들일 뿐.

여행하면서 나보다 어린 친구들도 꽤 만났고 나보다 나이가 많은 사람도 만났다. 그들도 각자 적당한 시기에 왔겠지만 내 인생에 있어서 지금 이 나이에 떠나온 유럽 여행은 참 매력적인 것 같다. 마냥 철없고 방방 뛰던 몇 년 전보다는 조금은 이성적인 부분이 생겼고, 몸 사릴 나이가 되기 전에 떠나온지라 아직까진 '어떻게든 되겠지'라는 마인드가 굳건히 자리 잡고 있다. 확실히 몇 년 전 여행보다 요령 아닌 요령이 생겨 가끔 내가 더 늦게 이 여행을 시작했더라면 아마 뭔가를 더 따지고 있겠지 라는 생각도 든다.

25살 혹은 26살.

내 친구들을 포함해 이 땅에 살고 있는 수많은 나의 동갑내기들이 공감할진 모르겠으나 사실 이 나이가 참 애매하다.

졸업했어? /아니. / 아 그럼 학교 다니겠네?

졸업했어? /응. / 아 그럼 직장 다니겠네?

뭐 할 거야? / 모르겠어.

뭐하고 싶어? / 글쎄.

와 같은 대화가 정확하게 맞아떨어지는 나이.

아직 일을 하지 않는다고 하면 조금 압박을 받긴 하지만 그래도 마냥 압박만 받기보단 살짝 하고 싶은 거 해가면서 취업 생각을 해도 될 것 같은 나이.

아직 철이 없어도 20대라는 이름 아래 조금은 더 고집부려도 될 것 같은 나이.

막중한 책임감 아래 힘들어하기는 하지만 그 힘듦을 친구들과 술 마시며 가볍게 풀었다가 다음날 다시 느껴도 될 틈이 있는 나이.

현실에 대해 투정부려도 되고 부족한 내 능력에 자책해도 되고 난데없이 다른 걸 바라봐도 될 정도의 나이.

아직까진 노는 게 좋다고 소리 높여 외쳐도 엄청난 비난을 받진 않을 정도의 나이.

어쩌면 뒤돌아볼 기회를 가져도 충분할, 학생과 사회인의 그 중간 어디쯤인 나이.

뭐 그런 나이가 지금 내 나이라고 생각한다.

물론 한 살 한 살 더 먹어 좀 더 많은 나이가 되더라도 이게 그대로 이어질 수도 있지만, 그대로 이어지지 않을 수도 있다.

확실한 건 스무 살의 나보다는 성숙해졌다는 것. 아직까지 허술한 게 더 많음을 매번 느끼고 있음에도 스무 살의 내 모습과는 확실히 다르다는 것.

나중에 서른 살이 되면 느낄 내 모습과도 확실히 다를 거라는 것 또한 상상해 본다. 그래서 나는 지금 내 나이에 할 수 있는, 즐길 수 있는, 고집부려도 되는 그런 것들은 망설임 없이 할 생각이다.

그것들을 다지고 다져 나중에 서른 살, 마흔 살이 되어서도 여전히 그 나이에 할 수 있는, 즐길 수 있는, 고집부려도 되는 것들을 망설임 없이 할 거고.

물론 그게 지금과 별 차이 없는 것들일지라도.

#89

리도 그리고 눈물 나게 아쉬운 베네치아

07/01

오늘에서야 나의 고민들을 완전히 마무리 지었다. 며칠 동안 신경 쓰던 것들을 하루아침에 해결한 기분은 마냥 속 시원하기보다는 마감일에 맞춰 일을 끝내고 잠시 한시름 놓은 느낌이다. 고민에 파묻혀 제대로 보지 못한 베네치아를 좀 더 보기 위해 아침 일찍 호스텔을 나왔다.

일단 본섬에서 조금 떨어져 있는 '리도'부터 갔다 오기로. 어느덧 수상버스 노선과 번호가 익숙하다. 어제 봐뒀던 노선표대로 수상 버스를 골라 타고 목적지로 향했다. 만원버스처럼 꽉 찬 수상버스는 그렇게 거침없이 강을 가로지르며 여러 정류장을 거쳐 간다.

'리도'는 베네치아 본섬 못지않은 크기에 길게 늘어진 모양의 섬이라 해수욕하기 좋은 곳이다. 사람이 꽤 많지만, 해수욕장이 더 넓어서 붐비기보단 여유롭다. 뜨거운 날씨에 초고속으로 녹아내리는 젤라또를 급하게 먹고 모래사장으로 들어갔는데, 생각 없이 신발을 벗고 씩씩하게 들어갔다가 화상 입는 줄 알았다. 고운 모습의 모래사장은 적당히 따뜻할 거란 예상을 뒤엎고, 가스렌지에 올라선 것처럼 뜨거웠다. 뜨끈거리는 발을 식혀야겠다는 생각에 무조건 물로 들어갔다. 맞춰놓은 듯 적당한 물의 온도에 만족하며 그대로 바닷가를 걸었다. 한창 더울 시간이라 그런지 바다보다는 모래사장 위에서 살을 태우는 사람이 훨씬 많다. 어느새 알아서 타버린 내 몸은 굳이 필요 없다고 알려준다. 해수욕장이 전부일지도 모를 섬이긴 했지만 놀고먹기엔 더할 나위 없는 섬이었다.

본섬으로 돌아가려고 정류장에 서 있던 중, 무슨 생각이었는지 냉큼 마을버스 하나를 탔다. 그냥 가기엔 이곳이 좀 더 궁금했나 보다. 그 버스는 해수욕장 근처로 가지도 않는 노선이었다. 말 그대로 여기 사람들을 위한 버스라 섬 곳곳에 멈춰 섰고, 진한 감청색의 바다가 제대로 보이는 도로를 달리기도 했다. 할머니와 아주머니들이 장 보러 가시는지 버스에 많이 타기 시작했고, 어느새 다시 가득 찬 버스는 처음에 탔던 그곳으로 다시 돌아왔다.

흔들거리는 수상버스 위에서 마지막 엽서를 썼다. 정확히는 우체국에서 보낼 수 있는 마지막 엽서. 나라마다 엽서 하나씩은 보내기로 마음먹었었는데 마냥 돌아다니고 먹느라 정신없던 이탈리아에서는 마지막 도시인 베네치아에서, 마지막 날이 되어서야 부랴부랴 쓰게 됐다. 10일 정도 남았으니 이 엽서가 도착할 때쯤엔 나도 한국에 있으려나?

마지막 우체국. 마지막 수상버스. 마지막 베네치아. 마지막 이탈리아를 앞둔 날이다. 본섬에 내려 간판도 보이지 않던 베네치아의 우체국에서 무사히 엽서를 보낸다.

수상버스를 잘못 타서 아무 데나 내려버린 나는 그곳에서 낡은 교회부터 과일 시장, 그리고 보지 못했던 곳들을 마주할 수 있었다. 또 다른 분위기를 풍기던, 어딘지 알 수도 없던 그 구역에서 이제 곧 떠나야 할 베네치아에서의 마지막 추억을 새겼다.

정말 눈물 나게 아쉬운 도시를 만났다. 여러 고민 때문에 집중하지 못했던 것도 있거니와, 다시 오면 되는데도 떨어지지가 않는 발걸음. 애써 태연하게 마트로 들어가 내일을 위한 식량을 챙긴다.

다시 오면 오늘 발견했던 또 다른 컵 파스타 집부터 가보고, 다른 구역 골목들도 가고, 젤라또도 더 많이 먹을 거다.

안녕 베네치아, 안녕 이탈리아.

S. Marcuola
S. Marcuola

'파스타젤라또피자파스타젤라또피자'(이탈리아에서 외우던 내 주문이다)

이탈리아 여행을 하면서 가장 깊은 유혹에 빠졌던 건 음식.

워낙 이곳 사람들이 음식에 대한 자부심이 크기도 하지만 가게마다 맛있게 생긴 것들이 넘치는 나라니까.

'파스타'는 생각보다 실컷 먹지 못했다. 길에서 먹을 만한 음식은 아니어서(컵 파스타 빼고) 레스토랑에 앉아 시간을 할애하는 식사를 자주 하지 않던 나는 손에 꼽을 만한 횟수의 파스타만 먹어봤다. 그러나 내 인생 파스타 하나는 확실히 건졌다. '친 퀘테레'에서 먹었던 '씨푸드 스파게티'. 적당한 오일과 아끼지 않은 해산물, 면의 익힘 정도까지 완벽했었다. 두고두고 떠오를 맛이다.

하루에 최소 하나, 최대 세 개까지 먹었던 '젤라또'. 열 걸음마다 가게 하나가 있을 정도로 젤라또가 넘치는데 은근히 그 종류와 비주얼이 저마다 달라서 이미 사 먹었음에도 잊어버리고 또 사 먹게 되기도 했다. 기억에 남는 건 '시나몬 맛'. 의외로 이 맛을 파는 데가 많지 않아 한 번 먹고 다시 만나지 못해 아쉬웠던 맛이다. 워낙 시나몬을 좋아하기도 했지만 젤라또에 그 맛을 제대로 녹였다는 게 잊혀지지 않는다. 한 번이라도 먹어본 것에 만족한다. 다시 보이면 무조건 시나몬 맛을 사 먹을 생각이다.

'피자'. 아, 이거는 정말 나폴리를 가야 한다.

이탈리아 전역에 피자가 넘치지만 나에게 만족을 줬던 피자는 나폴리가 유일하다. 다른 도시에서 먹었던 피자는 피자빵이었다. 내가 맛집을 찾아가지 않아서였을 수도 있지만.

일단 나폴리는 피자 한 판에 5유로 안팎. 맛은 최고를 보장. 웬만한 집들이 전부 맛있는 피자를 보장한다. 로마나 피렌체는 한 조각에 3-5유로. 맛은 그냥 맛있는 맛. 토핑은 많이 들어가지 않을수록 맛있다. 그래서 마르게리타가 최고다. 누가 뭐래도 피자는 나폴리였다.

#90

페리 타고 그리스로

07/02

마침내 그날이 왔다. '이탈리아 베네치아'에서 '그리스 파트라스' 로 넘어가는 날이. 몇 시간이면 가는 '그리스'행 비행기가 있긴 하지만 33시간짜리 배를 언제 타볼 수 있을까 싶어 무모한 도전을 해보기로 했다. 배 위에서 보는 일몰과 일출도 기대하면서. 베네치아에 머무는 내내 그토록 신경 쓰이게 하던 게 바로 이 배였다. 여기 사람들도 잘 모르고 수많은 항구가 있음에도 도무지 알 수 없던 '그리스'행 페리(그런 걸 끝까지 타겠다고 고집을 부렸다). 어렵게 티켓을 예매했던 터라 일단 배를 타고 나서야 안심이 될 듯했다.

한 시간에 딱 한 대만 오는 버스를 타고 광활한 공사 터와 벌판만 보이던 길을 꽤 달렸다. 버스 안에는 나밖에 없었다.

여기서 내리는 게 아니기를 바라고 있는데 저 멀리 내가 탈 페리 회사 간판이 떡하니 보인다. 막상 정류장 근처로 오니 티켓 오피스라는 간판도 아주 잘 보이고 화살표도, 사무실도 모든 게 내가 찾아갈 수 있게 존재하고 있었다.

정말 맨땅에 헤딩이라도 하는 심정으로 그리스로 넘어가는 페리 티켓을 찾아냈고(아무도 그런 배는 없다고 했지만) 어찌 됐든 이곳에서 그 배를 타게 됐다. 이제 남은 건 가장 싼 좌석이라 정해진 자리 따위 없는 이 큰 배 안에서 얼마나 편한 자리를 잡고 시간을 보내느냐다. 나와 같은 등급의 티켓을 가진 사람들은 부지런히 갑판으로 나가 자리를 잡는다. 에어시트와 담요 등을 들고 들어온 걸 보니 제대로 준비해왔다. 나는 내 몸뚱이와 배낭이 전부지만. 안내데스크로 갔다.

"갑판좌석은 어느 구역까지 머물 수 있죠?"

"아무 데나!"

"그럼 저기 있는 저 푹신한 소파에 머물러도 되나요?"

당연하단다. 푹신하고 에어컨 나오는 이곳에 있으면 되는 거다. 물론 왔다 갔다 하는 수많은 사람들과 마주하는 건 내 몫이고.

혼자 페리를 탔으니 딱히 떠들 일도 없고, 짐도 지켜야 했기에 바다는 잠깐만 보고 들어와 소파에 앉았다. 글도 쓰고 사진 정리도 하고, 산토리니에 가서 읽으려고 아껴뒀던 책도 있다. 그렇게 혼자 놀기에 푹 빠져 있다 보니 어느새 출항한 지 일곱 시간이 지났다. '이대로라면 한숨 제대로 푹 자고 나면 도착할 것 같은데?' 기차와 비행기에 구겨져 몇 시간을 보내는 것보다 바다도 실컷 보고 마음껏 돌아다녀도 문제없는 이 넓은 배 안에서 하루를 보내는 게 나에겐 더 자유롭고 새로운 시간이었다. 크루즈 여행을 하지 않는 이상, 언제 이 긴 시간 동안 바다 위에 머물러 보겠는가. 생각보다 바람이 거세서 마냥 갑판에 서 있진 못하지만, 창밖을 보면 어딜 봐도 무조건 바다인 이 공간에서 글을 쓰고 있는 것도 다시 만나기 어려울 순간일 거다.

밤 9시가 넘은 시간. 중요한 경기가 있어 시끌벅적해진 그곳을 빠져나와 갑판으로 나갔다. 하늘이 밝음에서 어두움으로 바뀌고 있을 때쯤이었다. 남보라빛 하늘. 눈에 보이는 거라고는 오직 하늘과 바다뿐인 이 갑판 위에 서 있자니 그 자체가 감동이다. 여행을 시작하고 나서야 하늘을 쳐다보기 시작했다. 한국에서도 분명 고개만 들어 올리면 저런 하늘을 충분히 볼 수 있었을텐데. 그 고개 한 번 드는 일이 의외로 어려웠나 보다.

'수십 번의 걱정 끝에 마주한 건 결국 안심'

아침부터 걱정을 참 많이도 했다. 그동안 하지 않던 걱정을 몰아서 하기라도 할 참이었던 건지 같은 걸로 수없이 걱정했다.

항구가 너무 많은 도시라 '이 항구가 아니면 어쩌지?'라는 생각부터, 잘 터지지 않는 핸드폰 때문에 '항구에 못 찾아가면 어쩌지, 거기까지 갔는데 다른 항구라고 하면 어떻게 해야 하지, 주말이라 버스가 더 없는데 항구 가는 버스 놓치면 택시를 타야 하나? 히치하이킹이라도 해야 하나?' 등등.

전혀 하지 않아도 될 걱정까지 굳이 만들어낼 정도로 페리에 대한 확신이 없던 차였다. '그리스'행 페리에 관한 정보를 고생하며 얻은지라 출발하는 날이 되었음에도 안심이 되지 않았나 보다. 숙소 사장도 잘 모를 정도였으니. 그렇게 쓸데없이 가짓수만 늘어가던 내 걱정은 시간이 지나면서 하나씩 지워지기 시작했다.

일단 놓치면 답이 없겠다 싶었던 한 시간에 겨우 한 대가 올까 말까 한 버스는 놓칠 뻔했지만, 무사히 탑승! 달리면 달릴수록 황량한 곳만 보여 제대로 가고 있는 건가 싶었지만 내리자마자 보이는 페리 회사 간판에 느낀 반가움은 말로 표현할 수 없을 정도였다. 단순하기 짝이 없었던 페리 체크인과 보안검색대, 그리고 엄청 거대해서 누가 봐도 국경을 왔다 갔다 할 만하겠다 싶었던 내가 탈 페리를 확인한 그 순간까지. 쓸데없이 많아졌던 걱정은 그렇게 하나하나, 결국엔 모두 지워졌다.

시간이 답이라는 건 누구나 아는 법칙임에도 여전히 신기하다.

정말 시간이 지날수록 모든 게 하나하나 차근차근 해결되고 있었다.

어떤 문제가 생겨도 언젠간 다 해결될 거란 식상한 깨달음을 굳이 다시 한 번 더 얻는다.

#91

충분히 가치 있던 페리 여행, 그 끝엔 그리스가 기다리고 있음을

07/03

하루하고도 아홉 시간이 더 걸린 베네치아에서 파트라스까지 가는 페리. 있는 게 어디냐며 무작정 배에 올랐던 나는 지난밤을 여전히 잘 보냈다. 잠시 눈을 떴다가 생각 없이 내다본 창문을 보고 어느새 날이 밝았음을 깨달았다. 살짝 주황빛이 걸려있는 걸 보니 벌써 해가 뜬 건가 싶어 벌떡 일어나 갑판으로 나갔다.

아직 뜨지 않았다! 이제 막 해가 뜰 준비를 하는 것만 같던 하늘. 누가 깨운 것도 아닌데 일출 무렵 우연히 눈을 뜬 나는 그렇게 노랠 부르던 바다 위에서의 일출을 볼 수 있게 된 거다. 얼마 지나지 않아 뜨기 시작하던 해! 이걸 보려고 페리를 탔나 보다 싶을 정도로 행복했다. 살면서 두고두고 손에 꼽을 황홀한 순간에 한 가지가 더 추가되는 순간이었다.

우연히 눈이 마주친 할아버지와 나란히 앉아 이런 저런 얘기를 했는데 내가 손녀딸 같았나 보다. 자신은 잠이 다 깨서 방이 필요 없어졌으니 샤워도 하고 한숨 자고 오라며 방 키를 건네신다. 몇 번을 거절해도 계속해서 키를 쥐여주시던 할아버지에게 더 이상의 거절마저 죄송하다고 느껴져 감사히 베풀어주신 호의를 받아들이기로 했다. 결국, 샤워도 하고 깨끗한 침대에서 아주 잠시 눈도 붙이고 내려와 여전히 그 자리에 머물고 계시던 할아버지에게 커피 한잔을 대접했다. 내 여행사진과 메일을 꼭 보내줬으면 좋겠다는 할아버지의 말을 잊지 않고 돌아가면 꼭 연락드릴 생각이다.

그리스 북부의 한 항구에 배가 잠시 멈췄다. 이곳에서 할아버지도 내리셨고 밤새 배에 가득 찼던 승객들 중 반 이상이 내렸다. 자리가 남아돌게 된 레스토랑 소파는 거의 내 차지다. 주변을 돌아보니 이 항구에선 그리스 사람들이 많이 탔다. 거의 나이 드신 할머니 할아버지셨는데 다들 남부로 휴가를 보내러 가시는 것 같기도 하고. 이미 까맣게 탄 몸과 편안한 웃음이 그들의 여유를 말해주고 있었다.

밤 아홉 시쯤, '그리스 파트라스 항' 도착.

한숨 자고, 먹고, 뜨고 지는 해를 보고, 책 좀 읽고, 갑판에 나가 바다를 보고 나니 어느새 여기까지 온 거다.

드디어 오늘, 생애 처음으로 그리스 땅을 밟았다. 아테네로 바로 넘어갈까 했지만 도착하면 새벽일 듯해서 항구 근처 숙소에서 하룻밤 자고 가기로 했다.

다시 타라면 충분히 다시 탈 생각이 있을 정도로 나에겐 소중했던 시간이자 도전이었던 페리 여행은 여기서 끝!

'떠오르는 태양과 지는 태양'

어디서 주워듣기론 한국은 일출에 의미를 두지만, 서양은 지는 해에 의미를 둔다고 했다. 이 큰 배에 거의 이틀을 있으면서 동양인을 단 한 명도 보지 못했었는데 오늘 일출을 보러 나간 갑판에서 정말 일찍 잠이 깬 할아버지 할머니 외에는 다들 관심이 없음을 알고 더욱더 확신하게 됐다.

나는 일출을 보기 위해 눈이 떠지자마자 부리나케 나갔는데 다들 해가 뜨든 말든 잠을 자거나 TV를 보고 있었다. 나만 반갑나 보다. 그러나 일몰 땐 달랐다. 갑판 난간이 가득 찰 정도로 사람들이 나온다. 지는 태양을 보기 위해.

사실 떠오르는 태양이든 지는 태양이든 무슨 상관이 있겠냐만은.

떠오른다는 건 질 때도 온다는 거고, 진다는 건 다시 떠오를 때도 있는 거니까. 운 좋게도 하루 동안 뜨고 지는 태양을 전부 볼 수 있었던 나는 그렇게 굳이 의미부여를 하며 끝없이 펼쳐지던 하늘과 바다를 한참 동안 눈에 담았다.

#92

눈을 뜨면 또다시 새로운 곳에

07/04

침대에서 일어나 날 밝은 그리스를 처음으로 맞이해 본다. 발코니에 서서 아래를 내려다보니 동남아에 와있는 기분이 들었다. 낡은 건물들과 오토바이 소리로 가득 차 있던 큰 골목. 정감 가면서도 의외다.

무슨 말인지 하나도 알아들을 수 없지만, 몸짓이나 표정만 봐도 그들이 오늘 하루를 어떻게 시작하는지, 어떤 일을 하는지가 보이는 게 신기했다. 분명히 사람 많은 곳은 싫어하면서 이런 정신없는 오토바이 소리나 여기 사는 사람들이 잡담하듯 떠드는 소리가 뒤엉킨 시끄러움은 좋아한다. 잘 닦인 대리석 바닥보다 걸으면서 살짝 휘청거리게 만드는 울퉁불퉁한 도로가 좋고, 멋들어진 레스토랑보다 그곳 사람들이 즐겨 찾는 평범한 식당에 눈길이 먼저 간다. '저 집이 더 맛있을 거 같은데'라는 생각과 함께. 그 모습이 가득했던 발코니 아래를 나도 모르게 턱을 괴고 열심히 관찰하고 있었다.

숙소 사장님에게 '아테네'로 가는 방법을 확실하게 물어보고 나온 덕분에 빠르게 '아테네'행 버스에 올라탈 수 있었다. 창문으로 지나쳐가는 '파트라스'의 모습은 한적한 항구이자 꽤 널찍한 곳이었다. 여행자에겐 아쉬운 도시가 될 수도 있겠다 싶을 만큼 휑한 곳이 좀 많긴 했지만.

'아테네' 버스터미널 도착. 숙소로 찾아가는 게 막막해서 택시 정류장으로 일단 걸음을 옮겼다. 택시 기사 아저씨께 주소를 보여드리며 요금을 물어보자 "거기까지 차로는 8유로! 버스로는 1유로!"를 시원스레 외쳐준다. 버스가 있었구나! 본인이 택시 기사임에도 버스 정류장을 확실하게 알려주던 아저씨 덕에 버스까지 잘 타고 성공적으로 숙소를 찾아갔다. 주변에 큰 호텔이 많아 기가 죽어 보였던 작은 호스텔이었지만, 직원도 친절했고 시설도 멀쩡했다. 일찍 도착하는 바람에 청소가 끝날 때까지 로비에 앉아 기다리는데 호스텔 직원이 근처에 마켓이 있으니 거기서 먹고 구경하고 놀다 오란다.

걸어서 십 분이면 도착하던 그곳은 우리나라 국제시장과도 같은 분위기였다. 별의별 물건들이 나와 있어 눈길이 가지만 구경은 나중에 하고 일단 레스토랑이 모여 있는 곳으로 갔다. 그리스에 왔으니 그리스식 식사로 첫 끼니를 즐길 생각! 사방에 걸려있던 '수블라키'가 적힌 팻말 중 마음에 드는 곳으로 들어갔다. 자리를 잡고 앉았는데 바로 코앞이 유적지다. 그 뒤로는 낙서가 가득한 낡은 기차가 지나다닌다. 아주 상반된 이미지였지만 그 조합은 식사하는 내내 눈에 들어왔고 어느덧 자연스러워져 버렸다. 닭고기나 돼지고기 등을 구워낸 꼬치와 빵이나 감자튀김, 그리고 토마토나 샐러드를 곁들인 그리스식 한 끼 식사라는 '수블라키'는 내 입맛에도, 그리고 아마 모든 사람들의 입맛에도 잘 맞을 듯한 음식이었다. 다 먹어갈 때쯤 어느새 내 발 옆엔 두 손바닥만 한 새끼 고양이가 앉아있다. 그러고 보니 이곳엔 돌아다니는 길고양이가 상당히 많았다. 길고양이만 많은 건 아니었다. 몇 년 전 일어난 그리스의 경제위기가 가장 큰 이유겠지만, 길거리에 아무렇게나 누워있는 사람도 많다. '아테네'는 가벼우면서도 예쁘장한 옷을 입은 관광객들과 계절 상관없이 어둡고 낡은 옷을 입은 난민이 한 골목에서 공존하고 있는 도시기도 했다.

골목 중간중간엔 갤러리도 있었다. 그리스 곳곳을 담은 작품들이 가득했던 어느 곳에 들어갔다. 'Welcome'이라고 적힌 입구를 기웃거리는데 한 할아버지가 계단을 올라오신다. 편하게 보고 가라며 작업실로 안내해 주셨다. 안으로 직접 들어와 보니 더 신기한 곳이다. 작업실 한쪽에 떡하니 자리 잡고 있던 내 키만 한 흙그릇은 할아버지가 자랑스러워할 정도의 역사를 가진 거였다. 곳곳에 아무렇게나 놓인 물감과 굳어버린 팔레트가 유적지 같던 그곳을 채우고 있었다. 그림이 가득 걸려있던 위층 갤러리까지 끌려가(할아버지는 나를 계속 끌고 다니셨다) 본의 아니게 대단한 물건이란 걸 하나 더 보게 됐다. 1820년에 만들어졌다는 피아노였는데 베토벤이 치던 피아노와 똑같은 피아노라고 한다. 즉석에서 이어진 할아버지의 엉성하지만 느낌 있던 피아노 연주. 계속 얘기를 나누고 싶어 하시던 할아버지를 뒤로하고 갤러리를 빠져나왔다.

걷다 보니 어느덧 시장은 끝이 나고 큰 도로들이 엉켜있는 곳이 나온다. 저 멀리 신전 같은 무언가가 보였다. 뭐지 싶어 간 그곳은 '제우스 신전'. 문은 이미 닫혔지만 아직 하늘은 훤한 시간이기에 울타리 밖에서나마 구경할 수 있었다. 비록 지금은 기둥과 터만 남아있지만, 한때 이 신전의 위용이 얼마나 대단했을까를 자연스레 상상하게 되던 곳이다.

오늘도 우연히 마주친 일몰. 매번 도시를 옮겨 다니다 보니 도무지 몇 시에 해가 지는지 알 수는 없지만, 매번 우연히 마주치는 일몰이 반갑고 좋다. 내일이 무진장 기대되는 밤이다. 오랜만에 이른 아침 시간으로 알람을 맞춰놓는다. 궁금하기도 하고 보고 싶은 것도 많은 곳이기에.

'밝은 빛'과 '잿빛'의 공존

밤늦게 도착했으니 밝은 그리스의 모습을 오늘에서야 처음으로 보았다. 파트라스의 아침, 그리고 아테네의 낮까지. '그리스' 하면 뜨거운 태양빛과 새하얀 건물이 가장 먼저 떠오르곤 했지만 정작 내가 그리스에서 가장 먼저 보게 된 건 잿빛 건물이었다. 곳곳엔 비어있거나 부서진 건물들. 아무렇게나 쌓여있던 아스팔트 조각들. 그래도 다시 해보겠다고 열심히 세운 새 건물은 그 사이에서 또 다시 하얀 빛을 내고 있었다. 마주치는 사람도 친절과 무뚝뚝함을 오간다.

아테네는 더 심했다. 잿빛 건물들이 도시 전체를 덮고 있었고, 유적지가 오히려 더 깨끗하고 멀쩡해 보이기도 했다. 새까만 공기가 앞을 가리고 있었고, 어두운 시멘트 건물들이 쭉 이어진다. 날씨가 좋은 건지 흐린 건지, 애매할 정도의 어둠. 그래도 그들은 부지런했다. 아침이고 밤이고 여전히 바쁘게 일을 하고 있었으며 쓸고 닦기를 멈추지 않았다. 어두운 건물 사이사이를 부지런한 아테네의 사람들이 빛을 내고 있었다.

흰색도 잿빛이 될 때가 있고, 잿빛도 다시 흰색이 될 때가 있을 테니. 애쓰는 게 내 눈에도 보이던 그들의 어둡고 녹아내린 표정이 조금씩 풀리길 바라는 마음이 드는 날이다.

#93

아테네의 심장, 아크로폴리스에 가다

07/05

많은 곳을 보고 싶었다. 어제부터 느낀 거지만 그리스는 묘했다. 마냥 기념품이나 시장 구경만 하기엔 그 묘한 기분을 지울 수 없는 곳.

어렸을 때 〈그리스 로마신화〉라는 제목의 만화책이 엄청나게 유행했었다. 몇십 권이나 되는 그 책이 한쪽 책장에 꾸준히 쌓여갔었는데 그 이야기들이 어찌나 재밌던지. 읽었던 책을 다시 집어 드는 성격이 아니었음에도 같은 권을 읽고 또 읽었던 것 같다. 어린이들을 대상으로 한 책이다 보니 신화에 나오는 신들 또한 어린이들이 좋아할 만한 그림체였고, 그 중 나는 푸른 머리카락을 묶어 올린 모습으로 아주 당차게 그려졌던 '아테나 여신'을 가장 좋아했던 게 아직도 정확히 기억난다. 그래서 아테나 여신을 위해 지어졌다는 파르테논 신전을 포함해 몇 개의 장소가 모인 언덕 일대를 일컫는다는 '아크로폴리스'가 궁금했다. 가장 먼저 마주한 건 '디오니소스 극장'. 보존상태가 좋아 아직도 때마다 연극제가 열린다. 높은 곳으로 올라오긴 했는지 아테네의 전경이 한눈에 들어오기 시작했다. 극장을 지나 신전으로 들어가는 거대한 기둥들을 지나면 세계문화유산의 마크이기도 한 바로 그 '파르테논 신전'이 나온다. 실제로 마주한 순간 어마어마한 규모에 입에서 절로 탄성이 나온다. 도대체 저걸 어떻게 계산해서 세웠을까 싶을 정도로. 전쟁 중에 하도 뜯어가서 제대로 된 흔적이 많이 없음에도 '파르테논 신전'은 최고였다. 어느 각도에서 봐도 당당했다. 이곳에서야말로 진짜 아테네 전체가 보인다. 문득 그리스인들이 그들의 유산에 자부심을 가질 수밖에 없는 이유를 알 것 같았다. 그곳의 흔적은 상상 이상으로 대단했다.

'아크로폴리스'를 내려와 '고대 아고라'로 향했다. 마을과도 같은 셈인데 이곳에서 그 옛날 아리스토텔레스와 같은 유명한 철학자들이 연설을 했다고 한다.

얼마나 돌았을까. 새삼스레 챙겨 나온 물은 이미 비운 지 오래였고, '아고라'를 나오면 바로 시장이 나오는지라 다행히도 내 갈증은 바로 해소될 수 있었다. 무뚝뚝한 언니가 열정적으로 짜주는 오렌지 주스까지 먹고 나니 살 것 같다.

어제 미처 보지 못했던 반대편 골목시장으로 향하는데 입구에 여행사가 하나 있다. 지난밤에 잠들기 전까지 살짝 고민했던 나는 결국 '델피'

와 '메테오라'에 가기로 했다. 다시 오지 않을 기회인 것 같아서. 온 김에 '산토리니'로 갈 페리 티켓도 같이 샀다. 여태껏 아껴온 걸 한 번에 털어낼 정도의 거금이었다.

꽤 넓고 예뻤던 어느 공원을 가로질러 시내로 나가봤지만, 생각보다 별로다. 좀 전까지 보던 골목은 어제 보고 오늘 봐도 재밌었는데. 쇼핑할 생각도, 할 것도 없던 나는 브랜드샵이 줄지어 들어선 시내에 흥미를 느끼지 못하고 다시 시장 골목으로 돌아왔다. 어제 찜 해 둔 반지를 살 생각이다. 매번 잃어버리고 사고를 반복하는 물건중 하나지만 맘에 들었으니 또다시 반복하더라도 사기로.

'6유로와 8유로 사이'

반지 하나 사는데 다부진 각오가 필요했다. '이번에는 최대한 잃어버리지 말고 오래 끼자'라는 각오로. 그리스 전통문양인지라 골목엔 같은 디자인의 반지를 파는 가게가 넘쳤고, 거기서 거기인 와중에 어제 들렀던 가게를 다시 찾고 싶었다. 찾는 길에 여러 가게를 들렀지만 왜들 그리 가격이 비슷한 듯 다른 건지. 뭐가 맞는 건가 싶어 아무 데서나 사는 걸 미루고 있는 와중에 다시 만난 어제의 그 가게. 다양한 두께와 크기로 진열되어 있었는데 너무 다양한 나머지 같은 디자인임에도 뭘 사야 하나 꽤 고민했다. 6유로와 8유로 사이의 반지를 정말 여러 번 껴 본 끝에 겨우 선택을 하고 만족스레 가게를 나왔다.

문득 별것 아닌데 별것 같이 굴었던 좀전의 이 선택처럼, 둘 중 하나를 선택해야만 할 것 같은 순간이 코앞으로 왔다는 생각이 확 온다. 귀국일까지 정확히 8일이 남은 이 시점에, 나는 아직도 귀국이냐 연장이냐를 고민한다. 사실 별 고민도 아니다. 귀국이면 그대로 비행기 타고 가면 되고, 연장이면 그대로 티켓을 찢으면 된다. 그러나 이 선택 또한 어느 쪽이든 최대한 오래 이어가겠다는 전제가 깔려 있기에.

다행히 어느 쪽을 선택해도 만족할 것 같아 마냥 불편한 고민이지만은 않다.

#94

제우스의 두 독수리가 만난 그곳, '델피'로

07/06

드디어 간다. '델피', 처음부터 그곳에 가고 싶은 마음이 굴뚝같았던 건 아니다. '아테네'와 유명한 섬 몇 군데 말고는 그리스의 다른 곳을 잘 알지도 못했으니. 이곳에 가보고 싶다는 마음이 간절해진 건 이탈리아에서 그리스로 넘어오던 배에서 읽었던 가이드북 때문이었다. '아테네'가 몇 장을 차지하고 있었다면 '델피'는 반바닥 남짓. 그러나 그 반바닥에 담겨있던 '델피'라는 곳에 대한 이야기는 이미 내가 꽂히기에 충분했다.

어느 날, 제우스가 두 마리의 독수리를 각각 다른 방향으로 날리며 세상의 중심으로 가라고 했는데 그 두 독수리가 결국 같은 곳에서 만났다고 한다. 그곳을 제우스는 세상의 중심이라 정하고 '옴파로스'라는 돌을 둔다. 그게 바로 '델피'에 있는 것이다. 지금이야 과학적 근거를 들어가며 어디가 중심이니, 저기가 가운데니 하며 따지겠지만, 온전히 신화 속 얘기로만 전해지는 '세상의 중심'만큼 신비하진 않을 것이다.

이른 아침, 현지 여행사에서 픽업을 왔다. 생각보다 엄청나게 좋았던 대형버스. 이 승차감이라면 대 여섯 시간쯤은 거뜬히 보내겠다 싶었는데 아니나 다를까, 광장 근처에 버스를 대고 작은 버스로 사람들을 나눈다. 그래도 '델피'로 향하는 버스에 앉아있으니 된 거다. 영어로 설명해주는 가이드가 함께하는데 들리는 건 듣고 안 들리는 건 흘린다. 다행히 미리 읽은 내용들이 있으니 백지상태로 그곳을 맞이하진 않을 것 같았다.

현지 가이드가 티켓을 나눠 주고 설명과 함께 올라가기 시작. 신전은 물론이고 시장터부터 원형 극장, 경기장까지. 언덕 위로 올라갈수록 더 많은 것들을 담고 있었다. 워낙 건물들이 높고 거대하다 보니 웬만한 햇빛은 막아준다. 기둥 아래에 서면 내 존재마저 가려지는 듯한 기분이 들 정도로.

그곳 자체가 너무 좋았고, 천천히 둘러보고 싶었는데 가이드 투어를 왔으니 딱 한 시간을 주는지라 정상을 찍고 내려오니 시간이 끝나버린다. '아테네'에서 '델피', 그리고 오늘 머물게 될 '칼람바카 마을'까지의 거리가 꽤 멀어서 어쩔 수 없었다.

저녁쯤 마을에 도착해 숙소에서 뷔페를 즐길 수 있었는데 그리스식 요리 위주라 이곳의 음식을 제대로 맛볼 수 있던 기회였다.

음식이 입에 잘 맞았는지 배가 터지기 직전까지 먹어서 마을을 좀 돌아다녀 보기로 했다. 이미 어두워진 하늘 아래, 거대한 바위산들은 마을 뒤를 받치고 있었다. 아마 내일 저곳으로 올라갈 듯하다. 길이라고 할 것도 없이 일자로 쭉 뻗어있는 마을이라 큰 도로를 따라 무작정 걸어봤다. 다양한 사람들이 먹고 마시고, 다양한 물건들이 나와 있고, 다양한 소리들이 들리던 도로였다. 분명 사방이 관광객들뿐이지만 자연이 아주 가까이 붙어있는 이 마을은 지대가 높고 바위산이 감싸고 있어 차분하면서도 조용한 매력이 있었다.

메인 도로 주변엔 관광객들뿐이지만 오히려 이곳만 벗어나면 여기 사는 사람들의 생활이 훤히 보인다. 작은 라디오 방송국도 보이고, 꽃집도 보이고, 뭘 파는 건지 정확히 감이 오지 않는 그런 가게들도 있다. 좀 더 내려오면 있던 광장은 그야말로 마을 아이들의 놀이터였는데, 여행 온 아이들과 마을 아이들이 한데 뒤섞여 노는 모습이 얼마나 보기 좋던지. 공차는 아이와 자전거 타던 아이, 오락기 하나에 열 명 넘게 달라붙어 있던 아이들. 그리고 손에 손을 잡고 낯선 동양 여자인 나를 살짝 뒤쫓아 와서는 광장 끝에 가서야 수줍게 인사를 건네고 뒤돌아 뛰어가던 세 명의 소녀들도. 작은 광장에 울려 퍼지는 아이들 소리가 내 기분까지 한껏 좋게 만들었다.

숙소로 돌아와 넓은 침대에 몸을 던지고 잠시 천장을 쳐다봤다. 세상의 중심, '델피'를 밟고 올 수 있었던 오늘을 마음에 새기며.

'부모의 역할이라는 게, 자식의 역할이라는 게'

같은 버스를 탔던 한국인 부부와 점심때 같은 테이블에 앉아서 함께 밥을 먹게 됐다. 알고 보니 나와 동갑인 딸이 있으셨던 두 분은 안 그래도 딸이 여행 가려고 한 걸 허락하지 않았다며 나에게 이것저것 물어보셨다.

위험하진 않냐, 무섭지 않냐, 여행은 잘하고 있냐, 밥은 잘 챙겨 먹고 있냐, 혼자 가도 정말 괜찮은 거냐 등등.

정말 진심으로 대답했다. 위험한 짓 하지 않으려 노력하고 있고, 무섭지 않으며, 내 나름대로 잘하고 있는 것 같고, 굶을 일 없이 잘 먹고 있다고.

몇 년 전의 우리 부모님을 보는 듯했다.

그분들과 꽤 오래 대화를 나누다 보니 '부모의 역할이라는 게, 그리고 자식의 역할이라는 게 어떤 걸까'라는 의문이 새삼스레 들었다.

자식을 위험한 곳에 보내지 않으려는 건 모든 부모의 당연한 마음이겠지만, 그걸 저버리지 않는 게 자식의 제대로 된 역할인 걸까. 아니면 백번 양보해서 이런 여행을 허락해주셨다면, 그런 부모의 마음을 헤아려 최대한 자주 연락하며 안심하실 수 있게 노력하는 게 자식의 역할인 걸까.

그 어느 쪽도 옳고 그름을 논할 수 있는 문제는 아니다.

단지 오늘 그분들의 생각을 진지하게 들을 수 있는 기회가 생기면서 나는 '자식의 역할'에 대해 다시 한 번 생각할 수 있었고, 그분들도 내 생각을 진지하게 들어주시면서 혹여라도 '부모의 역할'이라는 것에 갇혀 있는 건 아닐까 라는 생각을 하셨을지도 모른다.

정해진 역할은 없다. 무조건적으로 따라야 하는 것도, 무조건적으로 수긍해야 하는 것도 아니라고 생각한다. 하지만 부모가 가진 마음과 자식이 가진 마음은 어쨌든 결국 서로를 향한 마음일 테니 앞으로는 다른 부분에 있어서라도 좀 더 잘해드려야겠다는 다짐을 다시금 해본다.

#95
하늘에 묻힐 것만 같던 그곳에서

07/07

지난밤에 발코니 창문을 때려 부술 것만 같던 큰비가 내렸다. 천둥소리까지 동반했던 그 비는 날이 밝자 언제 그랬냐는 듯 조용해졌지만 대신 방안을 쩌렁쩌렁하게 울리던 모닝콜 서비스에 심하게 놀라며 눈을 떴다. 시간에 맞춰 로비에 다시 모인 같은 버스 사람들과 그렇게 '메테오라'로 향했다.

'칼람바카 마을'을 감싸고 있는 바위산들을 따라 올라가다 보면 '공중 위의 수도원'이라고도 불리는 '메테오라'에 도착한다. 바위 위에 아슬아슬하게 지어진 여러 수도원들을 볼 수 있었는데 사방이 온통 구름과 산, 바위만 보이는 저곳에서 수행하면 집중은 무조건 잘할 수 있을 것만 같았다. 감도 잡히지 않는 엄청난 높이의 바위 위에 덩그러니 세워진 저곳에서 살고 있는 사람들은 어떤 생각을 하며 살고 있을까. 수도원 내부는 굉장히 깔끔하고, 의외로 손이 많이 간 느낌이다. 밖에서 볼 땐 단순하고 작은 건물로 보였는데 안으로 들어가니 마을의 여느 집들과 다를 바 없는 모양새다. 일반인들에게 공개된다는 여섯 군데의 수도원 중에 두 군데를 들렀다. 한 곳은 잘 닦인 도로 끝에 입구가 이어졌고, 다른 한 곳은 꽤 가파른 계단을 올라가야 들어갈 수 있었다. 두 군데 모두 최고의 장면을 보게 해줬는데, 속이 뚫리고도 남을 만큼 아름다운 자연이 바로 펼쳐지니 그 맛에 올라왔다 해도 과언이 아닐 듯했다. 꼭대기에 올라서자 우리가 올라온 구불구불한 산길과 속을 알 수 없는 숲이 한눈에 들어온다. 잘 만들어진 건물 위에 서서 꽉 채워진 자연을 바라보고 있는 기분이란….

이른 아침부터 부지런히 돌았더니 어느새 '메테오라'를 내려갈 시간이란다. 마을로 돌아와 정해진 식당에서 점심을 먹는다. 배가 전혀 고프지 않았던 나는 타이밍에 맞춰 자연스레 밖으로 나와 한낮의 '칼람바카 마을'을 돌아봤다. 한밤과 한낮의 그 마을은 한결같았다. 점심시간이 끝나고 때맞춰 버스에 올라탔다. '아테네'로 돌아갈 시간. 중간에 휴게소도 꼬박꼬박 들러 가며 저녁이 되어서야 도착했다. 이틀 만에 다시 만나니 은근히 반가운 도시다. 맡겨뒀던 짐을 찾아 다시 만난 내 침대 위에 배낭을 내려두고 바로 숙소를 나왔다. 오늘은 구경보다는 기념품을 살 생각이다. 어딜 가나 기념품을 챙기지 않았지만, 어느덧 마지막 나라이기도 하고, 내 여행은 섬에서 끝날 예정이니 이곳에서 뭐라도 사둬야 할 듯했다. 가장 어려운 게 바로 기념품 사는 건데. 안 사면 그만이건만 그동안 내 여행을 걱정해주고 응원해준 사람들에게 최소한의 성의 표시라도 하고 싶은 마음에 골목을 또다시 누벼봤다. 정말 사고 싶은 게 없었던 나는 어쨌든 그리스 술 몇 병과 산호 타올, 그리고 전통 과자 한 박스 정도를 샀다. 최소한으로 샀는데 생각보다 배낭에 쑤셔 넣기가 쉽지 않다. 일단 산토리니까지는 꾸역꾸역 들고 가서 버릴 건 버리고 이 짐들을 넣어봐야겠다. 더 이상 버릴 게 있으려나 싶지만.

'지금도 뭔가는 변하고 있다'

얼마 전, 영국의 유럽연합 탈퇴로 인해 전 세계가 떠들썩했었다.

이번 여행의 첫 나라이기도 했던 영국의 환율은 빠르게 내려가고 있다. 불과 석 달 전에 내가 썼던 파운드 환율이 어느새 꽤 큰 차이를 보이고 있는 모습을 보며 세상이 참 시시각각으로 변하고 있음을 느낀다.

지금 이 순간에도 사방에선 정치적으로든, 문화적으로든, 역사적으로든 매일매일 어떤 변화들이 생기고 있을 거다.

그렇다면, 나에겐 어떤 변화가 일어나고 있을까.

일어나고 있다면, 혹은 이미 일어났다면 그 변화는 뭐였을까.

뭔가 변한 것 같은데 변한 것 같지 않은 내 모습을 떠올리며 계속 내려가고 있는 파운드를 괜히 바라보고 있다. (파운드 환율이 내려가는 것과 내 변화와는 전혀 상관없지만)

+ 아, 아테네에서 나의 오랜 친구였던 보르도 벼룩시장에서 산 워커와 이별했다. 여행 내내 너무 잘 신어 왔던지라 버리기 미안할 정도였는데 이 아이를 굳이 데려가기엔 내 배낭이 너무 무거워졌다. 차마 휴지통엔 버리지 못하고 옆에 고이 놔뒀는데 누군가 대신 버려 줬으려나 모르겠다. 그동안 고마웠다 워커야.

#96

로망을 이루다

07/08

아침 일찍 출발하는 페리를 타기 위해 새벽 여섯 시가 되기 전 숙소에서 나와 역으로 향했다. 밤에 잠이 오지 않아 두세 시간 정도 겨우 자고 나왔더니 이제야 눈이 무거워진다. 십 분 남짓 역까지 걸어가는 동안 이미 장사 준비를 마친 시장 안의 몇몇 가게들과 해 뜨기 전부터 나와 의자를 옮기고 있는 카페 사장도 보인다. 게으르고 싶을 때 게으르고, 부지런하고 싶을 때 부지런한 내 생활이 갑자기 어지간히 태평하구나 싶다. 이른 새벽 시간임에도 나처럼 페리 타러 가는 사람들이 꽤 많아 메트로 안은 이미 여행자들로 가득하다. 길 헤맬 일은 없겠다.

워낙 섬이 많은 나라다 보니 '피레우스 항구'엔 각 섬으로 가는 많은 페리들이 정박해있다. 배 회사만 해도 다섯 군데 정도 보이는 데다가 그 크기도 다양하다. 그 와중에 내가 탈 배는 계속 보이지 않았었는데 유람선과 페리 그 중간쯤의 모습을 가진 어정쩡한 배를 본 순간, '아, 이게 내가 탈 배구나.' 싶었다.

새벽에 나오느라 피곤했던지 잠이 들어버렸던 나는 다시 눈을 떴을 때쯤 배 안 분위기가 좋지 않음을 느꼈다. 어느새 높아진 파도와 꽤 거센 바람으로 인해 배는 무진장 흔들리고 있었고, 사람들은 곳곳에서 고통스러워하고 있었다.

다행히 멀미를 하지 않는 나는, 오랜만에 느끼는 이 어마어마한 바다 위의 흔들림과 무덤덤하게 마주했다. 거의 배가 날다시피 할 정도로 통통 튀어가며 섬으로 향한다. 배가 높게 뛸 때마다 들리는 고통스러운 소리에 오히려 속이 안 좋아질 것만 같았다.

예상보다 한 시간 정도 더 걸려 나의 오랜 로망이었던 '산토리니'에 드디어 도착했다! 예쁘다는 느낌보다는 거친 화산섬의 느낌부터 확 다가왔다. 섬 체질인가 싶을 정도로 내리자마자 적응이 다 된 것 같다. 여섯 시간을 한 자리에 꼼짝없이 앉아 있다가 땅을 밟은 것만 해도 이미 상쾌했는데 북적거릴 것만 같았던 산토리니는 많은 관광객을 품고도 남을 정도로 꽤 큰 화산섬이었다. 셔틀버스를 타고 생각보다 오르막이 험해서 차가 없으면 다시 오기 힘들 것 같은 항구를 벗어난 지 십 여분이 지나자 점점 마을에 가까워진다. 마침 버스 라디오에선 밝은 노래가 나오고 흥이 넘치는 기사 아저씨를 보고 있자니 '아, 정말 내가 산토리니에 왔구나!'라는 기쁨과 설렘이 몰려온다. 산토리니의 중심이라고 할 수 있는 '피라 마을'을 지나 숙소가 있는 섬 아래쪽으로 향한다. 숙박비도 섬의 윗마을과 아랫마을의 차이가 엄청 많이 나기도 했고, 일단 바다 근처에 머물고 싶었기에. 어차피 거의 일주일을 머물테니 나중에 천천히 '피라'로 올라가 머물 생각이다.

걸어서 1-2분이면 유명하면서도 한적한 해변이 있다고 해서 골랐던 곳. 열 명 넘게 탔던 셔틀버스는 구석구석에 있는 숙소들을 용케 잘 찾아내며 무사히 내려다 주었고, 가장 안쪽에 있는 숙소였던 나는 맨 뒤에 내리게 됐다. 흔히 생각하던 산토리니의 모습 중 하나인 파란 지붕에 하얀 건물이 있긴 있었지만, 그보다는 모랫빛으로 가득한 화산섬의 거친 모습이 더 많았다.

중간중간 내리는 사람들의 숙소 중에는 정말 황량하다 싶은 벌판 위에 덩그러니 건물 하나가 놓여 있기도 할 정도로 '산토리니'는 내가 봤던 사진들 속 모습과는 좀 달랐다. 마침내 도착한 내 숙소는 파란 지붕의 오래된 교회가 있는 곳 근처다. 셔틀버스 아저씨가 유일하게 찾지 못했던 숙소였다. 친절한 아주머니가 체크인을 해주고 방을 안내해준다. 그녀를 따라 들어간 내 방은 서울에서 살았던 원룸의 두 배 이상은 될 듯한 공간이었다.

숙소마저 하얀 벽과 파란 지붕이 곳곳에 있다. 아기자기한 파란색 소품들과 새하얀 벽이 산토리니에 와있음을 제대로 알려준다.

'사진으로 본 세상과 직접 본 세상의 차이는 하늘과 땅 차이'

가끔은 나도 사진 한 장에 꽂혀 그곳으로 떠난 적이 있었다. 그러나 막상 그곳에 가면 사진보다 실망스러웠던 적도 있었고.

언젠가 SNS에 올라온 사진 중에 '아주 현실적인 여행 사진들'이라는 제목의 글을 본 적이 있다.

'만리장성' 위에서 찍은 사진엔 대륙의 인구를 증명이라도 하듯 성벽 위엔 벽돌보다 사람이 더 많이 보였고, 예술 그 자체인 '에펠탑' 아래엔 전 세계에서 몰린 관광객들과 부랑자들로 뒤엉킨 광장이 보였으며, 「모나리자」는 눈 한번 마주치기 어려울 정도로 사람들에게 둘러싸여 있었다.

'트레비 분수'도, '피사의 사탑'도, 베네치아의 강과 산토리니는 이번 여행을 통해 사진이 아닌 직접 볼 기회를 갖게 된 셈인데 역시나 사진과는 다른 모습들을 더 많이 가진 곳들이다.

하지만 중요한 건 실제로 본 그곳들이 내가 봤던 사진보다 예쁘냐, 예쁘지 않냐 하는 점이 아니다. 아무리 사진으로 아름다웠던 곳이라도 직접 가보면 실망스러울 때가 있기 마련이지만, 분명히 또 다른 감정을 느낄 수 있게 했다.

단순히 '예쁘다'라고만 느꼈던 곳에 발을 딛는 순간, 다소 실망스러울지라도 그곳의 사람들과 공기는 '예쁘다'라는 한마디 말보다 더 가치 있는 것들을 가져다줬던 것이다. 물론 아름답고 예쁜 사진을 남기는 것 또한 중요하다. 나중에 이곳을 아름답고 예쁘게 추억하기엔 사진만한 도구가 없으니까. 나 또한 그래서 여전히 셔터를 끊임없이 누르고 있지만.

언젠간 마음속에 있는 여느 사진들만큼 예쁜 사진을 왕창 찍겠다는 각오보단 '직접 밟게 될 그곳의 느낌은 어떨까'라는 가벼운 상상이 가장 먼저 들었으면 좋겠다. 사진으로 바라본 세상과 직접 밟게 된 세상의 차이는 생각보다 어마어마했으니까.

#97

살짝 다른 나의 산토리니

07/09

그리스식 샐러드를 직접 만들어 먹기로 했다. 토마토, 파프리카, 양파를 썰고 페타 치즈까지 넣어주면 끝. 비주얼은 꽤 그럴싸했다. 한 그릇을 싹 비웠는데 다 먹고 나니 마치 다이어트 음식을 먹고 난 기분이라 딴 걸 더 많이 먹었지만.

중심지가 아닌 한적한 해변 동네에 와있는지라 숙소 근처로 나가도 평화롭기 그지없다. 가게 몇 군데를 둘러보다 이내 해변으로 향한 나는 여태껏 본 적 없던 해수욕장의 풍경에 신선한 충격을 받았다. 화산섬의 흔적이 남아있는 '페리사' 해변의 특징은 검은 모래사장이라는 것. 정확히는 검은 자갈에 가까운 땅이었지만 황금빛을 가진 보통 모래사장보다 훨씬 매력적이었다. 냉큼 신발을 벗어던지고 물에 발을 담근 나는 그대로 해변가를 따라 걸었지만 오래가지 않아 포기했다. 그렇게 매력적이던 검은 자갈이 내 발바닥을 꽤나 아프게 해서.

애매한 시간대에 나가서인지 사람도 많지 않고 혹시나 해서 들고 나갔던 비치 타올을 깔고 자리를 잡았더니 지압판 위에 누운 것처럼 살짝 시원하다. 얼마나 지났을까. 비치 타올 위에 벌러덩 누워있던 나는 불현듯 오늘 이곳에 도착하는 언니가 생각났다. 이 좋은 곳을 나만 즐길 수는 없지. 언니를 꼭 이곳으로 오게 하고 싶었다. 핸드폰을 확인하자 마침 어디냐는 연락이 와있다. 이곳의 황홀함과 평화로움을 열심히 설명하며 넘어오라는 제안을 했다. 그렇게 다시 만난 우리. 인연은 인연이다.

적당히 뜨거운 해가 떠 있는 시간대에, 적당히 푹신한 검은 모래사장 위에 앉아 시원한 맥주 한 캔을 마실 수 있다는 건 축복이다. 마냥 앉아 있기엔 너무나 깨끗한 바닷물이기에 둘 다 수영을 못하지만 일단 몸부터 던지고 본다. ('친 퀘테레'에서 배웠던 수영은 사실 누군가의 도움이 있어야 가능한 수준이었다) 발이 닿는 수준 안에서 신나게 논 우리는 그대로 방으로 돌아가 꿀보다 더 달았던 수박을 먹고 소금기를 씻어낸 후 다시 바닷가로 나왔다. 어느 시골동네의 한적한 해수욕장에 와있는 것처럼 조용한 이곳은 사방을 밝히고 있는 작은 가로등 불빛들마저 예쁜 곳이다.

해변가의 한 레스토랑에 앉아 해산물 튀김과 와인으로 밤을 보내며 살짝 부는 바람들을 기분 좋게 마주했다.

요즘 언니는 레바논 남자와 제대로 사랑에 빠졌다. 진심으로 사랑에 빠진 것 같아 옆에서 그 이야기를 듣고 있는 나도 진심으로 축복하게 된다. 부디 오래가서 그가 살고 있는 '니스'에서 결혼식을 올리길. 언니가 초대장을 보내준다고 약속했다.

'사랑엔 나이가 중요하지 않다더니'

누군가 그랬다.

'사랑하는 것'에 있어서 나이 따윈 중요하지 않다고.

몇 살을 먹어도 알 수 없는 것 또한 사랑이기에, 사랑을 앎에 있어서 반드시 더 많은 나이가 필요한 건 아니라고.

이십 대 중반이 되었음에도 아직 사랑의 '사'도 잘 모르는 것 같은 나에 비해 조막만 한 손으로 여자아이에게 꽃 한 송이를 전해줄 줄 알던(이탈리아에서 마주쳤던) 한 어린 남자아이가 사랑을 더 많이 알고 있을지도 모르니까.

그 아이는 뭘 알고 꽃을 준걸까. 설사 뭘 몰랐다고 해도 주변 어른들이 그 모습을 보며 느꼈던 사랑스러운 감정만큼은 확실히 존재했다. 고로 그 아이는 '사랑'을 아는 셈이다.

나는 몇 살쯤 되어서야 '사랑'을 알게 될까.

산토리니에서 오랜만에 다시 만난 언니도 스물여덟이 된 지금에서야 진짜 사랑을 만난 기분이라는데, 아직까진 그게 공감보다는 그저 동화책처럼 낭만적인 '그녀의 얘기'로 들리는지라 언젠간 나도 그 얘기에 제대로 공감해보고 싶은 생각이 드는 밤이다.

#98

이곳도 저곳도, 여기도 저기도

07/10

산토리니는 파란 지붕과 하얀 벽만 보고 가기엔 정말 아까운 곳이다. 볼 곳이 넘치는 섬이라서 어제 현지 여행사에 들어가 괜찮은 투어 하나를 골라 예약했었다. 무려 10시간짜리 투어. 말이 10시간이지 교통수단 제공에 가까운 아주 자유로운 투어라 우리에겐 더할 나위 없이 좋은 셈이다.

항구에 도착한 우리는 제법 멋스럽게 생긴 배를 타고 제일 먼저 근처의 화산섬으로 향했다. 내가 밟았던 그 섬은 불과 몇 년 전에도 터졌었다는 화산섬이었는데 아직도 그 분화구가 곳곳에 엄청난 규모를 뽐내며 남아 있었다. 자연의 위대함을 온몸으로 느낄 수밖에 없던 곳. 살짝 가파른 그곳을 도는데 기분이 아주 짜릿하다. 사방은 온통 바위 아니면 부서진 돌멩이들뿐. 불어오는 바람 덕에 흙바람과 잿바람도 같이 불어온다. 입 안엔 모래가 씹히고 손발은 거칠어지는 느낌. 누가 봐도 황량하고 휑한 이 섬을 돌면서 나는 오히려 '살맛 난다!'라는 말을 떠올렸다. 그만큼 여행의 한순간을 제대로 채워준 곳이다.

화산섬의 영향으로 바닷물이 따뜻하다는 곳으로 넘어갔는데 슬프게도 언니와 나는 들어갈 수 없었다. 묘한 색의 바다를 보며 부푼 기대를 안고 갔건만 꽤 긴 거리를 수영해서 들어가야만 했던 것이다. 수영을 못해서 이토록 아쉬웠던 적은 살면서 처음이었다. 그래도 배 근처에 딱 붙어 물속에 몸이라도 담그니 뜨거운 태양 아래 있는 시원한 얼음 컵에 몸을 던진 것만 같았다.

또다시 다른 섬을 향해 다시 꽤 오랜 시간을 달렸다. 가는 내내 우리는 마치 크루즈 여행이라도 온 듯한 기분을 느낄 정도로 시원한 바람과 여유로운 태양빛을 마음껏 즐겼다.

'티라시아'라고 불리던 그 작은 섬은 너무 작아서 금세 한 바퀴를 다 돌아볼 수 있을 정도였는데 이곳은 우리처럼 왕창 들어왔다 나가는 관광객들을 위한 레스토랑이 줄지어 늘어진 곳이다.

물이 너무 맑아 발을 담그면 선명하게 물속이 보일 정도.

관광객을 싣고 온 배만 서너 척이 정박되어 있던 그 섬에서 가장 나중에 나온 우리 배로 인해 우연히 '티라시아 섬'의 텅 빈 모습을 보게 되었다. 정말 한순간이었다. 불과 오 분 전만 해도 섬 전체가 시끌벅적하더니 배가 떠나고 나자 관광객 하나 없이 식당 주인만 덩그러니 남은 레스토랑들만 존재하는 작은 섬이 되어버렸다. 이게 일상이라는 듯 멍하니 떠나가는 배 쪽을 향해 앉아있는 그들의 모습을 바라보며 '내일도 모레도 이런 생활의 반복이겠구나. 우리에겐 잠깐의 방문이 저들에겐 매일같이 반복되는 그저 그런 방문이겠구나.'라는 생각도 들었다.

그저께도 어제도, 그리고 오늘도! 날씨가 언제나 좋은 산토리니인지라 유난히 물빛이 어딜 가나 아름답고 예쁘다. 마지막 도착지였던 '이아 섬'. 이곳이야말로 하얀 벽과 파란 지붕이 가득한 곳이다. 세계 3대 석양 중 하나를 볼 수 있는 아름다운 마을이다. 어딜 봐도 예쁘고 어딜 가도 산뜻하다. 바닷물에 들락날락하느라 살짝 미역 줄기 같은 모양새가 된 내 모습만 빼면.

혼자 와서 즐기기엔 너무 예뻐서 아까운 곳이다.

사람이 넘치든, 골목이 비좁든 상관없을 정도로 워낙 예쁜 '이아 마을'에서 문득 떠오른 한 서점. 예전에 책을 보다 우연히 알게 됐던 곳인데 여행 왔던 두 영국 청년이 산토리니에 반해 그 길로 골목 어딘가에 작은 서점을 세웠다고 했다. 안으로 들어가자 절로 번지는 미소. 아담하기만 한 게 아니라 상당히 알차게 채워져 있었다. 그리스어로 된 책들뿐만 아니라 다양한 언어로 된 책들이 많았다. 분위기 있는 엽서들과 그림들도 구경하고, 짧은 영어 실력을 끌어올려가며 책 제목들을 훑어보는데 순간 찌릿할 정도로 내 눈에 박힌 책이 한 권 있었다.

『On the road』 영어로 된 책이다. 분명히 읽지 못할 거다. 그런데 손에서 떨어지지가 않았다.

오늘따라 한평생 아쉬울 일 없을 줄 알았던 두 가지에 대해 아쉬움을 느꼈다. 하나는 아까 그 좋은 포인트에 들어가지 못했던 나의 수영 실력이었고, 하나는 지금 내 손에서 떨어지지 않는 이 책을 읽을 자신이 없는 내 영어 실력. 수영 못하면 물에 안 들어가면 그만이고, 영어를 못하면 바디 랭귀지를 쓰면 그만이라는 게 내가 살아온 스타일이자 쓸데없는 베짱이였건만.

책을 읽을 자신은 전혀 없었지만 설레는 마음을 무시하지 못하고 결국 샀다. 분명 엉망으로 해석할 거고, 넘어가는 부분이 더 많을 책이 될 거다.

어느새 다가온 일몰 시간. 마침 배도 고팠고 서점 주인에게 일몰을 보기 좋은 레스토랑을 추천받아 자리를 잡았다.

일몰의 절정이었던 그곳에서의 시간. 한 폭의 그림 같은 순간을 마주했다.

방으로 돌아오자 마침 유로축구 결승전이 좀 전에 시작됐다. '플리트비체' 숙소에서 개막식을 다 같이 보던 때가 엊그제 같은데 어느덧 결승전이라니. 그동안 유럽 곳곳을 다니며 심심치 않게 보이던 그 경기들의 마지막 순간을 보며 내 여행도 마지막 순간이 다가오고 있음을 새삼스레 깨달았다.

+ 언니와 저녁을 먹으면서 지나가는 말로 우승팀을 예상했었는데 딱 맞췄다. 어디 펍(pub)에라도 들어가 한잔하며 사람들과 내기나 할 걸 그랬다.

'내 능력과 다른 사람의 능력'

내 능력은 뭘까. 다른 사람들의 능력은 뭘까.

혹시 갖고 있을 내 능력과 그들의 능력을 섞었다 풀었다 하면 어떨까.

혹은, 내가 갖고 싶은 다른 사람의 능력을 잠시 빌릴 수 있다면 어떨까.

아마도 나는 내가 한 노력만큼의 능력이 주어졌을 테고, 다른 사람은 그 사람이 한 노력만큼의 능력이 주어졌을 거다.

내가 갖고 싶은 능력이 내 손에 있지 않다면 나는 노력을 하지 않은 거고, 욕심을 부리지 않은 거다.

갖고 싶은 능력이 내 손에 있지 않다면? 당연한 논리다.

지금부터 노력하고, 욕심을 부리자.

그래야 할 필요가 있다. 나란 애는.

#99

산토리니의 중심, 피라 마을로

07/11

며칠 동안 아주 잘 지냈던 '페리사'해변을 떠나 산토리니에서 여러모로 중심지 역할을 하고 있다는 '피라'마을로 옮기기로 했다. 머무는 내내 친절함과 차분한 웃음으로 대해줬던 호텔 주인 마리에게 마지막 인사라도 하고 싶었지만 아무리 불러 봐도 그녀를 찾을 순 없었다. 요 며칠 은근히 미로 같았던 그 작은 호스텔에서 그녀를 찾는 것 또한 하루의 작은 일과였다.

늘 한참을 부르거나 계단을 오르내리고 나면 어디선가 나타나곤 했는데. 희한하게도 늘 다른 곳에서 나타나 종잡을 수가 없었으니. 어쩔 수 없이 직접 전해주지 못한 방 키를 카운터 위에 두고 나오는 길에도 여전히 마리는 보이지 않는다. 아마 어디선가 열심히 방을 청소 중일 거다. 그녀의 부지런함과 꼼꼼함 덕에 내가 그토록 편히 쉴 수 있었음을 마음으로나마 전한다. 멀지 않은 버스 정류장에서 오래 기다리지 않아 도착한 버스를 타고 '피라'마을로.

대충 짐을 풀던 나는 그대로 낮잠에 빠졌다. 원래 낮잠을 자는 편이 아닌데 갑자기 빠져든 잠이 의외였다. 뜨거운 햇빛이 좀 가라앉을 때쯤 눈을 떴다.

이곳에 오니 산토리니의 시내에 온 느낌이다. 젊은이들이 넘치고 활기가 넘친다. 새파란 그릇들부터 전통문양이 새겨진 옷과 가방들까지. 예쁜 마을을 배경으로 놓인 온갖 물건들은 여전히 나를 유혹했다.

그중에서도 정말 새하얗다 못해 햇빛까지 받아 눈이 부실 지경이던 그리스 옷가게에 들어가게 됐는데 추천받은 원피스로 갈아입고 나와 거울을 본 나는 그대로 얼었다. 이렇게 어울리지 않을 줄이야. 분명히 여신 분위기가 넘치던 옷이었는데 내가 입고 나오니 주방에서 이모 앞치마를 빌려 입고 나온 듯한 모양새다. 덕분에 지갑을 닫을 수 있었다.

여전히 이곳은 맑음이다. 반죽 좋은 개 한 마리가 태연히 다가와 같이 놀다가 아무 레스토랑에 들어가 간단히 식사를 했다. 언니에겐 마지막 밤이 될 오늘, 나에겐 딱 하루가 더 남은 오늘. 우리는 그리스식 식사와 마지막 와인을 함께 했다.

하늘이 어느덧 완전히 까매지고 있었다. 오늘따라 유난히 달도 밝고, 오랜만에 쏟아지는 별도 봤다.

사람 하나 없이 조용한 계단 어딘가에서 밤하늘을 바라보고 있자니 어느덧 하루가 또 흘러간다. 딱 스무 걸음만 올라가면 시끌벅적한 '피라' 마을이 나오는데 우리가 서 있던 그곳만큼은 아무 소리도 들리지 않는, 고요하다 못해 정적이 흐르던 그런 곳이었다. 잠시 시간이 멈춘 듯했다.

벌써부터 그립다 이 순간이.

'순간의 소중함'에 대하여

매 시 매 분 매 초가 감사하게 된 건, 나에게 정말 신선하다 못해 신기한 경험이었다. 특히 요즘 더 그런 감사함이 넘치는데 생각해보면 정말 한 손 안에 꼽을 수 있을 정도로 날이 남았고 단 한 순간도 흐린 적이 없던 산토리니의 맑은 기운 덕일 거다.

하루하루가 소중하게 느껴지고, 지나가다 말 섞게 되는 한 사람 한 사람이 더 반갑게 느껴진다. 스치듯 안겼던 개에게도 정이 가고 아침저녁으로 마주하는 호스텔 고양이에게도 정이 간다.

이기적이라면 이기적일 수도, 제멋대로라면 제멋대로일 수도 있던 나에게 이 순간순간의 감정들은 어쩌면 흔치 않을 것들일지도 모른다. 이 감정들을 온전히 안고 돌아갈 생각이다. 물론 가자마자 며칠 만에 이 감정들이 깨질지는 전혀 예상할 수 없다. 그래도 최대한 깨트리지 않고 오래오래 간직할 각오를 해본다.

일에 찌들어도 일이 있음에 감사할 줄 알기를, 사람에 치여도 사람에 감사할 줄 알기를, 날씨가 흐리거나 엄청나게 뜨겁더라도 그 와중에 별일 없음에 감사할 줄 알기를 바라며.

#100

밀크 초콜릿에서 다크 초콜릿이 되다

07/12

눈을 떴다. 아, 아직 산토리니다. 다행이다.

꿈을 꿨는데 사회에서 낑낑대던 내 모습이 나왔다. 안심과 허탈이 뒤섞인 웃음을 뱉으며 한숨을 쉬었다. 숙소 옆에 마련된 작은 풀장에서 오전을 보낼 참이다. 아직 다 읽지 못한 책도 읽고 시원한 물에도 들어가고 드러누워 햇빛도 맞으며(매일 맞고 있지만). 꿈틀대며 침대에서 일어나 샤워를 하고 정신을 차린 나는 그대로 숙소 앞마당으로 갔다. 아직 오전이라 그런지 심하게 뜨겁진 않다.

이제 정말 더 이상 살 티켓도, 예약할 숙소도 없다니. 틈만 나면 고민하며 고르던 것들인데 막상 한국으로 들어가는 마지막 티켓을 확인하고 나니 조금은 허무하다. 책을 몇 장 읽고, 물속에 들어갔다 나오는 걸 몇 번 정도 반복하며 시간을 보냈다. 어느덧 해가 제일 뜨거울 시간이라 화상을 입을지도 모른다는 생각이 들어서 짐을 챙겼다. 아침보다 까매진 건 기분 탓이겠지. 이 정도면 충분히 놀았다 싶은 생각이 들 때쯤 방으로 돌아와 나갈 준비를 하는데 오래 지나지 않아 아까 들었던 그 생각이 기분 탓이 아니었음을 깨달았다. 제대로 까매진 내 팔다리에 잠시 놀랐다. 어제까지 내 몸이 밀크 초콜릿이었다면 오늘은 다크 초콜릿이 된 것 같았다. 하얀 옷을 꺼내 입었더니 더 진한 초콜릿이 된 기분이지만 어차피 한국 돌아가면 금방 돌아올 테니 상관없다.

오늘은 찜해뒀던 기념품들을 사러 갈 생각이다. 언니와 어제 마을 골목들을 꽤 구석구석 돌았다고 생각했었는데 혼자 다시 돌아보니 미처 가지 못한 골목과 가게들도 있었다.

맛과 가격이 정확하게 비례했던 싸구려 지로스를 점심으로 먹고 본격적으로 기념품 쇼핑을 나섰다. 산토리니에서 만들어진다는 와인 과 시식만으로도 내 모든 신경을 집중시켰던 땅콩과자 여러 봉지, 엽서와 파우치 등을 포함해 나를 위한 선물 하나 정도를 샀다.

발코니에서 바라보는 지금 내 눈앞의 전경은 여전히 오늘도 아름답다. 해가 지기 시작한 하늘은 노란빛으로 물들고, 그 아래의 마을은 한적하기 그지없고, 옆 건물엔 널려있는 빨래들이 펄럭인다. 영화 속에 들어온 것 같은 예쁜 장면이다.

문득 옆에 놓아둔 지갑을 열어봤더니 공항으로 갈 버스비와 오늘 저녁값을 빼고 딱 10센트가 남았다. 완벽한 지출을 한 셈이다.

내일 아침이면 첫차를 타고 공항으로 간다. 산토리니에서의 마지막 밤은 이렇게 일상인 척, 늘 그랬던 척, 내일도 그럴 계획인 척 특별하지 않게 보내기로 했다.

'어느덧 100번째 글'

여행 시작과 동시에 가벼운 마음으로 시작했던 '글 100개 쓰기 프로젝트'가 이뤄진 날이다. 가끔은 한 번씩 미루기도 했지만, 나를 감시해주던 친구와 꼭 기록해두고 싶게끔 만들었던 지난날의 많은 시간들이 이 프로젝트를 마무리 지을 수 있게 해준 가장 큰 원동력이자 이유다. 언제 이렇게 시간들이 흘러온 걸까.

큰 고생 없이, 큰 상처 없이, 큰 사건 사고 없이 강물 흐르듯 찬찬히 오늘까지 온 것 같다.

아쉽지 않다면 거짓말이다. 집으로 돌아가고 싶다면 그것도 거짓말이다.

그래도 이 정도면 여지없이 흘러가고 있는 이 시간들을 붙잡지 못해 슬프기보단 태연히 보내줄 수 있을 것 같다. 여태껏 지나온 것들만큼은 마음에 제대로 새겨져 있기에. 지나가는 시간을 붙잡을 순 없지만, 간직할 수는 있기에.

지금 돌아가지 않으면

평생 돌아가지 않으려 할 것 같기에,

지금 돌아가려 한다.

평생 돌아다니기 위해.

#101

결국 다가온 출국 날

07/13

한국으로 돌아가는 날.

아침 일곱 시에 공항으로 출발하는 버스를 타야 했기에 새벽에 일어나 조용히 짐을 싼다. 오늘부터 내일 저녁까지 하루 종일 비행을 할 예정. 산토리니에서 아테네로, 아테네에서 이스탄불로, 이스탄불에서 인천으로, 그리고 인천에서 부산으로.

새벽같이 준비하고 나왔더니 산토리니에 대한 아쉬움은 공항 가는 버스에 타서야 급하게 밀려온다. 여전히 따뜻한 날씨와 새하얀 건물들은 내가 이곳에 처음 발을 딛었을 때와 똑같이 아늑하다. 정말 모난 것 하나 없이 온전히 잘 지내다 가게만 해준 이곳. 마치 좋은 사람을 만난 것처럼 좋은 에너지만 받고 간다. 창밖을 멍하니 바라본 지 십여 분만에 산토리니 공항에 도착했다. 마을 사이를 왔다 갔다 하는 것보다 훨씬 가까웠다니. 산토리니로 들어올 땐 항구로 왔던지라 처음 보게 된 공항은 귀여울 정도로 아담한 곳이었다. 딱 버스 터미널 크기. 그래도 갈 사람 다 가고, 올 사람 다 오는 그런 곳이다. 신기할 정도로 단출한 건물에 몇 개의 항공사 전광판이 보이고 비행기가 왔다 갔다 한다는 것을 인지한 나는 줄을 섰고, 의외로 신속한 처리로 재빨리 발권까지 받았다. 그러고 보니 석 달 동안 비행기를 한 번도 타지 않았다. 이젠 무조건 비행기를 타야 하는 날이 왔다. 괜히 느릿느릿 줄을 섰건만 워낙 작은 공항이라 내 차례는 여지없이 돌아온다.

아테네로 가는 비행기에서 내 자리는 앞에서 두 번째 줄이었는데 마침 이륙 준비 중인 기장실이 훤히 보였다. 오늘은 그의 '첫 비행'인가 보다. 옆에 노련해 보이는 기장의 지시를 받으며 버튼을 하나씩 체크하는 젊은 기장. 머뭇거리며 버튼을 찾아 두리번거리기도 한다. 그래, 누구에게나 처음은 존재하는 법이니까. 그게 내 비행을 책임져줄 오늘에도 해당된다는 게 살짝 불안하긴 하지만 응원한다. 혹시 언젠가 오늘이 처음인 듯한 그가 운행하는 능숙한 비행기를 다시 타게 될지도 모르니까.

저가 항공사로 끊은 거라서 아무 생각 없었는데 센스 있게 쿠키와 사탕을 주는 덕에 의외의 달콤함을 느끼는 와중에 아테네에 도착했다. 대기시간이 길지 않아 시내에 다시 갔다 오는 건 진작 접어뒀고, 뭐할까 싶었는데 공항에 전시회가 열리고 있었다. 지난번에 델피에 가서 스핑크스 동상을 못 봤던 게 내심 아쉬웠는데 그곳에 스핑크스 동상이 떡하니 전시되고 있었다. 물론 델피의 그 스핑크스는 아니었지만.

불과 몇 시간 전에 산토리니였는데 이제 몇 시간 후면 터키라니. 정말 빠르게 이스탄불에 도착했다. 정말 이렇게 공항만 왔다 가게 될 줄이야. 내리자마자 보이는 건 눈동자만 겨우 보일 만큼 온몸을 천으로 가린 이곳의 여자들. 문화와 종교 차이임을 아주 잘 알고 있음에도 그들과 함께 줄을 서 있다 보니 괜히 나도 가지고 있던 옷을 은근슬쩍 걸치게 된다. 민소매에 짧은 반바지를 입고 있는 내 모습에 괜히 이질적인 느낌이 들어서였을지도.

길고 긴 줄을 기다리고 기다려 도장을 찍고, 이스탄불 출국장을 어렵게 빠져나오니 어느덧 다음 비행까지 세 시간도 남지 않았다. 이러다 눈 깜빡하면 인천에 도착해 있을 것만 같아 서운했다. 집에 돌아가는 길이 빨라도 너무 빠르다.

오늘따라 연착 한 번 없고 전부 제때 출발하는 비행기. 평소 같았으면 좋아했을 텐데 마냥 딱 떨어지는 이 매끄러운 귀국길이 오히려 허탈하다.

때로는 느리게, 때로는 유유자적하게, 때로는 게으르게 흘러가던 내 소중했던 여행의 하루하루가 오늘은 앞만 보고 빠르게 달리다가 끝날 것만 같은 느낌이라.

✈ 안녕, 유럽

드디어 이륙. 오만가지 생각과 감정이 교차하면서 눈물이 차올랐다. 애써 눈물을 참으며 영화를 찾아본다. 마침 〈80일간의 세계일주〉가 있다. 여행의 마무리는 여행으로. 영화 속 주인공의 여행을 보는 걸로 참았던 눈물을 넣어두기로 했다. 영화 초반에 이런 대사가 나온다.

'모든 여정엔 끝이 있다.'

특별한 대사도 아니고 당연한 사실일지도 모르는 대사지만, 묘하게 만감이 교차하던 그 순간의 나에겐 정리가 딱 되던 대사였다. 이 영화와 함께 내 몸은 이제 한국으로 향한다.

#102

돌아오다

07/14

이륙하자마자 나왔던 저녁 기내식을 먹고, 아직 잘 시간인데 갑작스레 깨서 맞이한 아침 기내식까지 먹었더니 어느새 도착한 한국.

진짜 한국이다. 비행기에서 내려 출입국 심사대로 향하는 길. 누군가에겐 새로운 곳에 왔다는 설렘이, 누군가에겐 '다시 돌아왔구나'라는 현실이 공존하는 공간이었다. 타이밍이 좋았던 건지 웬일로 인천공항에 사람이 많이 없어서 빠르게 수속을 밟고 나왔다.

배낭까지 찾고 와이파이를 연결해 부모님께 무사 도착을 알린다. 목소리에서부터 반가움이 묻어나온다. 짐을 끌고 출국장을 나와 공항 화장실로 향했다. 간단히 씻고 옷을 싹 갈아입는다. 민소매를 벗고 반팔티를 입고, 반바지를 벗고 긴 바지를 입는다. 샌들을 벗고 운동화를 신었다. 부산에 내려가기 전, 연락을 받았던 회사에 들르기로 했기 때문이다. 당장 일할 수 있는 자리는 없지만, 얼굴을 봤으면 좋겠다던 대표와 약속을 잡았었다. 최소한의 예의는 차리는 게 당연하다 싶어 가지고 있던 짐 중에 가장 얌전한 옷들을 꺼내 입었다.

100일 동안 나에게 쌓여가던 여행의 흔적이 단 한 시간 만에 정리된 기분이었다. 그 순간부터 내가 해야 할 일들은 아주, 지극히, 정말로, 너무나 현실적이고 당연한 것들 투성이었다.

인천공항을 빠져나와 서울 시내로 가는 버스를 탔다. 내 주머니엔 정말 딱 만 원뿐. 카드가 세 개나 있지만 그건 각각의 이유로 못 쓰는 카드가 되어있었고, 후불교통카드가 없었다면 정말 길거리에서 돈을 빌려야 했을지도 모르겠다.

버스에서 내려 열심히 지하철역 물품보관소를 찾아갔으나 하필이면 가장 큰 사이즈 칸이 전부 차있는 바람에 근처의 다른 대합실로 가야만 했다. 땀이 나고 지치기 시작했지만 일단 여기까지 왔으니 힘차게 걸어나갔다. 내 전 재산 만 원 중 사천 원을 투자해 배낭을 사물함에 넣었다. 열심히 찾아간 회사에선 다행히 편안하게 나를 맞이해주셨고 그렇게 면접 아닌 면접을 보고 나왔다. 오자마자 이렇게 될 줄은 몰랐지만 정말 현실 중의 현실이었던 순간이었다.

김포공항으로 가는 버스 안.

앞으로 내가 해야 할 아주 사소하지만 거추장스러운 몇몇 일들이 떠오른다. 여행 초반에 날아가서 첫 번째 좌절을 안겨줬던 노트북 데이터 복구 시도하기, 핸드폰 미납 문제 해결하기, 아까 들렀던 회사에 보낼 이력서 다시 작성하기, 아끼고 아껴 조금이나마 남겨온 돈을 한국 계좌로 옮기기 등등.

그래도 후련하다! 고등학생 때부터 꿈꿨던 유럽여행을 무사히, 만족스레 이뤄냈으며, 미련없이 갔다 왔다. 다음 여행지를 떠올리는 욕심이 여전히 남아있는 것도 좋다.

이제 나는 다시 일자리를 구해야 할 거다. 언젠가 가게 될 다음 여행을 위해서.

세상 어딘가에서 더 많이 배우고 성장해서 언젠간 좋아하는 일을 맘껏 할 수 있는 날이 오길 바라며.

잘 놀다 왔다.
잘 살다 왔다.
잘 보고 왔다.
잘 듣고 왔다.
잘 느끼고 왔다.

지금부턴 돌아온 이곳에서 다시 뭔가를 잘 만들어 나갈 차례다.
잘 해보자 앞으로도.

–THE END–

WANT TO
TOTRAVE
IS TO
LIV